现代女作家

与百年中国儿童文学

吴翔宇

郑逸群

著

长江出版传媒 | 长江少年儿童出版社

图书在版编目（CIP）数据

现代女作家与百年中国儿童文学 / 吴翔宇，郑逸群
著 .—武汉：长江少年儿童出版社，2022.12
（长江儿童文学研究论丛）
ISBN 978-7-5721-3498-2

Ⅰ．①现…　Ⅱ．①吴…　②郑…　Ⅲ．①儿童文学－文学
研究－中国－当代　Ⅳ．① I207.8

中国版本图书馆 CIP 数据核字（2022）第 168308 号

XIANDAI NÜZUOJIA YU BAINIAN ZHONGGUO ERTONG WENXUE

现代女作家与百年中国儿童文学

作　　　者：	吴翔宇　郑逸群
出 品 人：	何　龙
项目策划：	姚　磊　胡同印
责任编辑：	胡文婧
美术编辑：	陈　奇
排版制作：	昊雅工作室
责任校对：	莫大伟
督　　印：	邱　刚
出版发行：	长江少年儿童出版社
网　　址：	http://www.cjcpg.com
承 印 厂：	湖北恒泰印务有限公司
经　　销：	新华书店湖北发行所
规　　格：	787 毫米 ×1092 毫米
开　　本：	16 开
印　　张：	20.25
字　　数：	355 千字
印　　次：	2022 年 12 月第 1 版　2022 年 12 月第 1 次印刷
书　　号：	ISBN 978-7-5721-3498-2
定　　价：	78.00 元

　　本书为国家社科基金重大项目"百年中国文学视域下儿童文学发展史"（21&ZD257）阶段性成果。浙江省哲学社会科学领军人才培育项目"百年中国儿童文学的跨学科拓展研究"（21QNYC10ZD）阶段性成果。

序

蒋 风

从发轫走向成熟，中国儿童文学的发展已经走过了百余年的时间。作为一种"现代的景观"，学界围绕着儿童文学"现代性"和"儿童观"的讨论层出不穷，这一方面说明儿童文学的生成有其复杂性和特殊性，另一方面也力证了儿童文学指向未来性的蓬勃生机，其研究有着丰富的阐释空间。日本学者柄谷行人将现代儿童文学的发现视为一种"倒错的风景"，根由在于现代儿童文学的理论概念要早于创作实践。这一推演也适用于现代中国转型的语境，彼时中国社会对儿童文学的创造是一种对时代呼求和革命导向的回应，制囿于文学与时代的张力结构，学界在发现儿童文学"儿童性"的同时也造成了其"文学性"的遮蔽。拨开思想性与艺术性的迷雾，随着儿童文学创作和研究的逐渐深入，儿童文学表层附着的工具性和政治性躯壳也逐渐脱落，它获得了自主发展建设的机会，也逐步从一种扁平的概念符号演化成一个复杂的学术系统，这意味着儿童文学研究要超越自我封闭的局限，从整体、宏观的视野来认识中国儿童文学的过去、现在和未来。应该说，吴翔宇、郑逸群合著的《现代女作家与百年中国儿童文学》是一部致力于超越孤立研究，以性别的视角来重构百年中国儿童文学的真实面貌的力作。

中国儿童文学研究的突破点是从文学史的重构开始的，这种深植于儿童文学学科本体的研究无疑是有开拓性的。从这种意义上说,《现代女作家与百年中国儿童文学》可被视为"重写文学史"的力作,该著并没有以"二元对立"的立场,对中国儿童文学的衍生过程提出是非评判,而是以女作家独特的性别视角,将中国儿童文学本体衍生的重大问题归入一个宏大的框架系统内进行复现和分析,这种研究思路与百年中国及百年中国儿童文学的发展有着同构性。事实上。强化与百年中国社会发展情境的同向性,并不会损害中国儿童文学研究的整体观,相反,唯有将中国儿童文学的发展置于百年中国动态文化语境下整体考察,才能发掘中国儿童文学所建构起的新传统。基于与成人文学的差异性、特殊性,儿童文学自然具备学科界分的条件,但作为中国新文学的一部分,它又不可避免地与中国现当代文学传统产生勾连,这种暧昧复杂的特质既给儿童文学的学科命名和学史梳理造成了一定的难度,又给予它从"孤岛"走出的可能性。从我 1987 年编纂的中国第一部《中国现代儿童文学史》开始,学人纷纷投身中国儿童文学史的脉络梳理和史书编辑,但以何种路径介入现场、复现历史、整理脉络和发现问题的思考始终未消歇,而这种并未定于一尊的审思也给中国儿童文学研究设置了开放的舞台。可以说,《现代女作家与百年中国儿童文学》中提出的整体观方法不仅给研究百年中国儿童文学提供了一种思路,也为重构立体化的现代中国文学全息图景提供了可供参考的范本。

百年中国儿童文学的整体研究构筑在"何谓儿童"及"何谓儿童文学"的基石上。围绕这一原点的持续发问开启了中国儿童文学研究的现代征程。在百年中国历时性的动态结构内,中国儿童文学的发展获益于现代思想观念的引领,而这种现代思想观念的内核是成人对于"儿童"的理解和期待。在此基础上,对于儿童观演变的考量则指向了中国儿童文学的演变。在中国古代,儿童处于成人社会的边缘、从属地位,他的身份、价值和意义被动地附着于成人,这也使"儿童文学的生产带有厚重的非儿童因素,成人的教化内含着遮蔽儿童主体性的权力话语"。缺乏"儿童"的发现,作家显然不会考虑"为儿童"创作专门专类的文学作品,因而就不可能出现自觉的儿童文学。

五四时期，中西文化交流之门打开，域外现代儿童观念及优秀的儿童文学作品涌向中国，儿童作为时代"新人"被发掘，儿童文学中的"新人想象"及反权威的价值预设与革命的主题相耦合，故而儿童文学作品被革命者赋予了强烈的"新民"期待。一方面，这种"新民"期待为中国儿童文学的创作带来助力，但另一方面，它也引发了创作者和批评者们对儿童文学立场的反思。究其因，儿童文学的接受者为儿童，但创作者却是成人，在呼喊"为人生"口号的同时，也要考虑儿童文学中的审美要素和游戏特质。成人作家在创作儿童文学时这种两难的"代际身份的沟壑"引发了学界对"为成人"与"为儿童"——"两套笔墨"的探讨。不过，在这种笔墨之外，性别的空间分野与融通也是一个需要深入分析的议题。

　　围绕着这个中国儿童文学不可回避的问题，《现代女作家与百年中国儿童文学》提出以现代儿童观的迭代作为脉络，从"儿童"及"儿童文学"概念的产生出发，整体性地探讨其作为一种方法的可能性和自身存在的阈限，并以冰心、庐隐、丁玲、刘真、程玮等活跃于彼时儿童文学创作、批评一线的作家言论为佐证，结合不同的思潮和理论，削弱儿童与成人的"二分"假设，找到解决中国儿童文学范式危机的必由之路。同时，这种整体观的眼光，从"人类的身份"这一共同立场出发，弥合了"为成人"与"为儿童"两难问题之间的沟壑，建立起儿童文学与成人文学的对话平台。

　　解决了"两套笔墨"的话语撕扯问题后，《现代女作家与百年中国儿童文学》的整体研究指向了儿童文学内部结构的分层问题上。周作人提出"儿童文学"概念，所指涉的对象是"小学校的文学"。实际上，当幼儿从母亲口中接受语言信息开始，儿童就与儿童文学产生了关联，因此儿童读者群体要远远大于"小学校"的范畴。并且，不同年龄阶段儿童阅读和理解水平的差异，也会进一步引发儿童文学内部的分化。早在 1962 年，陈伯吹就率先发声提出这样的疑问："在儿童文学中，是否还存在着'幼童文学''儿童文学''少年文学'的分野？"这个问题的答案是肯定的，儿童文学的文本创作与读者识字能力、阅读水平和思想深度密切相关，诸如数数歌、识字歌等游戏性和学习性大于思想内容本身的作品更适合低龄幼儿阅读，但随着儿童年龄的增长，读者对文学中的思想性和审美性要求也会逐步提高，陈伯吹提出这个问题的初衷在于强调儿童作品必须根据读者的生理特性和阅读水平进行区分，从而能够更有针对性地保障儿童的有效阅读。

在这一思路的引领下，王泉根提出了儿童文学内部的三个层次：幼年文学、童年文学和少年文学。并将其从"儿童文学"这个单一概念中独立出来，自成一系。这种以生理年龄为标准的界分，看似对儿童文学内部进行了整理和区隔，但仍有部分空白尚未填补，比如青春文学、校园文学、成长文学等不同的题材，就难以被简单地放入这一框架内；又如科幻文学、动物文学、自然文学也无法在三个层次中找到合适的安放位置。对于儿童文学内部的分层，不能简单地将其视为"一排碎块"，割裂其彼此之间的联系，而是要返归到整体观的研究框架内，在充分承认儿童文学内部不同年龄读者、不同题材作品差异的基础上，对其进行横纵梳理。摒弃"一刀切"式的划分，以区隔与融通的眼光，将其纳入儿童文学的整体系统内进行分析和讨论。

儿童文学内部问题错综复杂，但是如果故步自封，将研究视域局限在儿童文学一域，就会导致研究领域的进一步内缩，使儿童文学步入自我本质主义的境地。由此看来，打破固有疆界、走向文学融通才是当下儿童文学发展的"自救"之路。《现代女作家与百年中国儿童文学》从整体的视野出发，以女作家的多重身份及创作的多歧来讨论儿童文学与中国现当代文学的一体化进程，这是对陈思和"中国新文学整体观"的继承与发扬，也是试图打破儿童文学与成人文学研究壁垒的尝试和总结。长期以来，学界对儿童文学和成人文学的关系存在两种误读："第一，中国儿童文学被视为现代文学的附属形态；第二，中国儿童文学被理解为与现代文学迥异的形态。"这两种误读，无疑都陷入了一种学科偏狭，难以在多学科互涉的平台上开展对话交融。

我曾经提到过，"我们在谈儿童文学时，首先应该认识它与成人文学的共同性，更不要在儿童文学与成人文学间划出一条绝对的界限"。儿童文学的缘起和流变与中国新文学密不可分，对此，《现代女作家与百年中国儿童文学》没有割裂儿童文学与成人文学的关系，毕竟女作家的创作并不是"隔绝"的真空文学，而是与新文学发生着多维的联系。从思想性上来说，儿童文学与成人文学都附着了革命与进步的现代性基调；从语言载体上来说，它们又都采用白话文进行书写，最重要的是两者都是"人学"系统的有机组成，罔顾两者的普遍性，空谈中国儿童文学的特殊性是不公允的。

从班马提出儿童文学要"走出自我封闭圈"，到朱自强尝试"打通"现代文学与儿童文学研究的壁垒，越来越多的儿童文学研究者注意到儿童文学与现当代文学"剪不断、理还乱"的联系，也呼吁以一个开放融通的方式推进儿童文学与现当代文学的"一体化"进程，但在具体操作上，还是要逐本溯源、层层把握：一是要回到源头，即"从起源处开掘两者析离或融合的发展脉络"；二是要动态考察，即从中国儿童文学与现当代文学相互交叉、影响的历程对其考量。质言之，"回到源头"就是回到中国新文学发生的历史现场。文学作为一种审美意识形态，既受制于时代、经济、政治，又作为一种意识先导反作用于客观世界的改造。在中国社会面临巨大转型的历史背景下，中国新文学顺应时代主题应运而生。无论是以成人文学为主导的现代文学，还是被现代性召唤出的儿童文学，都属于中国新文学的一部分，因此它们具有同向性和同构性的特质。同时，儿童文学和现代文学在保有同一性特质和双向联动的基础上仍然有其自身独特的个性，这种共性与特性共存的范式，维持了其"一体化的张力结构"。

为了进一步考察两种文学的"一体化"，《现代女作家与百年中国儿童文学》聚焦于文学的演化过程来勾勒两者具体的行进曲线，这符合洪子诚所谓"'文学的演化过程'视野的确立是考察'一体化'的基础"。儿童文学与现当代文学的"一体化"进程并不是静止不变的，而是在历史的进程中不断地进行扬弃和自我完善。在这一过程中，文学的内外因素发生置换和变化，而"这些要素的考察都建构于百年中国社会发展演进的基础上"，因此必须采取一种整体观的统筹意识，结合中国社会发展的实际情况和思想演进史，来客观公允地评价其一体化过程。在中国儿童文学的发生期，大多数知识分子在译介和创作儿童文学时主动地融入现代性的因素，但不可否认，传统资源的转换成了先驱者驱动儿童文学创生的有效途径。不过，传统资源中如下特质需要正视：一是从中国古代延续下来的儿童固有形象依旧留有残影，儿童的主体性地位并没有从旧伦理的制度中剥离；二是以教化、训诫为目的的儿童读物仍旧具有一定的影响力，比如孙毓修等人编撰的儿童文学作品大都过分重视道德教化而忽略了美学内涵。随着时代的发展，这一现象得到了逐步改善。尤其是新时期以后，儿童文学主体性发展获得了动力支援，儿童文学在提升思想性的同时也没有放逐文学性、游戏性。与此同时，儿童文学的多元化乃至分化也不可避免。如果不能洞见现代中国社会经济文化发展的现状，以阶段性替代整体性的研究势必会产生诸多理论偏误。

值得肯定的是，《现代女作家与百年中国儿童文学》并非将前辈学人有关文学"一体化"的研究进行简单的归纳整理，而是在原有理论的基础上结合儿童文学的特殊性进行了融合与调整，贯通学科内外，形成了新的研究思路。以整体观考量中国百年儿童文学与现当代文学的"一体化"进程，又不漠视中国儿童文学自身的"主体性"，为我们打通学科壁垒、开展跨学科拓展研究提供了新思路。

中国社会为百年中国儿童文学的萌发和成长提供了沃土，思想文化的演变推动了儿童文学的转型，当下的儿童文学在关注本学科发展的前提下，也不断尝试与教育学、心理学、民俗学等多个学科发生着互动融合，大众对儿童教育、儿童发展的重视侧面推动了儿童文学从边缘走向中心，成为一门显学。作为儿童文化、儿童精神的具体体现，儿童文学的重要性不言自明：从个体层面来看，能为儿童提供成长过程中不可或缺的精神养分，从群体层面来讲，儿童文学"承担着塑造未来民族性格的天职"（曹文轩语），能帮助整个社会构建良好向上的精神谱系。从整体观出发，"对当下发言"，将儿童文学从"学科自限"的处境中超脱出来，与不同学科进一步碰撞交流，参与人类的文化传播、精神塑造的建设，是"跨多学科性和实践应用性"的儿童文学学科特性，也是其未来发展的必由之路。

当前，推动儿童文学"走出去"的跨学科拓展仍然有其不足之处。通过分析 2021 年出版的各类图书的码洋构成，可以看出儿童类书籍仍然是码洋比重最大的类别，这也侧面证明了新世纪以来儿童文学作品一直备受市场青睐，但与童书"出版热"形成鲜明对比的是儿童文学理论研究的遇冷。其症结在于儿童文学的理论支持远远落后于实践创作，学科建设不够成熟。儿童文学并非一门独立的二级学科，这使得中国儿童文学的学科建设从开始就困难重重，这首先表现在儿童文学的学科界分上。中国儿童文学的"文学性"是其与中国现代文学发生关联的维面，但"儿童性"的过剩又使它逐渐远离成人文学，具备了学科界分的可能。中国儿童文学与民俗学、心理学、教育学等其他学科有着千丝万缕的缠绕和联系，如果过于强调学科间的"异"，就会设置难以畅通的学科壁垒，使其进入"自我封闭"的境地，如果一味地走向趋同，又容易丧失儿童文学的主体性，而被其他学科"牵着鼻子走"。

跨学科发展是儿童文学势在必行的"突围之路"，但如何在"求同存异"的过程中既保留学科特性，又完成良性互动是一个需要谨慎对待的问题。《现代女作家与百年中国儿童文学》提出了建构以儿童文学学科本位为内核的多元学科系统，在这一系统内的跨学科延展既保证了儿童文学的主体性地位，又为不同学科之间的交叉互促提供了保障。这一"基点"是对儿童文学学科特性的烛照，对它的强调既符合系统论"为个体展开提供多元选择，又使混沌变为个体可以承受的复杂性"的功能，也充分烘托了儿童文学的主体性地位。值得一提的是，开放性的系统为多边学科互涉提供了支撑，但这并不表示跨学科的互动可以脱离逻辑与事实，如何在完成整合后形成升华与超越，走向儿童文学的学科自主化进程，是儿童文学未来学科发展需要在不断探索实践中寻找的答案。

除了学理层面的交叉融合，中国儿童文学的未来发展也必须从学院派的"小情趣"中走出来，倾听人民大众的真实需要。正如前文所言，儿童文学学科建设的薄弱在于理论的缺失，在于研究者的匮乏，在于学术场域的封闭。儿童文学的理论研究有一定的准入门槛，但归根结底，理论架构还是要服务于创作实践，在接纳不同学科知识互动的同时，儿童文学也要结合出版市场、读者反馈等因素，真正将这门学科与社会接轨，与时代接轨，在系统内部完成各类资源的整合提炼，发出儿童文学自己的声音。这正如我在为《百年中国儿童文学的整体观研究》所写的"序"中所说："我是不主张把儿童文学孤立起来的，更不会把儿童文学当成'真空文学'。儿童成长既要阅读'文学'这本书，更要阅读'人生'和'社会'这本大书。这既是我的儿童教育观，也是我的儿童文学观。"

从整体上看，《现代女作家与百年中国儿童文学》从关涉百年中国儿童文学演进史的重大理论问题入手，围绕这些问题来系统梳理和探究百年中国儿童文学的演进历程。它采用的整体观方法立足于当下，在回顾历史的同时实现对未来的眺望，既是总结，也是预言。关于"儿童文学"的理解，曾有人提出"不可能性"的说法，缘由在于儿童与成人话语转换的限度上，儿童的缄默无法抑制成人话语的突入，但成人话语如果完全替代儿童的声音也就颠覆了"儿童文学"的概念本义。这实际上涉及"代际"的结构性、系统性的问题了。故而在研究中国儿童文学史时，决不能以偏概全地从某一个局部来进行对整体的把控，而是要非常谨慎地将重大的历史事件和细碎的历史细节串联起来，并以宏观的视角来对局部和细节进行整理分析，才能解决与之相关的学术难题。总而言之，《现代女作家与百年中国儿童文学》完成了在一个三维的系统结构中重构百年中国儿童文学的历史图景和文学谱系。这个系统的构建，为解决儿童文学内外问题、中国文学"一体化"建设和构筑世界文学地图都提供了很好的思路和有力的支撑。

近年来，儿童文学越来越受到重视，成人文学作家也有跨界转向儿童文学创作的新势头，我觉得这是一件好事。儿童文学研究日趋精细化、学科化和专业化，同时，跨学科研究也逐渐得到学人的认可。吴翔宇教授的研究既立足儿童文学学科本位，又没有在儿童文学领域自我封闭，这是难能可贵的。尤其是在百年中国儿童文学的整体研究方面，去年他申报的"百年中国文学视域下儿童文学发展史"获批国家社科基金重大项目，这是中国儿童文学领域第一个国家社科基金重大项目，其价值不可低估。作为浙师大儿童文学的一位老人，我由衷地感到高兴，也希望翔宇教授率领的学科团队能大阔步地开拓创新，取得更大的成绩。

在儿童文学领域，女作家并不算少，其创作并不亚于男作家。在我看来，儿童文学不是一个规避性别的学科门类，性别研究的空间很大，很值得进一步深入探索。运用性别视角来研究不是为了吸人眼球，而是实实在在的本体研究，因为性别是介入文学生产的重要维度。《现代女作家和百年中国儿童文学》的真正看点在于两者之间的关系，这也是该著的难点。要以"女作家"来撬动百年中国儿童文学结构，这本身需要学术勇气和水平。可喜的是，这个领域的学者越来越多，受关注的程度也越来越高。希望这项研究能像欣欣向荣的儿童文学一样，不断向前发展，收获更大的硕果。

是为序。

2022 年 5 月 8 日

目　　录

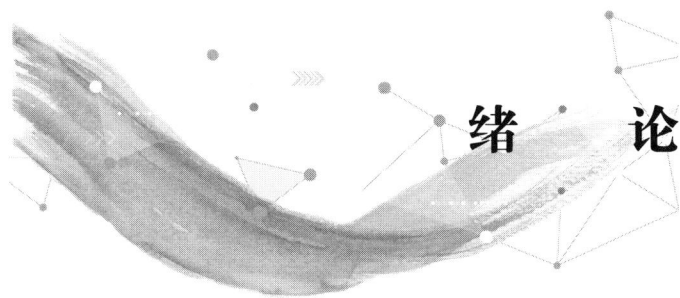

　　儿童文学是否涉及"性别"原本不是一个需要讨论的话题，因为在所有的文学类型中，但凡关涉"人学"议题，就必然会涉及与讨论男女性别问题。但儿童文学的特殊性在于"两代人"之间话语的交流与沟通，因而"代际话语"会相应弱化"性别话语"的关注。当然，这并不意味着性别问题不能进入儿童文学研究的视野中。事实上，儿童文学的性别话语研究正如火如荼地在学界展开，中国儿童文学的相关研究也不例外，其重心在强调性别差异及生理生命体验上。[①] 这种研究趋向是儿童文学作为"人学"系统下的基本属性和品格使然，并且在儿童文学学科化过程中开启了全新的研究畛域。

　　从性别话语的角度看，关涉两者的空间地理学是学界研究的重要方向。男女不同的空间位置、角色在很大程度上决定了其话语权力。可以说，性别政治在学校、都市、乡村、卧室等物理空间上均有表征。譬如 20 世纪 70 年代，安吉拉·麦克罗比（Angela McRobbie）和珍妮·嘉伯（Jenny Garber）对"卧室文化"的研究被视为少女研究的奠基之作，从"卧室文化"折射"少女文化"是其研究的基本路向。[②] 当然，"卧室文化"只是表征"少

[①] 乔以钢、王帅乃：《中国儿童文学的性别研究实践及其反思》，《中国现代文学研究丛刊》2017 年第 5 期。

[②] Angela McRobbie and Jenny Garber, "Girls and Subcultures," in *Feminism and Youth Culture: From "Jackie" to "Just Seventeen*," Macmillan, 1991.

女文化"的一个典型的个例，但是它却非常贴合"少女"的性别氛围，以此生发的相关文化研究确实能照见"少女"的特性。随着研究的进一步细化与深化，越来越多的学者关注"城乡"空间之于性别研究的增长点。城乡的分立与移位给性别研究带来了更为动态的语境及肌理。对于儿童研究而言，这种双向互动的空间也开启了其广度、宽度。加之儿童年龄跨度较大，性别意识也有差异，在阔大的空间地理中必然会衍生诸多议题。尤其是，空间维度上的"公共"和"私人"的区隔，使得青少年的性别研究呈现出更为繁复的"知识集"。① 对于空间结构性系统的研究也逐渐延展开来。与此同时，公共和私人空间的性别化一直是女性主义地理学关注的中心问题，但该领域内的已有研究较少关切年龄差异下的少女群体及少女时期的空间表征和经验。

在少女地理研究中，批判性地审视二元空间框架对于揭示少女被压迫的困境和其反抗行为至关重要。学者们大多没有对"公共"和"私人"这两个关键的空间类别提供一个明确的排他性的定义，而澄清概念的努力也可能面临将空间想象固化为一种本质主义理解的风险。虽然承载着有区别的地理属性，但对公共空间和私人空间的认知实际上是出于社会建构，是经由跨时代和跨地区的演变而成的。性别关系中被常态化的公共对应男性和私人对应女性的空间归置是有问题的。此外还需注意，公共和私人空间的性别化也受到年龄、种族、性别和阶级等的交叉影响而进一步复杂化。

为了进一步探讨基于空间而衍生的性别政治，本书将立足空间"位置""声音"与中国儿童文学中"儿童"主体性建构的关系，探析"公共"和"私人"空间形态所内含的意识形态，以及在其中，儿童主体在两种空间类别中如何呈现危险（risk）、保护（protection）、得体（respectability）和赋权（empowerment）等状态，两种空间形态对应的性别化地理又是如何通过身份、阶级、政治等范畴而建构起来的。一般意义上的性别地理学有着约定俗成的结构、系统与逻辑。"公共"与"私人"空间的主体似乎是不证自

①［加］佩里·诺德曼:《隐藏的成人:定义儿童文学》，徐文丽译，中国社会科学出版社，2014年版，第9页。

明的，男性占据"公共"的高位，成为公共广场、声音的主体；而女性则被
预留于"私人"领地，成为"独语"者。而且，两个空间拥有者殊异的话语
系统，彼此的交互并不通畅。正是如此，基于性别的空间的政治学也就产
生了。不过，尽管两重空间不畅通，但两者的存在形态即表征着话语、政治。
处于不同空间的主体都深谙此道，并不会贸然挑战空间的话语权威。更为
关键的是，这种并置、对视的空间形态与性别话语形成了某种默契，形构
了对他者挑战的"一体化"共谋机制。这也是性别的空间政治如此稳固、常
态的根由所在。意识形态的正当性保障了空间话语生产的合理性，也由此
加固了性别话语差异的显在性。

　　当然，性别政治中也存在着裂隙，这意味着两种空间并非没有僭越和
融通的可能。在早期中国儿童文学的话语体系中，性别政治的显征并不
明晰。尤其是在幼儿文学那里，男女性别意识是隐匿的。或者说，男女
性别的差异让位于作为整体的"儿童"与作为他者的"成人"的差异，即
儿童与成人的话语政治强于男女两性的性别政治。尤其是在革命与政治
的语境下，儿童"群"的观念超越"性"的意识，儿童被视为与成人无异
的"人"——"完全生命"，儿童的"个性""性别"式微。这也是"革命
的儿童""战争的儿童"中性别话语很鲜见的根由。从"人"的角度看，这
种强化儿童与成人"共性"的配置是不利于"儿童的发现"的。毕竟要论
定"儿童"作为独立主体的前提是有指向儿童本体的特殊性，共性的"人"
在很大程度上遮蔽了作为个性的"儿童"的存在。这样说来，儿童的发现
并不容易，它不仅要从成人话语体系中析离出来，而且还要阐明"儿童是
儿童"这一更为艰难的诉求。

　　随着人的解放大潮的开启，"儿童本位"观从"道德"等观念的奴役中
解脱出来。"儿童是什么"的议题从"人是什么"的系统中推演出来。所以说，
"儿童的发现"应是"人的发现"的应有之义，是其合理的延伸和发展。"儿
童本位"的基本内核包括两个层面：一是"儿童是人"，二是"儿童是儿童"。
这两个层面缺一不可，而且顺序也基本固定，前者是后者的前提，后者是
前者的必然结果。要做到这两点，并不简单。它要求去除陈旧的儿童观，
打破"成人"话语的神话，将儿童还原于"儿童"原有的位置。寻绎儿童史，

不难发现：现代儿童观与传统儿童观的最大差异在于儿童不再是依靠他者赋义，而是儿童要成为主体话语本身。一旦儿童成为"儿童"，儿童就具备了制造自身话语的条件。在解决了儿童的主体问题后，性别等其他衍生而来的议题才能提上日程，才具有讨论的可能性。

问题的复杂性在于，儿童本位观在破除成人神话时也会导向自我制造的另一种神话。既然儿童是独异的个体，那么儿童肯定不是儿童之外的其他身份的人（包括成人），由此，儿童本位观也会得出"儿童不是成人"的结论。确实，儿童主体的确证有赖于否弃成人话语系统，但这也容易产生一种误区："儿童不是成人"不是儿童本位观的结果而是前提。因而，儿童与成人绝对的"二分"① 就此产生，儿童与成人基于"人"的共性也被遗忘，制造了拒斥成人话语的固定的边界、壁垒，从而将"儿童"隔绝或悬置起来。其后果可想而知：儿童的个性彰显有赖于与成人区隔，但这种被孤立的儿童实质上又消解了"人"的共性，而这种缺失共性的儿童主体最终又会挥霍"人"本身。这是需要深入反思的。由此看来，儿童的解放和发现任重道远，远非跨越成人话语或克服成人话语宰制那么简单，它还有赖于儿童主体更为自信、强大来支撑其与成人对话沟通。非此，儿童本位似乎只完成一半的使命，而后一阶段将难以为继，甚至有可能整体上消解该命题。

笔者重审儿童本位观的意义与局限，意在讨论"人学"子命题的"性别"所处的境遇，以此抛开理论迷雾，为儿童文学的性别研究提供强有力的理论背景。性别问题不止于空间政治，但又源于空间位置、秩序、关系所呈现出的意识形态。因而，要讨论儿童文学的性别议题，有必要在前述"私人"与"公共"空间的互训中找到对话的关节点，其中陈国恩所谓寻找"思想门槛"② 显得非常必要。"门槛"即话语"阈限"，它既区隔话语，又联结话语间的对话沟通。由此看来，儿童与成人、男性与女性都有其相互区隔的"门槛"，设立这种"门槛"的，有生理上的也有文化上的标尺。否则就不需要

---

① 杜传坤：《转变立场还是思维方式？——再论儿童文学中的"儿童本位论"》，《山东师范大学学报（人文社会科学版）》2018 年第 1 期。

② 陈国恩：《新文化运动百年纷争中的新旧矛盾与中西冲突》，《广东社会科学》2020 年第 6 期。

对其内涵和外延进行指向本体的论述，笼统地用一个更高层级的术语或概念代替即可。显然，这种逻辑是不自洽的。两种有差异性的概念，区别是第一位的，融通与辩证是建构在区别的基础上的。只不过，区别不能颠覆概念的本体，不能以牺牲共性为代价来彰显主体的个性。如前所述，即便儿童真的脱逸出了成人话语，也不能由此判定儿童与成人没有共同性。这种个性与共性的辩证法恰是"阈限"或"门槛"所要扮演的角色。"私人"空间之所以"私"，在于它设置了进入该领地的门槛。而如果以"私人"之"私"切断了男性或女性的往来，那么这种"私人"其实只是女性单一向度的话语呈现，而不构成对话系统中女性的独异本体。"公共"空间也非绝对的"无门槛"，尽管"公共"，但也设置了过滤、审查的话语机制，由话语配置角色以实现空间的再生产。男性在公共空间的占比固然与其话语的强势有关，但更为深层的是，在性别话语的博弈中，女性主动弃置或退守"私人"空间，将互允的"公共"空间让位于男性。这种进退肌理是空间政治的辩证法，并成为一种"共谋""合力"机制，构筑了性别地理学的话语体系。

事实上，寻求共名、互契的机制不会遏制话语空间，反而会扩充对话的渠道。儿童文学中的性别研究的特殊性在于，它本身内含着代际话语与性别话语两个维度。两者的叠加形构了"结构性"逻辑。所谓"结构性"，注重的是话语间的对话、关系及意义生成。因而，两者的耦合不是一种先后的"描述性"的逻辑，而更是一种"系统性"的构架。这也是儿童文学性别区别于一般文学相似命题的特殊之处。在笔者看来，儿童文学"元概念"的特殊性是探究性别议题的原点。如果不辨明该概念，越过该概念的复杂处而直接开启性别研究无异于舍本逐末。儿童文学的特殊性不在于"教育的方向性"，也不在于"语言的浅易性"，而在于其内涵"儿童"与"成人"的"代际"的双重性。具体来说，成人作家与儿童读者的"代际"对话沟通是其区别于其他文类之处。作家与读者分立并具有明确的指向性，使得儿童文学内蕴着复合的话语系统，不限于"儿童"一域，也不止于"成人"一极，而是集结着儿童与成人"代际"的知识集。因而，如果不厘清儿童与成人的对话关系，去妄议儿童文学的性别，显然是一种"越级"的不贴切的学理探索，必然无法取得令人满意的结论。在"代际话语"

的基础上来考察"性别议题",不是要确立前者的主体地位,而是要明确儿童文学性别议题须考虑儿童话语与成人话语交流的前提。在"代际"话语交流中,成人作家预设了"儿童是什么"的前提,必然也会传达出成人的性别观。只不过,这种传达不是替代儿童或置于儿童之上的话语前置,而是一种话语转换。既然是转换就不是成人性别观的直接生成,而要考虑"儿童"话语的接受限制,也必然会牵扯话语生产的起点、位置、关系,要考虑"传达什么"与"怎么传达"性别的问题。例如王帅乃就特别注意到了儿童文学中"长幼关系"的书写,爬梳了当代儿童文学中"顺应父代式""新人出走式"和"双向促进式"三种关系。[①]这种关系即是前述代际关系、伦理话语的具体表现。这与一般文学不考虑读者、作者"双逻辑节点"的门类有着极大的差异。"代际"既有生理代际,又有文化代际,而后者是文学研究的重心。文化代际的转换不会简易,相反意味着一个非常艰难的"协商""商榷"的漫长过程。两者的张力始终存在,一方不会完全取代另一方,而是彼此形成一种参照关系,这为在此基础上的性别研究提供了全新的语义场。

对于空间的繁复结构及关系,后现代地理学将其阐释为"序列的、树状的与格子的关系"。[②]这种立体的结构系统超越了单向的线性结构,呈现出更为复杂的内外关系。除了上述代际结构外,儿童文学内部的"分层"也是导致其性别研究复杂性的重要原因。根据年龄的分布,儿童文学内在地包含了幼儿文学、童年文学与少年文学三种。其中,幼儿文学与少年文学的差异最大,性别议题的差异也自然最大。由于这种差异,在少年文学看来是最为常规的话题可能用到幼儿文学那里却成了陌生的议题,"成规"与"越轨"在儿童文学三种形态中同时存在,语言与思想的分层同在,这正是儿童文学"元概念"的特殊之处。被性别化的"私人"或"公共"空间在三种文学形态中有着不同的表现,如果将其视为"铁板一块"不加针砭就施之以性别研究,必然会在照顾整体性的同时伤害儿童文学内部的分层性。

---

① 王帅乃:《当代儿童文学中的长幼关系书写》,《南开学报(哲学社会科学版)》2021年第6期。
② 包亚明:《后现代性与地理学的政治》,上海教育出版社2001年版,第19页。

对此，考虑儿童文学分层差异的同时，有层次、阶段性地介入性别议题，使之贴合儿童文学内在构成是必由之路。当然，这种基于分层特性的性别观察不能以撼动儿童文学整体性作为代价。如何在整体性与分层性的融通中看取儿童文学性别的深层结构依然不简单。回到空间政治的视角，儿童文学的分层、分化何尝不是一种空间排列，它必然涉及空间的位置、声音、身份等核心命题，可作进一步的意识形态分析。以往儿童文学性别研究过于考虑整体性，相对模糊差异性、分层性，这样势必会带来"不在概念中"①的偏误。

在讨论《彼得·潘》时，杰奎琳·罗丝提出的"儿童小说之不可能"的理论命题，其质疑的基点是儿童文学借成人来言说儿童的逻辑，从而触及了儿童文学的结构性困境。无独有偶，彼得·亨特也提出了"儿童诗歌是不可能存在"的类似论断，它是基于儿童诗不具备一般诗歌所包蕴的哲理性、概念性、技巧性特质而提出的。对此，凯伦·寇茨主张从身体与体验出发来开掘儿童诗的价值向度，即借助儿童诗感官系统的扩张，儿童可与物质世界、自己的本性及成人重新联结，由此形成一种"看不见的蜜蜂"效应。②事实上，无论是儿童小说还是儿童诗都内隐着其与成人文学领域相对应文体的冲突、互动关系，不能撇开这层关系孤立地讨论"不可能性"问题。这种"不可能"看似将"童年"理解为成人批评的文化符码，但实际上却是儿童文学获取自主性的先决条件。"童年"话题是不拒斥"性别"摄入的，这当然与成人作家的话语传达有关，同时顾及儿童"影子文本"的先在性，探究性别的角度、方式、程度、主旨也都与其他文类有别。

可以说，从空间的层面出发来探讨儿童文学的性别问题是贴切的，也是复杂的。与空间角度相关的另一个关键词是"时间"。那么"时间"之于儿童文学的性别研究是否必要，这是一个值得审思的问题。不得不承认，

① 吴翔宇：《代际话语与性别政治的混杂及融通——〈彼得·潘〉的性别政治兼论儿童文学"不可能性"的理论难题》，《贵州社会科学》2020 年第 9 期。

② ［英］凯伦·寇茨：《"看不见的蜜蜂"：一种儿童诗歌理论》，谈凤霞译，《南京师范大学文学院学报》2019 年第 3 期。

性别议题是在时间的向度上展开的，逃离了时间场域的"性别"显然是缺失历史感的，殊不知性别成为一个问题除了空间话语定型外，时间的流转与语境的生成至关重要。讨论性别议题实质上是考察特定时间下的性别，性别不是超历史的产物，而是历史在场的表征及显现。本书立足百年中国的时间境遇，讨论女作家的儿童文学创作实践牵连着现代中国转型的时间场。"百年中国"是现代的百年中国，也是中国文化、文学现代转型的时间场。这一百年时间的沉积、变换折射了现代观念的落地、发展。与"儿童"概念无异，儿童文学也是一个现代概念，儿童文学的性别更是一个"现代"概念。

这里的"现代"，是相对于中国古代而言的。现代性也是相对于"古代性"而论的。性别议题曾经与儿童一样被社会遗忘、遮蔽，既是历史的结果，也是历史的见证。探绎中国古代蒙学读物，鲜见关乎儿童性别的词汇、思想及主题。道德的一体化所营造的"无性"儿童读物显然是无视儿童主体的偏见，也在很大程度上照见了中国古代社会的落后与陈旧。从这种意义上看，性别议题成为烛照中国古代社会的一面镜子，既照见儿童的生存处境，也反观了中国古代社会的"古代性"。当时间延展到现代中国时，随着"儿童的发现"落地，儿童文学所开启的"文学性"汇入了中国新文学的主潮。这种汇入不是一种被动的"跟随"，而是时代的必然结果。即时间的现代跃进要求思想的跟进，中国文学的现代转型遇合了破旧立新的宏大叙事，使其发展注入了现代性的质素。关于这一点，儿童文学也与此有同一性。只不过，到底儿童文学是作为"方法"还是作为"目的"的"跟随"还需进一步考察，儿童文学与现代文学的关系也需进一步廓清。这些问题离不开"时间"维度的烛照，关注特定历史语境之于儿童文学发展的作用力是一个方面，而儿童文学发展之于历史文化语境的反作用力又是另一个值得深思的方面。

在很长的时间里，学界重视语境之于文学的塑造力，相对而言，对于文学之于语境的反作用力却比较薄弱，缺乏辩证意识。以性别研究为例，性别的空间生产、意识形态化离不开空间维度的思想交汇与博弈，这是无可厚非的。但是，如果盲视文学自身的主体性，看不到性别研究本身对于各种话语力量的"抵抗"又是不科学的。性别是社会的性别,它铭刻着文化、时代、个体的诸多印记,不是天然生就的。儿童文学的性别书写有时代的显征,但那些隐匿于性别深层的征用、转义无疑也是文学另一种功用性的具体表现。回到百年中国的历史现场,时间的阶段性带来了儿童文学性别观念的不同样态。所谓"一代又一代之文学"引申于此也是非常贴切的。中国儿童文学的发展得益于进化论的引入与消化,这种斩断了时间循环怪圈的文学获取了指向未来的生命力。与此相关的"性别"等现代话题也由此成为儿童文学研究的重要方向。沿用日本学者柄谷行人"风景之发现"①的理论来看,"性别"也是一种亟须重新浮出历史地表的范畴。不过,相对于"儿童"这一"风景"来说,"性别"的发现要晚一些。究其因,性别的发现是在"儿童的发现"基座上引申出来的。具体来说,"儿童"是一个类似于"元"或"一"的概念,唯有儿童真正成为主体,儿童文学才会创生,儿童文学的性别研究才会成为学界关注的问题。

颇有意味的是,"儿童"不会给"儿童"赋义,其作为现代概念有赖于成人给它"定价"。②这即是说,儿童是成人眼中的"儿童",寄予了成人的主观假设和想象,是成人"儿童观"的外化和具象。在时间的隧道中,成人的儿童观并非恒定,而是变化不定。其背后的成因耐人寻味,不过,其塑造过程离不开历史的淘洗。简言之,儿童文学的历史实质是成人"儿童观"的历史。有怎样的儿童观就会产生与之相对应的儿童文学形态,观念不同文学形态就不相同。进一步紧扣性别议题,也可以推测:不同的儿童观有不同的儿童文学样态,不同的儿童文学形态表现出不同的性别观。在这里,性别观与儿童观融汇在一起,共构了成人"思想"的历史。当然,性别观与儿童观尽管有共通性,但并不等同。以"时间"为"判官",可以洞悉历史演进中现代知识分子的思想演变史、精神心灵史,同时,也能若隐若现地

①[日]柄谷行人:《现代日本文学的起源》,赵京华译,生活·读书·新知三联书店 2006 年版,第 124 页。

②[美]维维安娜·泽利泽:《给无价的孩子定价:变迁中的儿童社会价值》,王水雄等译,华东师范大学出版社 2018 年版,第 5 页。

梳理出百年中国的社会生活史。这体现了"文史互证"的逻辑，从中也生发出文学世界所析出的"心灵""情感"等丰富的内涵。百年中国儿童文学已走过了"五代"学人，每一代女作家都有属于特定"代"的文化基因，也有洋溢着自我个性的创作理念及艺术技法，这些特质在其所创作的文学作品中都有体现。离开了时间，就意味着抛离了女作家安身立命的语境、世界，那些附着于文本中的"性别"就无法被真正发觉。从这种意义上说，时间还是沉积思想的"河床"，在"长时段"或"短时段"的视域中都能鲜明地寻觅思想的踪影。这也许是鲁迅"顾及全人"与"顾及全篇"①的真正意图之所在。

梳理相关学术史，不难发现：聚焦女作家的儿童文学创作并不是一个无人"拓荒"的领地。陈莉、唐兵等人的相关著述聚焦"女性儿童文学作家"这一独异群体，融合女性主义声音、话语传达机制与代表性女作家的创作实践，从性别视角开辟了一种研究路向。不过，其著作却缺乏整体性的观照架构，如男性与女性作家的比照、儿童文学与成人文学的融通等意识还较为薄弱。事实上，百年中国文学的女作家有的专职成人文学领地，有的专司儿童文学创作，也有的横跨两类文学之际。这三类创作群体在表述性别时都不相同，其缘由除了作家自身的个性外，还有儿童文学与成人文学之间的差异。为此，如果不能将两种文学置于百年中国"一体化"的语境、思潮视域中来考察，那么很难切近女作家儿童文学创作的内核。在成人文学领域，王安忆、铁凝、张洁、林白、张抗抗、张辛欣、宗璞等人对于人性、爱情、两性关系等方面的探索，延续了"五四"以来女性文学的传统。无论是张洁"做一个女人"，还是张辛欣的"站在同一地平线"，都集中于对女性身心受控、解绑的书写，着力建构全新的女性主体意识。在颠覆男性中心话语时，女性文学以"身体"为"武器"，通过身体主体性来剥离强加于女性身体之上的关系与权力机制。然而，这种建构过程本身又是充满着焦虑与紧张的探寻之旅，思想资源的外来性与新旧转换的复杂性都加重了女性主体性确立的难度。这份沉重感、使命感与儿童文学领域少女小说那种对于少女意识萌生、窥探、敞开有差异。或者说，成人文学承担了破除

① 鲁迅：《"题未定"草（七）》，载《鲁迅全集》第 6 卷，人民文学出版社 2005 年版，第 444 页。

女性受蔽传统的主要使命，而儿童文学则轻轻"跳过"了这种反叛的议题，直接书写"反叛后"的少女的成长。简言之，少女文学并未预设阻碍少女主体意识的"传统负荷"，也没有过多纠缠于新旧话语场中少女意识的沉浮，而是在学校、社会相对狭窄的文化圈内呈示少女的际遇与危机。例如在涉及少女小说中"早恋"问题时，陈丹燕就曾提醒人们："我觉得早恋这个'早'字用得不对，这是一个人生的过程，没有早晚之分。"① 既然恋爱没有早晚之分，那么少男少女的恋爱因去除了人为成见而具有了属己的合法性，而这对于儿童文学突破禁区有着重要的意义。当然，少女文学跨出直视其内心的一步就意味着走向全新天地的开始，其之于女性解放的总议题的价值不应忽视。可以说，在对女性私人生活和性心理的书写方面，成人文学要比少女文学更为直接、开放。不过，成人文学领域描写性心理、性经验依然是在人性的范畴内来审视的，是在女性主体性的框架内来反思身体作为女性自身所具有的意义，这种正视不是取其反，而是开启了认识"物质人"的文学路向。相对而言，少女小说则透露出更为青涩、纯粹的气息，少女所置身的场域较为狭窄，女性意识的展现和反思程度也有限度。正是如此，刘绪源在论析秦文君少女小说的预设读者时认为，少女会读出"自己的人生和心灵的现状"，成人则会"回味已经逝去的那部分生命"。② 这种兼具儿童与成人读者的少女小说在融通前述两种文学有着更多的便利性，也容易衍生"是儿童文学还是成人文学"的疑问。由此看来，少年文学以整体的"少年性"拉开了与幼儿文学、童年文学的距离，凸显了其独特的文学气象。在"青少年文学"的整体系统中，这类少女文学与成人文学中的青春文学较为接近，而成为儿童文学与成人文学界限上的模糊地带。

值得说明的是，"一体化"统摄并不以消解儿童文学"主体性"为代价，女作家儿童文学的性别书写也有其主体性发展的自觉。讨论女性主义而缺乏男性话语的参照显然是不科学的。性别是两性的性别，女作家儿童文学

① 陈丹燕：《问问陈丹燕》，湖南少年儿童出版社 2012 年版，第 38 页。
② 刘绪源：《文学、人生与十六岁的感想》，载《秦文君臻美花香文集》，接力出版社 2019 年版，第 3 页。

创作的性别议题还要考虑其"反性别"套话的存在。"儿童性"的呈现要与"成人性"联系起来看，但"儿童性"并不等于"反成人性"，有时它的存在还要以"自反"的途径来延伸。"儿童反儿童化"与"反现代性的现代性"可作如是观。统而言之，讨论女性作家的儿童文学创作不能离开儿童文学这一"元概念"，要考虑儿童文学区别于其他文学门类的特殊性。但也不能将女作家的创作视为一个孤立的、自发性的现象，搁置了其之于时代、文化共同性而开启的自觉性，而是要将其深嵌于百年中国文学"现代化"与"民族性"的整体序列，以此洞见其价值与局限。循此，将这种辩证的意识贯穿于百年中国的历史长河中，为百年中国文学的整体研究提供新的视角和方法。

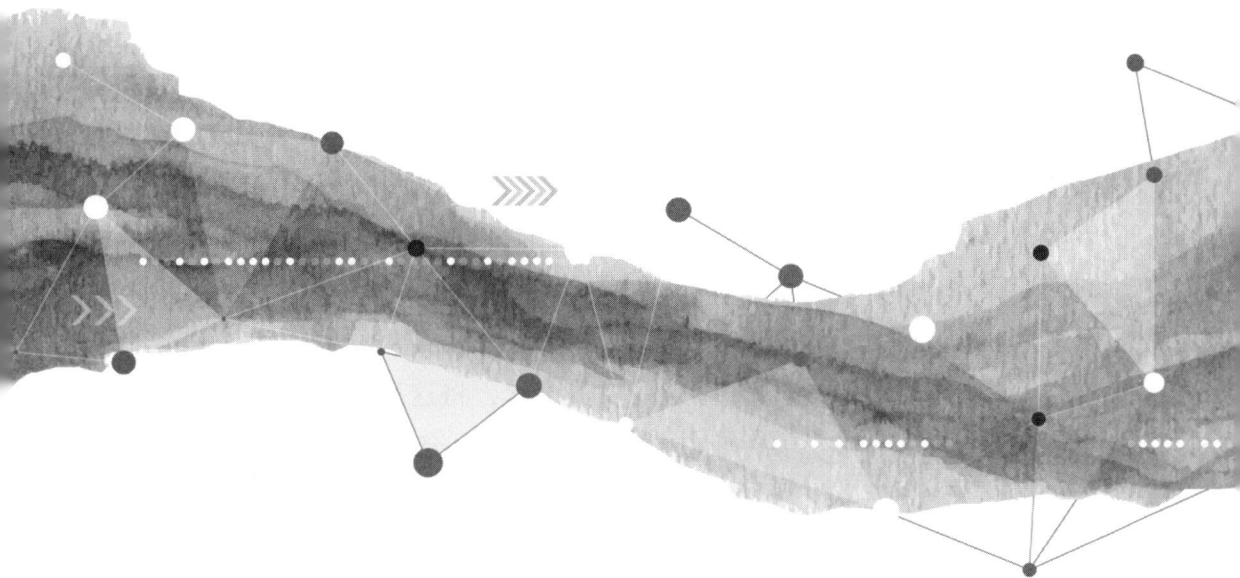

第一章

五四新文学视域中
女作家儿童文学创作的出场

  作为中国文化史与思想史上具有里程碑意义的重大转折点，五四新文化运动为处于封建文化笼罩下的中国文学带来了新生的曙光。五四时期的文化先驱以当时先进的西方文化与科学思想为参照，通过弘扬西方的民主、科学理念以及人本主义思想，批判了中国文化中长期存在的封建意识。五四时期文化先驱们对中国文化进行了多方面多角度的反思，并且深入到社会、教育、文学等多个层面。这一时期，出现了诸如陈独秀、胡适、鲁迅、周作人、冰心等一大批代表五四新文化精神的学者与作家，他们借助《新青年》这个文化阵地以及文学研究会等文学社团发表个人观点，反思时代积弊。五四时期作家的作品大多具有鲜明的"问题意识"，作家善于将各类社会问题融入文学作品中，以待引起读者的共鸣与反思。"儿童问题"的提出，极大地推动了中国儿童文学的发生。

第一节　启蒙现代性与女作家 儿童文学创作的发生

　　晚清以来，伴随着两次鸦片战争的失败与国内太平天国运动对清政府的冲击，中国一度陷入了半殖民地半封建社会的现状中。尽管曾国藩、左宗棠、张之洞等洋务派本着"师夷制夷"和"中体西用"的理念进行了一场长达三十余年的洋务运动，但是内忧外患的处境及停留在"器物层面"的引进，这场运动还是以失败告终。以康有为和梁启超等为代表的维新派登上历史舞台后，和洋务派有明显的不同，他们的改革开始涉及社会思想层面，把妇女解放作为维新运动的重要组成部分。实际上，早在洋务运动中，大力创办新式学堂已经成为洋务派改革的一项重要举措，到了维新派这里，新式学堂中又新增了女子学堂，这较之洋务派又明显地进了一大步。除了兴办女子学堂，维新派还开始鼓励出版《女学报》，在此情境下，中国出现了第一批知识女性，其中以一代女杰秋瑾为主要代表。

一

　　素有"鉴湖女侠"之称的秋瑾是中国近现代历史上反帝反封建的杰出女性代表。在日本留学期间，她广交留学生中的有识之士，如鲁迅、陶成章、黄兴、宋教仁、陈天华等。她还积极参加留日学生的革命活动，曾与陈撷芳发起共爱会，作为开展妇女运动的团体。她后来又创办了《白话报》。秋瑾以"鉴湖女侠"为笔名，在杂志上发表了《演说的好处》《敬告中国二万万女同胞》《警告我同胞》等文章，在这些充满爱国热情和女性意识的文章中，她不仅抨击了腐朽没落的封建制度，而且还号召女性救国，宣传了进步女性思想。回国后，秋瑾先后加入了光复会、同盟会等爱国进步组织，并写下了许多革命诗篇。1907年1月14日，《中国女报》创刊，秋瑾为该报纸撰写了"发刊词"，《中国女报》以"开通风气，提倡女学，联感情，结团体，并为他日创设中国妇人协会之基础"为宗旨，动员女界争当"醒狮之前驱"与"文明之先导"。

从秋瑾短暂的人生经历中不难看出，早在晚清时期，随着妇女解放运动的兴起，一些先觉女性已积极地投身到各项社会活动中去，并且在这些社会活动中扮演着尤为重要的角色。非常值得一提的是，早在"潇湘三女杰"（秋瑾、唐群英、葛健豪）之前，就有妇女投身社会活动的先例，这在高诵芬的回忆录《山居杂忆》中就有明确的记载："高老太太鼓励自己的儿子高尔登和孙子高维魏——即我父亲——去日本留学和创立'天足会'、产科学堂、女子学堂等事，家祯（作者之子）的文章中已有提及，而且我曾祖母办这些事时我还没有出世呢——高老太太办的天足会我母亲倒参加过，那时她仅十四岁。……高老太太有一笔私蓄，她就是以这笔钱来做善举的。比如，她准备了米票，每张一斤；棉袄票，每张一件，发放给穷苦人。穷人拿了票就可以去指定的店里领取米或棉袄。"[1]文中提到的这位高老太太原名金英，字亦茗，出生时间大约在1845年，比秋瑾早三十年出生，因为积极参加各项社会活动，所以在当时的杭州城很有名望，颇受人尊敬。她自己也创作诗歌，有一册《云峰阁主人诗稿》留世。由此可见，自晚清以来，受社会风气的影响，女性不再以"紧闭深闺"和"相夫教子"为个人的唯一责任，她们会在经济条件尚可的情况下适当参与社会活动，甚至从事文学创作。

乔以钢曾说，自秋瑾开始，"对时代和社会生活的感应，对妇女命运的关注和对妇女解放的诉求，成为贯穿女性文学百年历程的重要主题；一代又一代的女作家借助文学实现着女性对社会的参与和批判，体现出强烈的'人'的主体意识和女性的社会责任感，与此同时追求着女性人生价值的

---

[1] 高诵芬、徐家祯：《曾祖母二三事》，载《山居杂忆》，长江文艺出版社2015年版，第37页。

真正体现。"① 也就是说，在戊戌变法和清末新政的积极影响下，女性的社会地位和社会参与度得到了显著的提升，这就为后来的女性文学的发生奠定了扎实的基础。然而，相较之于男性文学而言，女性作家的文字显得更加细腻和内省。其缘由用方方的话说即是："在很长的历史阶段里，她们无权也无力投入进这个大千世界，她们无法去关注或观察芸芸众生的生生死死。她们甚至没有条件远行，亦无机会去领教宦海沉浮。世界于她们，就是窗外的世界。而文学于她们，则成一块手绢，就是用来抹擦眼泪。所以，她们的文学，走的是一条自我倾诉的路，一条向内观照的路。"② 尽管女性作家的创作之路走的是一条"自我倾诉"与"向内观照"的路，但是这并不意味着她们的文学成就和作品价值普遍低于男性，相反她们以其独特的视角和思想用心地描摹着这个世界，使这个世界在宏观的历史前进中，展现出微观的美好与温柔的力量，这也正是女性文学独特的价值所在。

历史总是一步步向前推进的，在经历了洋务运动、戊戌变法、清末新政和辛亥革命等一系列重要的历史事件之后，中国终于迎来了思想文化界具有里程碑式意义的五四新文化运动。如果说在辛亥革命倡导男女平等的女权运动影响下，诞生了像秋瑾这样追求革命事业并坚持革命理想的新女性的话，那么五四新文化运动则更进一步地从文学创作的层面将女性作家纳入了新文化建设的进程中。甚至可以这样理解，现代意义上的女作家诞生于五四新文化运动时期，这个时期由于女性开始接受教育、开始独立思考，所以她们的创作热情较之以往的任何一个时代都要显得更加充沛。"女性"也就成为一个现代概念，浮出了历史地表，"中国女性打破了几千年的群体缄默，在历史上终于获得了言说的权利和空间，开始了具有独立意义的女性文学时代，这也是千百年来女性性别意识的第一次觉醒"③。

---

① 乔以钢:《多彩的旋律——中国女性文学主题研究》,南开大学出版社 2006 年版,第 26 页。
② 方方:《〈她们笔下的她们〉序》,载《她们笔下的她们》,人民文学出版社 2015 年版,第 2 页。
③ 曹新伟、顾玮、张宗蓝:《20 世纪中国女性文学史》,北京大学出版社 2012 年版,第 42 页。

二

作为五四新文化运动的革命阵地，《新青年》杂志以其非凡的凝聚力将许多仁人志士团结在了这里，其中包括陈独秀、李大钊、胡适和鲁迅等重要成员。同样，在妇女解放问题上，《新青年》也以其热忱的态度给予了高度关注，比如该杂志在第一卷就刊出了陈独秀的《欧洲七女杰》一文，陈独秀通过介绍欧洲科学界、医学界和政界七位杰出的女性代表，向国人传递了女性只有自立自强、接受教育、获得新思想，才能像男性那样在社会的各个领域取得不凡的成就。此外，《新青年》还设立过"易卜生专号"，着重向广大读者介绍了挪威戏剧家易卜生的《玩偶之家》。可以说，在中国的 20 世纪 20 年代，将《玩偶之家》等文学作品引进国内无疑具有极其重要的意义。因为作品中的女主人公娜拉就是中产阶级女性的典型代表，她一方面是丈夫海尔茂心目中完美可人的妻子，另一方面又要操持家中大大小小的事务，可是当有一天她的做法在事出有因的情况下未能和丈夫取得一致时，丈夫的勃然大怒和前后匪夷所思的转化，不由得令娜拉对生活产生了一种强烈的幻灭感，原来丈夫对自己的爱和对一个玩偶的没有本质的区别，其前提都是要顺从和忍让。在《玩偶之家》译介到中国以后，鲁迅在《新青年》五卷二号上发表了《娜拉走后怎样》的著名演讲稿，后来还创作了短篇小说《伤逝》来进一步探讨这个话题。鲁迅认为，尽管娜拉掷地有声的关门声标志着她通过离家出走暂时逃离了家庭的束缚，但是作为一个没有经济来源的妇女，实际上她无法走得太远。鲁迅甚至大胆地预测了娜拉接下来可能会出现的结局，即要么"回来"重新做好家庭主妇，要么在外"走向堕落"。这既是娜拉的悲剧，也是中国女性解放必须面对的问题。"自我启蒙"与"他者启蒙"的差异表现出中国女性解放的艰难历程。

值得注意的是，在晚清至"五四"的妇女解放运动中，从西方来华传教的传教士对妇女解放有着潜移默化的助力作用。传教士本着基督教义中博爱与宽厚的精神，主张废除妇女缠足，让女性进学堂学习文化知识。曾有调查统计，在 1844 年到 19 世纪 70 年代期间，中国土地上许多知名的女子学堂皆是由教会创办，其中颇具影响力的有华北协和女子大学、华南女子学院、金陵女子大学等。此外，他们创办的杂志《万国公报》中就发表过"不缠足""兴女学""革陋习""介绍国外妇女"等相关主题的文章近百篇。还出版过讨论妇女问题的书籍，如《女学论》《生利分利说》《全地五大洲女俗通考》等。毋庸置疑，无论是传教士办学，还是他们创办刊物和出版书籍，这些都为当时的女性开拓了思路，打开了视野，使她们了解到世界其他地区妇女的生活状况和精神面貌。

除了传教士兴办女学之外，自清末新政以来，中国也一直倡导创立女子学堂。1907年3月，清政府颁布了中国首个女子学堂章程，即《学部奏定女子小学堂章程》和《学部奏定女子师范学堂章程》，可以说这两项章程正式承认了女子接受教育的合法性。尽管当时清政府兴办女学是为了将女性培养成知书识礼的贤妻良母，但是这至少给女性提供了走出家门、接受新知的机会。民国建立初期，教育部颁布的《壬子癸丑学制》则更进一步地完善了教育体制，比如它在原有的基础上实行男女生同校，女子接受教育的种类开始增多，受教育的年限也开始延长。民国改良教育的直接受益者正是中国第一批女性作家，"陈衡哲、袁昌英、谢冰心、黄庐隐、冯沅君、苏雪林、凌叔华等人，都受惠于民国初年颁布的《壬子癸丑学制》"[1]。纵观上述这些有幸能够接受教育的女性，她们大多都来自经济条件良好的中产阶级家庭或书香门第家庭，在拥有一定经济基础的同时，她们自身也有很高的思想觉悟，试图通过接受教育和从事文学创作来改变自身处境，抒发内心真实的情感。

三

受现代启蒙思想的影响，五四时期对于"人"的理解超越了其本质的先验论的认知，主客二分的认识观奠定了科学精神的基础，人类社会与自然的相分离的局面被破除，从而新构了在"自然宇宙的秩序上"来考察人的新

---

① 张莉:《中国现代女性写作的发生:1898—1925》，北京十月文艺出版社2020年版，第37—38页。

的科学精神。① 一般而论，中国现代文学的发生与五四时期"人的发现"密不可分。"人的发现"是中国现代文学发生的原点。依此类推，"儿童的发现"也是中国儿童文学发生的原点。从发生学考察，中国儿童文学晚于中国新文学是不争的事实。"儿童文学"的概念最早源于1920年周作人的《儿童的文学》。周氏指出，儿童文学发生的理论资源是现代儿童观的确立，他认为儿童是"完全的个人"，有内外两面的生活，必然有文学的需要。由于中国传统教育过分强调教化，"拿'圣经贤传'尽量的灌下去"，其结果"不免浪费了儿童的时间，缺损了儿童的生活"。② 从他在文章中呼吁"热心人"投身于"研究""修订""翻译""编撰"儿童读物中去可以看出，中国儿童文学聚焦儿童开展创作等实践自此才刚刚起步。应该说，中国新文学的先驱者，如胡适、陈独秀、李大钊、鲁迅等人，都非常关注"儿童问题"，也都致力于传统儿童观的现代变革，这对发现、解放儿童是功不可没的。然而，他们对于何谓儿童文学、如何创作儿童文学等具体实践问题却陷入了迷惘或困惑之中。鲁迅"救救孩子"的呼喊只限定于儿童生命价值观念的领域，显然不包括对其审美层面的设计。

在中国新文学先驱的意识中，"儿童"作为价值主体是被优先考虑的，这为儿童文学的发生提供了理论前提。在中国从"老大中国"向"少年中国"观念转变的过程中，"人"的价值得到了先进中国人的高度关注。李大钊的《"少年中国"的"少年运动"》强调"爱人的运动，比爱国运动更重"③。在这里，李大钊将其"少年中国"观延展至世界的范畴，从而得出"少年中国"运动就是世界改造运动的结论。作为"人"重要组成部分的"儿童"也逐渐受到了现代知识分子的注意，将"儿童"从陈旧、封闭的话语体系中发掘出来成为中国新文学重要的观照内容。"儿童"视角的切入扩充了中国现代文学的文化结构，使得"人的文学"的范畴拓展至曾经遭受忽视或压制的儿童

---

① [德]恩斯特·卡西尔：《人论》，甘阳译，上海译文出版社1985年版，第18页。

② 周作人：《儿童的文学》，载《周作人散文全集》第2卷，广西师范大学出版社2021年版，第272—273页。

③ 李大钊：《"少年中国"的"少年运动"》，《少年中国》第1卷第3期，1919年9月15日。

身上。儿童的教育、心理、认知、价值等问题也借助于文学这一公共空间而成为民众关注的对象。儿童一旦成为独立的主体，成为目标读者，儿童文学就应运而生。在日本学者柄谷行人看来，"儿童"是一个"风景"，儿童的发现与"风景之发现"无异，"风景一旦确立以后，其起源就被忘却了"。这即是说，从儿童被确立为需要发现或解放的对象后，儿童作为实体性概念和思想性概念的先后顺序就被颠倒了。这样一来，在儿童文学创作中，"现实中的孩子"或"真的孩子"作为其描摹对象的起源就非不证自明了，儿童只不过是一个"方法论上的概念"①。儿童"风景"的发现遵循这样一个逻辑顺序：先有抽象（思想观念）中的儿童，后才有现实中儿童的发现，最后才有儿童文学中儿童的书写。这看似不符合常理，但却为我们提供了一种新的认知路径。柄谷行人强调的"颠倒"实质上是一种现代认知装置，与"顺着看"不同，它依循的是一种反向的"倒着看"。因为有了抽象的观念层面上的"儿童"这一"理想类型"（韦伯语），才能逆向地在现实存在中寻绎其范型。由此给人的印象是，先有儿童文学中的儿童，才有现实中作为实体存在的儿童。文本中的儿童与现实中的儿童之间的对应或裂隙即是柄谷行人所谓"作为方法的儿童"所内蕴的张力。在这里，需要辨析自然真实存在的儿童与作为现代概念的儿童，前者并不是一开始就受到成人的关注，但随着社会的进步发展，他们有被"发现"的过程；而后者则是"发明"出来的。② 由此看来，"发现儿童"与"发明儿童"或"建构儿童"都具有同一性，共同指向了人们对于"儿童"独立生存价值的重新理解。从起源考察，"发明儿童"或"建构儿童"的出发点是为了确立儿童的主体位置，但因这种"建构"或"发明"背后的成人主导性而极易抽空儿童话语本有的主体性，儿童被迫以一种"匿名"和"缺席"的方式出现在儿童文学的创作过程中，由此造成的遮蔽儿童话语的现象值得深刻反思。

---

① ［日］柄谷行人：《现代日本文学的起源》，赵京华译，生活·读书·新知三联书店2006年版，第124页。

② 张梅：《从"儿童的发现"到"童年的消逝"——关于"儿童"的概念及其相关问题的考察》，《文艺争鸣》2016年第3期。

一般而论，"儿童的发现"实质上表征了成人现代儿童观的确立。有了"儿童的发现"，成人就发现有创作和生产"儿童文学"的必要。从这种意义上说，儿童的发现是儿童文学产生的基础。于是，在"发现儿童"的同时，也亟须"发现儿童文学"来保障"为儿童服务"的内在诉求和文化使命。否则，发现和解放儿童就成了一句空话。要言之，"发现儿童"和"发现儿童文学"是同构的，两者相互促进，休戚相关。两者立足于"儿童"这一"人"的主体性，强调儿童有阅读和接受属于他们的儿童读物的需要，而这种需要的给予鲜明地彰显了儿童人身权利和作为人的独立价值，体现了"五四"所推崇的人本思想和人道主义的时代精神。这种具有划时代的儿童观念赋予了儿童文学区别于以往的全新的思维品格。从这种意义上说，"儿童文学"与"儿童"一样都是现代的概念，"从社会史方面说，儿童文学的发现已被认作中国进入现代社会的一个因素与标志"[1]。不言而喻，中国儿童文学的发生与中国现代文学的发生机制有着内在的统一性。或者说，中国儿童文学的发生是中国现代文学发生的重要组成部分。

在五四新文化运动诞生的第一批女性作家中，真正意义上投身于儿童文学创作的寥寥无几，这与当时特殊的社会语境有着不可分割的关系。五四新文化运动作为中国历史上第一次具有启蒙性质的思想革命，这场"思想革命"的实质还是在于发现"人"，这一点在周作人的《人的文学》中有这样的表述：

> 欧洲关于这"人"的真理的发现，第一次是在十五世纪，于是出了宗教改革与文艺复兴两个结果。第二次成了法国大革命，第三次大约便是欧战以后将来的未知事件了。女人与小儿的发见，却迟至十九世纪，才有萌芽。古来女人的位置，不过是男子的器具与奴隶。中古时代，教会里还曾讨论女子有无灵魂，算不算得一个人呢。小儿也只是父母的所有品，又不认他是一个未长成的人，却当他作具体而微的成人，因此又不知演了多少家庭的与教

---

① 王泉根：《现代中国儿童文学主潮》，重庆出版社2000年版，第13页。

育的悲剧。自从弗罗培尔（Froebel）与戈特文（Godwin）夫人以后，才有光明出现。到了现在，造成儿童学与女子问题这两个大研究，可望长出极好的结果来。中国讲到这类问题，却须从头做起，人的问题，从来未经解决，女人小儿更不必说了。[1]

根据周作人《人的文学》中的相关论断，朱自强进一步认为："周作人要解放的主要是儿童和妇女，而不是男人。《人的文学》的这一核心的论述逻辑，也是思想逻辑，体现出周作人的现代思想的独特性以及'国民性'批判的独特性。"[2] 可以说，这种敢于发现的意识在某种程度上升华了五四新文化运动的思想价值，它使一场文化界和思想界的运动延展为一种思潮或一种植根于本民族的文化力量。然而，"发现"并不能等同于"创造"，"发现"主要集中于思想层面，而"创造"还需要有大量的写作素材和创作灵感，这对于五四时期的女作家们而言无疑是下一步才能解决的事情。但是，值得欣慰的是，由于妇女和儿童"自始至终是被动的、沉默无语的"[3]，因此他们之间所形成的"心有灵犀"可能较之当时的男性作家而言要表现得更为充分与细腻一些。比如冰心的《寄小读者》中那种尽管身在异国他乡，但是仍然心系祖国、心系祖国花朵——少年儿童的美好心灵，就带有明显的女性化色彩，像《寄小读者》这种书信体作品，冰心化身为善解人意的大姐姐就显得亲和力十足。在五四时期女性作家群像中，像冰心这样自觉地为儿童进行创作的女作家总体数量并不多，但是其中不乏像庐隐和凌叔华这样创作出适合儿童阅读且塑造出经典儿童形象的女作家。

作为发生期的女性儿童文学创作者，她们的开拓性与独创性价值不容低估，为当时尚显贫瘠的儿童文学土壤注入了新鲜的血液，也为此后女性作家创作儿童文学提供了可资借鉴的典范。她们的名字注定会像她们熠熠生辉的文学作品一样被世人铭记并被永久地载入史册。

---

① 周作人：《人的文学》，载《周作人散文集》第 2 卷，广西师范大学出版社 2021 年版，第 86 页。

② 朱自强：《"儿童的发现"：周作人"人的文学"的思想源头》，载《儿童文学的"思想革命"》，青岛出版社 2017 年版，第 3 页。

③ 唐兵：《儿童文学中的女性主义声音》，湖北少年儿童出版社 2003 年版，第 19 页。

第二节　冰心：从问题小说推衍
儿童文学的语体革新

　　提起五四新文化运动中的女性作家创作，冰心是一个独特而具有代表性的名字，甚至从某种程度而言，冰心与现代儿童文学几乎可以画上一个等号，这是因为冰心是现代意义上第一个自觉为儿童进行创作的女性作家。冰心，原名谢婉莹，"冰心"是她的笔名，取自唐代诗人王昌龄经典名句中"洛阳亲友如相问，一片冰心在玉壶"，"冰心"寓意着冰清玉洁、纯洁无瑕之意。冰心自幼酷爱读书，尤其喜爱阅读《三国志》《西游记》《水浒传》《聊斋志异》《说岳全传》等中国古典文学著作，并内化为流淌着古典诗意的现代语言。由于接受过良好的教育，又有着高远的文学追求和明确的思想觉悟，年轻的冰心很快就成为文学研究会的重要成员之一。文学研究会从"为人生而艺术"的角度出发，强调文学创作与现实生活两相结合，注重文学对社会的现实影响，冰心的问题小说即受此观念影响。周作人《儿童的文学》的问世为中国儿童文学的发生起到了奠基的作用，也推动了冰心等人从事儿童文学创作。

一

　　追溯冰心的文学创作道路，最早可追溯至她的一篇题为《二十一日听审的感想》的文章，当时年仅19岁的冰心怀揣着炙热的爱国热情，尖锐地揭露了北洋政府的黑幕。彼时，冰心的表兄刘放园是《晨报》的主编，很欣赏冰心的才情，将该文刊发于1919年8月25日《晨报》的"自由论坛"专栏里。冰心的创作是从问题小说这个领域起步的，《两个家庭》《斯人独憔悴》《秋雨秋风愁煞人》《去国》等早期作品，并不属于儿童文学。问题小说隶属于现代小说的一种，主要以揭露某些社会问题为主，但也仅限于提出"问题"，尚无解决"问题"的方略。可以说冰心创作的这类小说通常都有"深刻而清醒的女性主义意识的贯注，使这些作品具有问题小说所特有的鲜明理性启蒙和理想主义色彩"[1]。冰心在创作这些具有"五四"时代特色的问题小说时，其语言体现出一种"化古文为新词，纳自然成诗情"[2]的风格。

以冰心早期问题小说代表作《斯人独憔悴》为例，这是一部在语言风格上非常具有古典气质的作品。首先，"斯人独憔悴"这个标题出自杜甫的《梦李白二首·其二》中的名句："出门搔白首，若负平生志。冠盖满京华，斯人独憔悴。"这首诗的本意旨在抒发杜甫满腹才华却怀才不遇的凄凉处境，冰心选用这首诗的最后一句作为整篇小说的题目，实际上也具有"点睛之笔"的效用，因为这篇小说的主人公颖铭和颖石也是空有满腔抱负却被家庭束缚的典型代表。这样一部以古诗句命名的小说在当时引起了广泛的影响，不仅读者来信纷至沓来，而且还有学生社团将其改编成了话剧并在舞台上演出。可见，从某种程度而言"冰心小说获得了现实与文本间的'互文'效果"[3]；其次，这篇小说的景物描写呈现出诗与画相交融的典雅风格："一个黄昏，一片极目无际茸茸的青草，映着半天的晚霞，恰如一幅图画。忽然一缕黑烟，津浦路的晚车，从地平线边蜿蜒而来。"[4]这样一个短句，其实是由好几句诗句衍化而成的，如"离离原上草，一岁一枯荣"和"大漠孤烟直，长河落日圆"等。冰心小说中的许多句子都是从古典诗词的意境中衍化而来，因此也就具有了高度的诗的特质。最后，这篇小说在人物对话上也非常具有中国古典小说的韵味，继承了明清时期章回体小说的许多习

① 韩立群：《现代女性的精神历程：从冰心到张爱玲》，中国人民大学出版社2013年版，第45页。
② 张锦贻：《冰心评传》，希望出版社2009年版，第2页。
③ 张莉：《中国现代女性写作的发生：1898—1925》，北京十月文艺出版社2020年版，第183页。
④ 冰心：《斯人独憔悴》，载《冰心全集》第1册，海峡文艺出版社2012年版，第21页。

惯性用语，比如"过一会子""率性""吟哦"等语词即为适例。冰心一直秉承着"用白话写的人，也不能完全舍弃文言"①的主张。从冰心对母语现代化的思考，我们也可以看出"冰心对民族优秀文化传统的继承以及这种继承在五四新文学建设中的意义"②。

如果说《斯人独憔悴》是一篇在语言风格上具有古典气息的小说的话，那么冰心的《秋雨秋风愁煞人》则是一篇在思想情感上非常接近古典文学的作品。"秋风秋雨"这组意象是中国古典诗词中极为常见的元素，唐代诗人刘禹锡"自古逢秋悲寂寥"之叹代表了古代文人的心声。冰心用这一组意象来作为文章标题，基本奠定了这篇小说的感伤基调。"愁煞人"也是我国古代话本小说中常用的语词，主人公在遇见某件棘手的事情后感慨一句"真真愁煞人也"！从《秋雨秋风愁煞人》的开篇就能看出它渲染了浓厚的古典气息，开篇"飒飒吹着的秋风""滴沥滴沥下着的秋雨""幽寂不堪的桂花"，都非常符合一位身处闺阁之中又恰逢秋季心怀愁绪的女子的状态。在小说中，"我"无意间翻到的《绝妙好词笺》以及里面夹着的昔日好友英云的信，都在无形中将一种古典的"诗情"传递给了读者。当然，冰心在小说中展现这种"诗情"并不仅仅局限于古典的"诗意"，有时也会有新诗的印迹，比如在文句的末尾出现一个"呵"字，这在五四时期新诗中是语气词，其含义类似于"啊""哦"之类的词，但是"五四"后这类语气词便几乎销声匿迹了，人们在创作诗歌时几乎很少使用该语气词了，因此"呵"也可以被视作是五四时期新诗艺术特有的产物。然而，冰心将这个"呵"字经常运用于她的小说创作中。例如用于赞叹美景和快乐心境的"这斜阳芳草是可以描画出来的，但是青年人快乐活泼的心胸，是不能描画的呵！"③用于悲叹和感慨的："可怜呵！我的初志，决不是如此的，祖国呵！不是我英士弃绝了你，乃是你弃绝了我英士啊！"④后面一段话中出现了一种值得注意的特殊

---

① 冰心：《怎样欣赏中国文学》，载《冰心全集》第3册，海峡文艺出版社2012年版，第173页。
② 李玲：《评新时期的冰心研究》，《中国现代文学研究丛刊》1996年第4期。
③ 冰心：《秋雨秋风愁煞人》，载《冰心全集》第1册，海峡文艺出版社2012年版，第33页。
④ 冰心：《去国》，载《冰心全集》第1册，海峡文艺出版社2012年版，第54页。

现象，即"呵"和"啊"同时使用，同样是语气词，但是在这种语境下，"呵"的出现就会强化整个句子澎湃的诗情，而"啊"仅仅只是语气词而已。因此，从某种程度而言，冰心援引五四时期的一些新诗用词使其小说的语言风格从单一走向多元化，并且为探索新的语言风格提供了无限的可能性。

除了早期问题小说具有十分浓郁的古典气息外，冰心之后创作的一些儿童小说也具有这种特质。譬如在《最后的安息》中，何妈对出门玩耍的惠姑说的一番话："姑娘几时出来的，也不叫我跟着。刚才太太下楼，找不见姑娘，急得什么似的。以后千万不要独自出来，要是……"[1] 阅读这样的句子，读者会有一种仿佛在读古典小说《红楼梦》的感觉，这里的词汇诸如"姑娘"（旧社会家里用人对年轻未出阁小姐的称呼），"急得什么似的"（用"什么似的"来形容某件事情的极致程度）等，都是明清章回体小说中常用的语汇。如果从小说的思想内容层面来剖析《最后的安息》的话，它的批判性是强烈的。冰心借城里大户人家小姐惠姑和乡下童养媳翠儿意外邂逅的友情来反观翠儿不幸的命运，并以此揭露了旧社会童养媳制度对人性的戕害。这类儿童问题小说是"中国现代女性主体意识觉醒的产物"[2]，因此这篇小说的主题是现代性的，然而小说中的语言又裹挟着中国古典文学的诸多因素。事实上，在现代小说创作中浸润中国古典文学气质并非语言的复古，它在某种程度上还可以弥补白话文初始阶段新语言实践的不足。在白话文运动的语境下，新文学家们以"造出雅致的白语文"为创作目标，文言是在否弃之列。尽管肯定"文言之美"的做法逆现代语言变革"明白"之大势，但往往使白话文和诗多出许多"雅致"。[3] 在小说《是谁断送了你》中，父亲对女儿怡萱上学前的那一番"训话"也和《最后的安息》中的对话有异曲同工之妙："最要紧的千万不要学那些浮嚣的女学生们，高谈'自由''解

---

① 冰心：《最后的安息》，载《冰心全集》第 1 册，海峡文艺出版社 2012 年版，第 80 页。

② 韩立群：《现代女性的精神历程：从冰心到张爱玲》，中国人民大学出版社 2013 年版，第 56 页。

③ 朱晓进、何平：《论文学语言的变迁与中国现代文学形式的发展》，《南京师范大学学报（社会科学版）》2008 年第 5 期。

放',以致道德堕落,名誉扫地,我眼里实在看不惯这种轻狂样儿!"① 这里出现的"轻狂样儿"也是古典小说中出现频率较高的语汇,比如《红楼梦》中王夫人就指责过晴雯有"轻狂样儿"。如果将"轻狂样儿"语义从清代的《红楼梦》引入《是谁断送了你》的话,那么我们大致可以推断出这个词是形容那些桀骜不驯的年轻女性的。

如前所述,自幼深受古典文化熏陶的冰心将古典情怀转化为一种独特的小说语言风格,这是一种创新又不失柔婉,清新亦满怀诗意的语言风格。关于语言风格古典化的现象,冰心的这种"化用"并非刻意而为,而是自然而然地流露在其创作中的,她始终认为:"新旧文学的最大的分别,决不在于形式上的语体和文言,乃在于文字中所包含的思想,某一时代特具的精神"②。可以说,冰心的创作实践是在这一理念的基础上身体力行的。此外,她对于当时"欧化"等现象也保留着清醒的认知。她认为一味追求我国新诗的"欧化"不一定会产生良好的效果,还是要做到"对于本国的特长要保守,对于外国的特长要采取"③。正是遵循着这样的创作理念,"她的诗似的散文化的文字,从旧式的文字方面所引申出来的中国式的句法,产生了一种'冰心体'的文字"④。而这种"冰心体"对此后女性文学创作产生了较为深远的影响。"冰心体"除了继承中国古典文学的诸多质素外,还常以清新浅近、活泼轻快而著称,后者同样是冰心语言风格的重要组成部分。

众所周知,将儿童文学的语言风格定义为"浅语的艺术"这一观点,在儿童文学界一直占据着尤为重要的地位。这里的"浅语"并不是指儿童文学作品中语言越简单越好,而是指一种能为儿童所理解和接受并且为儿童所喜闻乐见的语言风格。自五四新文化运动以来,在白话逐渐取代文言的语境下,儿童文学创作中"浅语"书写在儿童文学作家的笔下得以实现。冰心是其中一位比较有代表性的儿童文学作家,这与其"童心"思想息息相关。

---

① 冰心:《是谁断送了你》,载《冰心全集》第 1 册,海峡文艺出版社 2012 年版,第 135 页。

② 冰心:《论文学复古》,载《冰心全集》第 1 册,海峡文艺出版社 2012 年版,第 527 页。

③ 冰心:《中国新诗的将来》,载《冰心全集》第 1 册,海峡文艺出版社 2012 年版,第 525 页。

④ 阿英:《谢冰心》,载《冰心研究资料》,知识产权出版社 2009 年版,第 192 页。

冰心礼赞一切真善美的事物,真诚地讴歌母爱与童心,她对"作品中人物嘴里所说的都是那些'小大人'或'大小人'式的呆板晦涩的话"① 不满,因此她给儿童创作的小说和散文都充溢着一种清新活泼、浅近有趣的氛围。在《寄小读者》中冰心写道:"我常常用以自傲的:就是我从前也曾是一个小孩子,现在还有时仍是一个小孩子。"② 当她以这种平易近人的姿态试图和小读者对话时,这种态度就很容易引起小读者的共情。小读者会感觉给自己写故事的并不是一位高高在上的成人作家,而是一位以同龄人的身份跟自己沟通的作家。《寄小读者》之所以能增进作家与儿童读者的亲近感,是因为"用通讯体裁来写文字,有个对象,情感比较容易着实。同时通讯也最自由,可以在一段文字中,说许多零碎的有趣的事"③。类似的情景还出现在圣埃克絮佩里的《小王子》序言中,在他写给小读者的一段话中,他将自己的这本书献给自己最好的朋友,但是他最好的朋友已经是一个大人了,于是圣埃克絮佩里就把这本书献给他最好朋友的"小时候"了。一般而言,当一位儿童文学作家以一种"儿童本位"的姿态给儿童创作时,其作品就会带有一种切近儿童的"浅语"风格。在"五四"提倡"言文合一"的语境中,"文学的语言的'口语化'直接就是对文体修辞儿童化特性的推动"④,此外,这种语言变革也间接玉成了"以陈述为主要语言特征的小说"⑤。这其中就包含着冰心独特的"书信体"散文《寄小读者》,该通讯以当时少见的"对话体"形式向读者展现了成人与儿童互动中"口语艺术"的魅力。

浅语创作是冰心一贯的理念,她声称:"喜欢描写快乐光明的事物,喜欢使用明朗清新的字句。"⑥ 众所周知,古代中国,文言被视为"尊体",

---

① 冰心:《1956年〈儿童文学选〉序言》,载《冰心全集》第3册,海峡文艺出版社2012年版,第485页。

② 冰心:《寄小读者》,载《冰心全集》第2册,海峡文艺出版社2012年版,第5页。

③ 冰心:《我的文学生活》,载《冰心全集》第2册,海峡文艺出版社2012年版,第327页。

④ 朱晓进、李玮、何平、丁晓原、陈留生:《作为语言艺术的中国现代文学发展史:文学语言变迁与中国现代文学形式的演进》,人民出版社2015年版,第594页。

⑤ 朱晓进、李玮:《语言变革对中国现代文学形式发展的深度影响》,《中国社会科学》2015年第1期。

⑥ 冰心:《归来以后》,载《冰心全集》第3册,海峡文艺出版社2012年版,第222页。

文言传统限制了专为儿童创作的"浅语"文学的发展，而五四新文化运动以来，儿童文学作为新文学体系中至关重要的一部分广受作家和学者的重视。语言不仅是一种工具，还是一种表征民族性与现代性的思想本体，"语言的变革从来都不仅仅是形式上的嬗变更替，它必然会带来一系列文化思想领域的深刻变革"[①]。从表面看来，这只是从文言演变成白话，从深奥难懂的文字演变为浅近易懂的话语，但究其实质而言，这是中国儿童文学语言与思想方面的"革命"。

1920 年发表在北京《晨报》上的短篇小说《骰子》中，冰心刻画了一个聪明伶俐的小女孩雯儿的形象。雯儿和传统意义上的女性形象有很大的不同，她遇事有自己的主见，对封建社会所信奉的那一套诸如求签和掷骰等行为持怀疑和否定的态度。小说中提到，当久病在床的祖母派王妈到庙里求签，而王妈带回来的签不是吉祥语时，雯儿不假思索地说道："签上的话哪有准的。"[②]通过雯儿对签上的话的反应可以说明，她对这些求签占卜之类的东西不是很相信，当祖母打算通过骰子来预知祸福时，雯儿采用了"偷换"骰子的方法来使祖母宽心，而雯儿的父母对她这种巧妙替换的方式也予以肯定和赞许："则苏点头道：'可是也亏了雯儿呢！'聪如连忙说：'我也看出来了，真是难为她想……'"雯儿的家庭属于一个较为开明的新式家庭，这一点通过雯儿和父母亲的对话中也能洞见："这时雯儿正夹着书包，从门外跳将进来，笑着唤道：'爹爹！妈妈！又说雯儿什么了？'聪如只笑着拉着她的手，雯儿一面笑，一面挣脱了说：'妈妈不要握紧了，我的手掌还有一点疼呢！'"毋庸置疑的是，文本中的语言是最能反映出小说中人物的性格以及所处的环境的。如果将《骰子》中雯儿和《是谁断送了你》中怡萱所处的语境做一个对比的话，便可以发现雯儿与父母的对话方式不是训诫式的，而是轻松和谐的，雯儿有权利说出自己的真实想法，也可以以一种娇嗔的口吻和父母亲交流。相对而言，怡萱的家庭结构却和雯儿的大相径庭，怡萱对父亲乃至她所身处的这个父权制家庭是充满畏惧的，她在整

---

① 张艳华：《新文学发生期的语言选择与文体流变》，山东大学出版社 2009 年版，第 77 页。

② 冰心：《骰子》，载《冰心全集》第 1 册，海峡文艺出版社 2012 年版，第 91 页。

个家庭中属于一种失语的状态，她只能默默忍受着父亲给她安排的人生。

二

作为中国新文学的"推手"，"五四"儿童文学揭露了新旧交替时期儿童生存的艰难与思想情感的矛盾。文学研究会开启的"儿童文学运动"，持守着"为人生"的宗旨，这些儿童文学作家并未将儿童置于"温室"内，而是将儿童个体的生命与整个社会相联系。可以说，冰心是其中为数不多的能够以"浅语"的形式展现儿童天真心性的作家。尽管存在着如《最后的安息》《是谁断送了你》这样反映现实的作品，但是冰心也创作了洋溢着美好气息与天真情结的作品。儿童文学虽然需要遵循自身发展的规律，但究其本质它仍然是文学，"文学的起源，本由于原人的对于自然的畏惧与好奇，凭了想象，构成一种感情思想，借了言语行动表现出来"[1]。从这种意义上说，儿童文学有为儿童筑梦和守护童心的使命，采用适合儿童的语言形式便显得尤为重要和关键。白话文契合儿童的接受心理，助力儿童的成长。在实现了儿童文学语言层面的创作自由之后，接下来迫切需要面对的便是语言的"艺术性"问题，而儿童文学界多年来讨论的"浅语"话题，实际上关涉到儿童文学创作如何"艺术"地进行表述的问题。儿童文学中的"浅语"并非一种简单、"小儿科"的语言，而是一种经过"艺术的处理"的语言[2]，这种经过"艺术的处理"的语言是检验作家是否具有儿童文学创作禀赋的试金石。甚至可以说，关于"浅语"的艺术可以这样理解，作家在创作时还须具备一种"小中见大""见微知著"的能力，因而这个"浅语"并不是"浅人"的"浅语"。它是"深人"的"浅语"[3]。

---

[1] 周作人：《儿童的文学》，载《周作人散文全集》第2卷，广西师范大学出版社2021年版，第273页。

[2] 林良：《儿童文学是"浅语的艺术"》，载《浅语的艺术》，福建少年儿童出版社2017年版，第23页。

[3] 林良：《深人的浅语》，载《陌生的引力：我的文学漫谈》，福建少年儿童出版社2019年版，第11页。

冰心的《一个兵丁》可以视为她将"浅语"的技巧运用得非常娴熟的一篇小说。小说篇幅很短,围绕着小玲在上下学途中路过军营偶然认识一个兵丁展开叙述,小玲十分羡慕军人戎马生涯的生活方式,对于那个不知名的兵丁而言,他常年离家思子心切,便不由自主地将情感寄托到这位刚刚认识的小友身上。小说对于这份感情的叙述引而不发,直到军队开拔,兵丁离去,兵丁对于小玲不可名状的感情才"爆发"出来:"这一天早晨,小玲依旧上学,刚开了街门,忽然门外有一件东西,向着他倒来。定睛一看,原来是一杆小木枪,枪柄上油着红漆,很是好看,上面贴着一张白纸,写着道:'胜儿收玩爱你的好朋友——'"①也就是说,兵丁在潜意识中一直将小玲视作久未谋面儿子的"替身"。至此,小说中那种关于战争离乱给人心灵造成的伤害,在兵丁给小玲的留言中一览无余地展现了出来。显然,这是一种非常成功的关于"浅语"的艺术处理。

在冰心的文学创作中,"爱的哲学"理念一直贯穿其创作的始终。冰心曾说:"因着基督教义的影响,潜隐的形成了我自己的'爱'的哲学。"②除此之外,"五四"弥散的童心主义和泰戈尔诗歌的影响也对这一理念的形成至关重要,冰心指出:"泰戈尔是我青年时代最爱慕的外国诗人。"③泰戈尔诗歌理念能在冰心的作品中找到印迹。她的作品中会有意或无意地流露出对于自然万物的共情,及对于身处不幸遭遇的小动物的悲悯,这与泰戈尔的文学精神是相通的。冰心善于运用深入浅出的文字来表现日常生活或自然万物中充满爱的点点滴滴。譬如《一只小鸟——偶记前天在庭树下看见的一件事》,作家以浅白细腻的文字向读者讲述了一只爱在枝头唱歌的小鸟中弹的故事,"从此那歌声便消歇了。那些孩子想要仰望着它,听它的歌声,却不能了"。④冰心用非常简单明了的语言娓娓道来,结尾处的两句话为整

---

① 冰心:《一个兵丁》,载《冰心全集》第 1 册,海峡文艺出版社 2012 年版,第 109 页。

② 冰心:《我的文学生活》,载《冰心全集》第 2 册,海峡文艺出版社 2012 年版,第 324 页。

③ 齐芳:《冰心传:以爱之名,人间有味》,华中科技大学出版社 2019 年版,第 67 页。

④ 冰心:《一只小鸟——偶记前天在庭树下看见的一件事》,载《冰心全集》第 1 册,海峡文艺出版社 2012 年版,第 119 页。

篇故事笼罩上了一层悲剧性的色彩。纵观冰心的文学创作，她笔下大部分的悲剧人物，如《最后的安息》中的翠儿、《是谁断送了你》中的怡萱、《庄鸿的姊姊》中的姊姊都带有某种可预知的悲情色彩，然而，《一只小鸟》却不同，她笔下美好事物的消逝是十分突然、让人猝不及防的，作品中的语言也是不加任何修饰的口语，语言风格接近于绘画中的"白描"，清新自然、不落痕迹但却余音袅袅。

中国现代文学的发生离不开语言的变革，"中国现代文学语言的发生研究也就不是探讨现代白话文怎样从无到有的过程，而是探讨一批作家如何实现了从旧式语言向新式语言的转型，它实际上是一个'转型'研究"[①]。沿着这一思路可以发现，尽管冰心深受中国传统文化的影响，她的古典诗词造诣也尤为深厚，但是在古代汉语向现代汉语的"转型期"，冰心顺应了新文学潮流，她的小说以文字的浅白熟稔和清新流畅堪称"浅语的艺术"的佳作。值得一提的是，在继承古典诗情和探索浅语艺术的同时，冰心的语言风格也受到启蒙思潮的影响，这对其语言现代化的生成同样起到了重要的作用。

从文学本体论的角度来看，冰心的儿童文学作品既富有古典气息和诗情，又善于"艺术的处理"。这对于中国新文学发生期的作家来说，尤为难得。冰心认为："创作儿童文学作品，还要坚持革命的现实主义和革命的浪漫主义。"[②] 这一理念贯穿于冰心创作的始终。冰心以女性独特的视角，书写母爱、童心与自然，这些都与儿童的审美趣味相契合。在其《繁星》和《春水》中，我们能看出冰心对儿童自然天性的礼赞，儿童是理想、未来、希望的隐喻，是不掺杂任何世俗弊病的天使，他们自由自在地生活于乐园之中。在儿童身上，我们可以忽略阶级、贫富、优劣等身份的差异，因而，也让我们难以洞悉儿童所置身的中国境域。对于冰心的这种书写，有人也曾提出尖锐的批评，"好一朵暖室的花，冰心女士博得人们的喝彩……

---

① 张卫中：《中国现代文学语言的发生与流变》，中国社会科学出版社 2016 年版，第 27 页。
② 冰心：《儿童文学工作者的任务与儿童文学的特点》，载《冰心全集》第 5 册，海峡文艺出版社 2012 年版，第 517 页。

我要嗤一声扫兴。本来暖室里的花何等可爱！但在现在的世界中，只有那无忧无虑丰衣饱食的市侩可以醉心于暖室的花……她的人生观是小姐的人生观……她与唐宋以上的小姐有什么区别？……若说冰心女士是女性的代表，则所代表的是市侩的女性，只是贵族性的女性。"① 蒋光慈的这种批判代表了当时"为人生"派的一般观点，在他们看来，没有超越现实的梦想，在残酷的现实面前，纯粹的"人爱"是难以治愈社会人生的。

在冰心这里，儿童是可以寄予理想的主体，他们是人类精神还乡的载体。基于此，在她看来，成人不应该干预儿童，儿童也可以不理会成人的世界，"比如说罢，开炮打仗，死了伤了几万几千的人，血肉模糊地倒在地上。我们不必看见，只要听人说了，就要心悸，夜里要睡不着，或是说呓语的；他们却不但不在意，而且很喜欢操纵这些事。又如我们觉得老大的中国，不拘谁做总统，只要他老老实实，治抚得大家平平安安的，不妨碍我们的游戏，我们就心满意足了……总而言之，他们的事，我们不敢管，也不会管；我们的事，他们竟是不屑管"②。在这里，由"我们"构成的"儿童世界"有着极大的独立性，她将成人的"战争""政治选举"与儿童的"游戏"进行对照，认为成人与儿童之间应彼此"自治"，不要互相干预。然而即使冰心执着于童心世界，也难以摆脱成人视域的干预，她对儿童自然天性的书写中也渗透了社会历史的内容，并非完全与外界脱节。然而，由于太过于注重自我情感的抒发，冰心事实上还是将儿童置身于成人世界之外，离弃了当时的"儿童问题"。冰心对于儿童的交流也越来越脱离外部世界，"那时我在国外，连自己的小弟弟们都没有接触到——就越写越'文'，越写越不像"③。"刚开始写还想到对象，后来就只顾自己抒情，越写越'文'，不合于儿童的了解程度，思想方面，也更不用说了"④。事实上，在五四时期，冰心所开的"爱"的药方可以感化和温暖一些儿童甚至成人，但在残酷的现实

① 蒋光慈：《现代中国社会与革命文学》，载《蒋光慈文集》第1卷，上海文艺出版社1988年版，第150页。

② 冰心：《寄小读者》，载《冰心全集》第2册，海峡文艺出版社2012年版，第14页。

③ 冰心：《笔谈儿童文学》，载《冰心全集》第5册，海峡文艺出版社2012年版，第354页。

④ 冰心：《〈小橘灯〉后记》，载《冰心全集》第4册，海峡文艺出版社2012年版，第284页。

面前却难以触及国人的灵魂深处，难以让他们意识到其作为人的主体价值。

"世界意识"的开启在很大程度上改变了国人的思想和观念，现代知识分子开始跳出传统虚幻的自我世界，在与外部世界的对话和交流中审视中西文化的差异。在儿童小说《寂寞》中，有这样一段话：

> 妹妹道：你为什么不跟伯伯到英国去？小小摇头道："母亲不去，我也不去。我只爱我的国，又有树，又有水。我不爱英国，他们那里尽是些黄头发蓝眼睛的孩子！"妹妹说："我们先生常常说，我们也应当爱外国，我想那是合理的。"小小道："你要爱你就爱，横竖我只有一个心，爱了我的国，就没有心再去爱别国。"妹妹一面抚着头发，说："一个心也可以分作多少份儿，就如我的一个心，爱了父亲，又爱母亲，又爱了许多的……"①

在两个天真儿童的对话中，"爱国"似乎还是离他们很远的事情，他们无法深入地理解爱国的含义及具体的做法，但他们有着不同的爱国态度。妹妹和小小分别站在"世界民"和"民族民"的立场展开讨论，也体现了当时存在着的对于"国家"与"世界"的两种不同的文化选择。在另一篇小说《国旗》中，冰心同样沿用借儿童的视角来看取"国家""爱国"等宏大命题，二哥批评小弟的原因是他和日本男孩武男一起玩，在二哥看来，"学生要爱国"。二弟却并不认同，他认为，"他也爱我们的国，我们也爱他们的国，不是更好么？各人爱各人的国，闹的朋友都好不成！我们索性都不要国了，大家合拢来做一国"。冰心站在儿童的立场，肯定了超越国籍的儿童天真的友情，"国旗呵，你这一块人造的小小的巾儿，竟能隔开了这两个孩子天真的朋友的爱！"② 然而，在儿童身上真的可以抹杀世间所有的冲突和矛盾吗？显然不能。也正是因为冰心始终为儿童的自然成长留有一方圣洁之地，间隔了成人社会的烛照，使得她的儿童想象陷入了一元维度的单向

---

① 冰心：《寂寞》，载《冰心全集》第 1 册，海峡文艺出版社 2012 年版，第 453 页。
② 冰心：《国旗》，载《冰心全集》第 1 册，海峡文艺出版社 2012 年版，第 184 页。

颂扬，这也是其遭人诟病的根由。

三

"儿童本位"思想强调儿童的自主性，还儿童一个儿童的身份和地位。那么它应不应该言说儿童之外的成人的世界呢？或者说，它在肯定儿童自足世界的同时是否应观照儿童的自然性与社会性之间的关系呢？对此，冰心的《一个奇异的梦》深刻地回答了上述问题。小说描绘了一个小孩子做的奇异的梦，生病的小孩碰见一个自称是他的债主的人，他们之间的债务关系隐喻了儿童与社会之间的深刻关联。"我名叫社会。从你一出世，就零零碎碎地给了我不少的债，你父母却万万不能替你还，因为他们也自有他们应还我的债。"当生病的小孩想以死来了却人生苦痛时，"社会"用这种债务的契约关系否定了"我"的想法，"就像你方才想脱离我，你个人倒自由干净，却不知你既该了我的债，便是我的奴仆，应当替我服务。我若不来告诫你，恐怕你至终不知道你的过错，因此我便应念而至"①。经过这些告诫，"我"最终决定不做一个忘恩负义的人。可以说，儿童世界并非悬置于社会现实之外的"桃花源"，它纯净的天地也是有限度的。况且，观照儿童世界必然需要一个参照物，那就是成人世界，它们就像一枚硬币的两面，撇开社会现实，没有成人世界的参照，便难以凸显"儿童本位"思想。

儿童是社会的儿童，儿童的际遇与时代、社会是分不开的。冰心的儿童小说没有淡化儿童成长的社会语境，而是追问着制造儿童苦难的社会缘由。在《最后的安息》中，冰心塑造了一个叫翠儿的童养媳，她的婆婆成天咒骂她，让她做超负荷的日常家务，稍微不如意，就是一顿毒打，翠儿整天泪眼婆娑。然而，和她年纪相当的惠姑的出现，她的善良、爱心、友好点亮了翠儿的纯洁心灵，"一片慈祥的光气，笼盖在翠儿身上。她们两个的影儿，倒映在溪水里"②。她们不仅是现实生活的体验者，也是生命的渲染

① 冰心：《一个奇异的梦》，载《冰心全集》第 1 册，海峡文艺出版社 2012 年版，第 111—112 页。
② 冰心：《最后的安息》，载《冰心全集》第 1 册，海峡文艺出版社 2012 年版，第 82—83 页。

者和抽象抒情的符号。冰心一方面表达了她对于美丽心灵，爱与美的人性的褒扬，"虽然外面是贫，富，智，愚，差得天悬地隔，却从她们天真里发出来的同情和感恩的心，将她们的精神，连合在一处，造成了一个和爱神妙的世界"①。另一方面也流露出她对儿童现实困境的担忧，翠儿带着微笑、背负着伤痕累累的创痛离开了人世。

基于儿童长期受蔽和失语的状况，启蒙思想者力图揭示"无儿童"的历史文化根源。其中对于奴役儿童身心发展的社会文化机制的批评尤为犀利。一旦切断了那些粘连着陈旧人伦思想的土壤和依据，儿童话语就以其"新人""新民"的独特品质，在民族国家生存与发展的宏大议题中获取了合法性价值。在冰心的《是谁断送了你》中，父亲在女儿行将到学堂去读书时对其进行了"训诫"：

> 从今天起，你总要好好地去做，学问倒不算一件事，一个姑娘家只要会写信，会算账，就足用了。最要紧的千万不要学那些浮嚣的女学生们，高谈"自由""解放"，以致道德堕落，名誉扫地，我眼里实在看不惯这种轻狂样儿！②

在父亲的道德规训下，女儿一边听着，答应了几十声"是"。在学堂学习时，当有男学生给其写信，信中内容与父亲劝诫的内容不相一致时，女儿吓得失去灵魂，一病不起，最终在高度紧张的压力中死去。冰心用"是谁断送了你"作为题目和结尾的反问，控诉了父辈所谓道德伦理对于子辈的精神戕害。

在《斯人独憔悴》中，冰心以青年学生颖铭、颖石与其父亲化卿先生的对话，书写了父子关于国家问题的正面冲突。对于儿子参加南京爱国运动的行径，父亲非常生气，"我只恨你们不学好，离了我的眼，便将我所嘱咐的话，忘在九霄云外，和那些血气之徒，连在一起，便想犯上作乱，我

---

① 冰心：《最后的安息》，载《冰心全集》第 1 册，海峡文艺出版社 2012 年版，第 83 页。

② 冰心：《是谁断送了你》，载《冰心全集》第 1 册，海峡文艺出版社 2012 年版，第 135 页。

真不愿意有这样伟大英雄的儿子！"显然，在这个父亲的意识中，"听话"是儿子最为重要的品格。当儿子告诉他"国家危险的时候，我们都是国民一分子，自然都有一分热肠"时，父亲只能拿出了"忠孝"的道德武器予以回击，"好！好！率性和我辩驳起来了！这样小小的年纪，便眼里没有父亲了，这还了得！"①关于"无父无君""国而忘家"的训言让化卿在父子对话中处于上风。最终，化卿让两个儿子辍学转投他职。

在新旧转型中，家庭伦理体制下的教养逐渐让位于国家概念中的学校教育。这种教育体制和观念的变化，使得近代以来创设"新国"的民族国家想象有了可能。在《小家庭制度下的牺牲》中，冰心借助一个儿子给其父母的信道出了家族制度对人的精神戕害：

> 中国贫弱的原因在哪里？就是因为人民的家族观念太深……这万恶的大家族制度，造就了彼此依赖的习惯……像我们这一班青年人，在过渡的时代，更应当竭力的打破习惯，推翻偶像……我们为着国家社会的前途，就不得不牺牲了你二位老人家了……简单说一句，我们要奉行"我们的主义"，现在和你们二位宣告脱离家庭关系。②

在这里，儿子主体价值的确立是通过对家庭观念的剥离而实现的。"我们的主义"体现了儿子成为独立的主体而不再是父母的附属品。当然，这种全新的父子关系也有其残忍的一面：切断了父子之间的温情，也抽空了子对于父必要的"义务"。正如小说所写到的，儿子离家后，年迈多病的父母只能独自等待和叹息。在老人悲凉地念着儿子的绝交信时，冰心笔锋转向了衔着食物来反哺老鸦的雏鸦，在这种比较中透露了作家复杂的情感。

纵观冰心的儿童文学创作历程，除了引起评论界较多关注的问题小说

---

① 冰心：《斯人独憔悴》，载《冰心全集》第 1 册，海峡文艺出版社 2012 年版，第 23 页。

② 冰心：《小家庭制度下的牺牲》，载《冰心全集》第 1 册，海峡文艺出版社 2012 年版，第106—107 页。

和散文等题材的作品之外，她的两部诗集《繁星》和《春水》一直以来也深受小读者的喜爱和关注。谈论冰心的《繁星》与《春水》，就不得不涉及五四新文化运动"白话入诗"的现象。众所周知，五四新文化运动对传统文学的变革是全方位的。五四时期的"白话入诗"比戊戌变法前后的"诗界革命"更加彻底，这是因为"对于诗体变革来说，'五四'诗坛与晚清诗坛的差别不仅在于思想内容变革力度的差异，更在于将思想诉求'置换'为整体性的语言变革，从而冲击诗体，促成诗学体系的根本转型"①。因此，在"白话入诗"理念的大力倡导下，白话诗开始蓬勃发展起来，胡适"尝试者"的形象在新诗史上留下了浓墨重彩的一笔。冰心的"白话小诗"深受泰戈尔的影响，以口语化的语言来探讨人与世界的关系，去除了"半文半白"的腔调，为儿童所喜闻乐见。在诗集《繁星》的自序中，冰心这样写道：

> 一九一九年的冬夜，和弟弟冰仲围炉读泰戈尔（R.Tagore）的《迷途之鸟》（Stray Birds），冰仲和我说："你不是常说有时思想太零碎了，不容易写成篇段么？其实也可以这样的收集起来。"从那时起，我有时就记下在一个小本子里。②

可见，这些短诗的创作并不是冰心苦心经营的结果，而是她平常思想的自然流露。冰心在创作《繁星》时，年龄仅十八九岁，可以说这些诗歌均属于其早期文学创作。在西方，儿童诗很难与一般意义上的"诗歌"相提并论。彼得·亨特所谓"儿童诗歌是不可能存在的"③论断是基于儿童诗不具备一般诗歌所包蕴的哲理性、概念性、技巧性特质。这与儿童文学在整个文学系统里的遭遇颇为类似。对于上述偏见，英国学者凯伦·寇茨主张从身体与体验出发来开掘儿童诗的价值向度。借助儿童诗感官系统的扩张，

---

① 朱晓进、李玮、何平、丁晓原、陈留生：《作为语言艺术的中国现代文学发展史：文学语言变迁与中国现代文学形式的演进》，人民出版社 2015 年版，第 53—54 页。

② 冰心：《〈繁星〉自序》，载《冰心全集》第 1 册，海峡文艺出版社 2012 年版，第 236 页。

③ Peter Hunt, "Confronting the Snark: The Non-Theory of Children's Poetry," *Poetry and Childhood*, 2010, p.17.

儿童可与物质世界、自己的本性及成人重新联结，这即其所概括的"看不见的蜜蜂"① 效应。无独有偶，在讨论《彼得·潘》时，英国学者杰奎琳·罗丝提出了"儿童小说之不可能"② 的理论命题。罗丝所谓"儿童小说的不可能性"的关节点在于，以成人为主导意识的儿童小说如何才能导向和抵达儿童主体。该质疑构筑于儿童文学借成人来反成人的逻辑上，触及了儿童文学的本体问题。在《儿童文学的乐趣》一书中，佩里·诺德曼并不认同杰奎琳·罗丝"儿童小说的不可能"的观点，他质疑将"童年"理解为成人批评的文化符码，相反却将其视为可打通历史与当下关节的现实，从而赋予了儿童文学本有的价值③。由于创作者是成人而非儿童的事实，使得儿童文学无法消弭成人话语的渗透。从儿童文学的内在机制来看，儿童与成人的"代际"关系构成了其主要的话语秩序。这给我们的启示是，无论是儿童小说还是儿童诗都内隐着其与成人领域相对应文体的冲突、互动关系，不能撇开这层关系孤立地讨论"不可能性"问题。事实上，这种"不可能"独立存在的特性恰是其获取自主性的先决条件。

新诗运动推动了语言和思想现代化的发展，而语言和思想现代化又反过来推动了新诗运动的发展。儿童诗区别于一般诗歌之处在于语言与思想上，自然、童趣、浅显都是儿童诗的特点。俞平伯《忆》的意象简单，语言接近日常化和儿童自然性。没有古诗词里那种古奥的文言和隐喻的微言大义，而是在儿童日常生活中呈现诗意。朱自清认为这首诗是俞平伯"回到儿时去"的写照，是从儿童的"口语里找出幽默来"。④ 除了这种"及物""状物"外，儿童诗的美学特征是充满音乐性、童趣和想象力。尽管冰心的《繁星》《春水》没有被直接冠之为"儿童诗"，但其明晰的儿童

---

① [英]凯伦·寇茨:《"看不见的蜜蜂"：一种儿童诗歌理论》，谈凤霞译，《南京师范大学文学院学报》2019 年第 3 期。

② Jacqueline Rose，*The Case of Peter Pan，or，The Impossibility of Children's Fiction*，Basingstoke：The Macmillan Press Ltd.，1984：1.

③ [加]佩里·诺德曼、梅维丝·雷默:《儿童文学的乐趣》，陈中美译，少年儿童出版社 2008年版，第 39—40 页。

④ 朱自清:《诗与幽默》，载《朱自清全集》第 2 卷，江苏教育出版社 1996 年版，第 337 页。

读者意识及贴近儿童语言和生活的艺术形式深得儿童喜爱。冰心将"爱"视为人文主义的世界观,形成了一种"诗意儿童文学范式"①。具体来说,冰心楔入了一种"抒情"的诗意,并借助第一人称的叙述方式予以强化,从而彰显了儿童诗主体性与自我表现性。与清末民初的儿童诗在民族主义旗帜下高扬的民族国家意识不同,冰心的儿童诗更注重从儿童的自然性出发,更强调世界性和诗意的现代性。当然,这种世界性并不掩盖中国本土性和民族性,并体现为一种世界性与民族性的融合。对儿童的圣化体现的是冰心博大宏远的人类意识和宇宙情怀。在"人道"和"世俗"两面上,冰心没有顾此失彼,而是兼而有之且互相参照。冰心这种诗意、感伤的抒情主义观念与五四新文学拉开了距离,但并不是决然分立,只不过多少带有一些浪漫主义的预设。

从"提倡白话文"和"白话入诗"这两个维度来看,冰心善于巧妙地化用古代汉语,因此,其儿童文学创作中的语言风格自带一种古诗词的典雅与诗意,而留洋海外的经历与她对于泰戈尔等诗人风格的继承,又使其语言中充满"爱的哲学"的艺术气息。经过"艺术的处理",冰心的儿童文学创作既清新隽永又不失欢快活泼。而这种语言风格衍生的"冰心体"亦对后世的女性文学创作产生了重要影响。

①Lisa Chu Shen, "Transcending the Nationalist Conception of Modernity：Poetic Children's Literature in Early Twentieth-Century China," *Children's Literature in Education*（2018）49：396-412.

第三节 凌叔华：儿童视角文学的全新书写

在"五四"众多女性作家中，凌叔华堪称是一道别样的风景，她是极少数一出手作品中就具有鲜明儿童文学意识的女性作家。此外，由于凌叔华精通书画，所以她的作品将"画"与"文"融为一体。纵观凌叔华的文学作品，不难看出风格秀丽且细腻，凌叔华的这种"描写"并不是简洁细致的工笔画，而是一种删减烦琐保留精要的白描。这种"白描"式的书写方式运用在儿童小说创作中，会形成一种简约明了的叙事风格，而这种叙事风格在女性儿童文学作家中也是独树一帜的存在。

一

除了叙述风格和艺术手法的独特，凌叔华在其小说创作中还有意识地以儿童的视角来展现"五四"中国出现的各类问题，这或许并不是偶然，她自燕京大学外文系毕业之后，曾萌生过成为翻译家的念头，并且她也在一直积极地尝试翻译国外的文学作品。在凌叔华为数不多的翻译作品中，译介得较为成熟的是英国短篇小说女作家凯瑟琳·曼斯菲尔德和俄国作家契诃夫的作品，而这两位短篇小说大师也擅长以儿童的视角来展现人生百态和世间万物。翻译《小姑娘》和《一件事》后，凌叔华的文学道路开启了新的方向：

　　凌叔华选中曼殊菲尔和契诃夫的作品，表明这两位外国作家与她的创作特色有某种关联。两篇小说均属儿童故事，她本人的小说创作也正由写女人转向兼写孩子，正在此透露了题材转变的信息。①

　　不言而喻，五四时期"女作家"的涌现与中国社会对女性认知的提升和女性开始接受教育有着密不可分的联系。凌叔华自幼在父亲凌福彭的指引下接受过格外优质的教育，这为其此后的创作奠定了良好的基础。尽管凌叔华的童年在北京东城的大宅院里度过，然而物质生活的富足并不能掩盖她精神世界的落寞，这在其短篇儿童小说《凤凰》中多有表征。在这篇小说中，衣食无忧的枝儿同样面临着和童年时期的凌叔华相似的处境：父母外出，家中的几位姐姐都外出上学，姐姐们有了自己的生活圈和社交圈，不再和枝儿有共同话题。倍感孤独的枝儿乘着大人不注意，悄悄地跑出去看街上的老头儿捏面人。小说题目中的"凤凰"一词带有明显的隐喻色彩，凤凰是一种现实世界并不存在的"神鸟"，孩子们之所以会被老头儿捏的"凤凰"所迷住，是因为幻想的神秘性，这代表了儿童向往未知世界的美好心愿。然而，凡事皆具有两面性，"凤凰"表面的绚丽夺目也有可能成为坏人诱惑儿童的工具。出钱帮枝儿买"凤凰"面人的陌生人殷勤地向枝儿诉说自己家中所养的凤凰，背后隐伏着危机。凌叔华的意象运用自然且娴熟，她长于从某一项具体的事物上展开联想、引申，加之她那种因翻译而得来的契诃夫式的冷峭和曼斯菲尔德式的细腻洞察，使得她的作品在"五四"儿童文学创作中更显得独树一帜。

　　20世纪30年代初的文坛出现了闺秀派、新闺秀派和新女性派三类，其中闺秀派的代表人物是冰心和绿漪，新女性派是冯沅君和丁玲，而新闺秀派则只有凌叔华。凌叔华作品自成一派，很引人注目。自幼生长于高门大户的她所接触的多是太太、小姐、先生等这一类人，因此她笔下的主人公也多以这一类人为主，他们身上负载着新思想。《酒后》中的永璋和采苕是一对幸福的璧人，一次家庭宴会后，醉酒的客人子仪被留在客厅中小憩。

① 陈学勇：《高门巨族的兰花：凌叔华的一生》，人民文学出版社2010年版，第53页。

看着过去的初恋情人，采苕不禁想要亲吻他一秒钟。永璋很爱采苕，他大度地同意了妻子的请求，然而采苕在即将亲吻子仪之际却选择了放弃。《酒后》中的场景多是中产阶级人家的聚会和对话，对话内容和思想是新式的，体现了新式婚姻中夫妻之间的相互信任和相互理解。对此，有论者对该文评价颇高：

> （发表后）第九天周作人已经在《京报副刊》写文章赞扬："在《现代评论》读的一篇叔华先生的小说，觉得非常地好。"朱自清写信给俞平伯谈道："《现代评论》中《酒后》及冯文炳之某篇，弟颇爱之。"连左翼批评家钱杏邨也加入赞扬，真有些出人意料，他说："我对于作者的勇敢表示了相当的敬意，同时，也觉着她的文字是很清丽的。"丁西林就不止是赞扬了："我读了那篇小说，觉得它的意思新颖，情节很配作一独幕剧。"①

应该说，凌叔华早期在文坛崭露头角所凭借的是女性家庭小说，不同于以往揭露旧社会弊端的问题小说，凌叔华更着力于展现人性细微之处的美好与光辉，她的这一笔法延续于此后儿童小说创作之中。

二

如前所述，凌叔华在译介方面取得成功的标志是翻译了契诃夫和曼斯菲尔德的作品，不仅如此，这两位短篇小说大师的风格还间接影响了凌叔华的创作，在一定程度上促成了凌叔华从关注女性到关注儿童的转型。值得一提的是，凌叔华的"创作转型"属于外部的"转型"，即从实际意义上来看她关注的重点仍是家庭问题和妇女问题，但她不再以成人的视角加以展现，取而代之的是儿童的视角。在《小英》中，作者借小英的视角向读者展现了中国社会的婚姻现象。作为一个小女孩，小英既喜欢热闹又喜欢漂

---

① 陈学勇:《高门巨族的兰花：凌叔华的一生》，人民文学出版社2010年版，第73页。

亮的东西，当她第一次看见待嫁的三姑姑在紧锣密鼓地准备嫁妆时，她心里曾有说不出的羡慕与喜悦：

> 小英听说三姑姑是要装文明样儿的新娘子，同张阿姨一样，她脑子里早就想到三姑姑头上蒙着好看的粉红长纱，直拖到脚后跟，身子穿着好看的花衣服，手上抱着一大堆鲜花，许许多多穿新衣服的人送她进了一辆挂满红红绿绿好看东西的花马车里，前边排着乐队，打起洋鼓，吹起洋号地伴着花车走，一路大人小孩子挤着嚷着看新娘子。
>
> 有一天晚上小英做梦梦见三姑姑装新娘子向着她笑，把她倒笑得羞了。[1]

然而，等到两家家长见面时，小英突然发现男方的母亲对三姑姑很不友好，小英出于本能地厌恶起三姑姑的婆婆来，之后小英又陆续听见三姑姑的诉苦，小英这才发现，原来做新娘不止装扮美丽这么简单，还要涉及人情世故以及两家之间的复杂关系。结尾处，小英不禁问家中的张妈："三姑姑不做新娘子行吗？"小英之所以会这样诘问，是因为她突然预感到了三姑姑有可能会不幸福，她爱自己的三姑姑且不忍心看到她伤心失望，所以才会想办法来阻止这场婚姻悲剧的发生。凌叔华将笔触延伸于中国社会文化的深层，去观照女性的命运。"女性角色被封闭在家庭这个基本的社会单位之中，那里强制性地规定了各种女性角色的行为规范和价值心理，塑造出了一个符合父权制要求的'第二性'。"[2]我们可以将这个"第二性"理解为男权社会所规定的为人妻和为人母。封建社会在要求女性"为人妻"和"为人母"时，并未考虑过女性自身对于幸福的感受。因此，小英孩童式的发问看似是不经意的童言稚语，实际上却是对女性身份危机的灵魂叩问。

反映类似女性家庭问题的小说还有《写信》和《无聊》。值得注意的是，

---

[1] 凌叔华：《小英》，载《凌叔华儿童文学全集·小哥儿俩》，南京大学出版社 2016 年版，第 72 页。

[2] 刘思谦：《"娜拉"言说：中国现代女作家心路纪程》，河南大学出版社 2007 年版，第 133 页。

凌叔华试图转换人称叙事来表述中国社会问题，在小说《写信》中，她采用的是独白体叙事方式。小说开篇，作家只交代了故事发生的背景，"星期日早晨，隔壁张太太笑嘻嘻地抱着孩子走进伍小姐的书房"，其他文字都是张太太的独白，她从委托伍小姐帮她写信说起，谈到了自己未能进学堂识字的缘由、丈夫在外担任连长但家中不甚宽裕的现状，琐碎的语言透露了结婚后自己的牺牲及忧虑远在他乡的丈夫"出轨"。凌叔华以极其平常朴实的语言描绘了一个妇人出嫁十二年的真实写照，批判的矛头指向父权与男权。这些问题涉及妇女接受教育问题、夫妻关系问题、女性地位问题等。关于妇女接受教育的问题，小说这样写道：

> 小姐，您不知道开眼瞎子是多么苦呢。像您多痛快，有多少话，提笔就写出来。当初都怪我的妈，我爹倒是死要我上洋学堂念书的，我妈怕上了学堂就变了自由女，上野男人的当，怎样也不放我去。前天我还埋怨她老人家说："您瞧，都是你当初不让我上洋学堂，现在闹到成个开眼瞎子！看人家伍小姐多痛快，'下笔千言'。再说人家还不是一样金枝玉叶的保重，哪里就会变成自由女？"她老人家也后悔了，现时天天送小侄女上学去。[①]

在凌叔华的笔下，接受教育正是获得自由的象征。从张太太的角度来看，上洋学堂意味着"自由"，而这种"自由"带来的直接好处就是可以离家谋生，不用再看丈夫的脸色行事。换言之，妇女只有获得了自由求取职业的能力，取得相应的经济独立之后，才能进一步获得人格独立和有尊严的社会地位。在揭示社会问题方面，凌叔华的视角独到且深刻，她所观照的对象绝不仅限于张太太这一类不识字的家庭妇女，还有《无聊》中的新式主妇。和张太太等人有所不同，如璧不仅能识文断字，而且还能翻译书稿，她对白太太那样爱炫耀自己子女的妇人颇为不屑。然而，如璧仍无力改变

---

① 凌叔华：《写信》，载《凌叔华儿童文学全集·小哥儿俩》，南京大学出版社 2016 年版，第 129—130 页。

现状，依然受困于家庭主妇这一身份，凡事只能"听命"于丈夫，做许多她认为很无聊的事。这里的"无聊"除了指事情琐碎无意义之外，还有一层"枷锁"的含义："但是一个好好的人，为什么要给他戴上一个枷？一个好好的人，为什么要给人像养猪一样养着？愈想愈无聊，她离开窗前，很重地倒在一张藤椅上。"[1] 关于女性从事创作或翻译工作的现状，凌叔华同她笔下的如璧一样有着独特的感触与思考，她曾直言不讳地表示"结婚以后，生活不容这样简易，写小说也感觉特别费气力了"[2]。可见，在家庭与事业之间，新女性仍然有着难以调和的矛盾与无法言说的困境。

三

应该说，凌叔华第一部儿童小说集《小哥儿俩》中收录的很多小说并不能算作严格意义上的儿童文学作品，《写信》《无聊》等小说应归属于"五四"问题小说。然而，从整体而言，《小哥儿俩》"把儿童变成了整个创作的主要对象。凌叔华热情地讲述着这些孩子们的喜欢与苦恼，开启了儿童世界更为丰富的一面"[3]。之所以将《小哥儿俩》视为凌叔华儿童文学创作的代表作，原因在于如下三个方面：

首先，这篇小说跳脱出了以往用儿童视角来讨论女性问题的框架。凌叔华笔下欢乐活泼的小哥儿俩正是无数天真无邪儿童的化身，他们的小脑袋里充满了各种各样新奇有趣的想法，这与当时"儿童本位"观是合拍的。

其次，该小说在情节安排与架构上颇为精巧，使得整篇小说不仅充满童趣，而且余味悠长。当大乖和二乖发现八哥被野猫吃了，正打算为八哥"报仇"时，他们忽然发现这只令他们深恶痛绝的黑野猫已然成了猫妈妈，于是孩子的自然性及生命意识被十分微妙地唤醒：

---

[1] 凌叔华：《无聊》，载《凌叔华儿童文学全集·小哥儿俩》，南京大学出版社 2016 年版，第 142 页。

[2] 凌叔华：《我的创作经验》，载《中国儿女：凌叔华佚作·年谱》，上海书店出版社 2008 年版，第 89 页。

[3] 张莉：《中国现代女性写作的发生：1898—1925》，北京十月文艺出版社 2020 年版，第 273 页。

"它们多么可怜,连褥子都没有,躺在破纸的上面,一定很冷吧。"大乖说,接着出主意道,"我们一会儿跟妈妈要些棉花给它们垫一个窝儿,把饭厅的盛酒箱子弄出来,给它做两间房子,让大猫住一间,小猫住一间,像妈妈同我们一样。"①

凌叔华始终认为,"童年既是我们大家公认的一个黄金时代,而儿童又是人类进化希望中的花草,我们成人似乎应该无条件的爱护他们,或进一步研究怎样培养灌溉他们"②。在这一种儿童观的引领下,《小哥儿俩》的情节设置与出人意料的结局类似于契诃夫的小说技法。契诃夫的著名短篇小说《变故》可与《小哥儿俩》作互文共读。如果说《小哥儿俩》的结局是通过孩子的爱心与同情化解了一场有关儿童与宠物之间的危机的话,那么《变故》则是孩子们在满心的爱与期待中迎来了所爱之物的消逝。凌叔华的笔触是仁慈且充满希望的,她以一种温柔细腻的女性情感讲述着儿童自己的故事,她的作品"迥异于冰心叙事的童趣,那种对日常琐事的描摹、对话式的展开以及微妙的心理转变都给人深刻印象"③。

再次,凌叔华儿童小说中的语言一改五四时期那种温馨甜美的模式,她遵循了"儿童本位"原则,力图将真实有趣的儿童生活与儿童情感再现给读者。比如《搬家》中枝儿对大花鸡温暖真挚的情感即是适例。当一家人即将启程前往新环境生活时,枝儿最放心不下的就是她心爱的大花鸡,并天真地希望能给大花鸡买一张船票。在知道这一方案不可行之后,枝儿将大花鸡托付给了隔壁老奶奶四婆。然而,令枝儿没有预料到的事情发生了,四婆为远行的一家人送来的晚餐中有一道菜是鸡肉,枝儿难过极了,她顿时感受到了她的大花鸡已是"凶多吉少":

---

① 凌叔华:《凌叔华儿童文学全集·小哥儿俩》,南京大学出版社 2016 年版,第 15 页。

② 凌叔华:《在文学里的儿童》,载《中国儿女:凌叔华佚作·年谱》,上海书店出版社 2008 年版,第 101 页。

③ 唐兵:《儿童文学中的女性主义声音》,湖北少年儿童出版社 2003 年版,第 34 页。

枝儿涨红了脸，还是不肯吃饭。她索性闭了眼哭，只望见那只花婆鸡满身溅了鲜血，慢宕宕地一步一跌地变了一大团黑东西，可怕极了。[1]

在这里，凌叔华用切合儿童心绪的语言呈现出逼真的儿童世界。对此，茅盾认为凌叔华笔下的儿童小说"并没有正面的说教的姿态，然而竭力描写着儿童的天真等等，这在小读者方面自会发生好的道德的作用"[2]。按唐兵的理解，《搬家》"整个故事其实讲的都是大人们与孩子世界的对峙"[3]。这里的"对峙"不仅仅表现在枝儿与同代人无法心意相通上，而且还表现在枝儿和成人之间"两代人"的隔膜上。虽然小说的结局并未直接告诉我们晚餐的鸡肉就是枝儿心爱的大花鸡，但是枝儿和四婆原本亲密无间的关系实则已经出现了无形的"裂痕"，由此可窥见成人世界和儿童世界之间显隐的代际关系。

除了以真实场景再现儿童生活的小说创作外，凌叔华还有一类借儿童的眼睛来"复活这大宅门内的女人社会"[4]的儿童小说，这类小说的代表作是《一件喜事》和《八月节》。众所周知，凌叔华自幼出身于名门望族，因此她熟谙封建大家族中的人情世故。《一件喜事》反映的是封建社会一夫多妻制的弊病以及对女性无形的伤害；《八月节》则揭示出封建社会男尊女卑的真实情况。两篇小说的主人公都叫凤儿，作为大家族悲欢离合的见证者，凤儿以其独特的儿童视角为读者展现了旧社会大家族中女性的命运。在凤儿眼中，迎娶六姨娘是和过年一样热闹的事，她能穿上过年才可以穿的新衣裳和新鞋，还可以被张妈打扮得像年画娃娃一样漂亮，这些都是值得高兴的事情。然而，她并不明白美丽的五姨太为什么要哭一整天，为什么要选择在丈夫再娶时去听《游园惊梦》。纵观《一件喜事》，除了凤儿、五姨

---

① 凌叔华：《搬家》，载《凌叔华儿童文学全集·小哥儿俩》，南京大学出版社2016年版，第29页。
② 茅盾：《再谈儿童文学》，载《茅盾全集》第21卷，黄山书社2012年版，第62页。
③ 唐兵：《儿童文学中的女性主义声音》，湖北少年儿童出版社2003年版，第36页。
④ 唐兵：《儿童文学中的女性主义声音》，湖北少年儿童出版社2003年版，第39页。

太在小说中有参与感之外，其他女性如妈妈、姑妈、三姨太和几位姊妹都像是为了烘托气氛的符号。在这里，爸爸是充满喜悦且扬扬自得的，凤儿则是整件事情的旁观者，五姨太的悲愤来源于理想的破碎和爱情的幻灭。此外，小说写活了两代人、两个女性的真实样态，这可以通过凤儿对五姨太的同情看出一二：

> 快活的日子常像闪电一般闪过，这一天飞快地便过完了。凤儿跟了五娘一整天，到晚上吃过饭，她也不知不觉地跟了她到卧房里去（五娘还没有小孩）。她点了纸捻给她抽烟。她洗脸，她给她递手巾递胰子。五娘收拾完催凤儿好几次回房去睡觉。凤儿只答不困，其实她在戏园内锣鼓喧吵的当儿已经睡了一觉了。①

凌叔华非常善于从细节中挖掘人性深处的美好与光华，尤其关注儿童身上的美质，这在《小哥儿俩》和《搬家》等作品中均有体现。上述作品对儿童美质的描摹主要在于发掘儿童所共有的品德。可以说，凌叔华的书写是一种立于儿童独特的生命空间来探索其自然天性的创作方式，"儿童既没有成人面对自然界的妄自尊大，也没有成人面对人类自身的那么多偏见。相反，儿童将自己旺盛的生命力化作同情，分赠给世界万物。在儿童的宽容心面前，成人苦心经营的等级制度往往会顷刻瓦解"②。类似于鲁迅《故乡》中的迅哥儿和幼年闰土，即便他们一个是少爷，一个是雇工的儿子，但孩童自身天真烂漫的本性，还是让他们成为好朋友，其童年阶段的友谊是超越阶级的。

《千代子》与《异国》均采用了"他者"视角来审视古老中国内忧外患和积贫积弱的处境。这里的"他者"形象是指"以一个作家、一种集体思想中的在场成分（对异国的感知、理解和想象）置换了一个缺席的原型（现实

---

① 凌叔华：《一件喜事》，载《凌叔华儿童文学全集·中国儿女》，南京大学出版社 2016 年版，第 23—24 页。

② 朱自强：《经典这样告诉我们》，明天出版社 2010 年版，第 67 页。

中的异国）"①。凌叔华童年曾一度跟随家人旅居日本，这段童年时光对凌叔华影响深远，但凡涉及异国形象的小说都与日本体验有关，《生日》通过日本一户中产阶级家庭为晶子过生日来刻画日本社会的整体风貌。相较之中国旧式大家族复杂的人情关系，日本社会的家庭结构简单而明晰，即一夫一妻制和他们共同的孩子。在现代新式家庭的语境中，日本父母对女儿的关心与爱护不会少于儿子，其中精心给女儿过生日即是适例。从夫妻俩带晶子出门赏花这一路的经历来看，日本社会的国民素质普遍较高，这可从年轻的女店员给晶子送花的细节看出端倪。《千代子》的同名主人公是京都吉田鲜果店老板的女儿，她是独生女，很受父母宠爱。小说以十二岁的千代子的视角来观照有关中国的话题，并借助她的眼睛看到澡堂里的中国小脚女人和她的胖娃娃。在当时日本民众的心目中，清末民初的中国男子会吸食鸦片，女子则因为缠足而失去自由和劳动能力，这是他们对中国人的刻板印象。正是因为大人们怀揣着这样的偏见，影响到了千代子和百合子，百合子提议要和千代子一同去澡堂"羞辱"中国小脚女人，然而，儿童的善良天性还是战胜了偏见：

> 怪不得大家那样起劲，原来是那个胖娃娃做着各样的怪脸逗人，他自己时时也咧开那熟樱桃样的小嘴，露出几个洋玉米粒似的小白牙向着人很天真地笑着。他的母亲面上露出母亲特有的又得意又怜爱的笑容。她在瓷砖上跪着，将娃娃放在水面啪啪地踏着水玩。围着他们的几个女人都是目不转睛地望着小娃娃，她们笑得多么自然，多么柔美，千代子不觉也看迷了。不到一分钟她也加入她们的笑声里了。②

千代子的心理转变十分符合儿童的真实心理。一般而言，儿童善于模

---

① 陈惇、孙景尧、谢天辰：《比较文学》，高等教育出版社 2014 年版，第 131 页。

② 凌叔华：《千代子》，载《凌叔华儿童文学全集·小哥儿俩》，南京大学出版社 2016 年版，第91 页。

仿成人的言行举止。当千代子及百合子受大人影响决定去做一件有悖道德之事时，她们的良知与善心还是被其天真无邪所唤醒，彰显了少年儿童的自然天性。然而，在另一篇小说《异国》中，凌叔华所呈现的有关中日民间关系的描写远比《千代子》复杂得多，用陈学勇的话来解释即是："蕙在日本医院本来得到医生护士的亲切关爱，然而'八一三'枪声一响，蕙与她们的关系骤然变化，所有投来的目光不是憎恶就是冷漠，街上的战事'号外'撕碎了曾经友好的两国人民情谊。"[①]影响凌叔华创作的因素有很多，其中时代语境的影响占据了主要部分，以"他者"的形象来言说本国人民的处境与命运，这是凌叔华儿童文学创作的一大特色。

此外，凌叔华在人物塑造、叙事形式以及文学体裁等方面都有探索。《阿昭》的整体风格和鲁迅笔下的《阿长和〈山海经〉》颇为相似，都是写儿童与家中亲近的老用人的故事。阿昭是家中的厨师，他厨艺精湛、性格有趣，家里的小孩子们知道他做的东西好吃，都喜欢跑到厨房里"搜寻"美味的食物：

> 大些的姐姐脸变得通红，就教我们小的不饶他；于是我们如得军令，一拥前进，一个揪住阿昭的辫子，一个翻他储藏食物的柜子，一个去握紧他眼，一个去用大巾缚住他手，叫他赔罪认错，否则把他预备的菜都倒了。
> ……
> 正在此时，那个小些的姐姐从柜橱格子找出一大碗烂鸭掌和新笋尖，又找出一大盘蔗渣熏鱼，她得意地从椅子跳下来喊道：
> "放手饶他吧，你们快来瞧瞧我找出的好东西！"
> 我们于是都放了阿昭，拉住那个拿住盘碗的姐姐，一拥而出，跑到亭子里大吃起来。从亭子里望阿昭，他正噘着嘴，很不自在地在那里抽烟。我们却觉得大乐起来，因为要表现心中快活，大家又信口编了一首歌去逗阿昭。[②]

---

① 陈学勇：《高门巨族的兰花：凌叔华的一生》，人民文学出版社 2010 年版，第 30 页。
② 凌叔华：《阿昭》，载《凌叔华儿童文学全集·中国儿女》，南京大学出版社 2016 年版，第 56 页。

　　凌叔华小说的语言非常适合儿童阅读,《阿昭》关于儿童动作的描写非常传神,描写儿童到厨房寻找食物时用了"揪""翻""握""缚""跳""跑"等动词,贴近儿童的生活,增强了小说的童趣。除了创作儿童小说外,凌叔华还创作了《小蛤蟆》和《红了的冬青》两篇童话。凌叔华的童话创作成就不如她的小说创作,还带有些许探索的意味。《小蛤蟆》与《红了的冬青》兼具童话与寓言色彩。《小蛤蟆》借蛤蟆妈妈和小蛤蟆之间的对话展示了人类在其他物种面前超凡的智慧:当小蛤蟆遇见被蚊子咬的小男孩时,其优越感顿生,它顿时觉得自己比人类要强得多。小蛤蟆的自大源自对人类自大本性的暗讽。从艺术价值层面来看,《红了的冬青》比《小蛤蟆》更胜一筹。湖滨公园的大冬青树十分羡慕枫树四季的颜色变换,一年到头都只有翠绿颜色的大冬青树决定和枫树互换色素,想体验颜色变换带来的新鲜感,然而事情的发展超过了冬青树的预料,其奇怪的颜色变化引起了人们的不安,难逃被砍掉的命运。树下弹月琴唱歌的人在文中出现过两次,他是冬青树心心念念盼望再次出现的那个人。尽管冬青树试图以变换颜色来消解寂寞并不可取,但是也反证了其漫长生命的无趣,在经历过险些被毁的命运后,它才有可能更加珍惜现在的状态,更加珍惜美好的生命。可以说,《红了的冬青》是一篇带有较强思辨色彩的哲理童话。可惜的是,除了这两篇童话以外,凌叔华没有继续向前探索。

　　《小哥儿俩》的出版标志着凌叔华的儿童小说创作步入了一个稳健且成熟的良好状态。茅盾对其评价颇高:"凌女士这几篇并没有正面的说教的姿态,然而竭力描写着儿童的天真等等,这在小读者方面自会发生好的道德的作用。"[1] 苏雪林也曾作文评价过凌叔华的创作:"凌叔华是立于谢冰心、丁玲作风以外的一个女作家……我们不妨称凌叔华为'中国的曼殊菲尔'。"[2] 苏雪林提及的曼殊菲尔即今译为曼斯菲尔德的英国女作家。凌叔华的创作风格与她颇为相似,二者的风格皆温婉细密,善于营造出其不意的艺术效果。不过,凌叔华立足于中国的情境来观照儿童世界,形成自具一格的风格。

----

① 茅盾:《再谈儿童文学》,载《茅盾全集》第 21 卷,黄山书社 2012 年版,第 62 页。

② 苏雪林:《凌叔华的〈花之寺〉与〈女人〉》,《新北辰》第 2 卷第 5 期,1936 年 5 月。

第四节　庐隐：早期少女小说的实验者

在"五四"儿童文学创作者中，庐隐常常是一个被忽略的存在。纵观庐隐的创作生涯，不难发现她的绝大多数作品仍属问题小说，尽管这些问题小说中不乏生动鲜活的儿童形象，但是庐隐创作的主题依旧是揭露成人社会的弊病与痼疾。在其作品中，"五四"式的伤感与迷茫情绪一览无余。庐隐一直在用"五四"特有的感伤基调讲述着各类人物的悲欢离合。"儿童"也频频出现在庐隐的作品中，她笔下的儿童既不是冰心那种充满爱与美的"安琪儿"，也不是凌叔华笔下中产阶级家庭儿童。庐隐始终秉持着如下理念："文学又为时代精神之反映，每一时代各有其代表之文学家，盖文学不能无背景，此背景必根据于时代思想及事实，为其思想之中轴。"[1] 底层儿童与进步儿童是庐隐笔下两种主要的儿童类型。

庐隐之于儿童文学的主要贡献是为少女文学书写开辟了一条崭新的路径。她笔下的女性形象多以就读于女子中学或女子师范院校的少女为主。在书写这些年轻女性时，庐隐大胆尝试全新的写作素材，常以日记体或书信体的方式来直面女性人物的心灵世界。值得一提的是，庐隐在创作中还触及年轻女性之间同性之爱的话题。当然这种"同性之爱"仅是一种柏拉图式的爱情，它体现出一种"爱而不得"的悲剧性色彩。《丽石的日记》采用倒叙的手法，以第一人称的视角向读者讲述关于"我"的已逝朋友丽石的故事。小说共向读者展示了丽石的 16 篇日记，丽石和闺中密友沅青本是心照

---

[1] 庐隐：《文学与革命》，载《庐隐全集》第 2 卷，福建教育出版社 2015 年版，第 228 页。

不宣的"恋人"关系，但这是为世俗所不能接受的，"女孩之间的友情能长久地持续保持，应该和她们用鲜活的感性不断去感受和体验彼此的情感温度有关，与她们渴望用身体的接近达到精神的接近有关"①。沅青的放弃让丽石痛苦不堪：

> 我自得到沅青要走的消息，第二天就病了，沅青虽刻刻伴着我，而我的心更苦了！这几天我们的生活，就如被判决的死囚，唉！我回想到那一年夏天，那时正是雨后，蕴泪的柳枝，无力的荡漾着，阶前的促织，切切私语着，我和沅青，相倚着坐在浅蓝色的栏杆上，沅青曾清清楚楚对我说："我只要能找到灵魂上的安慰，那可怕的结婚，我一定要避免。"现在这话，只等于往事的陈迹了！②

在新旧交替的语境下，庐隐笔下的少女的爱情与事业都带有"幻灭"色彩，这从《或人的悲哀》《丽石的日记》《海滨故人》《曼丽》等作品中都有体现。如果说，《或人的悲哀》与《丽石的日记》展现的是人与人之间心灵的隔绝，那么《海滨故人》和《曼丽》则反映了革命与爱情的两难取舍。不得不说，庐隐笔下的少女恋情均带有柏拉图式的理想化色彩，其理想的纯洁爱情很难在世俗生活中得以实现。究其因，"少女的爱情和青年的或者说成年女人的不同，她们更期待一种精神的扮演，含有游戏和想象性质"③。一旦现实世界与她们的理想世界发生冲突时，昔日的梦想化作泡影，这种幻灭感随即产生。实际上，庐隐对少女精神领域的探索，不止于爱情层面，还有个人的理想追寻。和庐隐其他作品的创作风格相似，《曼丽》依旧是以曼丽的口吻来推动情节发展。在"我"的印象里，曼丽是个情感充沛且有理想追求的女孩："曼丽是一个天真而富于情感的少女，她妙曼的两瞳，

---

① 韦伶：《少女文学与文学少女》，海燕出版社 2020 年版，第 91 页。

② 庐隐：《丽石的日记》，载《庐隐全集》第 1 卷，福建教育出版社 2015 年版，第 288 页。

③ 唐兵：《儿童文学中的女性主义声音》，湖北少年儿童出版社 2003 年版，第 85 页。

时时射出纯洁的神光,她最崇拜爱国舍身的英雄。"① 在"五四"的话语体系中,身与心是相融通的。年轻且富有朝气的曼丽在朋友的鼓励下加入了革命党,但加入后却大失所望,她发现其内部派别之间不仅钩心斗角,而且也有人趁机敛财为自己谋私利,大多数人也只是无所事事,靠无聊的琐事来打发时间。当理想与现实之间产生了巨大的落差后,曼丽病倒了:"我不曾加入革命工作的时候,我的心田里,万丛荆棘的当中,还开着一朵鲜艳的紫罗兰花,予我以前途灿烂的希望。现在呢! 紫罗兰萎谢了,只剩下刺人的荆棘,我竟没法子迈步呢!"② 从某种程度而言,《曼丽》所描写的正是一曲少女理想之花凋谢的挽歌。小说采用了他者加自我叠合言说的叙事技法,以"我"听说曼丽最近的遭际开篇,穿插了大量曼丽的日记,诉说了自己从满怀期待到愿望逐渐落空的经过。这种叙事方式既可以强化他者对曼丽主体的评价,又可以充分展示曼丽个人的内心世界。

在创作小说之余,庐隐曾对中国的妇女问题有过全面而深刻的思考,这也影响了她的文学创作。庐隐认为:"妇女不但为了自身,并且为了社会的儿童,应当受完全的教育。"③ 在她看来,罗马强盛归结于罗马人的母亲,这说明了良好教育对于女性与儿童的重要性。正是由于庐隐一直秉承着让女性接受教育和自由发展的理念,所以她会有意识地在小说中植入一些新观念和新思想,与时代语境的契合度也就更高。《海滨故人》萦绕着哀叹青春凋零和故人不再的思想情感。五个在校读书的女学生关系融洽,都曾有过天真的默契和美好的愿景:

> 回想临别的那天晚上,我们所说的理想生活——海边修一座精致的房子,我和宗莹开了对海的窗户,写伟大的作品;你和玲玉到临海的村里,教那天真的孩子念书,晚上回来,便在海边的草地上吃饭,谈故事,多少快乐——但是我恐怕这话,永久是理想

① 庐隐:《曼丽》,载《庐隐全集》第 2 卷,福建教育出版社 2015 年版,第 338 页。
② 庐隐:《曼丽》,载《庐隐全集》第 2 卷,福建教育出版社 2015 年版,第 348 页。
③ 庐隐:《妇女的平民教育》,载《庐隐全集》第 2 卷,福建教育出版社 2015 年版,第 257 页。

的呵！ ①

这是露沙写给好友云青信中的一段话，那时的她们已接近青春的尾声，敏感的露沙，似乎已经预感到青春的离散在即，所以她在信中一方面仍坚守着对昔日理想生活的追寻，另一方面也深感现实的无助与哀伤，这两种微妙的情感交织在一起，建构了露沙的精神世界。在这里，庐隐在有意营造一种少女理想生活与现实生活的落差。在她的笔下，理想与现实所形成的张力弥散在每个人物身上。《象牙戒指》中的张沁珠独自一人从家乡来到北京念书，其父因不放心女儿独自离家求学便委托了伍念秋在旅途中对其多加以照顾，不久之后两人暗生情愫，互有好感。但是伍念秋已经成婚且育有两子。迫于道德的束缚，沁珠只得与他保持距离，然而内心却非常痛苦。与伍念秋分道扬镳之后，张沁珠变得不再相信爱情，以游戏人生的方式来挥霍青春，她对好友素文这样倾诉道：

> 我实话告诉你，我今年二十二岁了，这个生命的时间虽然不长，但也不一定很短，而我只爱过一个人，我所有纯洁的少女的真情都已经交付给那个人了。无奈那个人，他有妻有子，他不能承受我的爱。我本应当把这些情感照旧收回，但是天知道，那是无益的。我自从受过那次的打击以后，我简直无法恢复我的心情。②

伍念秋对张沁珠带来的影响是持久且消极的，直至真正爱她的曹长空出现也不能消除。在这里，张沁珠的"少女情怀"不再像《海滨故人》中天真少女的情思那样美好诗意，情与理、爱与恨的交织充盈了少女形象的精神世界。波伏瓦在《第二性》中曾借安徒生的著名童话《海的女儿》来说明少女"爱而不得"的痛楚："从安徒生的小美人鱼变成女人的那一天起，她

---

① 庐隐：《海滨故人》，载《庐隐全集》第 1 卷，福建教育出版社 2015 年版，第 376 页。
② 庐隐：《象牙戒指》，载《庐隐全集》第 4 卷，福建教育出版社 2015 年版，第 87 页。

就经历了爱情的束缚,痛苦变成了她的命运。"[①] 落实于具体情境不难看出,女性婚恋自由是有前提的。即使不为生计所困,也依然无法回避现实与理想的冲突。庐隐创作的此类与少女生活、情感相关的小说仍属于少女文学的初级阶段,尚不属于真正意义上的少女成长小说,因为"女性成长小说把人物的成长视为维持人际关系的一个功能"[②]。而在庐隐的创作中,女性的成长与婚恋如影随形,女性的人际关系是依靠某位男性或愿意聆听她苦衷的女性朋友来维系的。这也体现了庐隐创作时的矛盾心理:一方面她在作品中充分展现了少女爱情的纯洁与至死不渝,另一方面又深切担忧着这种爱情终将无法与世俗生活共存。诗意与哀艳并存是庐隐女性小说的主基调。

庐隐作品中最引人入胜的并不是她笔下的女性获得自我成长的条件与动机,而在于理想与现实的冲突背景下"少女感"的在场。相较之于《海滨故人》《象牙戒指》等小说,《恋史》的知名度不高,但它的风格自成一体。小说一开篇,少女情怀通过周围景物渲染出来了:

> 傍晚的时候,她们都聚拢在葡萄架下,东拉西扯的闲谈。今天早晨曾落过微雨,午后才放晴,云朵渐渐散尽了,青天一片,极目千里,靠西北边的天空,有一道彩桥似的长虹。风微微的吹着,葡萄叶子格外翠碧,真是清冷满目,景致幽雅极了。
>
> 她们谈些学校的近况,谈来谈去,都觉平淡无奇,谁也鼓不起兴来,小良忽然提议报告各个人初恋的历史。[③]

庐隐的小说通常会在开篇烘托气氛,上述场景书写十分贴合少女的生活状态和心灵世界。在少女的世界中,自我与他者的秘密交织在一起,构

---

① [法]西蒙娜·德·波伏瓦:《第二性Ⅱ》,郑克鲁译,上海译文出版社 2011 年版,第 34 页。

② [美]罗伯塔·塞林格·特瑞兹:《唤醒睡美人:儿童小说中的女性主义声音》,李丽译,安徽少年儿童出版社 2010 年版,第 64 页。

③ 庐隐:《恋史》,载《庐隐全集》第 3 卷,福建教育出版社 2015 年版,第 146 页。

成通向彼此交往的桥梁，而掌握共同的秘密遂成为二者之间形成共识的见证。在《恋史》中，少女们都不愿做第一个说出自己秘密的人，她们让微笙来说，而微笙的恋史不同于一般青年人，她爱上了一位诗人，遗憾的是，诗人为爱情而亡，微笙的爱情梦想也因此破灭。众所周知，"五四"是一个新旧思想杂糅的时期，人们在接受新思想、新文学的同时也无法完全抹除旧式文学的痕迹。庐隐在小说创作中贯穿着"小说家所表现的，是真实的人生"[1]的理念，在理想与现实中徘徊，其笔下的人物在此情境下陷入了进退失据的困境。

对于革命以及社会等方面的关注，使得庐隐的小说有着较为厚重的现实感。庐隐认为："我们所争的，只是同此头颅的人类平等，并不是两性的对敌，事实上两性在世界是相互而生存的。"[2]基于这种认知，她的女性小说才并没有因时代的转换而褪色，也没有遮蔽其创作个性及女性意识。通过将少女的感情纠葛纳入其中，庐隐的小说有效地融通了儿童与成人的内在关联，为文坛增添了新的气象。

① 庐隐:《我的创作经验》,载《庐隐全集》第 6 卷,福建教育出版社 2015 年版,第 6 页。
② 庐隐:《中国的妇女运动问题》,载《庐隐全集》第 2 卷,福建教育出版社 2015 年版,第 22 页。

第五节 世俗与美的角逐：林徽因《夜莺与玫瑰》的译介

近些年来，随着林徽因的传记、文集以及她翻译过的一篇《夜莺与玫瑰》的相继问世，人们对这位民国才女的了解逐渐加深。以往的研究多集中于林徽因诗歌等文体创作方面，而对其译介则关注不多。林徽因是我国第一个译介王尔德的"The Nightingale and the Rose"的女性，她将该童话译为《夜莺与玫瑰——奥斯克魏尔德神话》，并以"尺棰"为笔名发表在 1923 年 12 月 1 日出版的《晨报五周年纪念增刊》上。对此，有论者认为，"《夜莺与玫瑰》自林徽因翻译之后，诸多重译本都沿用了这个名称，足见其影响力之大"①。

王尔德童话在中国的译介可追溯至五四时期，文学研究会等文学社团致力于传统资源和域外资源的开掘与引进。胡愈之是最早将"The Nightingale and the Rose"翻译成汉语的译者，他将其译为《莺与蔷薇》的童话发表在《东方杂志》1920 年第 17 卷第 8 号上。两年之后，穆木天也用白话文翻译了王尔德的五篇童话，他将其译为《莺儿与玫瑰》并收录在《王尔德童话集》中。1923 年林徽因将其译为《夜莺与玫瑰》，自此，该译名沿用至今。五四时期的外国儿童文学译介对于中国本土儿童文学的创作产生了深远的影响，然而正如王泉根所说，"当时的译介在主观上并不全是为了儿童，不是以儿童的需求为出发点，而在很大程度上只是为了成人的文化

---

① 吕晓菲：《从〈夜莺与玫瑰〉两个中译本透视译者的创造性叛逆》，《外国语言文学》2013 年第 2 期。

理想与功利主义的需要"①。因而当时许多被译介过来的儿童文学作品普遍存在着不中不西的问题。从林徽因所译的《夜莺与玫瑰》来看，其译介较好地再现了原作的风貌，也符合王尔德"唯美主义"的艺术风格。

周作人曾将王尔德与安徒生作过比较，他认为，"王尔德的文艺上的特色，据我想来是在于他的丰丽的辞藻和精炼的机智，他的喜剧的价值便在这里，童话也是如此；所以安徒生童话的特点倘若是在'小儿说话一样的文体'，那么王尔德的特点可以说是在'非小儿说话一样的文体'了"②。他还指出王尔德的童话是诗人的，而非儿童的文学。正因为王尔德童话中蕴含着诗的特质，所以译者要把他这种诗人气质融入译文中。应该说，林徽因在这一方面翻译得非常出色。以翻译童话篇目名"The Nightingale and the Rose"为例，巴金将其译为"夜莺与蔷薇"。尽管 Rose 一词含有"蔷薇"的词义，但是由于这篇童话讲述的内容与爱情有关，因此林徽因译为"夜莺与玫瑰"就显得更为恰当一些，此后的翻译基本沿用了这一名称。在中国翻译界，傅雷的"形似与神似"理论一直备受推崇，他曾在 1951 年《高老头》的译本序中指出："以效果而论，翻译应当像临画一样，所求的不在形似而在神似。"③ 可以说，傅雷的"形似与神似"理论在林徽因译介《夜莺与玫瑰》时有诸多体现，林译本体现出文学作品意译的精髓。略举其中两段予以说明：

> "这才是真正的有情人，"夜莺叹道，"以前我虽然不曾与他交谈，但我却夜夜为他歌唱，夜夜将他的一切故事告诉星辰。如今我见着他了，他的头发黑如风信子花，嘴唇犹如他想要的玫瑰一样艳红，但是感情的折磨使他的脸色苍白如象牙，忧伤的痕迹也已悄悄爬上他的眉梢。"

---

① 王泉根：《中国儿童文学概论》，湖南少年儿童出版社 2015 年版，第 37 页。

② 周作人：《王尔德童话》，载《周作人散文全集》第 2 卷，广西师范大学出版社 2021 年版，第 543 页。

③ 转引自余小梅：《〈夜莺与玫瑰〉：林译本与巴译本的比较研究》，《山东理工大学学报（社会科学版）》，2013 年第 3 期。

青年学生说:"乐师将在舞会上弹弄丝竹,我那爱人也将随着弦琴的音乐声翩翩起舞,神采飞扬,风华绝代,莲步都不曾着地似的。穿着华服的少年公子都艳美地围着她,但她不跟我跳舞,因为我没有为她采得红玫瑰。"他扑倒在草地里,双手掩着脸哭泣。①

以上这两段文字均出自林徽因译介的《夜莺与玫瑰》,在译介 stringed instruments 一词时,林徽因译为"丝竹",巴金译为"弦乐器";feet 一词,林译本译作"莲步",巴译本则译作"脚"。除了这两处语词外,but passion has made his face like pale ivory 一句,林徽因将其译为"但是感情的折磨使他的脸色苍白如象牙",巴金译作"可是热情使他的脸变得像一块失色的象牙"。由此看出,林徽因的译文浸润着古典气息的译调,在符合原作语境的基础上更具中国式的化用。可以说,林徽因的诗歌创作风格与王尔德的唯美主义有着诸多相似之处,因此,她笔下的译文也就更接近原作了。

除了创作与翻译的互补外,从翻译的背景和动机来看,林徽因译介《夜莺与玫瑰》时恰逢其丈夫梁思成住院疗养,因此,林徽因选择在此语境下翻译王尔德的《夜莺与玫瑰》,颇有意味。《夜莺与玫瑰》歌颂了美好纯真的爱情,揭露了功利主义对爱情的摧残与破坏。这种美好爱情是其超越世俗困境的良方。基于此,林徽因的译介铭刻着其个人的生命体验。然而,儿童文学译介仅凭作家和译者情感上的共鸣是远远不够的,还要涉及儿童文学译介本身诸多复杂问题。如成人语言与儿童语言的差别、儿童身份主体性的确认等。在翻译《夜莺与玫瑰》时,林徽因以真性情来译介该童话,从而达到了意想不到的效果。

王尔德的唯美主义思想在其《夜莺与玫瑰》中发挥得淋漓尽致。这里的"美"不仅仅是"为艺术而艺术"的美,还包括超脱物质的精神层面的美。夜莺即是这种美的化身,它与大学生素不相识,却不忍心看到大学生被情感折磨,并愿意用鲜血和彻夜不休的歌声来换取一朵象征着爱情的红玫

<hr>

① [英]王尔德:《夜莺与玫瑰》,林徽因译,载《夜莺与玫瑰》,北京联合出版公司 2014 年版,第 3—4 页。

瑰。出乎读者意料的是，夜莺等到的却是最残酷的结局：那朵用生命和真情换来的红玫瑰遭致马车轧压。然而，"马车轮子压过去的仅仅是一朵花吗？它碾碎的仅仅是一朵花吗？车轮子碾过的，是来之不易的玫瑰花，是夜莺天真纯洁的生命，是炙热的爱情，是世界上最宝贵的真爱"[1]。甚至可以这样认为，"林徽因选择翻译这篇悲剧性的童话，反映了五四时期悲剧审美意识之滥觞"[2]。

纵观五四时期女作家群的创作，不难发现其基调多有悲怆，这在很大程度上是因为，"知识女性的精神弱点和意识误区使她们仅仅把眼光放在争取爱情、婚姻的自主权上，把走出家庭牢笼、嫁给自己的心上人看作人生的终极目标，而忽略了爱必须以坚实的物质生活为基础，忘却了其他重要的人生要义——政治权、经济权的争取"[3]。关于这一点，林徽因翻译《夜莺与玫瑰》的风格可作如上观。她用优美且富有中国古典气息的笔触将一个来自英伦的童话深植于五四新文化运动的土壤中，并为国人理解王尔德及其童话提供了借鉴。

---

① 汤汤：《"黑暗"童话也能直抵人心：生活如此艰难，每个人却都兴高采烈活着》，《文学报》2019 年 9 月 3 日。

② 吕晓菲：《从〈夜莺与玫瑰〉两个中译本透视译者的创造性叛逆》，《外国语言文学》2013 年第 2 期。

③ 曹新伟、顾玮、张宗蓝：《20 世纪中国女性文学史》，北京大学出版社 2012 年版，第 48—49 页。

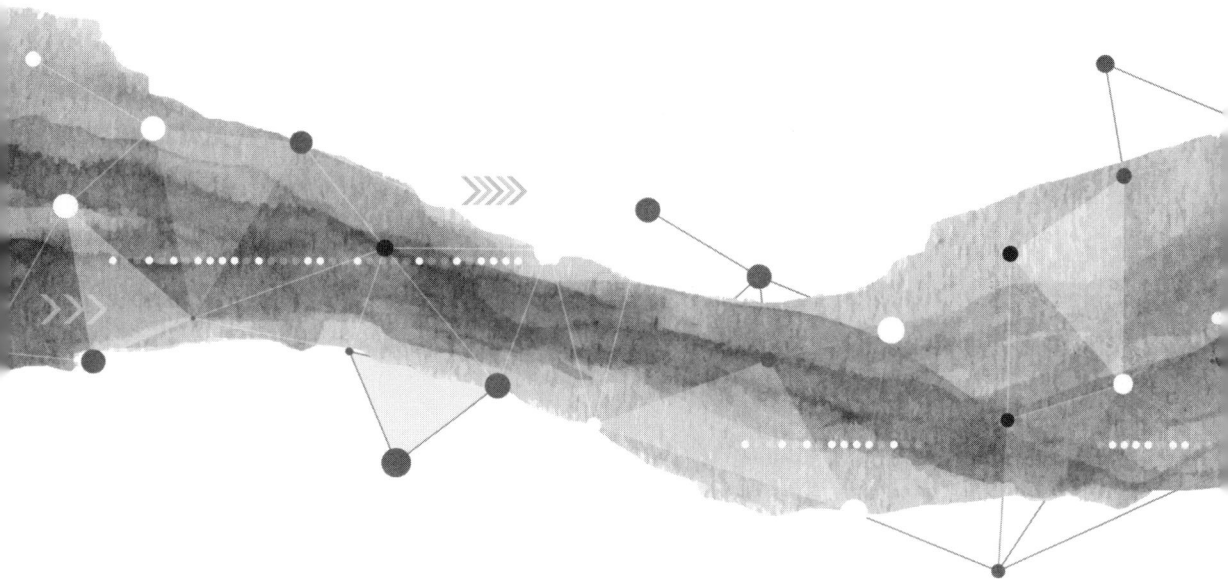

第二章

左翼文学运动中
女作家儿童文学创作的转向

1930 年 3 月 2 日，中国左翼作家联盟（简称"左联"）在上海正式成立，从此代表着广大人民群众的无产阶级文学正式登上历史的舞台，中国新文学的第二个十年由此拉开了序幕。鲁迅在会上做了题为《对于左翼作家联盟的意见》的发言，该发言着重强调作家与人民群众的紧密联系，提倡要大力培养文学青年，坚持文学斗争，希冀将广大无产阶级革命作家团结在"左联"的旗帜下，使文学成为发挥革命力量的有效推动力。而作为革命文学重要组成部分之一的儿童文学在该时期也受到了应有的重视，左联成员们普遍认为，儿童作为未来新时代的主人，有责任有义务了解中国社会现状，承担拯救民族于水火之中的重任。在左翼文学思潮的影响下，少年儿童也必将接受革命的洗礼，承担社会的责任，这一点同样也反映在左翼文学运动时期女作家的儿童文学创作上。

第一节　革命现代性与女作家
儿童文学创作的范式重构

　　"五四"退潮后，"革命文学"的提出点燃了青年作家狂热情绪，也推动了鲁迅、茅盾等人的思想转变。"革命文学"的口号论争直接促成了中国左翼作家的思想结盟。左翼文学的现代性并未割裂新文学的"为人生"传统，从整体上看两者都属于以启蒙理性为内核的现代性，左翼文学"大众化"本身就包含了启蒙大众的旨趣。只不过在语境转变后，启蒙的对象、范围、力度、方案都发生了改变，不仅关注"个人"，更关注人与社会革命、人与民族国家的命运。如果说五四文学的启蒙现代性尚在理论预设、倡导层级，那么左翼文学的革命现代性则借助"大众化"运动上升至民族国家整体主义的实践层面，承继了"五四"未竟的启蒙重任，开启了从被动现代性到追索主动现代性的道路。

一

　　从文学革命到革命文学，儿童文学领域伴随而来的是鲁迅所说的"向后转"。当时儿童读物的内容，"依然是司马温公敲水缸，依然是岳武穆王脊梁上刺字；甚而至于'仙人下棋'，'山中方七日，世上已千年'；还有《龙文鞭影》里的故事的白话译"[1]。对于中国古代《神童诗》《幼学琼林》《太公家教》等粗制滥造的儿童读物，鲁迅认为并不有益于儿童。为了纠正那种

---

[1] 鲁迅：《〈表〉译者的话》，载《鲁迅全集》第 10 卷，人民文学出版社 2005 年版，第 437 页。

遁入中国古代传统典籍的偏狭，鲁迅提出了儿童文学"有益"与"有味"的双重标准。在他看来，"养成适应时代之思想为第一谊"①。此外，对于这种远离现实人生的创作倾向，以及"王子""公主""神仙"等充斥于各类童话中的弊病，张天翼在《大林和小林》《秃秃大王》中讽喻了"求神仙的'好处'"②。而那种廉价的童话幻境，张天翼更是一针见血地指出："是假的，是哄人的……这是我们不懂的东西。我们不知道它。跟它一点也不认识。世界上并没有这种东西……还有一些人，简直就是欺骗小朋友。他们告诉你：要是你受了欺侮，你不要反抗。他叫你等神仙来帮忙……这些故事，原来就是这些欺侮人的人做的？……只要不是一个洋娃娃，是一个真的人，在真的世界上过活，就要知道一点真的道理。"③关于以王子、公主为主人公的童话，胡风的态度与张天翼并无二致："公主王子的童话我们不承认是有益的儿童文学，因为那不能使儿童了解人生的真实。"他重申了"有益的儿童文学"的价值是："反映人生真实的艺术品。"④茅盾没有盲目认同五四时期大量外译童话，他认为，中国儿童文学要"少用舶来品的王子，公主，仙人，魔杖，或者什么国货的吕纯阳的指头，和什么吃了女贞子会遍体生毛，身轻如燕，吃了黄精会终年不饿长生不老这一类的话"⑤。同样，对于从国外翻译的"国王呀，王子呀，公主呀，甚至仙子呀"等童话，钟望阳也揭露其本质，"只是引导我们孩子们做一场美丽的、空虚的、不可捉摸的幻梦罢了"⑥。在论及神话故事的选择标准时，张匡指出："有封建思想的文字，不使混入，就是国王、王后、王子、公主等材料，皆在摈弃之列。"⑦

---

① 鲁迅：《致许寿裳》，载《鲁迅全集》第 11 卷，人民文学出版社 2005 年版，第 369 页。

② 张天翼：《为孩子们写作是幸福的》，载《我和儿童文学》，少年儿童出版社 1990 年版，第 76 页。

③ 张天翼：《〈奇怪的地方〉序》，载《张天翼文学评论集》，人民文学出版社 1984 年版，第 328—331 页。

④ 胡风：《〈表〉与儿童文学》，载《胡风全集》第 2 卷，湖北人民出版社 1999 年版，第 234—235 页。

⑤ 茅盾：《关于"儿童文学"》，载《茅盾全集》第 20 卷，黄山书社 2012 年版，第 422 页。

⑥ 钟望阳：《我们的儿童读物》，载《中国现代儿童文学文论选》，王泉根编，广西人民出版社 1989 年版，第 160 页。

⑦ 张匡：《儿童读物的探讨》，《世界杂志》第 2 卷第 2 期，1931 年 8 月。

在对中国儿童读物市场深入分析后，碧云得出结论，彼时的儿童读物充斥着"神奇鬼怪王子公主之陈腐童话，花月猫狗之无聊诗歌，以及含有迷信意味，或封建意识色彩极浓重的东西"，而儿童所需要的健康、积极的读物却非常稀少。对此，碧云感慨道，"儿童教育职责的作家专家与出版家们，所以不能辞其咎的！"① 可以说，前述学人认识到了旧式童话远离现实的弊病，从理论批评的角度为儿童文学创作提供了有价值的参考。

值得一提的是，五四时期受到极大关注的安徒生童话在左翼文学主潮下影响力日趋式微，甚至成了批评的对象。徐调孚将安徒生童话视为"麻醉品"："惟有他的思想是我们现在所感到不满意的。他所给予孩子们的粮食只是一种空虚的思想，从未把握住过现实，从未把孩子们时刻接触的社会相解剖给孩子们看，而成为适合现代的我们的理想的童话作家。"他进一步指出："逃避了现实躲向'天鹅''人鱼'等的乐园里去，这是安徒生童话的特色。现代的儿童不客气地说，已经不需要这些麻醉品了。把安徒生的童话加以精细的定性分析所得的结果多少总有一些毒质的，就今日的眼光来评价安徒生，我们的结论是如此。"② 金星则将安徒生界定为"是一个住在花园里写作的老糊涂"，他推崇苏联作家伊林的作品，认为这是"以物质建设、近世的机械工程、天文地理一切日常生活必要的知识作题材"。因此，在认识人生的基础上也促进了儿童的成长："读着这册书的儿童，也跟着那孩子变做了大人。"③ 范泉也认为，"像丹麦安徒生那样的童话创作法，尤其是那些用封建外衣来娱乐儿童感情的童话，是不需要的"。他旗帜鲜明地指出："处于苦难的中国，我们不能让孩子们忘记了现实，一味飘飘然的钻向神仙贵族的世界里。尤其是儿童小说的写作，应当把血淋淋的现实带还给孩子们，应当跟政治和社会密切地连系起来。"④ 凡此等等，并不是安徒生童话的文学性出现了偏误，而是基于语境转换后国人对于域外资源有了全

① 碧云：《儿童读物问题之商榷》，《东方杂志》第 32 卷第 13 号，1935 年 7 月。
② 狄福：《丹麦童话家安徒生》，《文学》第 4 卷第 1 号，1935 年 1 月 1 日。
③ 金星：《儿童文学的题材》，《现代父母》第 3 卷第 2 期，1935 年 2 月。
④ 范泉：《新儿童文学的起点》，《大公报》1947 年 4 月 6 日。

新的认识。

二

无产阶级登上历史舞台后，中国新民主主义革命便确立了现代性目标及阶级性路径相统一的历史过程。在规范革命文学的同时，左翼知识分子提出了基于无产阶级"正义标准"的革命功利性的诉求，由此推动了左翼文学的发展。① 左翼革命现代性有明确的政党领导和马克思主义的指导，以革命而非启蒙的方式唤起民众的阶级觉悟，这正是革命文学区别于文学革命的根本所在。从"革命文学"到"无产阶级文学"，中国新文学的价值功用性日趋明确。左翼文学在推动"人"的个性解放的同时也强化了社会解放的意识。五四时期"儿童本位"的儿童文学观得到调整，儿童文学被纳入阶级政治的轨道。纳入左翼文学体系的儿童文学也深受这种革命现代性的影响，被灌输了一种"革命范式"。

"左联"成立后，左翼文艺运动就将儿童文学纳入其系统之中。左联机关刊物《大众文艺》开辟了"儿童文艺专栏"——《少年大众》。1930年5月，《大众文艺》第2卷第4期开设"少年大众"栏目，该栏目的"发刊词"为："这里的种种，都是预备给新时代的弟妹们阅读的。这个光明的时代快到了，我们的社会是不断地在进展着。也许我们所讲的种种是你们所不曾知道过，不曾看见过的；但是这些都是真的事情，而且是必定会来的。因为这些种种都是你们在学校里和家庭里所不会谈起的，大人们是始终把这些事情瞒着你们的。我们要告诉你们，过去是怎样，现在是怎样，将来又是怎样。我们要告诉你们真的事情。这是我们新编《少年大众》唯一的抱负。"② 在《大众文艺》第二次座谈会上，与会者的意见较为一致。钱杏邨指出，《少年文艺》要"给少年们以阶级的认识，并且要鼓励他们，使他们了解，并参加斗争之必要，组织之必要"。华汉认为，"儿童读的东西与成人读的不同，

① 陈国恩：《革命现代性与中国左翼文学》，《广东社会科学》2019年第5期。
②《给新时期的弟妹们》，《大众文艺》第2卷第4期，1930年5月1日。

儿童读物应该要有趣味——当然仅仅是技术上的趣味。内容方面虽则是给少年看的，但是也不能忘记了一般的大众，因为少年不过是大众中的一部分，题材方面应该容纳讽刺，暴露，鼓励，教育等几种"。田汉则强调："对于少年，我们第一先要使他们懂得，其次要使他们爱。我们不论著译，文字总要通俗。好比新文学的不普通，最大的原因还是文字不通俗。文字的通俗浅显是使他们懂得的重要条件。其次说爱。儿童是喜欢泥人，糖果的，现在我们要另外给他们一点新的，有益的东西。并且我们要使他们对于爱好泥人的心理转向我们所要给他们的东西上来。所以我们不妨把过去英雄意识化起来以使他们了解，指示他们新的世界观。并改变他们日常所接近的故事以转移他们的认识，抵抗他们的封建的思想。"当然，与会者也意识到了儿童读物与儿童文学的特殊性，在主张"大众化"的同时没有漠视其文学性。例如蒋光慈就曾认为："少年不是成年，少年有少年的兴味，成年有成年的兴味，所以《少年大众》应该大众化而且要少年化。"[1] 在《少年大众》中，苏尼亚的《苏俄的童子军》、冯锵的《小阿强》、钱杏邨的《那个十三岁的小孩》、樱影的《顾正鸿》、屈文翻译的《金目王子的故事》、李允的《谁种的米》即是这种儿童文艺思想的一种具体的创作实践。"左联"的另一个机关报《文学月报》刊发了多篇儿童小说和儿童诗，如金丁的《孩子们》、杨骚的《小兄弟的歌》等。在《文学月报》第三号的"编辑后记"中，主编周扬曾预告了要出版一种"儿童文学"的附刊："我们将附刊一种'儿童文学'，并不钉在本刊篇幅内，是另外装成美丽小册，使读者可以拿来赠送小朋友。内容将尽量采择一些面对现实的、趣味的儿童文学读物。"尽管该计划未能实现，但该刊对于主题的设定折射了左翼儿童文学的观念："关于儿童的读物，近来出版得很多，但大多数都是把儿童当作现实以外的一群，尽拿迷离的，无内容的梦幻，来麻醉幼稚的头脑。"[2] 这种面向现实、面向儿童的文学观念符合左翼文学的主流话语，儿童文学也被整合于文学大众化、革命化的系统。

---

[1]《大众文艺第二次座谈会》,《大众文艺》第 2 卷第 4 期,1930 年 5 月 1 日。
[2]《编辑后记》,《文学月报》第 3 号,1932 年 10 月 15 日。

　　儿童文学本身并未贴有阶级性或政治性的标签，但在这场追逐革命现代性的运动面前，儿童文学基于儿童、阶级、政治而开启的民族国家想象传统被重新激活，之前五四时期所推行的启蒙现代性的手段让位于革命现代性。有一个疑问：对于"阶级"或"阶级意识"的认知，儿童是如何建立起来的呢？"遗传"或"后天"说都各执一词，各有各的道理。对于这个问题，茅盾主张从阶级论的角度来整体考察："在阶级社会内，儿童自懂事的时候起（甚至在牙牙学语的时候起），便逐渐有了阶级意识，而且，还不断地从他们所接触的事物中受到阶级教育（包括本阶级和敌对阶级的），直到由于自己的阶级出身和社会地位而确定了他们的阶级立场，那时他们已进入少年时代。"[1] 茅盾的上述观点是建构在"阶级社会内"的语境下的，儿童的阶级意识既获致于自己的出身，也成型于阶级社会的语义场。这种融合了阶级社会语境的身份与意识体现了历史与逻辑的统一。与前述的启蒙现代性与革命现代性的分野并不矛盾，两种现代性在不同的历史语境中对于儿童思想意识的转换都起到了关键作用。在这方面，冰心的儿童小说《分》的出现是上述思想观念转变的标记。小说通过两个出身不同的婴儿的对话，隐喻了社会阶层的差异及贫富分化的结果。冰心的这种创作观念也走出了之前以"爱"为主导的价值模式，儿童的差异在其不同的阶级出身中就被框定，那种永恒的平等早已不见踪迹。这是冰心在 20 世纪 30 年代深刻体认社会后的内心写照，表征了其儿童文学创作进入了一个新的阶段。颇有意味的是，张天翼的《大林和小林》里的双胞胎则在不同阶层中长大，而这种穷人与富人不同的家庭生长环境也注定了相异的人生道路。如果说冰心的《分》还停留在以单向度的"出身论"或"血缘论"来判明人生道路的层面上，那么张天翼的《大林和小林》则开启了对儿童"根性"与社会环境双重考量的新高度。

　　总体而言，左翼时期女作家的儿童文学创作以现实主义为主，其笔下的儿童形象多以底层儿童和英勇顽强的革命小战士为主，充分体现出成人对阶级社会语境下儿童的期待。正如杜传坤所说："童年的概念中自然含蕴着成人对儿童的想象、期待与塑造，这些想象、期待与塑造其实都反映着

①茅盾：《六〇年少年儿童文学漫谈》，《茅盾全集》第 26 卷，黄山书社 2012 年版，第 269 页。

一个时代或社会的文化特性和意识形态。"① 整体来看,阶级政治介入文学,为左翼儿童文学提供了现实主义底色, 也意味着儿童本位向阶级本位和社会本位的转换。

---

① 杜传坤:《中国现代儿童文学史论》,中国社会科学出版社 2009 年版,第 17 页。

第二节 萧红：童年视角下多重生命空间的探索

萧红不是典型的儿童文学作家,她的创作既有成人文学也有儿童文学。童年视角的运用打通了成人文学与儿童文学的界垒。对生命的尊重是萧红文学创作的主题,她曾说过:"作家不是属于某个阶级的,作家是属于人类的。现在或是过去,作家的写作出发点是对着人类的愚昧。"①《手》《后花园》《小城三月》《呼兰河传》中都有童年视角的运用,儿童的视角所展现的不仅有童年的欢乐与美好,还有旧社会北方乡村底层人民的麻木与无知。

一

左翼革命思想对女作家儿童文学创作的影响主要体现在儿童阶级意识的强化,他们不再是被保护的对象,而是阶级社会中的一员,这在萧红的《孩子的讲演》和冯铿的《小阿强》中均有所体现。冯铿笔下的小阿强出生于一个极贫苦的家庭,父亲遭受过地主手下走狗的毒打,小阿强对地主剥削阶层充满了不可名状的愤恨,故事的结局是小阿强冒着生命的危险将情报送给了驻守村外的红军,最终红军取得了胜利。在小说中,小阿强基本上是一个符号式的人物,冯铿赋予他的思想感情是一种由仇恨所引发的投身革命的激情,带有明显的时代烙印。整体来看,小阿强这一艺术形象仍略显苍白,人物性格并不突出。相对而言,萧红创作于同一时期的《孩子的讲演》

---

① 萧红:《现代文艺活动与〈七月〉》,《七月》第 3 集第 3 期,1938 年 6 月 1 日。

却有较大突破，这篇儿童小说依旧采用作家所熟悉的儿童视角，在使小读者倍感亲切之余又加入了生动形象的儿童心理描写。王根因年纪小加入了服务团而被选去做演讲，他稚嫩的演讲起初令台下的成人观众发出善意的笑声，但最终却因其质朴真诚的语言得到了观众的掌声。尽管是一篇革命题材儿童小说，但萧红的艺术巧思却使其脱离了传统革命题材的俗套，充满了独具特色的小说魅力。

和小阿强不同，王根在欢迎会上被置于主体位置，借助儿童的声音传达了时代的主题，"讲演"的方式较之平铺直叙地诉说儿童遭到身心迫害而投身革命要更具艺术感染力。小说充分展现了儿童第一次上台演讲的真实情境，虽然他心里怀揣着对革命事业的热爱，但是面对着台下大人们那种"蔑视的爱"，他心里既紧张又恐惧，总是担心自己是不是说错了话或做错了事。甚至这种紧张的情绪不只停留在王根的演讲阶段，还蔓延至演讲结束后的许多个日子。在语言方面，《孩子的讲演》更注重口语化与场景化，小说一开篇，萧红便通过孩子的眼睛展现了其他人讲话的有趣场景：

> 第一个上来了一个花胡子的，两只手扶着台子的边沿，好像山羊一样，他垂着头讲话。讲了一段话，而后把头抬了一会，若计算起来大概有半分钟。在这半分钟之内，他的头特别向前伸着，会叫人立刻想起在图画上曾见过的长颈鹿。[1]

除此之外，诗性也是萧红小说的一大特色：

> 那稀薄的白色的光，扫遍着全院子房顶，就是说扫遍了这全个学校的校舍。它停在古旧的屋瓦上，停在四周的围墙上。在风里边卷着的沙土和寒带的雪粒似的，不住地扫着墙根，扫着纸窗，有时更弥补了阶前房后不平的坑坑洼洼。
> 一九三八年的春天，月亮行走在山西的某一座城上，它和每

---

[1] 萧红:《孩子的讲演》,载《萧红全集(中)》,人民文学出版社2020年版,第225页。

年的春天一样。但是今夜它在一个孩子的面前做了一个伟大的听众。①

　　萧红将生活之中的诗情诗意与儿童的视角融合于一体，通过横截面来反映社会矛盾。萧红的《手》以染坊店女儿王亚明的"手"标记了阶级分化下底层儿童的全部心酸与苦楚。那双"蓝的，黑的，又好像紫的；从指甲一直变色到手腕"的小手成了学校教师和学生嘲笑的对象，烙上了"异样"标记的王亚明的语言和行为，演变成为贫困、无知、愚蠢者的"示众"。深受鲁迅影响的萧红以"越轨的笔致"描摹了自然之子被阶级化、社会化扼杀的事实。基于"我的人物比我高"②的观念，萧红处处克制自己情感的显露，不干预人物命运的走向，套用《手》里的话说即是："她的眼泪比我的同情高贵得多"。同样是描写儿童、描摹儿童的"手"，郭沫若的《一只手》就与萧红的《手》有很大的差异。《一只手》并非为了书写"病体儿童"的生存状态，而是要凸显小普罗英勇反抗的儿童主体精神。在这里，小普罗已不再是沉默的儿童，他们团结一致，高喊"同志们起来！起来！""反抗一切资本家！"并最终打死了资本家鲍尔爵爷。当儿童走出自我世界、介入阶级政治的生活时，他们的观念、精神为社会化的广阔结构所拉升，而这时的儿童文学也就充当了"生活教科书"的价值功能，与五四儿童文学所开创的思维、观念和价值已拉开了越来越大的距离。

　　胡风曾批评萧红的小说结构散漫，缺乏主要的叙述中心：

　　　　第一，对于题材的自主力不够，全篇显得是一些散漫的素描，看不到向着中心的发展，不能使读者得到应该能够得到的紧张的迫力。第二，在人物底描写里面，综合的想象的加工非常不够。个别看来，她底人物都是活的，但每个人物底性格都不凸出，不大普遍，不能够明确地跳跃在读者底面前。第三，语法句法太特

① 萧红：《孩子的讲演》，载《萧红全集（中）》，人民文学出版社 2020 年版，第 228 页。
② 聂绀弩：《回忆我和萧红的一次谈话》，《新文学史料》1981 年第 2 期。

别了，有的是由于作者所要表现的新鲜的意境，有的是由于被采用的方言，但多数却只是因为对于修辞的锤炼不够。我想，如果没有这几个弱点，这一篇不是以精致见长的史诗就会使读者感到更大的亲密，受到更强的感动罢。[1]

总体而言，胡风对萧红小说创作的批评主要集中在两个方面，其一是结构散漫，其二是人物形象不够典型。萧红的小说创作有"建立一种多重视角结构小说的意图"[2]，比如在《生死场》中，二里半寻羊事件的出现并非偶然，甚至可以说，"整个村庄的空间结构伴随着二里半找羊的过程得到了自然的呈现"[3]。萧红的小说人物众多，但并不急于确立中心人物，似乎每一个人都可以称之为主角。例如《呼兰河传》中出场多次的祖父，他所承担的角色是"我"童年生活中的主要见证者及观照对象，而"我"则是童年故事的见证者与叙述者，"我"见证了团圆媳妇、有二伯和冯歪嘴子等一系列人物的命运走向，他们是呼兰小城底层的代表，是老中国人生存与命运的真实写照。

二

纵观萧红的童年生活经历，一方面，她有来自祖父的疼爱和后花园自由时光的畅享，她的童年生活充满了别样的生趣；另一方面，父母与祖母的重男轻女和淡漠疏离又让年幼的萧红饱尝寂寞与痛苦。因此，在萧红的记忆中，"空间是分裂的，后园和正房形成两项对立：后花园是自然和自由的象征，正房则是文明与文化制度的象征"[4]。《呼兰河传》共分为两部分，前四章可以看作是对呼兰河自然景观和风土人情的细腻书写，其中也穿插

---

① 胡风：《〈生死场〉读后记》，载《胡风评论集(上)》，人民文学出版社 1984 年版，第 398 页。

② 姚丹：《"民族"书写中的性别身份——以女性人物的互文性与成长史看〈生死场〉》，《文艺争鸣》2021 年第 7 期。

③ 刘东：《跨越·"越轨"·诠释——重读〈生死场〉》，《文学评论》2020 年第 3 期。

④ 季红真：《萧红全传》，现代出版社 2012 年版，第 35 页。

着"我"与祖父的故事，后三章是专门讲述其身边具有代表性人物的故事，如团圆媳妇、有二伯和冯歪嘴子等。她的创作"不是单纯的儿童视角，而是双重视角的交叠，一只眼是儿童的，另一只眼是作家的，两种眼光或交替或叠加，一起观照着萧红儿时的生活"①。儿童视角与成人视角的叠加，有效地将社会语境中儿童与成人的话语统摄于一体，集中地反映了萧红对于中国社会的深刻沉思。

在儿童文学创作中，童年议题一直以来都是作家倚重的话题。无论是生活在永无岛上的彼得·潘，还是生活在百草园中的迅哥儿，童年的快乐是从生命中生发出的，只不过这种状态是短暂的。荣格认为，情结是一种"心理生活的焦点或者结点，他认为人的深层无意识心理中集结着种种活动和情绪，由它们组成的心理丛，即'情结'"②。对于萧红而言，呼兰河城中最具温情与欢乐的记忆是在后花园里获得的。这种短暂的美好是童年最好的礼物：

> 花开了，就像花睡醒了似的。鸟飞了，就像鸟上天了似的。虫子叫了，就像虫子在说话似的。一切都活了。都有无限的本领，要做什么，就做什么。要怎么样，就怎么样。都是自由的。倭瓜愿意爬上架就爬上架，愿意爬上房就爬上房。黄瓜愿意开一个谎花，就开一个谎花，愿意结一个黄瓜就结一个黄瓜。若都不愿意，就是一个黄瓜也不结，一朵花也不开，也没有人问它似的。③

从简单质朴的自然规律中可以发现，萧红怀念后花园的缘由在于以童年来疗治现实。人与动植物都享有充分自由的权利，而这份看似简单的自由烂漫恰是长期漂泊在外的萧红所希冀的理想生命状态，也是其渴望回归

---

① 刘国伟：《精神的寄居与灵魂的返乡——论萧红创作中的"后花园"情结》，《文艺争鸣》2020 年第 2 期。

② ［瑞士］G.G. 荣格：《寻求灵魂的现代人》，苏克译，贵州人民出版社 1987 年版，第 90 页。

③ 萧红：《呼兰河传》，载《萧红全集（下）》，人民文学出版社 2020 年版，第 58 页。

的精神乐土。海德格尔曾说:"返乡就是返回到本源近旁。"①对于萧红来说,呼兰河城童年的后花园正是其精神本源的归处,那是纯真、自然、蓬勃且欣欣向荣的生命力的发源地。可以说,童年怀想实际上是一种"缅怀",大部分人"成年以后的生活早已被剥夺了这些原初的财富,人与宇宙的关系在成人的生活里是那样疏离,以至于人们不再感受到他们对家宅这个宇宙的原初依恋"②。尽管回不到童年,但文学可以带领着作家返乡。如果说"后花园"象征着自由与理想的境界的话,那么园外的"众生相"则代表着部分北方民众真实的生活状态,萧红将园内外交织成一体,于温情中又裹挟着世俗的苍凉,在悲哀中又隐约地透露出生的希望。对此,谈凤霞认为,"萧红以她童年钟爱的后花园来正面凸显其生命理想,又以童年见证的乡人的生存蒙昧从反面来表明其生命理想"③。显然,这样的书写方式升华了萧红小说的艺术境地,也拓宽了以儿童的眼睛展现多重生命空间的视阈。

在小说中,和"我"的生命经历不同的生命个体分别是团圆媳妇、有二伯和冯歪嘴子。三人均属于萧红笔下处于社会或家族边缘的"小人物",借助三人的命运来展现呼兰河城的生存与走向,是萧红小说的特质。团圆媳妇是封建社会中童养媳的代表。在"我"的印象中,她留着又黑又长的辫子,是一个可以一同出去玩耍的小伙伴,然而院子里的人们对她最常见的评价却是"不像个团圆媳妇",认为她没有新媳妇的娇羞,来婆家吃饭一口气能吃三碗。基于此,封建意识便结成一张大网合力摧残她,婆婆和周围的庸众即是"吃人者"。作家用细腻而生动的笔触写出了团圆媳妇遭受虐待的场景,类似于"跳大神""扶乩""洗滚烫热水澡"等方法一一运用于团圆媳妇身上,这使得原本健康活泼的团圆媳妇身心状况每况愈下,最终不幸夭亡。可以说,"小团圆媳妇最为悲惨之处在于,许多人认为是在救她但其实是在杀害她。这深具象征意味。小团圆媳妇的错误在于她不符合庸众的想象,

---

① [德]海德格尔:《荷尔德林诗的阐释》,孙周兴译,商务印书馆2000年版,第24页。

② [法]加斯东·巴什拉:《空间的诗学》,张逸婧译,上海译文出版社2013年版,第3页。

③ 谈凤霞:《边缘的诗性追寻——中国现代童年书写现象研究》,人民出版社2013年版,第69页。

所以要被扼杀"①。类似于这种"不符合庸众的想象"的人物还有冯歪嘴子和王大姑娘。"冯歪嘴子"的命名就隐含了被逐出主权共同体的意涵。他是磨坊里贫苦无依的磨倌，他和王大姑娘在一起后，众人便开始对其说三道四。即便在天寒地冻的日子里，人们也感受不到他们与刚出生的孩子的艰难困境，看客的心理被萧红淋漓尽致地书写出来：

比方我家的老厨子出去探访了一阵，回家报告说：

"那草棚子才冷呢！五凤楼似的，那小孩一声不响了，大概是冻死了，快去看热闹吧！"

老厨子举手舞脚的，他高兴得不得了。

不一会儿他又戴上了狗皮帽子，他又去探访了一阵，这一回他报告说：

"他妈的，没有死，那小孩还没冻死呢！还在娘怀里吃奶呢。"②

总体而言，萧红书写这些边缘性人物的挣扎与不幸多采用童年视角，这些人物或事件都在一个小女孩的世界中一一复现，其心境恰如赵园所说，"那是个寂寞的童心世界，寂寞感也是浑然不可分析的，'寂寞'不是主体的意识到了的表现对象，它是一种混茫的世界感受、生活感受"③。比如，对于王大姑娘之死，小说交代得言简意赅："在这样的一个夜里，冯歪嘴子的女人死了。第二天早晨，正过着乌鸦的时候，就给冯歪嘴子的女人送殡了。"④ 小说笔锋一转，将人们的视线转移至天上飞过的乌鸦，尽管在这些文字中始终没有正面描写过冯歪嘴子失去妻子的悲伤，但是当漫天的乌鸦映衬着王大姑娘去世的情境时，那种寂寞与哀伤之情呼之欲出。此外，在呼兰河这座小城中，即便是粉房里的工人们苦中作乐的唱歌，在萧红的

① 张莉：《重读〈呼兰河传〉：讲故事者和她的"难以忘却"》，《小说评论》2021年第4期。
② 萧红：《呼兰河传》，载《萧红全集（下）》，人民文学出版社2020年版，第174页。
③ 赵园：《论小说十家》，浙江文艺出版社1987年版，第220页。
④ 萧红：《呼兰河传》，载《萧红全集（下）》，人民文学出版社2020年版，第180页。

描述下都充满凄艳落寞的色彩，为此她曾这样写道："那粉房里的歌声，就像一朵红花开在了墙头上。越鲜明，就越觉得荒凉。"① 可以说，"开在墙头的红花"是萧红小说的重要意象，这种满怀落寞的短暂的欢乐不仅体现在粉房工人们的歌声中，也体现在呼兰河小城每个生命个体的人生历程中。这一点在她的《小城三月》中也有鲜明的体现。

　　和《呼兰河传》相似的是，《小城三月》所采用的叙述视角仍然以童年视角为主。借助一个小女孩的视角，萧红描述了翠姨短暂而凄婉的一生。如果说《呼兰河传》中的王大姑娘是为了寻找归宿而选择与冯歪嘴子在一起的话，那么《小城三月》中的翠姨对堂哥的爱恋则是出于对美好爱情的向往与追寻。比较而言，王大姑娘追求的是世俗层面的归宿，而翠姨追求的则是精神层面的寄托。小说曾借"我"之口说出翠姨微妙的内心想法："她的恋爱的秘密就是这样子的。她似乎要把它带到坟墓里去，一直不要说出口，好像天底下没有一个人值得听她的告诉……"② 就这样，翠姨一方面怀揣着青春少女对爱情美好的憧憬，另一方面又迫于世俗的压力接受了家庭给她安排的订婚，在哈尔滨读书的堂哥的到来再次打开了翠姨的心扉，然而在情理的夹缝里翠姨的悲剧命运已被注定。已经订婚的她做了一个少女追求理想爱情的梦，结果梦破碎了，她却再也不能醒来。因此，萧红极致地展现出"写繁华时写悲凉"③ 的艺术境界，翠姨仿佛是一朵花，在邂逅爱情时极致绽放，而在世俗生活中又迅速地凋谢。而这一切，用童年视角展现就别具匠心。

三

　　除了童年情结外，萧红对大自然也怀有无法割舍的情愫。《小城三月》的开篇就是萧红对北方三月的原野的动人描述：

---

① 萧红：《呼兰河传》，载《萧红全集(下)》，人民文学出版社 2020 年版，第 87 页。

② 萧红：《小城三月》，载《萧红全集(下)》，人民文学出版社 2020 年版，第 461 页。

③ 张莉：《刹那萧红，永在人间》，《人民文学》2011 年第 5 期。

三月的原野已经绿了，像地衣那样绿，透出在这里、那里。郊原上的草，是必须转折了好几个弯儿才能钻出地面的，草儿头上还顶着那涨破了种粒的壳，发出一寸多高的芽子，欣幸地钻出了土皮。放牛的孩子在掀起了墙脚下面的瓦时，找到了一片草芽子，孩子们回到家里告诉妈妈，说："今天草芽出土了！"妈妈惊喜地说："那一定是向阳的地方！"①

在这里，小城的"三月"是北方春天蓬勃生机的隐喻。在小说结尾处，"春天"再度出现，返照了萧红小说的底色与基调：

翠姨坟头的草籽已经发芽了，一掀一掀地和土粘成了一片，坟头显出淡淡的青色，常常会有白色的山羊跑过。

……

春天来为什么它不早一点来，来到我们这城里多住一些日子，而后再慢慢地到另外的一个城里去，在另外一个城里也多住一些日子。

但那是不能的了，春天的命运就是这么短。

年轻的姑娘们，她们三两成双，坐着马车，去选择衣料去了，因为就要换春装了。她们热心地弄着剪刀，打着衣样。想装成自己心中想得出的那么好。她们白天黑夜地忙着，不久春装换起来了，只是不见载着翠姨的马车来。②

萧红将春天的短暂与少女的悲凉命运紧密地联系在了一起，使小说的诗性色彩更加浓郁。借用伍尔夫评价艾米莉·勃朗特的话来说就是："我们在她那里体会到情感的某个高度时，不是通过激烈碰撞的故事，不是通过

---

① 萧红：《小城三月》，载《萧红全集（下）》，人民文学出版社 2020 年版，第 456 页。

② 萧红：《小城三月》，载《萧红全集（下）》，人民文学出版社 2020 年版，第 476—477 页。

戏剧性的人物命运，而只是通过一个女孩子在村子里奔跑，看着羊慢慢吃草，听鸟儿歌唱。"①

纵观萧红短暂且绚烂的文学创作生涯，从她发表的第一个短篇小说《王阿嫂的死》到最后一部小说《小城三月》，这期间也不过是短短的八九年时间，然而她却用这仅有的八九年光阴为中国现代文学史留下了哀婉凄恻的一笔。可以说，"在萧红的内心深处，作家是属于人类的。创作就是她的宗教，她生命的全部"②。正是基于这种思想理念，她并没有在主潮中丧失自己的文学自主性，而是坚持自我的创作个性，"在她那里，穷人与女性的双重视角，充满着人本主义色彩，与当时建基于阶级斗争理论的中国左翼文学是很不同的"③。她那种散文化的行文方式、诗性的小说内涵以及借助童年视角所产生的稚拙的语言表达，使其小说创作获致了独具特色的美学价值。

在思想层面，萧红继承了鲁迅的"国民性批判"，"如果说鲁迅先生对国民性格的批判是犀利而入木三分的，那么萧红则是在娓娓而谈、不动声色中'于无声处听惊雷'，她对民族性格'哀其不幸，怒其不争'的表达，大都包蕴在风土人情的叙述和人物命运的描写之中"④。这也是萧红文学创作富于深刻思想内涵且经久不衰的重要原因之一。这样一来，作为"叛逃的女儿"的萧红，她对于世态炎凉的感知和体悟较之那些闺阁中的女作家要深刻得多。不得不说，"萧红作品中的'自我形象'与陈衡哲、冰心、凌叔华笔下的女孩还有一个重要区别，即她不再是一个闺阁中的小姐，而是一个走向乡土、走向更广大的社会和人群中的女性"⑤。她将自身有限的生命融入进自然、社会与人性之中，并用文学这种古老而永恒的方式记载下来，用手中的笔创造出了独属于萧红的"黄金时代"。

---

① 转引自张莉：《重读〈呼兰河传〉：讲故事者和她的"难以忘却"》，《小说评论》2021 年第 4 期。

② 陈漱渝：《一枝永恒美丽的花朵——试谈萧红研究的四个"死角"》，《济南大学学报（社会科学版）》2020 年第 6 期。

③ 林贤治：《萧红和她的弱势文学》，载《萧红全集（上）》，人民文学出版社 2020 年版，第 10 页。

④ 朱晓宇：《导论》，载《萧红小说经典》，二十一世纪出版社 2011 年版，第 3 页。

⑤ 唐兵：《儿童文学中的女性主义声音》，湖北少年儿童出版社 2003 年版，第 50 页。

第三节　丁玲：革命语境下儿童问题
与女性意识的联结

作为左翼文学运动时期最具代表性的女性作家，丁玲的文学创作始终与左翼文学有着千丝万缕的联系。1927 年秋，丁玲的短篇小说《梦珂》发表在 12 月份的《小说月报》上，由此标志着丁玲正式步入文坛。尽管"丁玲"这笔名"在文坛上是生疏的，可是这位作者的才能立刻被人认识了。接着她的第二篇短篇小说《莎菲女士的日记》也在《小说月报》上发表了，人们于是更深切地认识到一位新起的女作家，在谢冰心女士沉默了的那时，以一种新的姿态出现于文坛"①。丁玲早期的作品如《梦珂》《莎菲女士的日记》等皆延续了五四时期以感伤主义为基调的问题小说模式，但是她没有停滞不前，其创作不断拓新发展。丁玲是一位善于洞察女性内心世界及女性心理成长的作家，其创作观念也延续于儿童文学创作之中。丁玲的儿童文学创作虽数量有限，代表作有短篇小说《一颗未出膛的枪弹》与中篇童话《给孩子们》两部，但其呈现出的革命战争时期的儿童观及童年想象却是富于时代特征的。

一

值得注意的是，在赋予儿童革命理想的同时，丁玲也将自身的理想付诸字里行间。质言之，一方面丁玲通过女性书写来反观现代女性知识分子

---

① 茅盾：《女作家丁玲》，载《茅盾全集》第 19 卷，黄山书社 2012 年版，第 493 页。

的心路历程；另一方面她也借儿童之口来言说其革命理想。寻绎丁玲的生平经历，不难发现自青年时代起她便向往到"一个更遥远的更光明的地方去追求"①自我的理想。在谈及自己的文学创作时，丁玲曾说："我自己代替着小说中的人物，试想在那时应该具哪一种态度，说哪一种话，我爬进小说中每一个人物的心里，替他们想，那时应该有哪一种心情，这样我才提起笔来。"②切合当时的社会语境，丁玲时常以入木三分的笔触来描写战争前夕及战争中儿童的真实处境与心境。

　　创作于 1932 年的中篇童话《给孩子们》是丁玲唯一一篇童话。显然，该童话深受英国作家巴里《彼得·潘》的影响。在行文方式上，《给孩子们》充分借鉴了《彼得·潘》，并将革命的现实植入文本之中。小主人公爱若尽管年龄尚小，但却是一个敢于挑战规则的儿童。他所在的幼稚园是公认的"贵族幼稚园"，幼稚园里有两个保姆，即爱若口中的河马太太和长颈鹿太太。由于维持幼稚园日常开销需要得到绅士及太太们的资助，因此河马太太及长颈鹿太太致力于将孩子们培养成对"金主"言听计从的乖孩子。每当有绅士或小姐太太们来幼稚园参观时，保育员总是让孩子以唱歌或表演节目的方式表示欢迎，很多孩子在心中已默然接受了这一安排，以歌声和舞蹈来博取成人的好感。然而爱若却打破了这一规则，当河马太太要求其跳舞给来访者们看时，他顿时感到自己就像是马戏团的猴子一样被人围观。他以儿童所独有的方式予以"反抗"，并以戏谑的口吻调侃了河马太太的无知。在这里，丁玲质疑了资产阶级儿童观，因为该幼稚园是资本主义运作的产物，其教育儿童的方式存在着诸多谄媚的因素。现代儿童观的生成仰赖于"儿童的发现"，即"儿童作为一个完全的人的人格和权利得到了承认和尊重"③。然而，丁玲笔下的资产阶级幼稚园却忽略了儿童作为人的人格和权利，将其视作讨好"金主"的"马戏团猴子"。这类似于周作人所说："以

---

① 丁玲：《我怎样飞向了自由的天地》，载《丁玲全集》第 5 册，河北人民出版社 2001 年版，第 265 页。

② 丁玲：《我的创作经验》，载《丁玲全集》第 7 册，河北人民出版社 2001 年版，第 12 页。

③ 朱自强：《经典这样告诉我们》，明天出版社 2010 年版，第 32 页。

前的人对于儿童多不能正当理解，不是将他当作缩小的成人，拿'圣经贤传'尽量的灌下去，便将他看作不完全的小人，说小孩懂得甚么，一笔抹杀，不去理他。"① 丁玲笔下的儿童即是"不完全的小人"，他们的主体性被成人社会规则所遮蔽。

在巴里的《彼得·潘》中，达林家三个孩子的"身份认同迷失于固化的家庭伦理与传统的性别模式之中"②，在前往永无岛之前，是丧失话语权的生命个体。丁玲的《给孩子们》与《彼得·潘》颇为相似，比如爱若的弟弟也起名为迈克儿，他们均渴望拥有一只像娜娜那样的狗保姆，他们都结识了类似于温迪的大女孩铃铃等。不同的是，丁玲笔下的儿童已经具有了自我言说的意识。值得注意的是，《给孩子们》中的妈妈是一位现代女性，她用胶水帮孩子粘上翅膀并希望其自由地翱翔。由此看来，她爱自己的孩子却不是以束缚孩子为代价的，相反她希冀孩子们能飞出去看看外面的世界。可以说她是丁玲心目中"理想型母亲"的缩影。在爱若、迈克儿和铃铃三人飞翔途中，他们意外邂逅了几个想一同前往岛屿攻打胡克船长的孩子。不同于巴里的安排，丁玲将途中遇见的六个孩子的性别都改为女孩。六个小女孩似乎无意充当温迪的角色，她们将温迪戏谑地称之为"那个没有用的小老太婆"，并认为自己可以像男孩子一样冲锋陷阵，积极捕杀邪恶的胡克船长。而在此后事态发展中也进一步验证了女孩们超凡脱俗的行动力：

> 进到这厅里来的是毛毛和小毕三，因为毛毛最灵巧，而小毕三最勇敢，她们两个从这个身边走到那个身边，悄悄偷去了他们的手枪。红粑粑的四杆手枪就都是小毕三一个人偷的。③

---

① 周作人：《儿童的文学》，载《周作人散文全集》第 2 卷，广西师范大学出版社 2021 年版，第 272 页。

② 吴翔宇：《代际话语与性别话语的混杂及融通——〈彼得·潘〉的性别政治兼论儿童文学"不可能性"的理论难题》，《贵州社会科学》2020 年第 9 期。

③ 丁玲：《给孩子们》，载《丁玲全集》第 4 册，河北人民出版社 2001 年版，第 39 页。

在这里，丁玲将《彼得·潘》中的头号反派人物胡克船长艺术化地转换为"红粑粑"这一人物形象，并喻指敌对势力。作家巧妙地将"彼得·潘"式的故事情节与革命主题相结合，在洋溢着幻想精神的同时又赋予了浓郁的时代气息。除了爱若、迈克儿与小毕三等革命儿童形象外，丁玲还塑造了思想觉悟最彻底且革命性最强的儿童——小平。与其他孩子不同，小平没有自己单独的家，他的家就是儿童团，是儿童团给予了他所有的一切。他号召其他孩子一起加入新的大家庭儿童团："睡在妈妈怀里，摸摸奶奶，让爸爸同你接一个吻，像一个小狗那末被爱着，没有意识，还是咱们大家一块儿玩，一块儿做事有趣多了！来吧，飞起来吧，往我们那儿飞去。"①仅凭时代性还不足以概括丁玲童话的特质，人性、人心的深度开掘也是其创作的重心。《给孩子们》体现了其"像故事作者那样讲故事的才能"②，也彰显出她积极借鉴域外资源的现代意识。

二

除了中篇童话《给孩子们》之外，丁玲于 1937 年还创作过一篇题为《一颗未出膛的枪弹》的儿童小说。故事开篇并未向读者讲述小红军如何同首长躲避飞机轰炸及与队伍走失等情节，而是以一位瘪嘴老婆婆的问询开篇。与队伍走散的小红军起初担心老婆婆和村里人会将其"出卖"，但村民们的质朴、宽厚与热心使他彻底卸下了心理包袱，他决定暂时在村子里小住一段时日。尽管这是一篇革命色彩极其浓郁的儿童小说，但是丁玲依旧采用十分诗意的笔触来描写小红军放下戒心安心入眠的情节：

　　陕北的冬天，在夜里，常起着一阵阵的西北风。孤冷的月亮在薄云中飞逝，把黯淡的水似的光辉，涂抹着无限的荒原。但这埋在一片黄土中的一个黑洞里，正有一个甜美的梦在拥抱这流落

---

① 丁玲：《给孩子们》，载《丁玲全集》第 4 册，河北人民出版社 2001 年版，第 46 页。
② ［日］中岛碧：《丁玲论》，载《飙风》，袁蕴华等译，1981 年第 13 期。

的孩子：他这时正回到他的队伍里，同司号员或宣传队员在玩着，或是让团长扭他的耳朵而且亲昵地骂着："你这捶子，吃了饭为什么不长呢？"也许他正牵着枣骝色的牡马，用肩头去抵那含了嚼口的下唇。那个龌龊褴褛的孤老太婆，也远离了口外的霜风，沉沉地酣睡在他的旁边。①

丁玲擅长写人性、人情，而这种情绪在纳入了阶级政治与民族政治后更深邃地传达出来。延安时期的丁玲逐渐蜕去小资情调，革命情感充分地得以抒发。这在她的儿童小说《一颗未出膛的枪弹》中有着明显的体现。除了鲜明的语言特色之外，丁玲并未抑制童心的表述，这在一体化思想中显得颇有意味。不过，在自然性与革命性的较量中，革命性占据上风。小红军身上有着孩子气，但更赋予了革命的理想信仰。在这里，小红军有着超越儿童年龄的"成人性"，他的语言及思想是革命性的，也是成人化的，这是特定语境塑造的结果。在谈及《一颗未出膛的枪弹》时，丁玲指出，这是"将要停止内战时的一段故事"②。其小说创作的主旨在于颂扬无产阶级的革命觉悟。时至今日，当我们去反观丁玲所颂扬的这种革命理念时，或许重返"历史现场"才是最为明智的选择，即我们不能用当下的儿童观与价值观去考量战争时期的儿童革命精神。这是一种诞生于特定历史语境下的思想情怀，不能一味否认那个时代儿童的社会性与早熟性。

黄会林指出："如果说，童话是一种借助幻想、理想或想象去表现对世界的解释的文学形式，从这一意义上或者可以把丁玲的女性小说归纳为女性童话系列。"③按此说法，笔者将丁玲的四部女性小说作如下隐喻：《梦珂》可视作春天童话，《莎菲女士的日记》是夏天童话，《阿毛姑娘》是秋天童话，而《杜晚香》则是冬天童话。黄会林之所以将这四部女性小说视作丁玲创作

---

① 丁玲：《一颗未出膛的枪弹》，载《丁玲全集》第 4 册，河北人民出版社 2001 年版，第 124 页。

② 丁玲：《〈一颗未出膛的枪弹〉跋》，载《丁玲全集》第 9 册，河北人民出版社 2001 年版，第 33 页。

③ 黄会林：《丁玲·女性小说〈序〉》，载《丁玲·女性小说》，上海文艺出版社 2012 年版，第 6 页。

的"女性童话"系列，主要是因为其体现了以女性个案来反映社会结构的创作手法。从某种程度而言，这四部女性小说都带有女性命运寓言的色彩。

短篇小说《梦珂》是丁玲的处女作，受到研究者的高度关注。《梦珂》的旨趣，"已经不是传统守旧家庭与渴望新生活的青年的'父子冲突'，而是年轻知识女性走出家庭以后的境遇"①。与鲁迅的《伤逝》相似，探讨的是"娜拉走后"的社会问题。旧式家庭出身的梦珂是幸运的，开明的父亲愿意将她送往上海读书。上学期间，梦珂的两次"出逃"都与男性或男权社会有关。梦珂"出逃"的起因是男性教员对艺术的蔑视，对辛苦付出的绘画女模特的不敬。而她选择离开姑妈家，则是因为以二表哥晓淞为代表的青年男性群体对于爱情的不忠。脱离了学校与家庭双重保护的梦珂看似获取了自由，但在现实社会中却是渺小且无力的，她既不能继续接受教育，也无法从事体力劳动，无奈只能选择在"圆月剧社"当一名女演员。在描写梦珂进退两难的处境时，丁玲也揭示了现实社会中女性生存的困境：她们虽不愿生活在男性的意志之中，但是又始终无法摆脱男性目光的审视。为了生存，梦珂不得不化名为"林琅"来到圆月剧社试镜，而试镜的过程正是男性社会对女性毫无顾忌的审视："这天，无论在会客室，办公室，餐厅，拍影场，化装室……她所饱领的，便是那男女演员或导演间的粗鄙的俏皮话，或是那大腿上被扭后发出的细小的叫声，以及种种互相传递的眼光，谁也是那样自如的，嬉笑的，快乐的谈着，玩着。只有她，只有她惊诧，怀疑，像自己也变成妓女似的在这儿任那些毫不尊重的眼光去观览了。"②在小说的结尾，丁玲预设了梦珂将进一步融入进这个"纯肉感的社会"中去。这里的"纯肉感的社会"是指一种耽于物欲和肉欲享乐的社会形态。当"父权制社会中的女性只能历史性地被降格为纯粹的财产，被囚禁于男性文本之中"③时，女性只能成为男性目光凝视下艰难求取生存的被动个体。

---

① 王中忱：《现代中国知识女性命运的典型缩写》，载《丁玲精选集》，北京燕山出版社 2006 年版，第 3 页。

② 丁玲：《梦珂》，载《丁玲全集》第 3 册，河北人民出版社 2001 年版，第 39 页。

③ [美] 桑德拉·吉尔伯特、苏珊·古芭：《阁楼上的疯女人：女性作家与 19 世纪文学想象》，杨莉馨译，上海人民出版社 2014 年版，第 15 页。

在《莎菲女士的日记》中，莎菲大胆追求爱情的举动看似占据人生的主动权，但实际上，"她所认同的'男性气概'在崇尚经济、利益、实利性的社会无法得到真正的建构与实践，而她所期待的'理想'男性也就并不存在"①。概而论之，丁玲女性小说创作的特质在于，她笔下的女主人公们不是感伤主义者，她有意识地将其从狭小的感伤氛围中释放出来，并融入现实的情境之中。丁玲正视了女性原始欲望在爱情中所发挥的重要作用，一改"五四"女作家所奉行的"柏拉图式"恋爱模式。可以说，她的作品在"'浪漫爱'式的写作中又引入了'欲望'之维，'欲望'的强大以及两性关系之间复杂暧昧的张力在小说中得到了完整深入的体现"②。对于女性写作而言，"时代性的突围"是衡量一位女性作家是否具有现代精神的重要标志，而此类文本最终的建构不仅仅指向文学本身，还在某种意义上也要建构和发明女性。因此，当丁玲借莎菲之口大胆表露对异性身体的倾慕时，半个多世纪之后的殷健灵也借苏了了和丹妮之间的交流"大胆地描写了性的生长和成熟"③。正如丁帆所说，"文学史的表述是一种经典化的过程"④。丁玲笔下女性"欲望"的觉醒符合时代精神，在文学史上有着独特而重要的地位。

三

如果说《梦珂》《莎菲女士的日记》书写的是少女渴望爱情但无法被社会接纳的苦闷现实，那么《韦护》和《阿毛姑娘》则进一步展现了女性步入婚姻后被束缚、被压抑、被抛弃的不幸命运。从艺术角度来看，《韦护》和《阿毛姑娘》较之前两部作品描摹得更加深刻与细腻。在《韦护》中，丁玲塑造了一位自视甚高且充满浪漫主义理想的少女丽嘉，小说的前半部展示了丽嘉与亲密女伴各自不同的性格和未来规划。丽嘉与薇英、珊珊等并不相同，

① 魏巍、李静：《情感结构与时代症候：重审 1920 年代丁玲北京时期的情爱书写》，《西华师范大学学报(哲学社会科学版)》2022 年第 4 期。

② 同上。

③ 唐兵：《儿童文学中的女性主义声音》，湖北少年儿童出版社 2003 年版，第 69 页。

④ 丁帆：《关于当代文学经典化过程的几点思考》，《文艺争鸣》2021 年第 2 期。

在人生选择方面，家境平平的薇英最为务实，她选择前往北京女子师范学院学体育是因为学费低廉且毕业后容易就业。珊珊是一位有学业理想的现代新女性，当她看见丽嘉退学在家无所事事，且沉湎于不切实际的幻想时，她曾一针见血地指出：

> 我们没有潜心读过几本书，我们懂的全是皮毛。我们仿佛是在骄傲，然而却一定有许多内行人在讥笑我们了。这些呢，过去了！我们本来是太幼稚了。我也原谅这些，只是现在，嘉！我们都已经有二十岁，而且，看一看这社会，是不是还能准许我们游荡，准许我们糊涂？我们总得找出一条路来。但是，我不敢说，不多读点书，会能找到一条顶正确的路！ ①

类似于庐隐《海滨故人》中的少女云青，珊珊对于爱情有着独特而审慎的认知，更愿将未来托付于书本和事业，尽管在丽嘉看来，"珊珊孤寂的像一个修道女似的"②，但是这一切对于精神世界富足的珊珊而言却甘之如饴。丁玲、庐隐等人对于新女性的塑造是有差异的，但相似之处在于其出发点及旨趣。套用西方学者的话即是："通俗的浪漫主义小说对女性除了捕获男子的爱，别无其他合法的人生目标。"③回到《韦护》的文本，尽管韦护与丽嘉情投意合，然而他们的爱情失去了现实附丽后就失去了诗意的浪漫，也自然不受世俗的祝福。韦护深知丽嘉会成为他完成革命理想的"绊脚石"，在爱情与事业的面前，他毅然选择了事业而非儿女情长。从这一方面看，《韦护》的思想内涵已脱离"五四"问题小说的感伤基调，它更关注的是"自我个体生活与外部政治现实的多重关系的纠结"④。对于韦护来说，

---

① 丁玲：《韦护》，载《丁玲全集》第 1 册，河北人民出版社 2001 年版，第 54 页。

② 丁玲：《韦护》，载《丁玲全集》第 1 册，河北人民出版社 2001 年版，第 87 页。

③ ［美］桑德拉·吉尔伯特、苏珊·古芭：《阁楼上的疯女人：女性作家与 19 世纪文学想象》，杨莉馨译，上海人民出版社 2014 年版，第 152 页。

④ 杨洪承：《现代中国革命文学发展期的价值调适——以作家丁玲为例》，《齐鲁学刊》2021 年第 2 期。

一个有志青年是应该追寻革命理想的，而爱情却是私人化的产物，必要时只能舍弃爱情来成全事业。丁玲文学思想的"左转"也可见一斑。

从某种程度而言，丁玲的《我在霞村的时候》是国内女性文学中为数不多的，直面日本侵华战争中慰安妇问题的作品，也是书写女性战后创伤问题的代表性作品。而《在医院中》曾引起过论争，借女医生陆萍之口道出了战争语境下的诸多现实问题。在这些文本中，丁玲"将女性书写隐匿于集体之中，却又时时露出'端倪'"①，充分显示出其整合文学与政治的智慧。丁玲的笔锋直指女性的内心，对女性"清誉"或"失贞"等话题颇为关注。在《我在霞村的时候》中，"面对民间伦理的律令，贞贞始终坚持了一种决绝的反抗性姿态"②。这种"决绝的反抗性姿态"不是孤注一掷地"赴死"，而是女性阔大而顽强的"平静"与"从容"。贞贞拒绝世俗社会的施舍，将获取重生的希望寄托于前往延安的学习之中。她渴望脱离霞村这个偏僻落后且可能会撕开她过去"伤疤"的小村庄，在"他救"与"自救"之间，她选择了后者。较之于梦珂，贞贞的女性意识更为强烈，不再耽溺于幻梦，而是面向现实的中国。

此外，不论是《我在霞村的时候》还是《泪眼模糊中之信念》（《新的信念》）都反映了战后女性心理创伤及疗治的问题。关于儿童文学的战争书写，刘绪源认为以往的创作"忽略了很重要的一点——如何走出战争"③。作为一位亲身经历过战争的女性作家，丁玲曾言："我自己是女人，我会比别人更懂得女人的缺点，但我却更懂得女人的痛苦。"④在丁玲的文本书写中，女性战后所面临的心理创伤并不完全是男性造成的，还混杂着来自女性的短视与无知："尤其那一些妇女们，因为有了她才发生对自己的崇敬，才看

---

① 刘相美：《潜在的"男权"——对丁玲创作中妇女解放问题的讨论》，《河北大学学报（哲学社会科学版）》2022 年第 1 期。

② 周港庆：《"失贞"以后怎样——论丁玲的"创伤书写"（1936—1941 年）》，《文学评论》2022 年第 2 期。

③ 刘绪源：《中国儿童文学史略：一九一六——一九七七》，少年儿童出版社 2013 年版，第 135 页。

④ 丁玲：《"三八节"有感》，载《丁玲全集》第 7 册，河北人民出版社 2001 年版，第 62 页。

出自己的圣洁来，因为自己没有被敌人强奸而骄傲了。"① 因此当女性遭遇男权社会与女性的遗毒的合力剿杀时，其悲剧命运难以避免。丁玲十分敏锐地发现了这一点，并用艺术化的手法加以呈现，这进一步深化了其女性小说的思想主旨。

纵观丁玲的文学创作生涯，"思想觉醒"一直是其着力表现的重要方向。就丁玲的儿童文学创作而言，不论是《给孩子们》借助"彼得·潘"式的童话想象来启蒙儿童的革命心智，还是《一颗未出膛的枪弹》所褒扬的青少年一代舍生取义的革命理想，其笔下的儿童均在特定环境下实现了"思想觉醒"。此外，丁玲女性小说中的新女性也在不断丰富着"思想觉醒"的意涵。通过一个又一个真实而鲜活的人物形象，一部女性及儿童的"思想觉醒"简史借由丁玲生动地书写出来。可以说，丁玲是一位将妇女与儿童的解放同中国革命的历史相结合的女作家，她以女性特有的纤细情感探幽历史现场，在充分洞察女性心理的基础上完成了上述创作。

---

① 丁玲:《我在霞村的时候》,载《丁玲全集》第 4 册,河北人民出版社 2001 年版,第 226 页。

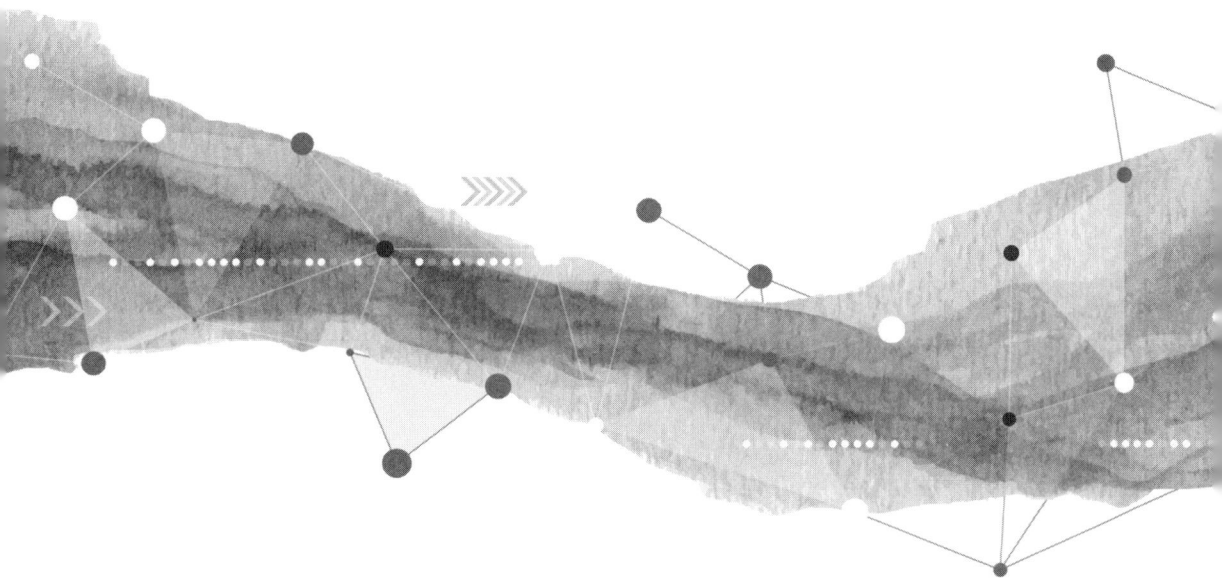

第三章

抗战文学视野下
女作家儿童文学创作的拓展

自 1937 年"七七事变"之后，国内形势发生了重大的变化。活跃在文坛的有志之士开始将目光从五四时期的反帝反封建逐渐转向抗日救亡，保家卫国。此情此景下，无论是成人文学领域，还是儿童文学领域，现实主义题材的创作成为这一时期文艺创作的主潮。作为民族未来的希望，少年儿童自然也是抗战背景下作家书写与鼓舞的重要力量。纵观这一时期儿童文学的整体创作，除了现实主义精神得到进一步发扬光大之外，一些特定的儿童文学体裁也得以充分发展，其中包括与少年儿童直接面对面的儿童剧、反映战争现实的儿童小说及儿童诗等。尽管从某种意义上来说战争是以男性为主体的活动，战争的书写也主要以男性作家为主，但是女作家作为时代背景下不容忽视的一部分，在战争生活中仍旧扮演着观察者与参与者的重要角色。

第一节　"共名"与女作家
儿童文学的趋时及疏离

　　抗战爆发无疑对中国文学产生了重大影响，启蒙主题加入了民族政治的内涵，引导着包括儿童文学在内的中国现代文学的思想及技法。在抗战的主题下，文学关注社会现实的功能被激活。在此情境下，儿童文学与成人文学之间的界限、壁垒逐渐销蚀。"儿童"这一曾被视为现代符号的概念此时也被消融于"全民"的集体范畴内："'儿童'在战时中国被当时的知识分子视为国家、家庭及学校的一个连接点，是对中国普通民众和家庭妇女进行抗战宣传的一个有效中介，并因此成为战时教育的核心部分。"① 从儿童观来看，老舍认为，中国历史上"重文轻武"的传统给国人带来了不可避免的毛病，必须予以矫正。落实到儿童身上，他的意见是：

　　　　"娇生惯养"一定须换成"身粗胆大"。"掌上明珠"必要改成"民族的战士"，我们的儿童不只专为继续一家一姓的香烟，而也是能捍卫国家的武士。他不必一定去打仗，中华民族根本不是想侵略别人的民族，可是当别人来侵犯我们的时候，他必须有杀上前去的肝胆与体格，就是在太平无事之秋，他也须身强志勇，尽心尽力为全体同胞谋幸福。在抗战中我们需要武士，在建国中我们也需要武士，武士不必都执枪，要在有识有胆，有心有力，职守纵有不同，而精神则一致。②

---

① 徐兰君：《儿童与战争：国族、教育及大众文化》，北京大学出版社 2015 年版，第 8 页。
② 老舍：《儿童节感言》，《抗战画刊》第 26 期，1939 年 4 月 20 日。

一旦儿童被整合于抗战的序列中，"儿童"的个性特质被动员和宣传抗战的集体特征所替代。战争的吸附力是巨大的，儿童也无法置身事外。林立天所谓"儿童必须从大人的手掌里解放出来，直接参加整个民族解放的战斗"① 代表了当时国人的心声。

自此，一种快速催生儿童成长的机制由此生成，"早熟"的儿童形象也大量出现。丁玲的《一颗未出膛的枪弹》中七八岁的小红军萧森恳求用刺刀来结束自己的生命的缘由是为了节约一颗子弹抗日。当然，萧森的话也获得了成人的共鸣，成人朝他拥过来，"他也被举起来了"。小说中的萧森是一个红色小儿童，丁玲借用"儿童"在战争中的"弱者"身份，以其大义凛然的品格和精神来反观全民抗战。在这里，萧森的出场体现了现代民族国家话语对儿童身份的征用，起到了儿童如此、成人亦当如此的艺术效果。在此情境下，作家笔下的儿童不再是蜷伏于道德或成人话语的抽象符号，他们的生命与现实、社会及民族国家的命运紧紧联系在一起。然而，战争是残酷的，对于"弱者"儿童来说更是如此。"绝没有任何一次的战争会让儿童站在战争圈子外面去"② 有两个层面的意思：一是儿童被卷入到战争之中，成为战争生态的一部分；二是战争所产生的灾难性的后果，儿童无法幸免。第一个层面的文学演绎是大量的"小英雄""小战士"的涌现，关于这一点，出现了大量的文本。第二层面的文学演绎则是战争之于儿童的影响及反思。更为关键的是：战争创伤压缩儿童自然性、提前预支儿童社会性该如何评价及反思。关于这一点，教育界出现过如董纯才《儿童教育的主观主义》等相应的反思性文章，文学界则鲜有作品或理论文章论及。并且这种不对等的文本叙事一直延续到了 20 世纪 70 年代。

与"五四"儿童小说中失语、病态的儿童形象不同，这一时期林珏的《不屈服的孩子》、袁鹰的《何冰》、张天翼的《把爸爸组织起来》等儿童小说中的儿童多是"小大人"，作家没有弱化苦难、战争等语境预设，强化了其"瞬间凝望"的忧思及人生道路的探求。随着左翼文学运动的开展，儿童文学

---

① 林立天：《儿童在抗战中的力量》，《救亡日报》1938 年 4 月 8 日。

② 薰：《儿童与战争》，《民主教育》1945 年第 2 期。

越来越突出人物的阶级属性及分野。茅盾《少年印刷工》中主人公赵元生的成长与其人生选择是分不开的，新旧两种力量博弈的胜负最终借助于赵元生的选择来完成，他选择了以姑父和老角为代表的新生力量，其成长折射了时代转换及复杂多变的社会语境。其艺术效果是"孩子们认识人生、认识社会、认识时代的生活教科书"①。即使是在童话中，这种教育儿童、宣传抗战的思想也没有退场。老舍的《小木头人》的情节中加入了抗战的色彩，兼具"木头人"和"童子军"身份的小木头人形象鲜明，"他的身上硬，不怕打"②的性格是其日后从军的先决条件。该童话并没有止于幻想，而是将抗战的现实介入其中，是童话开启"幻想现实主义"风格的尝试。苏苏（钟望阳）的《小癞痢》让"小癞痢"脱胎换骨，在抗战的语境下成长为"小英雄"。在评价该书时，巴人认为战争可以教育儿童，而儿童还可以教育成人，"的确，我们是该向孩子学习了。纯正的洁净，勇敢，率直，不存在一丝一毫的自私自利观念，这应该是每个参加抗战的同胞们所应有的精神吧！我希望中国的孩子们爱读这册书，也希望中国的成人们爱读这册书，然而我更希望日本的孩子们能够读到这本书"③。如果按照"儿童文学是教育成人的文学"的说法，巴人所述是非常符合这一观念的。不过，巴人这里的教育成人是有特定情境的，即在战争语境中儿童的反抗所产生的效果可以震撼和教育成人。脱离了这种语境，这种教育成人的功能就失却了基础。

在文学与抗战政治的关系中，包括通俗文学、现代主义、自由主义作家在内的中国作家群都开始转向，向现实主义靠拢。无论是"纯文艺暂时让位"④，还是"抒情的放逐"⑤，都体现了一种自觉的方向调整。凌叔华是一个自由主义作家，她曾自称其作品"专为中国妇女儿童的生活思想报道，一点不受时代思想传染"⑥。对于《红楼梦》里几个主角年龄和行为不相称的

① 金燕玉：《茅盾的童心》，南京出版社 1990 年版，第 91 页。

② 老舍：《小木头人》，《抗战文艺》第 8 卷第 4 期，1943 年 5 月。

③ 苏苏：《小癞痢》，译报出版部 1939 年版，第 3 页。

④ 杜衡：《纯文学暂时让位吧》，《宇宙风》1938 年第 68 期。

⑤ 徐迟：《抒情的放逐》，《顶点》1939 年第 1 期。

⑥ 凌叔华：《〈凌叔华小说集〉序》，载《凌叔华文存》，四川文艺出版社 1998 年版，第 791 页。

现象,她也曾指出"未免太过早熟了"①。其儿童小说集《小哥儿俩》没有人为放大儿童的习性,写出了儿童之间的纯粹的、充满童趣的"小天地"。这种写法在 20 世纪 30 年代的儿童文学创作较为罕见。对此,茅盾认为凌叔华与叶圣陶和张天翼有着较大的差异,叶、张的创作是"有所为而为",绝不是"写意画"。而凌叔华的作品"并没有正面的说教的姿态,然而竭力描写儿童的天真等等,这在小读者方面自然会产生出好的道德的作用"②。沈从文认同凌叔华纯粹的创作风格:"叔华的作品,在女作家中别走出了一条新路"③。同为自由主义作家的沈从文对凌叔华的上述评价可视为夫子自道。凌叔华的儿童文学创作多以描写中产阶级家庭的儿童生活为主,她善于洞察儿童真实鲜活的内心世界并用温柔细腻的笔触加以描摹。她的视角从昔日中产阶级的小家庭转向了抗战背景下少年儿童的家国情怀,塑造了李建国、宛英、徐廉等充满爱国情怀的儿童形象。"即使小说里还有女人和儿童,她们也不再囿于庭院微澜,而是已随时代投身于窗外洪流。"④ 在"共名"语境下,不同风格的作家汇聚于一起,爱国情怀被充分地激发出来。建国和宛英的成长环境仍是中产阶级家庭,但在抗战的历史洪流中,其命运发生了重大改变。在小说中,建国不止一次地袒露自己的心声:"我受不了那亡国奴教育。"⑤ 他渴望追随恩师王先生一道加入当地的游击队,宛英也"不甘示弱",她热切盼望着能为国家出一份力。

关于儿童与战争的关系,凌叔华有其深刻且独到的思考。她认为"有志不在年高",儿童只要寻找到合适的位置或许比成年人还要出色。在凌叔华的笔下,建国和好友徐廉最终放弃了北平中学"亡国奴"式的教育,毅然地跟随王先生加入当地的游击队。宛英在母亲外出寻子时所表现出的坚强与镇定,以及她最终决定代替多病的母亲外出寻找兄长的决心,也体现了

---

① 凌叔华:《在文学里的儿童》,《文学集林》1940 年第 4 辑。

② 茅盾:《再谈儿童文学》,载《茅盾全集》第 21 卷,黄山书社 2012 年版,第 62 页。

③ 沈从文:《论中国创作的小说》,载《沈从文全集》第 16 卷,北岳文艺出版社 2009 年版,第 211 页。

④ 陈学勇:《前言》,载《中国儿女:凌叔华佚作·年谱》,上海书店出版社 2008 年版,第 2 页。

⑤ 凌叔华:《中国儿女》,南京大学出版社 2016 年版,第 81 页。

儿童的革命性。凌叔华将小说命名为"中国儿女"是有其独特寓意的，建国与宛英兄妹俩正是千千万万热血报国的中华儿女的缩影。

如果从"以文证史"的角度看，《中国儿女》可视为对抗战历史的一种回应与书写。《中国儿女》的故事发生在抗战期间的老北平城，是旧中国的一个缩影。这里既有一心自保、推行奴化教育的中学校长，也有为了生计疲于奔命的底层巡官和黄包车车夫，还有替侵略者管理粮食圆滑狡诈的李家姑父，他们构了风雨飘摇的旧中国形象。战争楔入文学，使得文学形态发生了很大的变化。凌叔华的《中国儿女》并未曾改变其以往的创作风格，她依旧注重"那些充满情感的细节、场景和心灵感受"①，《中国儿女》可视作凌叔华开拓战争书写新题材的一部重要转型之作。

在书写战争方面，男女作家并不相同。吴晓佳认为，"女作家拒绝民族主义话语而男作家建构民族主义话语"②。当然，并不能以性别来区隔文学的风格，但作家的生命理念及创作特质还是影响了其文学创作的主题及艺术技法。女性书写是女性正视自身以及为自我言说最有效的方式之一，她们认为女性解放并不"只是妇女应该和男人得到同等的权利和地位，而是向所有这样的权利和地位提出质问"③。在书写战争主题时，女性主体性的考问进一步凸显出来，这关涉人与战争的宏大主题。无论是凌叔华的《中国儿女》，还是萧红的《孩子的讲演》，"一般都不正面描写战争，以一种抒情化、散文化的笔调，注重人物心理刻画"④，并试图通过多个层面全面展现战争期间儿童的心路历程及精神成长。总之，抗战时期女性作家的儿童文学创作是整个抗战儿童文学的重要组成部分，其独特的视角、主题及风格也充盈了抗战文学大厦的血肉。

① 陈莉:《中国儿童文学中的女性主体意识》，海燕出版社2012年版，第46页。

② 吴晓佳:《民族战争与女性身体的隐喻——以东北作家群为主要考察对象》，《中国现代文学研究丛刊》2014年第5期。

③ [英]特里·伊格尔顿:《文学原理引论》，刘峰译，文化艺术出版社1987年版，第178页。

④ 王泉根:《中国儿童文学概论》，湖南少年儿童出版社2015年版，第109页。

第二节　黄衣青：以"浅语"的力量建构儿童文学的多样化

　　战争岁月的儿童文学发展举步维艰，究其因，一方面是战争时代物资匮乏、人民生活颠沛流离、创作和阅读难以为继；另一方面与儿童文学发展的滞后有关，它"还未摆脱作为成人文学的附庸的状态"[①]。尽管战争时代的中国儿童文学面临着诸多困难与挑战，但是依旧形成了以上海为主要创作中心的儿童文学阵地。与成人文学的流布区域无异，儿童文学也主要集中于国统区、解放区、沦陷区和上海"孤岛"。其创作形态如蒋风所说，"儿童文学工作者在被称为'孤岛'的外国租界里，以各种公开的或秘密的方式，把各种反映抗战生活的文学作品传送到广大儿童中去"[②]。在"上海"孤岛，儿童文学创作不再以塑造传统儿童形象为中心，转而关注那些思想觉醒或为国争光的少年儿童。其中，黄衣青是值得关注的女性作家。

　　1934年，黄衣青因特务搜捕被迫中止了在厦门大学的学业并转入了上海大夏大学（华东师范大学前身）。在这里，她开始选修陈伯吹的儿童文学课程并走上了儿童文学创作的道路。纵观黄衣青的儿童文学创作生涯，她所积极尝试的儿童文学体裁丰富多样，其中包括低幼童话、儿童诗、童话剧、神话剧、儿童散文以及儿童小说。此外，她还涉猎儿童文学翻译。1947年5月，上海《大公报》为促进我国儿童文学的发展，开辟了"现代儿童副刊"专栏，而黄衣青正是定期为"现代儿童副刊"供稿的作家之一。

[①] 蒋风：《中国儿童文学发展史》，少年儿童出版社2007年版，第163页。
[②] 同上书，第165页。

在长期的创作实践中，对于低幼儿童文学的创作，黄衣青有着独立的思考："经过了十几年的编辑和创作实践，我觉得幼儿文学应在儿童文学中占重要地位，要写出高质量的幼儿文学作品，难度也是很大的。总之，要广泛而深刻理解低幼孩子的特点、兴趣、爱好、模仿力、想象力和理解力等，寓教育于娱乐之，用最精最美的精神食粮，培养教育他们成为我们祖国的新主人。"①

黄衣青早期的儿童文学创作多以低幼类童话作品为主，1947 年和 1948 年是其低幼类童话创作的高峰期。这些童话虽短小精悍，但都各具特色。黄衣青善于以清浅的文学语言和温情的艺术手法来建构心目中的童话世界。《小雨点漫游记》通过小雨点降落到石榴花瓣后的经历，勾勒了"雨"的来龙去脉，具有早期科学童话的特质。《聪明的鹅妈妈》《马戏班里的小风波》都属于"借物喻人"类童话，以小动物之间的故事来反映人类社会的真实情状。《山鼠叔叔的欢送会》饱含着人文主义思想。因山鼠叔叔即将去冬眠，田鼠和松鼠提议举办一场欢送会。动物之间的情感被细腻地描摹出来。作为"培养儿童对世界的诗性感受的开始"②的重要文类，童话承担着启蒙儿童心智与陶冶儿童情操的重任。《山鼠叔叔的欢送会》所传递出的正是一种源于友谊的牵挂、不舍与守候。这种极富有温情色彩的人文主义情怀，在黄衣青新时期创作中依然得到非常充分的体现。《救护车来了》（1984）讲述了皮皮化身为热心"医生"帮助"受伤"的玩具们治疗伤病的故事。尽管篇幅很短，但是它所流露出的儿童对陪伴自己玩具的珍爱之情却显得弥足珍贵。

除了童话创作外，黄衣青还在儿童小说、儿童故事、儿童散文、儿童诗和儿童剧方面颇有建树。在儿童文学各类体裁创作"全面开花"的同时，她始终秉持着独特的艺术标准，以优美细腻且浅显易懂的文字涵养着阅读她作品的小读者们。林良认为，"儿童所使用的，是普通话里跟儿童生活有

①　黄衣青：《路，是怎么走过来的——代后记》，载《黄衣青作品选》，少年儿童出版社 1992 年版，第 646 页。

②　吴其南：《童话的诗学》，中国文联出版社 2001 年版，第 107 页。

关的部分，用成人的眼光来看，也就是普通话里比较浅易的部分"，然而这"浅语"，却是"儿童文学作家展露才华的领域"①。基于为儿童创作的热情，黄衣青用"浅语"创作出了《小城里的故事》。《小城里的故事》是黄衣青唯一一篇以回忆童年生活为主题的小说。它采用第一人称的叙述视角，以多篇相互融通的散文体小说汇集而成。它承续了"五四"以来小说的童年书写，以童年视角来写故乡，以回溯的方式来审思当下现实。

黄衣青另一篇短篇小说《丫头怨》可以视作为《小城里的故事》的引子。这两篇作品的创作时间是 1947 年和 1949 年，同为作家解放前夕的儿童小说创作。对"丫鬟""丫头"题材的关注，是"五四"以来的女性文学的一个重要主题。如张爱玲的《小艾》、杨书坤的《偷供尖》以及黄衣青的《丫头怨》等，即是著例。女仆是旧中国女性的缩影，在她们身上集结着贫困、麻木、痛苦等质素，她们处于困境而缺乏反抗，缺失作为"人"的主体性。这也成了现代中国文学"发现女性"的逻辑基点。小说开篇的第一个小故事《看戏的教训》就讲述了"我"幼年的际遇，对于成人社会的偏见，"我"是有质疑精神的：

　　为什么我的身体要卖掉？为什么我要离开妈妈到陌生的地方去？这对我简直是一种侮辱，我不愿意看戏了，把脸转向后面去。②

当然，"我"的疑惑与质疑并不直接表征现代意识，但这种瞬间的理性却成了小说的"闪光点"。对于女性不自觉的理性，草野认为应以"宽恕的眼光"③来理解。文学中的"情"与"理"是对立统一的，浸润着作家对于世界的体认与理解。在《小城里的故事》中，黄衣青勾勒出仙游故乡大家族中每个人的生存状态。母亲和大嫂的命运颇为相似，唯一不同之处在于母亲

---

① 林良：《儿童文学是"浅语的艺术"》，载《浅语的艺术》，福建少年儿童出版社 2017 年版，第 20 页。

② 黄衣青：《小城里的故事》，载《黄衣青作品选》，少年儿童出版社 1992 年版，第 330 页。

③ 草野：《现代中国女作家》，北平人文书店 1932 年版，第 1 页。

虽痛失一儿一女但仍有丈夫，而大嫂的丈夫早早离世，她不得不收养一子作为后半生的依靠。母亲极度地重男轻女："我常常听人说，妈妈在二十年以前，生过我的哥哥和姐姐，妈妈是顶不喜欢女孩子的，她顶讨厌我姐姐，顶爱我哥哥。结果姐姐病瞎了眼，终于死了；哥哥也害了一场病逝世了。"①当母亲时隔九年终于生下"我"后，她对于"我"的疼爱又达到了无微不至的程度。而这一切，在"我"看来是很难理解的。同为女性，"我"不理解母亲为什么会有重男轻女的思想，同时，也难以接受母亲对"我"的深沉的爱。

应该说，姐姐是《小城里的故事》中举足轻重的人物形象。"我"在情感与思想方面与姐姐较为亲近，这是因为姐姐总能带来让"我"耳目一新的新知识新思想。关于这一点，黄衣青曾这样说道："我的姐姐，也是我的启蒙老师。她被教会学校送到燕京大学读书，暑假带回来了《易卜生全集》《寄小读者》《语丝》和鲁迅的《呐喊》《彷徨》等。我读了这些书，爱不释手。我姐姐和谢冰心同志是同学，她对冰心十分钦佩，希望我将来也能从事写作。由于她的鼓励，使我更有勇气走向社会。我参加了几位男同学组织的文艺小组'白芽社'。我们定期交流作品，并编辑报纸，副刊名'木兰溪畔'。我在这副刊上发表了第一篇作品：《她，何许人也》，内容描写一个不知姓氏的婢女的悲惨遭遇。……我写这篇作品，是怀着鸣不平的热情写的，质量是粗糙而幼稚的，但也算是我踏上写作道路的第一步。"②有意味的是，在文本中，姐姐是"我"的启蒙者。无论是日常生活中的真知灼见，还是"娜拉出走"的追问，姐姐都为"我"指明了方向。

《小城里的故事》中有一节"她在笼子里哭喊"可视作黄衣青对处于社会底层的婢女的深切关怀。她以童年时代目睹的一场乡村风俗为切入点，向读者生动呈现了"礼俗社会"取代"法理社会"③的残酷性。林伯母家的小丫头因不堪忍受主人的打骂常常出逃，主人将小丫头放入大竹笼中并用火

---

① 黄衣青：《小城里的故事》，载《黄衣青作品选》，少年儿童出版社1992年版，第332—333页。

② 黄衣青：《路，是怎么走过来的——代后记》，载《黄衣青作品选》，少年儿童出版社1992年版，第640—641页。

③ 费孝通：《乡土中国》，中华书局2013年版，第6页。

烧其外部。当地人认为这是逃跑的鬼魂附在了小丫头身上，唯有用火烧的办法才能烧死那个鬼魂。在年幼的"我"看来，这种做法是荒诞无稽的，对于这种"惩治"与"威吓"的做法，却并没有人敢提出异议。

对乡土中国的审视是现代作家的重要书写主题，深刻体现了现代知识分子的生命体悟与现代眼光。一般而论，男性作家通常塑造的理想女性基本上是："男性头脑中创造出来的'纯洁的金娃娃'，纯粹人造的光彩熠熠的孩子"①。它是男性对女性集体想象的产物。而旧社会女性真实的生存境遇，用波伏瓦的话说即是："人们将女人关闭在厨房里或者闺房内，却惊奇于她的视野有限；人们折断了她的翅膀，却哀叹她不会飞翔。"②在《小城里的故事》的尾声，元豹曾劝导"我"参加革命："我们干这工作，不能为自己个人打算的。我们把自己献给人民，献给国家，请你从你自身想起。在这种社会里劳动妇女所处的地位，多么可怜呀！她们一生下地，就被人看不起，像猪，像狗样地被养着。有钱的人家的小姐，长大了，等待有钱有地位的人来买去，没有钱的，整天挨打挨骂，卖给有钱人家当丫头，或是童养媳。"③"我"最终醒悟过来，在姐姐及元豹的引领下参加了革命，开启了崭新的人生征程。在"乡土中国"中注入革命质素是黄衣青创作的主题，这接续了"五四"乡土文学开创的文学传统。

除了童话和小说创作外，黄衣青还创作过儿童诗和儿童剧。寻绎黄衣青的儿童诗创作，大致可分为三类，一是讴歌儿童充满活力与探索精神的儿童诗。二是表现儿童生活情趣与奇思妙想的儿童诗。三是书写动物与人关系的儿童诗。《小朋友的赞美诗》创作于1945年抗日战争胜利时期，揭示了儿童与未来中国同构的主题：

> 小朋友，吹起你们的喇叭，
> 吹得响亮！

---

① ［美］桑德拉·吉尔伯特、苏珊·古芭：《阁楼上的疯女人：女性作家与19世纪文学想象》，杨德馨译，上海人民出版社2014年版，第23页。

② ［法］西蒙娜·德·波伏瓦：《第二性Ⅱ》，郑克鲁译，上海译文出版社2011年版，第449页。

③ 黄衣青：《小城里的故事》，载《黄衣青作品选》，少年儿童出版社1992年版，第411—412页。

从东方到西方，

从南方到北方，

从平原的城市，

到野外的山冈。

吹啊！吹得响亮！

你们是夜空中的繁星，

你们是黑夜里的月亮，

你们是早晨的太阳，

你们美丽可爱，像百鸟中的凤凰，

你们活泼得像海洋里跳跃的波浪。

你们有天真的心，

你们有坦白的胸膛，

你们有灵敏的手脚，

还有那短发底下——

一个笑容可掬的脸庞。

这世界是你们的，

世界有了你们才发光。

小朋友：吹起你们的喇叭！

吹得更加响亮！　①

　　黄衣青洞见民族国家的希望在于青少年，她热情地赞美儿童身上所具有的优良品质，发自内心地礼赞其天真烂漫与活泼开朗。林良认为，"作家为儿童写诗，动机来自对儿童的关怀"②。黄衣青的创作有为儿童的旨趣，在走近儿童时将其至真至善的品质开掘出来，并试图走进儿童内心。儿童诗《小游伴》《小白兔乖乖》《安慰》分别书写了小狗、小白兔和小绵羊三种动物，它们与儿童心性相通。在黄衣青的笔下，儿童与动物之间的自然相

① 黄衣青：《小朋友的赞美诗》，载《黄衣青作品选》，少年儿童出版社 1992 年版，第 257—258 页。
② 林良：《在童诗中遇见童心》，载《纯真的境界》，福建少年儿童出版社 2017 年版，第 24 页。

处让人动容。在《小白兔乖乖》中，作家化身为一个可爱顽皮的孩子对小兔儿说话："小兔儿！你抬起头来，/站起身来，/向我拜一拜，/一拜，两拜，三拜，哈哈哈——一棵青菜。"[1] 短短的几行诗使得一个生动有趣的儿童形象跃然于纸上。在儿童诗或儿歌的创作中，作家常常会"抓住一个生活的侧面，并在特定的情境中加以表现，突出儿童生活的本质特征，进而表达创作者对儿童生活的艺术化理解"[2]。身为作家和儿童杂志编辑，黄衣青在礼赞少年儿童美好品质的同时，也不忘点出儿童身上存在的缺憾，以助儿童的健康成长。《小黄和小花》旨在提醒小朋友之间要互敬友爱;《学什么》向小读者展示了懒惰、松散和吵闹的弊端，建议孩子们应该学习小鸟、小狗和燕子的勤勉自律。尽管黄衣青的部分儿童诗与低幼童话都有着不同程度的说教色彩，这也与特定历史语境及儿童文学的本质特性密切相关。

此外，黄衣青还创作过儿童剧。一直以来，儿童剧是儿童文学门类中的薄弱环节，尽管"'五四'前后的不少作家一开始从事儿童文学就把目光投射到儿童戏剧问题"[3]，但是与童话等文体相比,儿童剧的数量仍显薄弱。据笔者统计，黄衣青总共创作了五部童话剧与一部神话剧，创作时间从 20 世纪 40 年代跨越至 80 年代。黄衣青的五部童话剧皆为独幕剧，故事情节较为简单明了。《兔子的朋友》讨论的是关于困境与友谊的主题;《谁把玩具弄坏了》以玩具的视角揭示了儿童身上的毛病;《采阳光》以小狐狸、小狗熊、小兔子、小刺猬在寒冷的冬天采集阳光为线索，揭示了"集思广益"的价值。

纵观黄衣青的儿童文学创作，不难发现：她始终在以"浅语"的艺术技法来书写深刻。以往的研究，多将其视为低幼童话的代表作家，事实上黄衣青涉猎儿童文学的多种门类，而且其创作时间跨度长，创作思想并未定于一尊。黄衣青的儿童文学创作不回避时代动态语境，而是聚焦历史语境下儿童的命运与走向，其文学史价值不容忽视。

---

① 黄衣青:《小白兔乖乖》,载《黄衣青作品选》,少年儿童出版社 1992 年版,第 260 页。

② 蒋风、杨宁:《儿歌:中国儿歌理论研究》,浙江工商大学出版社 2020 年版,第 179 页。

③ 蒋风:《中国儿童文学发展史》,少年儿童出版社 2007 年版,第 92 页。

第三节　梅志：汲取民间童话养分育化新儿童文学

梅志的儿童文学创作涉及的体裁有长篇童话叙事诗、儿童诗、儿童小说、童话。在给梅志的书信中，胡风这样写道："你不是以什么作家身份写的，而是以一个青年母亲的身份写的。……你的语言是青年母亲的语言，是儿童与老母亲之间的语言，幼稚一点，但没有存心骗人，存心唬人，或存心媚人的感觉，你只是想凭单纯的愿望向你用血肉喂养的孩子们诉说一点平凡的单纯的欢喜和悲哀，希望他们少点苦难，多点纯洁、聪明和坚强。"① 梅志儿童文学创作的整体风格是质朴宽厚且充满温情的，她善于从古老且丰富的民间文学中汲取营养，并贯之以时代精神。

在《小红帽脱险记》中，"小红帽"来自于格林童话中的经典篇目《小红帽》。基本情节是"小红帽"前往山上看望外婆所发生的故事。梅志将"大灰狼"这个形象幻化为"老山妖"，它也成了残暴的形象代表。而小黄狗、大白马、小蜜蜂则具有两面性：一方面它们有一定的反抗意识，另一方面又安于现状，随遇而安。小铁匠是作家笔下革命觉悟最深且革命意愿最坚定的代表："我不是老山妖喂养的小畜生，/ 老山妖还是我的大仇人！/ 他咬断了我爸爸的一条腿，/ 抢走了我家耕田的牛，/ 还抢走了我家喂来过年的大花猪，/ 顺便吃掉了我妈妈的一只手！/ 为了你，我要杀掉他，/ 才能

① 梅志：《难以忘情——〈听来的童话〉代后记》，载《梅志文集》第 1 卷，宁夏人民出版社 2007 年版，第 218 页。

除掉这个害！／为了我，我要杀掉他，／才能报掉这个仇！"[①]在童话中植入"杀掉""除掉"等词汇，体现了梅志童话创作的特点，有着较为鲜明的时代印迹。在她笔下，小铁匠与小黄狗它们最大的不同之处在于革命的彻底性。质言之，小铁匠的革命性强，他父母的残疾与财产的损失都是由老山妖直接造成的，他对于老山妖最为愤恨，也最容易与小红帽结成同盟。在这里，梅志对小铁匠是予以肯定的，他们也是左翼文学着力推崇的人物形象，这在其此后的《小青蛙苦斗记》等作品中都有表征。

梅志曾说："有些青少年凭着一片天真纯洁的心，不幸被坏人的花言巧语所迷惑，受骗上当，坠入歧途。这使我想到了远离我们的小女儿，想到了许多远离父母的孩子们。于是我写了《小面人求仙记》，告诫他们不要上骗子狐狸的当。但在当时我没有设想出什么方法保护小面人，更没法惩办老狐狸。"[②]《小面人求仙记》是梅志训诫类童话诗的代表作。林良认为，儿童诗"追求的美学价值就是'纯真'"[③]。囿于特定历史语境的影响，梅志的儿童诗多了一份"沉重"，少了一份童心童真。

实际上，最能体现出梅志儿童文学创作天赋的不是儿童诗，而是极具民间特色的童话。梅志创作的童话都带有浓郁的民间色彩。其笔下的童话形象均来自民间传说中耳熟能详的角色，譬如像海龙王、舞狮用到的红狮子、老道士、水鬼、中药材幻化而成的小精灵、灶神爷、玉皇大帝等。在西方文学的发展历程中"一些民间故事、童话经过改造，融进了主流的资产阶级文化。中国童话在某种程度上也经历了这一过程，如20世纪20年代叶圣陶、黎锦晖等人的创作，只不过表现不够明显，不久又被迅速崛起的无产阶级文化所替代"[④]。民间蕴藏着诸多资源，对中国儿童文学的发展产生了较大影响。早在五四时期，整理传统资源就是先驱者创构儿童文学的途径之一。在梅志的笔下，传统资源得到了现代化转换，她创作了具有

---

① 梅志：《小红帽脱险记》，载《梅志文集》第1卷，宁夏人民出版社2007年版，第72页。

② 梅志：《〈梅志童话诗集〉前言》，载《梅志文集》第1卷，宁夏人民出版社2007年版，第215页。

③ 林良：《纯真就是美》，载《纯真的境界》，福建少年儿童出版社2017年版，第144页。

④ 吴其南：《中国古代童话文学研究》，海燕出版社2020年版，第8页。

民族性的儿童文学作品。《元宵节的夜晚》以小虎子的视角呈现了现实与理想的巨大落差，一方面是民不聊生的社会现实，另一方面是小虎子梦游水晶宫的幻境。《张天师的同学和水鬼》中的"水鬼"象征着故意被抬高的某种"权威"。梅志借此讽喻"当时一批拿着一纸国民党的'封诰'，飞到上海就大抢大占发国难财的官僚们"[1]。《听来的童话》民间色彩相当浓郁，老虎的祖先因无意间被妇人口中的"柿饼"一词所震慑，从而导致后世的老虎皆误以为"柿饼"是一种相当厉害的怪物。在此，梅志旨在告诉人们不要轻易迷信权威，凡事都要亲身实践才能确信。

在梅志的童话创作中，《小参娃升天记》是一篇构思精巧、充满创意且寓意深刻的童话。这篇童话的创作灵感源于梅志参加劳动后的亲身经历："我参加劳动后不久，就发现手指患了风湿痛风症，僵直得连拿筷子都很困难。老就业人员帮我用一大瓶白酒向别人换来了半瓶药酒。我每天用它搽手指活血，睡前再喝上几口。很快，我的手指居然指挥如意了。从此，我对中国传统的中草药产生了信任，而过去我是只崇拜西药的。我开始注意一些野生的草药，跟着同伴们在休息时挖草药，听他们讲有关药材的故事。"[2] 小参娃是中草药幻化而成的精灵，他的同伴还有人参、天麻、党参、黄芪、灵芝、何首乌、兔儿风、舒筋草、黄连等。在童话创作中，以中草药为主人公的作品颇具有中国特色。在听闻老爷爷和三妹子的故事后，小参娃经历了精神上的成长，他由一个顽皮的"小男孩"蜕变为敢于同反动势力相斗争的"小勇士"。当小参娃得知自己终将无法逃脱县太爷等人之手时，他所表现出的那种"宁为玉碎，不为瓦全"的精神使人格外地动容："县太爷跌跌撞撞地追上来，红眼睛也伸出大手扑过来。只见参娃向锅里一跳，溅起的滚烫的豆浆汁，烫得县太爷和红眼睛哇哇大叫。霎时，整个茅屋升起了一片白茫茫的云雾，云雾袅袅地上升，一直升到半天空。在那云雾飘渺中，只见参娃一手牵着爷爷，一手牵着三妹子，飘飘然在天上时隐时现

---

① 梅志：《难以忘情——〈听来的童话〉代后记》，载《梅志文集》第1卷，宁夏人民出版社2007年版，第218页。

② 同上。

地向远方飞去。"① 梅志别出心裁地运用了极富民间童话特色的结尾技法，即她所讲述的有关小参娃的故事都仿佛发生在远古时期，如今这座风景秀丽、云雾弥漫且遍布中草药的大山已成为远近闻名的风景名胜，关于小参娃的传说还在民众中口耳相传：

> 人们还在山顶上建了一座用树枝树皮搭成的小亭。深夜时伫立在那里可以看到在远处飘舞着的一团绿色火球，不久又看见一团，双双靠近在一起，翩翩起舞忽上忽下，有时一前一后，有时并排而飞。有时，还可以看到一团大的绿光，旁边有着两团小的，像是大的牵着小的，也像是小的扶着大的，慢慢地向远处飘去，飘飞到天麻棚那儿，经常会从棚里飞起一个小红球和他们一起徘徊飘荡……时隐时现，以至熄灭。
>
> 人们说，这是参娃和爷爷、三妹子带着圣灯出来巡行，来看他们喜欢的各种药材。只要是月明星稀的好天气，总能够见着他们。当然，还有许许多多关于这山，关于参娃的传说，以后我们再讲吧。②

除了儿童诗和童话创作，梅志还创作了一篇题为《一记耳光》的儿童散文。梅志以写实主义的精神兼之质朴温情的文风叙述了她在七八岁时糊里糊涂地挨了一记耳光的故事。散文中，打出这"一记耳光"的人名叫杏花，她是父亲同事张老师的小妾，她原是房东老太太王家的丫鬟，在王家苦熬了十年后终于嫁人生子。杏花因出身卑微的缘故常受他人欺辱。老太太过六十大寿，王家表舅——一个十五六岁的少年怂恿"我"到杏花面前唱不三不四的歌，杏花在不得已的情况下就动手轻轻打了"我"一记耳光，以捍卫自己最后的尊严。因"我"有错在先，所以不能怪罪杏花的"略施薄戒"。

那一记耳光让"我"始终难以忘却，也开启了"我"的思想觉悟之旅。

---

① 梅志：《小参娃升天记》，载《梅志文集》第 1 卷，宁夏人民出版社 2007 年版，第 200 页。
② 同上。

从先前和大家一起起哄拿苦命的杏花取乐到此后的愧疚，再到杏花需要帮助时的仗义相助。"我"的思想所经历的"升华"源于自我反思与批判。尽管年幼的"我"在当时还无法意识到封建宗法社会对于杏花的精神戕害，但出于儿童本能的纯真与良知，"我"对杏花的取笑还是转化为尊重与理解。

　　整体而论，尽管梅志的长篇童话叙事诗都带有某种程度的政治说教色彩，但并未遮蔽儿童的自然天性与品格。她善于化用民间资源，为儿童文学赋予了民族性与现代性的双重特质。正如胡风所言，梅志儿童文学创作的心理状态带有青年母亲的成分。也正是这样一种"青年母亲"式的情怀使得她的儿童文学作品于革命斗争背景下自带慈爱的柔光，散发出特定时代背景下人性的光辉。

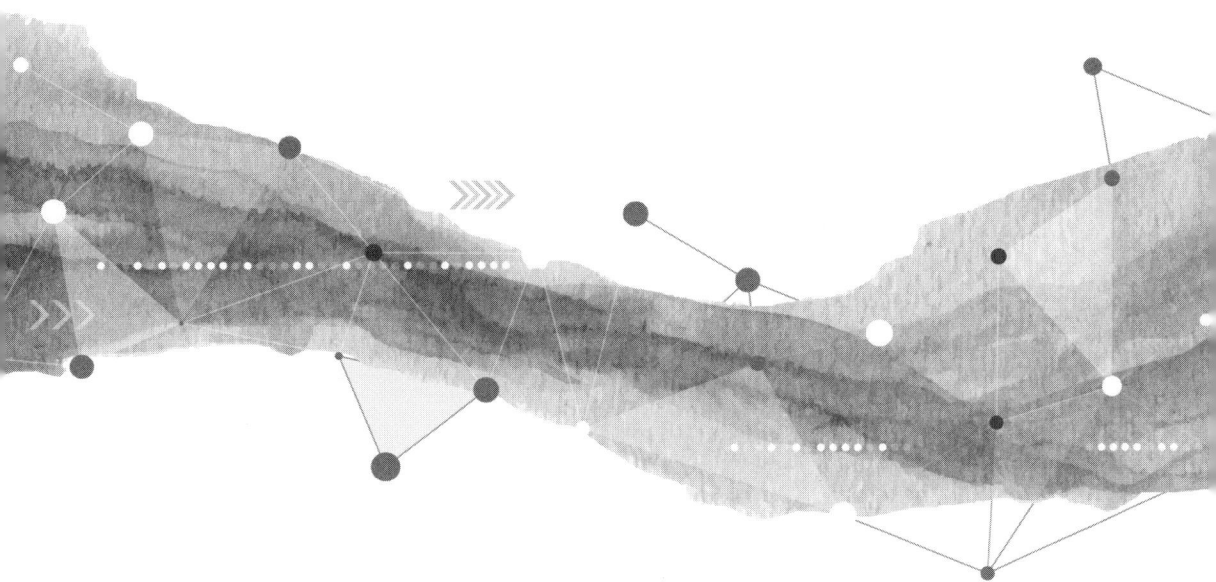

第四章

新中国文学视域中
女作家儿童文学创作的一体化

　　新中国文学是指 1949 年至 1976 年这一时间段出现的文学现象及作品。在这一时期的文学发展中，对于历史进程中的普通民众而言，彻底摆脱了战争的流离失所和封建残余的戕害；对于文学艺术而言，作家及理论工作者则在上一阶段的基础上继续拓展着文学创作的题材并致力于新路径的发现。总体而言，新中国文学没有五四时期文学创作的激烈澎湃与感伤失意，它所呈现的是文学的无产阶级和社会主义属性。因此，如果单从文学艺术的角度来反观新中国文学，不难发现其文学性与艺术性的缺失以及整体上对个人话语的抑制。在对革命精神强调的基础上，女性文学的书写大致呈现出两种趋势，即以奋斗精神为主的革命书写和以个人情怀为主的文学书写。在此情境下，逐渐形成了以"革命书写"为主，并以"文学书写"为辅的创作模式。可以说，这二者相辅相成，共同建构着新中国文学中的女性书写。

第一节　国家文学体制与女作家儿童文学创作的"新人"书写

　　新中国成立之前，中国儿童文学的运行与生产归属于整个中国现代文学的整体组织结构，是中国现代文学的组成部分。新中国成立后，中国儿童文学被纳入国家体制，隶属于党委宣传部门，真正成为一种"国家文学"①。作家成了体制内的国家工作人员，其任务不再是批判旧秩序，而是新秩序合法性的确认。就 20 世纪 50—70 年代文学而言，洪子诚将其概括为"一体化"的文学，是"高度组织化的文学世界"②。从文学制度的角度看，这种"一体化"或"同质化"是民族国家的共同目标，而"民族国家的文学当然是为这一目标服务的"③。因此，儿童文学也由对旧时代的批判变成了对新时代的礼赞，由宣传儿童参加对旧秩序的革命变成引导儿童参加社会主义建设、培养革命事业的接班人。儿童文学不再是超社会、超历史的纯粹文学活动，而是归入国家现代化和意识形态的整体结构中。与五四时期儿童文学从成人文学中析离出来不同，这一时期儿童文学及儿童报刊图书的出

---

　　① 关于"国家文学"的界定，吴俊、郭战涛指出，"当文学(在国家范围内)受到国家权力的全面支配时，这种文学就是国家文学。国家文学是国家权力的一种意识形态(表现方式)，或者就是国家意识形态的一种直接产物，它受到国家权力的保护。同时，国家文学是意识形态领域中国家权力的代表或代言者之一，它为国家权力服务"。参见吴俊、郭战涛：《国家文学的想象和实践——以〈人民文学〉为中心的考察》，上海古籍出版社 2007 年版，第 2 页。

　　② 洪子诚：《问题与方法：中国当代文学史研究讲稿》，生活·读书·新知三联书店 2018 年版，第 19 页。

　　③ 李杨、洪子诚：《当代文学史写作及相关问题的通信》，《文学评论》2002 年第 3 期。

版工作先后归属于共青团中央与中国作家协会。在共青团的团章里明确规定了"团的组织要重视少年儿童读物的出版",中国作家协会也专设了"少年儿童文学组",开启了由党领导与管理儿童文学事业的新篇章。

一

一般而论,第一次全国文代会是新中国文学组织化生产的开端。儿童文学作家、批评家跻身文代会行列,与成人文学作家一道在"全国文艺工作者团结起来为工农兵服务"的口号下推动着新中国的文学事业的发展。此后,以文代会、中国作家协会为主体机制来制定文艺政策成为党领导文学的组织方式。在这种同一化的机制中,"文艺是一条思想战线和教育战线,更具体地说,它是党和政府所领导的人民的思想战线和教育战线的一翼,并且是非常重要的一翼;这一翼是和总的战线不可分离的"①。周扬以《新的人民的文艺》拉开了新中国"人民文艺"的大幕。他将文艺理解为社会主义意识形态的重要组成部分,指出:"党中央、毛泽东同志重视文艺工作,不只是简单当成文艺现象来看待,而是当成整个思想战线、甚至整个革命战线里面的一个重要因素来看待的。"② 在《党与文艺》一文中,邵荃麟集中地分析了文艺与党性、人民性之间的深层关系:"党的政策方针更深刻、更正确地了解了和反映了人民生活与斗争的进程;把党的政策思想通过艺术形象广泛地教育了人民,回答人民所提出的最尖锐的问题,并且向人民指出生活和斗争的明确远景,鼓励他们对于革命的信心。"③ 在这里,三者构成了一个相互推进的链条,其中党的政策思想是根本,文艺是重要的工具和手段,服务人民是基本的旨趣。一旦文艺工作上升至党的事业的一部分,这就意味着新中国文学与社会主义政治文化自动地纽合在一起,而建构起共同的意识形态。

---

① 《国家在过渡时期的总路线和文学艺术的创造任务》,《文艺报》1953 年第 23 号社论。

② 周扬:《建立中国自己的马克思主义的文艺理论和批评》,载《周扬文集》第 3 卷,人民文学出版社 1990 年版,第 31 页。

③ 邵荃麟:《党和文艺》,载《邵荃麟评论选集》上册,人民文学出版社 1981 年版,第 300 页。

如果说"五四"文学开启了"人的文学"的大潮，文学真正聚焦"人"这一主体来创作；那么新中国文学则高举"人民的文学"的旗帜。"人的文学"与"人民的文学"本质上并不是对立的，而是紧密联系在一起的。关于这一点，钱谷融《论"文学是人学"》对此作了辩证的论析，并将两者置于"人学"的整体体系中，视其为"解决一切文学问题的一把总钥匙"[1]。在新的历史语境下，儿童是人民的重要组成部分，也是"社会主义新人"或"社会主义的新一代"的代名词，被赋予"最好的人类品质"[2]，受到了社会各界的高度关注。当然，这里的"新人"是基于新的政体产生后对人的重新认定的产物，它不仅指儿童，还包括妇女、共产党员、共青团员、劳动模范、战斗英雄等。"社会主义的新人，不仅是新生活的继承者，而且是新生活的创造者，更伟大的事业的建树者。"[3]在培养社会主义新人的伟大工程中，儿童文学扮演着不可替代的角色。并且这种教育深深影响中国人的人格、品德、是非观以及价值观等，并终身很难改变，决定一代又一代人的素质，从而深刻地决定着中国的未来。一旦被纳入教育和培养社会主义新人的伟大工程，儿童文学就成为"人民事业""党的事业"的一部分，其思想性、教育性就被最大限度地激活，从而遵循"党性原则"。在这种指导原则的统领下，儿童文学与中国当代文学的距离再次被拉近，都被统筹于"人民的文学"的大范畴内。在反修正主义思想的1956年年底，有人批评《少年文艺》办成了"小人民文学"[4]可反证彼时儿童文学的人民立场。在北京首届文代会上，李伯康就以儿童文学与成人文学的共通性为出发点来阐释其之于儿童的教育价值："儿童文学艺术绝不是完全特殊的、孤立的一部分，它的任务是与成人文学艺术的任务紧密不可分的。并且，在作为整个教育工作中第一步的儿童启蒙教育工作中，起着特殊重要的作用。"[5]陈伯吹也指出："儿童文学是文学领域中的一个部门。它反映着一般的文学的方向和潮流，并且和成人

---

[1] 钱谷融：《论"文学是人学"》，《文艺月报》1957年5月号。

[2]《加强少年儿童工作》，华东青年出版社1952年版，第4页。

[3]《培养社会主义的新一代》，《人民日报》1954年6月1日。

[4] 王国忠：《儿童文学必须坚持共产主义教育方针》，《儿童文学研究》第6期，1958年10月。

[5] 李伯康：《建设儿童文学》，《光明日报》1950年6月2日。

文学同样从属于政治而为政治服务……儿童文学并不是教育学的一部分。但是它要担负起教育的任务，贯彻党所指示的教育政策，经常地密切配合国家教育机关和学校、家庭对这基础阶段的教育所提出来的要求——培养社会主义新人，通过它的艺术形象，发出巨大的感染力量，来扩大教育的作用，借以获得影响深远的教育效果。"[1] 这种从教育人民的共同性作为出发点的意识，有效地将儿童文学与成人文学整合为一个整体。

在新的文学体制下，包括儿童文学在内的文学艺术被纳入革命与建设的目标中，从而使中国文艺发展逐步走向"一体化"。[2] 这种一体化有效地弥合了儿童文学与成人文学的差异性，在革命和建设的总体目标面前，中国儿童文学迎来了新的发展机遇并被赋予了全新的使命。儿童文学的发展离不开孕育它的时代，在新中国成立的重要历史时期，培育社会主义新人是儿童文学不能回避的崇高使命："我们要告诉今天的孩子，告诉他们生活是劳动创造的这个真理，使他们自觉地认识到自己是新社会的积极建设者，使他们确信自己正是生活的主宰，使他们对生活的前途具备充分的信心和快乐，培育他们成为具有新的品质的战斗者，锻炼他们成为祖国的热爱者，但也深切地爱着全世界受压迫的劳动人民。"[3] 应该说，这一时期儿童文学"为儿童"的特殊性被激活，儿童文学与成人文学的有机联系也在确证民族国家的宏大主题中逐渐紧密。

第二次文代会确立了苏联文学"社会主义现实主义"作为我国文艺工作的最高准则，这对于儿童文学来说无疑强化了其观照现实的文学传统。受政治意识形态的影响，中苏文学界人士的"互访"促进了两国文学的交往，"本该有的平等的相互交流'对话'变成了一种近似于启蒙式的'讲述'与'倾听'，一种单向性的学习关系"[4]。据郭沫若统计，当时国内儿童读物"采

---

① 陈伯吹：《谈儿童文学创作上的几个问题》，载《儿童文学论文选(1949—1979)》，中国少年儿童出版社 1981 年版，第 5 页。

② 王泉根：《"十七年"儿童文学演进的整体考察》，《中国现代文学研究丛刊》2019 年第 4 期。

③ 杜高：《新的儿童文学的诞生》，《文汇报》1950 年 6 月 20 日。

④ 方长安：《冷战·民族·文学：新中国"十七年"中外文学关系研究》，中国社会科学出版社 2009 年版，第 72—73 页。

用苏联作品的在 80% 以上"①。早在 1947 年,茅盾访问苏联,回国后撰写了
《儿童诗人马尔夏克》《马尔夏克谈儿童文学》。他认为其作品"和旧时代
的儿童文学不同","不是幻想的世界而是现实的世界",这种"苏维埃的世
界"代替了"神仙仙岛,琼楼玉宇的,是劳动人民劳作的结果","代替了
毒龙猛兽,侠客美人的,是勤劳的人民在集体生活中相亲相爱"。② 相对而
言,欧美的儿童文学资源在这一时期受到冷落,仅有意大利共产党员罗大
里的作品有广泛的译介。其根由恰如郭沫若上述言论所揭示的那样,即欧
美童话所营造的幻想世界和新中国政治文化生态不太契合。譬如当丰华瞻
翻译的十卷本《格林姆童话全集》出版后,施以就认为该全集里面"充满了
有害于我们的下一代的毒素"。那么,为什么格林童话在欧洲其他各国如此
受欢迎呢? 施以的答案是因为这些毒素为西欧"反动的统治阶级所爱好"③。
尽管此后也有对施以上述批评的"再批评",但在苏联儿童文学强大的"师
者资源"的比照下,施以的批评者也只能将格林童话视为古典著作或外国
的某些文学遗产来捍卫。到了 20 世纪 60 年代中期,格林童话因所谓的"超
阶级性"再次成为中国批评界口诛笔伐的对象。

二

钱谷融的《论"文学是人学"》阐发了高尔基"文学是人学"内蕴的人道
主义精神,认为其社会主义现实主义作品《母亲》表现的是"新人诞生和成
长的过程"④。儿童文学书写新人成长是非常便利的,其自身就内含着观照
儿童新人成长发展的使命。因而,儿童文学也成为"人学"系统的有机组成
部分。在论及童话的教育意义时,金近以苏联第一个五年计划时期童话论
争为例,批评了"童话有害论"的主张。他援引了高尔基《论儿童文学》的
话来予以论证:"如果不让儿童幻想,企图窒息儿童这种人类的天性,那是

---

① 郭沫若:《请为少年儿童写作》,《人民日报》1955 年 9 月 16 日。

② 茅盾:《马尔夏克谈儿童文学》,载《茅盾和儿童文学》,少年儿童出版社 1990 年版,第 461 页。

③ 施以:《"格林姆童话集"是有毒素的》,《翻译通报》1952 年 3 月号。

④ 钱谷融:《论"文学是人学"》,《上海文学》1957 年 5 月号。

一种罪恶行为。"[1] 在讨论解决儿童文学特殊性和普遍性矛盾时，陈伯吹认为"如果作家忠实于社会主义现实主义的创作，这就不是额外的劳动负担"[2]。在处理童话幻想和现实的关系时，他也指出："在幻想和现实的结合上，童话应该是遵循社会主义现实主义的创作方法，象征地、形象地表现和理解现实生活。"[3] 具体来说，就是既考虑儿童的特性，又考虑儿童所处的现实世界。在论证其观点时，陈伯吹大量援引俄苏儿童文学作家的观念，并冠之以"先进的苏联儿童文学"。据笔者统计，在《谈有关儿童文学的几个问题》一万多字的篇幅中，陈伯吹列举的苏联儿童文学作品就达到 23 部。陈伯吹的这种"以苏联为师"的情结集中体现在其于 1958 年出版的《在学习苏联儿童文学的道路上》。在该著中，陈伯吹用了极大的篇幅介绍了苏联儿童文学为政治服务、党性、人民性、阶级教育等方面所取得的成就。他学习的心得概括起来是：不管苏联儿童文学的主题是什么，题材是怎样，但总是围绕着"培养布尔什维克式的朝气，去为社会主义而斗争"的总主题。同时，他也意识到儿童文学中强化政治性并不阻碍作家的艺术创造性，思想性与艺术性水乳交融地统一起来了。[4]

为了进一步传播苏联儿童文学优秀的作品及文学理论，各家出版社、杂志社都纷纷译介苏联儿童文学资源。新中国成立后，最早的译介本是 1951 年由三联书店出版的《儿童文学及其他》（西蒙诺夫等著、蔡时济等译）。《少年文艺》创刊号的"本刊稿约"上也醒目地标示"介绍苏联及各人民民主国家少年生活，介绍资本主义国家及殖民地国家少年们的生活及斗争情况的译文"[5]。中国青年出版社出版了一系列有关苏联儿童文学发展历史、文体等方面的论著，如《论儿童的科学读物》（1953 年）、《苏联儿童的历史文学读物》（1953 年）、《论儿童读物中的俄罗斯民间童话》（1953 年）、

---

① 金近：《童话创作及其它》，少年儿童出版社 1957 年版，第 9 页。

② 陈伯吹：《谈有关儿童文学的几个问题》，载《儿童文学简论》，长江文艺出版社 1956 年版，第 5 页。

③ 陈伯吹：《试谈"童话"》，载《儿童文学简论》，长江文艺出版社 1956 年版，第 25 页。

④ 陈伯吹：《在学习苏联儿童文学的道路上》，少年儿童出版社 1958 年版，第 8 页。

⑤《本刊稿约》，《少年文艺》第 1 期，1953 年 7 月 25 日。

《从儿童共产主义教育的任务看苏维埃儿童文学》（1954 年）、《苏联儿童
文学论文集》（1954 年）、《苏联国内战争时期的儿童文学》（1955 年）、《大
量创作、出版、发行少年儿童读物》（1955 年）、《苏联儿童文学》（1956 年）、
《现代苏联童话的讨论》（1956 年）、《高尔基论儿童文学》（1956 年）、《伊
林评传》（1956 年）等。遗憾的是，这些著述缺少"论述儿童诗、论述儿童
戏剧和论述科学幻想小说的文章；儿童读物的装帧和插图等等问题，也完
全没有谈到"[1]。不过，在编者看来，"从苏联儿童文学的丰富收获和它的伟
大成就来看，这些论文对于我们，无疑是应该把它们作为先进的创作思想
和在创作上具有指导性的先进经验来学习的"[2]。此外，人民教育出版社的
《论苏联儿童文学的教育意义》（1954 年）、《苏联师范学校文学和儿童文
学教学大纲》（1955 年）、《苏联幼儿师范学校儿童文学 幼儿园本族语言教
学法教学大纲》（1955 年），以及少年儿童出版社的《盖达尔的生平和创作》、
中国电影出版社的《献给儿童的伟大艺术》、高教出版社的《苏联儿童文学
教学大纲》、北新书局的《论巴诺夫的传统》、人民出版社的《儿童文学·儿
童影片·儿童音乐》等都是传播苏联儿童文学"社会主义现实主义"思想的
著述。

　　除了上述理论资源外，各家出版社还译介出版了苏联儿童文学作品。
其中，以少年儿童出版社出版的作品最多。如《家庭会议》《第三工作队》《学
校》《两个不听话的小姑娘》《中队齐步前进》《翘尾巴的火鸡》《两个朋友》
《魔匣》《青山旁》《团的儿子》《钢铁是怎样炼成的》《小儿子的街》《一
年级小学生》《我的学校》。此外，中国青年出版社出版的《马里耶夫在学
校和家里》《格列齐什尼科娃》《远方》，新文艺出版社出版的《鼓手的命运》
《明朗的远方》，时代出版社的《林中烟》也深受儿童的喜爱。"苏联儿童文
学丛刊"集中出版了一系列儿童文学作品，如启明书局的《蓝杯》、中华书

---

　　[1] 柯恩编：《编辑部的话》，载《苏联儿童文学论文集》，柯恩编、余振等译，中国青年出版社
1954 年版，第 4 页。

　　[2] ［苏联］瑞托米洛娃：《前言》，载《苏联儿童的历史文学读物》，惠如、和甫译，中国青年出
版社 1953 年版，第 3 页。

局的《八音盒里的小城市》、北新书局出版的《战士的小刀》等。概而论之，这些儿童文学作品的主题主要集中在学校生活、家庭生活、战争生活及儿童自己的生活世界四类。通过细读盖达尔的儿童文学作品，陈伯吹认为其刻画人物成功的关键是："在处理题材的时候，总是把它和苏联人民争取社会主义胜利的总主题密切联系起来的。儿童们往往就是社会主义改造和人民生活改善的积极参加者。儿童的成就，不是孤立的，而是和社会环境密切联系起来的。"[1] 盖达尔的《铁木儿及其伙伴》与其他苏联儿童文学作品《钢铁是怎样炼成的》《青年近卫军》一样，都创造了典型的人物形象。陈伯吹认为，保尔、奥列格是青年和少年的典范，而铁木儿是儿童的典范。[2] 盖达尔继承了高尔基的儿童文学传统，将社会主义现实主义提升到了新的境地。为此，陈伯吹认为，盖达尔的作品"不仅是新中国儿童的最健康的精神粮食，也是我们作为儿童文学工作者的业务学习的最佳的范本"[3]。在阅读盖达尔的儿童文学作品后，贺宜也认为，盖达尔的成就"表明社会主义现实主义创作方法在儿童文学这一艺术形式中的胜利"。他的作品"都把小主人公跟国家生活不可分割地联系在一起"，这样一来，"孩子们的性格都是在伟大的苏维埃现实生活的影响下形成的"。[4] 陈伯吹、贺宜所说基本反映了苏联儿童文学的总主题：儿童的成长与苏维埃的成长同构。关于这一点，新中国儿童文学也基本依循着这种思路，儿童与新中国的发展共成长。

值得一提的是，苏联红色儿童文学的改写也被纳入新中国革命意识形态的框架内。《卓娅和舒拉的故事》《团的儿子》《普通一兵》《钢铁是怎样炼成的》等都有多个中文改写本或缩写本。据张雨童统计，共和国初期这种改写本主要有三类：一是中国独创的改写本，二是中俄对照本，三是译

---

① 陈伯吹：《谈儿童文学作品中写人物——读盖达尔作品的学习笔记》，载《儿童文学简论》，长江文艺出版社 1956 年版，第 35 页。

② 陈伯吹：《战士·作家盖达尔和儿童文学》，载《作家与儿童文学》，天津人民出版社 1957 年版，第 45 页。

③ 陈伯吹：《学习盖达尔的创作道路》，载《作家与儿童文学》，天津人民出版社 1957 年版，第 52—53 页。

④ 贺宜：《向杰出的少年儿童文学作家盖达尔学习》，《人民日报》1955 年 10 月 4 日。

自苏联的改写本。[①] 面对上述三类改写本，我们可以思考几个问题：一是选取怎样的文本来改写？二是为何要选取这些文本来改写？三是这些文本的改写反映了怎样的翻译政治？四是如何评价此类文本的改写？不言而喻，此类文本都是苏联红色儿童文学的经典文本，在红色革命成长的主线下寄寓了作家种植共产主义理想信念的情怀，这与新中国儿童文学培育社会主义新人的主题不谋而合。因而在转换这些文本时，语境与主题切近容易让儿童读者接受。在改写的过程中，改写者着重将"作为家庭的儿童"改写为"作为国家的儿童"，以凸显儿童的社会性与党性。这种俄苏儿童文学在中国的改写显然既体现了两国意识形态的同向性，又表征了目的语文本基于特定语境的翻译意识形态性。

三

新中国的成立宣告了"人的解放"与"社会的解放"，而文学对这种双重解放的书写、表述也就成了确证新中国合法性的一种途径。从塑造"新人"的议题来看，20 世纪 50—70 年代文学较之于此前的文学而言无疑是最为成功的。无论是成人文学还是儿童文学，其所刻画的人物形象都主动地与之前旧的身份"告别"，在一番脱胎换骨后融入合乎新中国意识形态所认定的新人的话语体系中。新中国成立之初，成人文学以"红色"为基调开启了书写革命历史的文学新传统，文学成为确证民族国家合法性建构的重要途径，缝合新民主主义文学与社会主义文学之间的非对应关系，从而在新文学整体传统下有效地联结了解放区文学与新中国文学。相对而言，儿童文学在贴近这种新文学主流和传统时没有成人文学那么直接，儿童文学亟待在国家文学的整体格局中为自己"正名"，并开创出专属于新中国儿童的文学范式。

有感于新中国儿童之于新中国的主体价值，为儿童创作优秀儿童读物

---

① 张雨童：《共和国初期对"苏联红色儿童文学"的改写》，《中国现代文学研究丛刊》2016 年第 12 期。

的呼声逐渐强烈。在第一次全国少年儿童工作干部大会上，郭沫若将少年儿童工作定位为"树人也是建国的基础工作"①。在其《爱护新鲜生命》《请加以爱护我们的新生一代》《爱护新生代的嫩苗》等文章中，郭沫若都明确论述了少年儿童的可塑性及为少年儿童写作"立人"与"立国"的价值。然而，即便儿童文学如此重要，但"大多数的中国作家并不重视儿童，因而也就不重视儿童文学"，其结果是"少年儿童在精神食粮方面可以说是处在饥饿与半饥饿状态中"②；有感于一些儿童读物脱离政治和儿童生活的状况，贺宜呼吁"给新中国的儿童更多更好的读物"。要达到这个目标，儿童文学作家与出版机构要"认识到自己所肩负的培养教育新中国幼年一代的责任"，同时更要"树立为人民和为儿童负责的严谨态度"③。由于有些作家"把少年儿童文艺的创作看作是比一般的艺术品低一等的雕虫小技"，于是，"少年儿童文学很自然地被看作只是少年儿童组的事情"。④ 更有甚者，"不少儿童在书摊上租阅神怪、迷信、黄色的书籍"⑤。为了改变这种现状，《人民日报》发表的社论《大量创作、出版、发行少年儿童读物》明确地提出："优良的少年儿童读物是向少年儿童进行共产主义教育的有力工具。"⑥社论发表后，引起了儿童文学界的广泛关注：中国作家协会出台了"关于发展少年儿童文学的指示"，认为"少年儿童文学是培养年轻一代成为优秀的社会主义事业接班人的强有力的工具"⑦。曾任《小朋友》主编的黄衣青发文呼吁作家创作儿童文学作品，"培养他们共产主义的道德品格和乐观主义的精神，使他们具有勇敢活泼的社会主义新人的感情和意志，用我们真正

---

① 郭沫若：《为小朋友写作——在第一次全国少年儿童工作干部大会上的讲话摘要》，《人民日报》1950 年 6 月 1 日。

② 郭沫若：《请为少年儿童写作》，《人民日报》1955 年 9 月 16 日。

③ 贺宜：《给新中国的儿童更多更好的读物》，《人民日报》1952 年 6 月 2 日。

④《多多地为少年儿童写作》，《文艺报》1955 年第 18 号专论。

⑤ 胡克实：《培养社会主义的新人——在第二次全国少年儿童工作会议上的报告》，《中国青年》1954 年第 3 期。

⑥《大量创作、出版、发行少年儿童读物》，《人民日报》1955 年 9 月 16 日。

⑦《中国作家协会关于发展少年儿童文学的指示》，《文艺报》1955 年第 22 号。

的艺术说服力来解答幼童的一切'什么'和'为什么'的问题，引导他们前进，使他们怀着百倍信心，望着我们祖国的明天"①。《中国少年报》《少年文艺》《中学生》《好孩子》《儿童时代》《红领巾》《儿童文学》《儿童文学研究》等专业杂志相继创刊。出现了两家专业的少年儿童出版社：一是少年儿童出版社，另一家是中国少年儿童出版社。

正如曹新伟所说，"如果单从作家的数量上来说，女性文学无疑超越了之前的任何一个年代"②。这一时期，老一辈作家如冰心、丁玲等人依旧延续着自身的创作，与此同时，也涌现了像柯岩、茹志鹃、宗璞、刘真、葛翠琳等一大批从事儿童文学创作的女作家。除了叙述革命历史的儿童小说之外，童话、儿童诗及儿童散文也引起了女作家的重视，她们共同开创了新中国儿童文学的"黄金时期"。

思想性与艺术性的复杂关系影响了儿童文学的发展。在重述历史的语境下，这种关系更为清晰地体现在作家的创作中。以女作家呆向真的《小胖和小松》为例。呆向真借小松和小胖在公园走散之事来反映出"新人"的精神面貌。无论是戴红领巾的胖姐姐，还是引领小松前往派出所的叔叔阿姨，都给小胖和小松带来了善意与温暖。小松的梦想就是长大后成为像解放军叔叔那样的英雄人物，因此他佩戴着长三角薄木板"手枪"，早日戴上红领巾是其梦想。小松与姐姐走散后，小松下意识地跟在那位戴着红领巾的胖姐姐身边，无论是看着他们做游戏，还是跟他们一起唱歌，小松均感到了安全感。另一篇儿童小说《春天》中，呆向真生动描写了刚刚戴上红领巾的小平在电车上的所见及所感。她将儿童获得荣誉后的复杂心理生动地呈现了出来。在小说《节日的礼物》中，她将"红领巾"情结进一步升华。小梅和小鸽子在目睹了一位丢钱小姑娘的遭遇后，便决定用自己的钱给素不相识的小姑娘买洋娃娃。作为一名少先队员，小梅发自内心地希望帮助他人，而这种品格也影响了弟弟小鸽子，助人为乐深植于两人的内心。

刘真的儿童文学创作在这一时期别具一格，值得深入研究。然而，即

---

① 黄衣青：《为幼童创作》，《光明日报》1955 年 12 月 24 日。

② 曹新伟、顾玮、张宗蓝：《20 世纪中国女性文学史》，北京大学出版社 2012 年版，第 105 页。

使在文学一体化的语境下，儿童被塑造成"小英雄""小能手"等形象，儿童本有的特性也没有被完全抑制，在坚硬和同质化的话语体系中潜在地表现出来。在这方面，刘真的儿童小说以贴近儿童的"真"来反映时代的变迁值得肯定。刘真的儿童小说多是以战争为背景，战争语境塑造了儿童，但儿童没有被先验性地书写成"无儿童性"的儿童。刘真并没有离开现实、儿童来书写儿童，也没有矫揉造作地增加"水分"，反而是那些生动的细节的描写增添了作品的真实性。简言之，撬开一体化话语、呈现儿童自然性与社会性的裂隙是不易察觉的儿童心头的"秘密"。[①] 对此，刘真将这种真实性归结为童年经验："我童年不平常的生活，使我写起儿童来的。如果叫我写那时候大同志的生活，我会写不成的，因为，除了我自己所接触到的，我并不完全了解他们。"[②] 然而，在极端政治化的语义场中属于儿童的细节容易受抑。刘真却非常重视细节的作用，她说过："作为动人的东西往往在于细节。作品的高度、深度，决定的因素也往往在于细节。"[③] 正是因为这些儿童日常生活细节的描摹，使得其儿童小说没有堕入公式化、模式化的套路里。《核桃的秘密》的小刘真儿是一个小革命战士，他政治立场坚定，但也有属于儿童特殊的爱好：贪吃、淘气和好奇。在描写刘真儿偷吃军属老大娘的核桃时，作家没有漠视儿童的天性，并以偷吃核桃而引起的风波为主线来书写儿童在战争语境中的成长。《长长的流水》里的开篇这样写道："十三四岁的时候，我是多么不懂事啊。"这句话几乎成了"我"在战争语境下的真实写照。儿童日常生活场景及情感的介入软化了战争本身的残酷性，同时也使得儿童文学的特性更为显性地呈现。《我和小荣》里的小王既是一个小英雄，同时也稚气十足，充满着天真幻想。在黑夜中给八路军送信的路上，他想把月亮放在蓝天当中，想把太阳从地球那一面抱回来；遇见了白胡子的孙大爷，他觉得孙大爷像奶奶故事里的"活神仙"。那么，这

---

① 袁鹰：《关于少年儿童文学创作的一些问题——在全国青年文学创作者会议上的发言》，载《儿童文学论文选》，长江文艺出版社 1956 年版，第 4 页。

② 刘真：《一些往事的回忆》，载《我和儿童文学》，少年儿童出版社 1990 年版，第 353 页。

③《谈谈儿童文学——作家刘绍棠、邓友梅、刘真、王若望发言选录》，《儿童文学研究》第 4 辑，1980 年 5 月。

是作家"抹黑"战争儿童吗？或者说这种书写脱逸了政治话语的框架吗？关于这一点，吴其南认为刘真儿童小说的这种"溢出"，是在承认、遵从大的社会框架前提下的儿童真实的写照。[①]事实上，发掘儿童身上没有被同质化话语遮蔽的细节体现了一种"文学的反抗"。即在同一化的语境中潜隐的文学样态，这种裂隙并不意味着中国儿童文学脱逸了整体化的政治结构，也恰是这种"儿童性"的存在使得中国儿童文学没有失却其本体性。

---

① 吴其南：《从仪式到狂欢——20 世纪少年儿童文学作家作品研究（上）》，人民文学出版社 2014 年版，第 119 页。

第二节　葛翠琳：于传统资源中寻求童话精神的诗意

　　自新中国成立以来，一大批儿童文学新人作家陆续出现在公众视野中。他们在不断探索中开辟新的创作道路。葛翠琳就是其中耕耘童话领域的代表。作为幻想文学的一个重要分支，童话在儿童文学中具有举重若轻的地位。在幻想与现实的关系上，童话创作是最难处理的，"反映现实生活的童话，太'实'，会失去童话的特征；太'虚'，又会使人无法捉摸"。葛翠琳的童话创作"比较可信地将'虚''实'融为一体，从而表现了富有童话情趣的现实的生活"[1]。除了做到"虚实结合"，葛翠琳还充分吸收与借鉴了传统资源，她在创作中"注意从我国传统的民间故事、神话、传说中吸取丰富的艺术营养"[2]。而这种化用显然融汇了现代思想与艺术的精髓。

　　葛翠琳凭借童话《少女与蛇郎》进入儿童文学文坛，《野葡萄》是其代表作，它曾荣获第二届全国少年儿童文艺创作一等奖。在《野葡萄》中，葛翠琳将白鹅女置身于一个村外有河、家家养鹅的优美宁静的村落，并将善良、纯洁、勤劳、隐忍等特质赋予白鹅女。尽管白鹅女的家庭遭遇变故，婶娘常常虐待她，但是她身上那些美好的品质并没有改变。其身边的那只白鹅象征了主人公纯洁无瑕的品质。在中西民间童话中，即便善良的主人

---

[1] 方仁工：《值得提倡的尝试——读葛翠林的童话近作》，载《儿童文学作家作品论》，中国少年儿童出版社1981年版，第175页。

[2] 樊发稼：《葛翠林和她的〈纯洁的心〉》，载《儿童文学的春天》，河南少年儿童出版社1986年版，第103页。

公一无所有，但始终会有一位忠实的伙伴相伴左右。类似于《格林童话》中灰姑娘的守护者小榛树，《牧鹅姑娘》中公主的守护者会说话的马法拉达。这些民间童话在"守护者"角色的选择上有异曲同工之处，"守护者"被赋予了忠诚、勇敢、充满毅力等特性。以冯·法兰兹为代表的荣格心理学派认为，世界各地区各民族的童话故事之所以具有相似性，是因为"所有的文明和所有的人类都具有相同的东西"[①]。应该说，这种"相似性"是一种基于人类共同精神的"相似性"。正如《灰姑娘》与《叶限》的相似性一样，葛翠琳的儿童文学创作也没有离弃这种精神。

葛翠琳认为要创作"表现儿童生活的、拟人化的动物童话"，内容和表现形式应该更加多样化，"因为只有多样化，才能更好地反映丰富多彩的生活，更生动地表现时代精神"。她提倡"向民间童话学习"，不仅如此，"还要对脱胎于民间童话、采用民间题材或在民间童话题材影响下创作的童话，应给予支持"[②]。在葛翠琳的笔下，无论是《野葡萄》中的白鹅女，还是《采药女》中的巧姑娘，尽管她们曾遭受磨难，但是主人公身上那种善良及不畏强暴的精神总是能抓住读者的心。因失明而去深山寻找野葡萄的白鹅女与为了时疫而去采摘新鲜草药的巧姑娘都是典型代表。她们心系他人并且愿意与他人分享收获的"宝物"：

　　她一边唱，一边用藤蔓编篮子。篮子编成了，装了满满一篮野葡萄。她高兴地想：好了！村内磨坊里那瞎眼的老头儿，不用再摸着墙根儿走路了，让他吃了野葡萄，睁开眼看看天上的星星，看看明亮的阳光！那吹笛子的盲艺人，不用再让儿子领着走路了，给他吃些野葡萄，也让他看看路边的草长得多么绿！还有那瞎眼的小妹妹，让她看看我们的白鹅，多么白，多么漂亮……[③]
　　巧姑娘听得迷住了，她朝青年笑笑就回答："世上的药草我知

① 舒伟：《走进童话奇境：中西童话文学新论》，外语教学与研究出版社 2011 年版，第 412 页。
② 葛翠琳：《路子应该开阔一些》，《人民文学》1980 年第 5 期。
③ 葛翠琳：《野葡萄》，山东友谊出版社 2017 年版，第 8 页。

道几百种，见过的没有几十样，如果能看到所有的药草，我就心满意足了。但我今天来采药草，不是为了多找名贵的品种，而是为了救害瘟疫的几十万人。"①

此外，值得注意的是，葛翠琳笔下的神仙较之西方童话中的神灵或仙女要更具有人性的光辉。譬如安徒生《野天鹅》中的爱丽莎在森林中邂逅的为她指点迷津的仙女，《灰姑娘》中带给辛德瑞拉漂亮衣裙和水晶鞋的神仙教母都曾帮助主人公度过磨难。葛翠琳作品中的神仙不仅可以帮助主人公克服困难，而且还能与其产生共情等情感的连接。在《野葡萄》中，当山神石头老人发现聪明勇敢的白鹅女后，便萌生出希冀白鹅女做自己女儿的心愿；在《采药女》中，年轻英俊的药神与美丽善良的巧姑娘一见钟情。在《雪娘》中，为了不使雪花像冰针一样寒冷，白雪仙女独自前往人间寻找一颗温暖的心，这也温暖了雪娘。之所以塑造出山神、药神、白雪仙女等极富人文情怀的神仙，是因为葛翠琳坚信神性是人性的升华，她热情地讴歌这种理想中的人性之美，并用生动优美的文学语言呈现出来。葛翠琳笔下的神仙常与主人公一道捍卫人间的正义，自然性与神性的交融被其细腻地描摹出来。

葛翠琳认为，"孩子观察事物、思维的方法和成人是不一样的，在童话里就是小牧童惩罚了很残暴的国王，甚至是一个小蚂蚁战胜了狮子，很弱小的也能战胜很强大的，尽管这是一种幻想，但这就是小孩子相信的精神力量，真善美总能战胜假丑恶"②。在《雪梨树》中，葛翠琳对情节起承转合的把握以及对人性的洞察十分深刻。它蕴含着多种民间童话经典元素：如樵夫和他的三个女儿，其中大女儿和二女儿胆小懒惰且缺乏见识，小女儿香姑则聪慧美丽又胆识过人；香姑和邻家男孩石娃互相帮助、青梅竹马；善良的香姑与石娃意外救助小青蛇，小青蛇为报恩赠予其赤色宝珠等。除此之外，作家在承继民间故事叙述模式的基础上又增添了现代的元素。在

① 葛翠琳：《采药女》，载《野葡萄》，山东友谊出版社 2017 年版，第 29 页。
② 谢玲：《编织童话梦——访著名儿童文学作家葛翠琳》，《阅读》2012 年第 1 期。

呈现"好心有好报"的模式时,作家为香姑和石娃设置了多重考验,其中"红血汤"很具有象征意味。尽管石娃在出发进宫献宝珠之前曾向香姑发誓绝不会忘记百姓的疾苦,但是他进宫喝下红血汤后一切都发生了巨大的变化:

> 石娃醒来,就变了心,从前的事什么也记不清了。他喜欢上了那残暴、凶狠的公主,和她成了亲,做了驸马。公主吩咐他做什么,他就做什么;公主看见穷人皱眉头,他碰上受苦人就瞪眼睛;公主爱听顺耳的话,他就喜欢会阿谀的人。有时候,他刚平静一会儿,想想从前,心里就像烈火灼烧着,直烧得他暴躁残忍起来,心里才舒服了。他完全变成了另外一个人。①

实际上"红血汤"的寓意是多方面的,既有旧制度对民众的欺骗,又有物质社会对人心的侵蚀。后者是儿童文学重要的主题,在文学中多有呈现。黄衣青的《阿良寻父记》中莫小姐对贫穷小姑娘阿秀进行物质引诱,并使其暂时忘记了自己的追求就是显例。此外,王尔德的《夜莺与玫瑰》用唯美主义的艺术手法将真情与世俗的抗衡书写得入木三分。回到文本,当石娃被"红血汤"腐化后,葛翠琳所采取的叙述策略与安徒生《白雪皇后》中格尔达拯救加伊的桥段相似,她让香姑前往皇宫去拯救迷失在物欲中的石娃。葛翠琳采用了传统民间故事中特有的"考验"模式,为了突出过程的艰难而特意设置挑战人类极限的形式:

> 在皇帝的御花园里,有一棵长青梨树,从来不开花也不结梨。那是一棵雪梨树,你要积雪盖住它的树身,直到春天,不要让冰雪化了。你用一百种野花瓣上的霜,撒在它的花芯里,用一百种山草叶上的露水,洒在它的花瓣上,它就会结成雪梨。这雪梨吃进肚里去,那红血汤就会失去效力。②

---

① 葛翠琳:《雪梨树》,载《野葡萄》,山东友谊出版社 2017 年版,第 41—42 页。
② 葛翠琳:《雪梨树》,载《野葡萄》,山东友谊出版社 2017 年版,第 48 页。

"困难—考验"模式指向的是"成长",这与新中国儿童文学的旨趣是同向的。教育的方向性与儿童文学求真向善并不矛盾,流淌于童话故事中深沉而宝贵的爱"能超越教育的这种短期性与局限性",而"将教育内容化为爱的情感的有机部分的作品,就有可能随着这情感的长存而长存"①。就童话的本质而言,它"实在是一件快乐儿童的人生叙述"②。由此,辩证地理解童话的教育性与艺术性至关重要。由于对域外资源的不信任,尤其是对西方"王子与公主"童话的摒弃,中国儿童文学将目光转向中国传统文化,以此作为"新的文学话语的接驳场域与动力源"③。在《少女与蛇郎》《采药女》《雪梨树》《雪娘》中,葛翠琳有意识地将阶级对立等观念植入文本中,并采用传统的故事模式,正方及反方界限分明,形塑了比较单一化的主题。主题的提升依循着新中国的文学伦理及价值取向,而这又是借助于民间的文学形式来彰显,"民间文艺与主流意识形态实现了一定意义上的话语整合,神话资源被注入了'全新的革命意涵'"④。

除此之外,葛翠琳在童话创作中还有意识地追寻一种童话精神的诗意呈现。与其他女作家的儿童文学写作相比,她将社会历史的内涵融入文本时注意到了文学性的诉求,注重思想性与艺术性的协调与融合。在《金花路》中,一身好本领的老木匠因不愿为皇帝建造行宫而躲进深山,在深山中经神秘的老者指引,留下了一座令后世叹为观止的手艺宫。对于这座巧夺天工的手艺宫,葛翠琳是这样写的:

> 嘿!这是一座什么样的手艺宫啊!前后一百九十九层,一层一个样儿,没有重的。每层的景致,神奇变幻,看不完、数不清。

---

① 刘绪源:《儿童文学的三大母题》,复旦大学出版社 2015 年版,第 97 页。

② 赵景深:《童话的讨论》,载《童话论集》,开明书店 1927 年版,第 56 页。

③ 毛巧晖:《现代民族国家话语与民间文学的理论自觉(1949—1966)》,《江汉论坛》2014 年第 9 期。

④ 毛巧晖:《神话资源现代转换的话语实践——以葛翠琳 1949—1966 年的儿童文学创作为中心的讨论》,《文化遗产》2021 年第 2 期。

一座座朝阳亭修在霞光里，没涂色的瓦檐自个儿披着红。一座座水楼台迎着月，月照着水，水映着月，楼台分外明。……宫前一棵弯弯树，树身雕成打更人，树枝做成一把伞，伞儿一摇报时辰。打更人低头弯着腰，从左边看起来面带笑，从右边看起来心事重重，从正面仔细看呢？却又像微笑又像沉思。精雕细刻的宫门殿窗，轻巧秀丽还不算，更神奇的是：左手开门响声好像金鸡儿叫，右手拉门音响好似凤凰鸣。推开窗子声儿颤颤响，好像抑扬拉琴声……这宫殿里真是一步一物都是绝景，简直把山水、云雾、风林、星月都修进了宫殿里。①

作为一种充分彰显幻想力的文体，童话在行文过程中要遵循一定的思维逻辑与价值体系。在葛翠琳构筑的童话世界中，主人公"天真的道德感"使得"每一种不公正都将得到补偿"②。《种花老人》看似与现实的关系不大，但却没有耽溺于幻想，实质上依旧有现实的观照。万顺老爷爷本是王府里的花匠，他因不能忍受王府中花朵的哭泣而毅然离开了王府。但在乡下种田的万顺爷爷仍忘不了对种花的热爱，于是求取花种子来种花并且收获了满园的鲜花。视花如命的万顺爷爷种花的精神是一种探寻与求索的精神，凭借着"天真的道德感"，他最终感化了神仙，神仙们让漫山遍野都盛开着一年四季的鲜花。在故事的尾声，作家借花朵之口表现出万顺爷爷的心声："一个人拼上终生的心血，去完成一件有意义的事，这是最大的快乐。"③这句话显然是有时代思想性的，对于社会主义"新人"的教育性是非常明晰的。

进入 20 世纪 90 年代后，葛翠琳进一步拓宽了其童话创作的思路。长篇童话《会唱歌的画像》是其这一时期的代表作。《会唱歌的画像》共分为 38 章，完整而充分地反映了进入 20 世纪 90 年代之后儿童所面临的种种问

① 葛翠琳：《金花路》，载《野葡萄》，山东友谊出版社 2017 年版，第 20—21 页。
② ［意］伊塔洛·卡尔维诺：《论童话》，黄丽媛译，译林出版社 2018 年版，第 125 页。
③ 葛翠琳：《种花老人》，载《野葡萄》，山东友谊出版社 2017 年版，第 96 页。

题与挑战，其中包括独生子女问题、家庭及学校教育问题及社会价值观等问题。葛翠琳采用插叙的艺术手法，先向读者交代了一位看画展的小姑娘渴望进入画像世界游览的诉求。作为独生女的杏儿自出生起就享受到来自家人超负荷的爱。然而在这种"超负荷的爱"的重压下，杏儿并未感受到快乐：

> 家里的人，总想把她和大家分隔开来，仿佛接近她的人都会带来危险和麻烦。她时时刻刻都要小心谨慎，不能违犯了亲人们定的规定。虽然吃得好、喝得好，但是杏儿不快乐，她的生活一点儿也不轻松。亲人在她脑子里铸造了一个坚定的信念：要成为一个不平凡的人！①

真正能给予杏儿快乐的事情是无忧无虑的遐想及绘画，然而她的家人却把绘画功利化，希望她成为学校里的"小名人"。葛翠琳采取了让杏儿跟随画像中的智者老人游历的方式来使她获得成长。较之她以往创作的童话，《会唱歌的画像》更接近于童话本身。它营构了两个平行世界：现实世界与画像中的世界。从始至终，葛翠琳并没有像张天翼的《宝葫芦的秘密》那样将幻想性事件归结为一个梦，而是认定杏儿在画像中游历的客观存在性。童话与幻想小说中涉及的"穿越"是指"从一个世界越界进入到另一个世界，其前提是同一故事中有两个世界存在"②。可以说，正视幻想的客观存在体现了童话作家认知上的飞跃提升。之所以让杏儿进入幻想世界去游历，是因为葛翠琳考虑到了现实世界真理的失落。杏儿是现实社会的受挫者，她渴望前往幻想世界去探索和发现生命的真谛。对于杏儿而言，幻想世界的游历或许是疗愈现实伤痛的最佳途径，这在圣埃克絮佩里的《小王子》、米切尔·恩德的《永远讲不完的故事》、伊·凡登的《小约翰》中均有

---

① 葛翠琳：《会唱歌的画像》，山东友谊出版社 2017 年版，第 6 页。

② 吴其南：《中国古代童话文学研究》，海燕出版社 2020 年版，第 68—69 页。

体现。葛翠琳借助"浓郁的抒情品格"① 诗意地书写了杏儿的幻想之旅。通过这番不平凡的游历，杏儿更加笃定对绘画艺术的理想追求，她秉持着"画儿能唱出心中的歌"② 的美好信念坚定不移地前进。"会唱歌的画像"具有双重意蕴，一是画中老人歌声中的循循善诱，二是绘画本身所具备的表述功能，两者在杏儿与画中老人的游历中均不同程度地获得了升华。

在童话艺术的探索方面，除了将传统资源"由简单的'汲取'和'引用'向'创造性转化'发展"③ 之外，葛翠琳还创作过大量的低幼类童话。比如给幼儿讲述邮局投递信件的《绿色小屋》、反映儿童爱说大话的《爱吹牛的小胖猪》、体现真正智慧大智若愚的《聪明的小龟》等。考虑到幼儿的特性，葛翠琳的低幼童话洋溢着"盎然的诗意"④。在童话《栗子谷》中，作家用诗意的语言塑造了一只极具舞蹈天赋的小松鼠形象：

　　她眼前闪动着点点金星，仿佛一群飞舞的萤火虫，许多带翅膀的小飞人，和着她的舞步在树叶上跳跃，像是给她伴舞。好多的小鸟在枝头婉转啼鸣，为她伴唱，蟋蟀和蝈蝈儿在草叶上拉琴吹笛伴奏，美妙的音乐和小松鼠的舞步相伴相随。她用舞蹈呼唤观众的爱心，温柔的月光和她的舞蹈融为一体，使她的舞姿在朦胧中更加优美，感动了所有的观众。清风、圆月、鸟啼、虫鸣、真诚的目光、激动的心灵，和舞蹈融会成完美的整体，变成了大自然的瑰丽画面。那些活泼的小飞人，那些可爱的小鸟，那些精通演奏的虫儿，仿佛都和小松鼠心灵相通，给她注入力量和希望。她旋转如陀螺，跳跃如瀑布，当她表演结束奔下舞台时，热烈的

---

① 孙建江：《葛翠琳与中国童话创作》，《中国儿童文化》2010 年第 1 辑。

② 葛翠琳：《会唱歌的画像》，山东友谊出版社 2017 年版，第 138 页。

③ 毛巧晖：《神话资源现代转换的话语实践——以葛翠琳 1949—1966 年的儿童文学创作为中心的讨论》，《文化遗产》2021 年第 2 期。

④ 蒋风：《诗意从何而来？——葛翠琳童话读后感》，《浙江师大学报（社会科学版）》1995 年第 4 期。

掌声久久不停。①

自 20 世纪 50 年代初创作童话以来，葛翠琳笔耕不辍，为小读者奉上了丰厚的精神食粮。葛翠琳的童话创作最显著的特征在于将传统资源进行创造性转换的同时，又将"具有'时代性'的、对现实的思考熔铸到个人的写作实践中"②，从而形成了一种洋溢着诗意又不失时代色彩的童话精神。正如蒋风所说"童话是无韵的诗"③，葛翠琳将"塑造思维"与"培育审美"融入其童话书写中，为童话更好地服务儿童提供了重要的资源。

---

① 葛翠琳:《栗子谷》，载《山林童话》，山东友谊出版社 2017 年版，第 16—17 页。

② 毛巧晖:《神话资源现代转换的话语实践——以葛翠琳 1949—1966 年的儿童文学创作为中心的讨论》，《文化遗产》2021 年第 2 期。

③ 蒋风:《诗意从何而来？——葛翠琳童话读后感》，《浙江师大学报(社会科学版)》1995 年第 4 期。

第三节　柯岩：在教育性与文学性中探询童诗的生命

　　新中国成立以后，儿童文学被纳入了国家文学的体制，这极大地推动了其发展。与其他文体一样，儿童诗也获得了长足的发展。柯岩就是其中的一位以创作儿童诗闻名的女作家。在创作中，她持守着在"文学的基本原则"与"诗歌的艺术规律"上"成人诗和儿童诗是一致的"[①]创作理念，为儿童孜孜不倦地创作富有艺术趣味的高品质诗歌。儿童诗创作的难度在于，为儿童写诗一方面要遵循诗歌的创作规律与技巧，另一方面又要符合儿童天性并让其乐于接受。在论及儿童诗时，林良认为，"理想的儿童诗作者要有'诗心'，要有'童心'，要有'爱心'"[②]。"诗心""童心""爱心"三者合一才是一位好的儿童诗人的标准，这也反映了儿童诗创作的难度。在从事儿童诗创作之前，柯岩所从事过的戏剧工作为其日后的儿童诗创作奠定了基础。

　　自 20 世纪 50 年代始，柯岩开始创作儿童诗并一直延续至 20 世纪 80 年代。作为低幼儿童文学文体，儿童诗特别要处理好思想性与艺术性的关系。柯岩结合自己的经历，论析了这一关系："从生活中来，有目的、有针对性地写和画，同时又那样形象，那样有兴味，使孩子们能情为所动，这是符合无产阶级文学要求的。根据儿童需要，为教育的目的服务，但又从儿童心理出发，不是灌输而是启发诱导，给孩子留下了难忘的印象，这又

[①] 柯岩：《漫谈儿童诗》，载《柯岩文集》第 7 卷，四川文艺出版社 2009 年版，第 127 页。

[②] 林良：《从"诗"到"儿童诗"》，载《浅语的艺术》，福建少年儿童出版社 2017 年版，第 158 页。

多么符合教育学的要求。"①

柯岩的儿童诗内容丰富、题材多样，既有反映鲜明时代特征的儿童叙事诗，又有热情讴歌新社会的儿童抒情诗，还有童趣盎然的童话诗等。在儿童诗的语言风格上，柯岩在注重"语言的诗化和情感化"②的基础上，加入了民间童谣中朗朗上口且极富童趣的元素，创造出一种别具一格的儿童诗。比如，创作于1955年的《小弟和小猫》是这样写的：

> 我家有个小弟弟，
> 聪明又淘气，
> 每天爬高又爬低，
> 满头满脸都是泥。
> 妈妈叫他来洗澡，
> 装没听见他就跑；
> 爸爸拿镜子把他照，
> 他闭上眼睛咯咯地笑。
> 姐姐抱来个小花猫，
> 拍拍爪子舔舔毛，
> 两眼一眯："妙，妙，妙，
> 谁跟我玩，谁把我抱？"
> 弟弟伸出小黑手，
> 小猫连忙往后跳，
> 胡子一撅头一摇：
> "不妙不妙！太脏太脏我不要！"
> 姐姐听见哈哈笑，
> 爸爸妈妈皱眉毛，
> 小弟听了真害臊：

① 柯岩：《从一首小诗谈起》，《少年文艺》1978年第7期。
② 蒋风、杨宁：《儿歌论：中国儿歌理论研究》，浙江工商大学出版社2020年版，第5页。

　　“妈！妈！快给我洗个澡！”①

　　事实上，儿童诗重在体现儿童情趣以及借此来反映儿童的真情实感。《小弟和小猫》分别通过妈妈、爸爸、姐姐和小花猫四者的视角来反映弟弟不讲卫生的情况。颇有意味的是，弟弟最后愿意洗澡的决心是被小花猫给激发出来的。被姐姐抱来玩的小花猫本想与孩子们一起玩耍，但是当它看见弟弟的“小黑手”伸向自己时，连忙吓得跳开了。在这里，柯岩巧妙地借助小猫的叫声来营造它对孩子态度的转化，即一开始的“妙，妙，妙，谁跟我玩，谁把我抱”，到稍后的“不妙不妙！太脏太脏我不要”。“妙”是小猫叫声“喵”的谐音，用“妙”来代替“喵”可以从中洞见小猫情感的变化，即从愉悦地希冀玩耍到害怕地躲避玩耍的过程。在儿童诗中，诸如此类的巧思设计最能体现出诗人的创造力与童心品格。除了采用“谐音法”来营造儿童情趣之外，柯岩还采用视觉效果的变化来体现儿童情趣。在《看球记》中，弟弟随家人一起去观看足球比赛，并被“新疆”队9号运动员的体育精神所折服。在柯岩的笔下，独属于儿童的那种对新鲜事物的好奇与兴奋之情被渲染出来：

　　　　夜里大家已经睡熟，
　　　　可是小弟还在梦里踢球，
　　　　一脚把被窝踢到地上，
　　　　还用脑袋拼命去顶枕头。
　　　　妈妈叹口气去给他盖被，
　　　　他一脚丫正踢着妈妈的手。
　　　　妈妈笑着把他侧过身去，
　　　　一看，背心上还用红墨水涂了个
　　　　大大的
　　　　“9”。②

────────────

① 柯岩：《小弟和小猫》，载《柯岩文集》第5卷，四川文艺出版社2009年版，第2—3页。
② 柯岩：《看球记》，载《柯岩文集》第5卷，四川文艺出版社2009年版，第33页。

柯岩在创作时之所以要突出弟弟背心上用红墨水涂的大大的"9",一方面是因为 9 号运动员勇于拼搏的精神深深地打动了弟弟,另一方面则基于其有意识地创新儿童诗的形式。樊发稼认为,"没有儿童情趣的儿童诗,就象纸扎的花,有色而无香"①。这个充满着儿童情趣的符号"9"不仅是诗情延展的组成部分,而且为全诗增添了独属于儿童的诗意。

受"教育方向性"的影响,柯岩的儿童诗始终坚持着育化社会主义新人的方向,但却没有在这种主导的方向上掩盖儿童诗的自主性,较好地实现了思想性与艺术性关系的融合。在《妈妈下班回了家》中,刚刚看完马戏团表演的小儿子在家中突发奇想,练习了各种各样的杂耍把式,无意间使家变得凌乱不堪。柯岩并未在诗歌的末尾对小儿子的行为予以训诫,相反她采用了一种颇为幽默风趣的口吻"称赞"了儿童:"哦!亲爱的妈妈你不要苦恼,/ 动起手来屋子马上就能收拾好;/ 小儿子的心被勇敢和智慧打动,/ 这,当然比一切混乱重要。"② 在这里,柯岩摒弃了教训主义的儿童观,肯定了儿童的冒险意识。

保罗·阿扎尔认为,"想象是他们生命的动力"③。肯定儿童对日常事物的模仿与想象也是诗人着力描摹的维度。在组诗《"小兵"的故事》中,基于少年儿童对解放军的热爱与崇拜,组诗共分为三个部分:《帽子的秘密》《两个"将军"》和《军医和护士》。其中《帽子的秘密》以哥哥的帽檐总是掉下来的细节开篇,向小读者展现了哥哥年小志高、希冀成为海军战士的美好心愿。当诗歌中的"我"悄悄观察哥哥的行为时,却被他的同伴当作"奸细"抓住。尽管这一切只是孩子们在做游戏,但是"我"却不肯承认"奸细"的"罪名":"我说:'反正我不能叫你们枪毙,/ 不管它疼还是不疼,/ 我长大了要当解放军,/ 随便说我是奸细就不成。'"④ 从这一细节不难看出,当时的儿童阶级观念很鲜明,他们所向往的是解放军的军旅生活,鄙视充当

---

① 樊发稼:《关于儿童诗的一封信》,载《儿童文学的春天》,河南少年儿童出版社 1986 年版,第 89 页。

② 柯岩:《妈妈下班回了家》,载《柯岩文集》第 5 卷,四川文艺出版社 2009 年版,第 38 页。

③ [法]保罗·阿扎尔:《书,儿童与成人》,梅思繁译,湖南少年儿童出版社 2014 年版,第 4 页。

④ 柯岩:《帽子的秘密》,载《柯岩文集》第 5 卷,四川文艺出版社 2009 年版,第 24 页。

"奸细""反动派"之类的角色。在《两个"将军"》中，柯岩塑造了两个想当"将军"的儿童形象——"我"的哥哥和隔壁小林的哥哥。然而同样是儿童做游戏，"我"的哥哥遭到弟弟妹妹们的不满，小林的哥哥却得到了孩子们的拥护，这究竟是为什么呢？诗人在她的诗歌中给予了这样的答案："他一天对我下一百次命令，/ 哪一次慢一点都不行，/ 一会儿'稍息'，一会儿'立正'，/ 一会儿跑步一会儿停。/ 一会儿下令：'向妹妹进攻！'/ 一会儿下令：'向弟弟冲锋！'/ 他一刀砍伤了妹妹的小泥人，/ 我一枪刺破了弟弟的大布熊。"而隔壁小林的哥哥却是一位"体恤百姓"的"好将军"："他们天天在院子里练兵，/'一、二、三、四'喊连声。/ 小林的弟妹在边边上玩，/ 是他们保护的'老百姓'。/ 有的'老百姓'玩着玩着哭了，/'将军'赶快下命令，/ 小林离队过去哄，/ 给他们叠一个小船还有篷。"① 这首儿童诗体现出"军民团结一家亲"的思想，从儿童的游戏中反映出"人民的军队"为人民服务的时代精神。《军医和护士》则反映出军队大家庭中每个人各司其职的重要性，"将军"或"首长"这些角色虽然重要，但是像军医、护士等作用也不可低估。在这里，由大孩子们扮演的"将军"最终与弟弟妹妹们扮演的"军医护士"达成一致，大家互相扶持、彼此合作，形成了团结友爱的局面。

　　除了与时代"共振"的主题外，柯岩的一些儿童诗还反映了少年儿童存在的社会问题。柯岩在诗歌中通常并不正面回应这些问题，而是借助某种现象启发少年儿童去反思。在《"流星"》的卷首语，柯岩写道："流星不能照亮什么，瞬息的闪光过后，给人的感觉是更加黑暗。"② 在这首诗歌中，刚一开始，"流星"是云云精湛的溜冰技术的隐喻。然而，云云却在答应教"我"溜冰的同时又显示出傲慢及懈怠的情绪，他只顾自己在溜冰场上自由地滑翔，丝毫不顾同伴的窘迫处境。所幸，一位素不相识的热心肠叔叔耐心地一步步教"我"滑冰。于是，此后"流星"的语义也发生了明显的变化：从溜冰优美的姿态转向人性光辉的流失。这种有关人性与友谊的洞察在柯岩的《三匹"马"的冰车》中也有所体现。冬天到了，孩子们都在天然溜冰

---

① 柯岩：《两个"将军"》，载《柯岩文集》第 5 卷，四川文艺出版社 2009 年版，第 26—27 页。

② 柯岩：《"流星"》，载《柯岩文集》第 5 卷，四川文艺出版社 2009 年版，第 51 页。

场玩着自己制作的"冰车"或"冰滑子"。拥有着一辆靠背冰车的扬扬不愿与同伴们一起分享溜冰的快乐,最终别的孩子们拥有了同款冰车后只剩下他一个人在场上形单影只。这类题材的诗歌还包括《我们小队的努力》《"小迷糊"阿姨》等,柯岩善于在诗歌中为小读者阐释一个个生动有趣的故事,以此来启发他们的心智并试图帮助其改正缺点。

儿童观是变动的,由此也深刻影响了儿童文学创作。柯岩认为:"西方有的资产阶级学者提出的'童心论'及'儿童本位论',认为天下儿童都是一样的,都是生活在同一个单纯的、天真无邪、具有无限爱心的甜蜜蜜的儿童世界中,只有年龄的差别,没有阶级的差异。他们抹杀儿童文学的阶级性,否定儿童成长的社会环境,否定儿童思想上的阶级烙印。"[①]在这里,柯岩是有明确的指向性和批判性的。就儿童自身的发展规律而言,"阶级观"是后天形成的产物。儿童天性自然,在其社会化的过程中,成人社会的规则和制度会逐渐影响其成长。比如,在鲁迅的《故乡》中,不同身份的两个少年迅哥儿和闰土在童年阶段仍能互相吸引并成为朋友。在伯内特的《秘密花园》中,农家男孩迪肯因其热情开朗的性格最终也和庄园里的孩子玛丽、柯林成了好友。但这种自然天性难以保持永恒,在世俗化的情境下,"变"是必然的趋势。

尽管儿童自然天性无法保持永恒,但柯岩依然礼赞这种品格,并且有意识地将这种品格与新时代的精神融为一体。在其组诗《红领巾日志(三首)》中,柯岩以少先队员争做好事的主题为小读者呈现了三则感人至深的小故事。"红领巾"是新中国儿童文学作品中的高频词,是政治意识形态的符号。在苏联儿童文学的作品中,"红领巾是描写苏联人的义务、荣誉、勇敢和力量的剧本"[②]。在新中国的语境下,"红领巾"几乎是所有儿童的光荣梦想。在果向真的儿童小说《小胖和小松》《春天》《节日的礼物》等作品中,"红领巾"是儿童责任、荣誉、义务的隐喻。除了通过"红领巾"

---

① 柯岩:《漫谈儿童诗》,载《柯岩文集》第7卷,四川文艺出版社2009年版,第127页。

② [苏联]格列奇什尼科娃:《苏联儿童文学》,张翠英等译,中国青年出版社1956年版,第341页。

来书写时代精神以外，"英雄主义"的氛围也充斥于柯岩的儿童诗创作之中。《将军和小兵》通过爸爸深夜来访的神秘客人——一位将军，向读者讲述了身为警卫员的爸爸在战场上为将军挡子弹的英勇事迹。柯岩用真情传递出了这种伟大的情感："将军用两个手指轻轻捡起子弹，/一手紧搂着他从前的警卫员。/两个人并肩坐着坐着，/忽然唱起了从前的歌：/'告诉死去的敌人，/我们活着，活着……/用鲜血保卫世界和平，/用双手把社会主义建设……'"①将英雄主义精神传达给新儿童是柯岩儿童诗创作的社会功用，体现了其新人书写的价值旨趣。

进入新时期后，伴随着中国文学的变迁，柯岩的儿童诗在主题方面也有相应的调整。1977年，全国恢复高考后，社会上掀起了一股"求学热"，青少年推崇的对象也从过去的"工农兵"转向科学家等知识分子。在此情境下，柯岩创作的《陈景润叔叔的来信》就很好地说明了这一现象。这首诗以学校号召学生给数学家陈景润写信为背景，重点书写了"我"在求学过程中存在的弊病。陈景润给"我"的回信，激励着"我"奋发向上。该诗不仅彰显了人们对知识的渴求及对科学家的尊崇，也潜在地揭示了十年动乱对青少年学习的严重影响。创作于20世纪80年代初的《神奇的字》，柯岩首次将英语口语加入诗歌之中，充分显示出那个时期人们对于学英语的极大热情："哦，请！ Please——/Thank you! 谢谢你！ /Oh, sorry. 对不起。/请原谅！ Excuse me!/它们是多么平常的字呀，/今天的孩子学它时还在妈妈怀里。/可是十年混乱的'造反'岁月，/却把它从我们生活中粗暴地抹去。"②应该说，《神奇的字》与《陈景润叔叔的来信》同属于"伤痕文学"的范畴，柯岩将儿童身上的"伤痕"展示出来，承接了新时期"伤痕文学"的潮流。

抛开了文学与时事的纠葛，柯岩注目于儿童诗的本体，创作了诸多深受儿童喜爱的诗作。组诗《求求你，妈妈》通过四首诗展现了20世纪八九十年代儿童面临的四种困境，具有较强的现实主义精神。柯岩儿童文学的特质与其长期在少年儿童中间生活、工作密不可分。她坦言："学习

① 柯岩:《将军和小兵》,载《柯岩文集》第5卷,四川文艺出版社2009年版,第103—104页。
② 柯岩:《神奇的字》,载《柯岩文集》第5卷,四川文艺出版社2009年版,第135页。

写儿童文学，不仅仅要深入到孩子中去，了解他们的生活、感情、年龄特征、思维及行动的特点，还要不断深入到工农兵及其他各条战线的生活中去。"① 正是基于此，她积累了大量宝贵的第一手素材，能"给养"其此后的儿童文学创作。可以说儿童并不是脱离社会的群体，儿童问题关涉着中国的未来。柯岩关注到一些社会问题正一步步逼近儿童的精神世界，成为新时期儿童必须面临的问题。在《深夜，我听自己的思想》和《无巢的小鸟》中，柯岩揭示了家庭纠纷导致儿童精神弊病的社会问题。柯岩认为，在儿童的成长过程中，父母的陪伴尤为重要，她在《无巢的小鸟》中这样写道：

> 漫天飞雪，洁白了整个世界
> 欢乐的人群有的踏雪寻梅
> 有的正围着暖融融的炉火闲话
> 而你，小孩——
> 在垃圾箱边熟睡的小孩
> 你也，也——没有家吗？
> 啊，谢谢，谢谢你阿姨
> 好心地给我盖上了棉衣的阿姨
> 我怎么，怎么一下就睡着了
> 我今天捡着了那么多好垃圾
> 正等着，等着我爸爸卖完它们
> 买面回家，妈妈锅里的水也该开啦——②

在这里，"无巢的小鸟"是"无家可归"孩子的隐喻。前三个孩子"无家可归"是因为父母的问题：成人互相争吵、耽于享乐导致了家庭氛围的淡漠以及亲子关系的疏离。而最后一个孩子看似"无家可归"，实际上他却享有父母和亲人的关爱。通过"贫富差距"的鲜明对照，柯岩揭示出"金钱本

---

① 柯岩：《我与儿童文学》，载《柯岩文集》第 7 卷，四川文艺出版社 2009 年版，第 401 页。

② 柯岩：《无巢的小鸟》，载《柯岩文集》第 5 卷，四川文艺出版社 2009 年版，第 157 页。

位"的社会价值体系中人与人之间感情的缺失。对于儿童来说，金钱并不是衡量幸福的唯一标准，成人的陪伴、聆听、交流才是儿童真正需要的关怀方式。诗人对"金钱本位"的痛斥在《法官叔叔，请听我说》中直观地表露出来了。如果说《无巢的小鸟》是通过社会层面来反映儿童对亲情的渴望的话，那么《法官叔叔，请听我说》则是借助民事法庭审理"离婚案"现场来发出儿童的呼求。尽管离婚时，小女孩应被判给经济条件更好的父亲，但是她却坚决要与感情更好的母亲在一起。这是因为父亲虽然经济条件好，但并未给予孩子真正的关爱；而妈妈却日日夜夜守护在她身边，尽到了做母亲的责任。在孩子眼中，"爱"才是最好的"条件"，物质仅仅是附丽在爱后的一个选项而已。

在柯岩的诗歌中，除了大量反映社会现实与时代精神的诗篇外，还有一些纯粹表现儿童情趣的儿童诗。《小红马的遭遇》中的小红马是幼儿园孩子最爱的一件玩具，然而有一天小红马不见了，孩子们急得到处寻找，最终发现小红马被一个叫洪洪的孩子埋在了土里。洪洪的解释极富童趣："'种子种下能开花，/ 小树浇水就长大。/ 我想组织骑兵队，/ 所以种下小红马。/ '让它快快来长大，/ 让它结出很多马。/ 咱们一人骑一匹，/ 给解放军叔叔帮忙去呀！'"[1]儿童从播种、发芽、开花、结果的过程联想万物生长的事实极具童真。儿童的天真稚拙包含着真情实感。《红灯绿灯和警察叔叔》以拟人的手法将"红灯"塑造成一位骄傲自大、不听指挥的形象，而将"绿灯"塑造成温柔和善、替人着想的形象，二者相辅相成，以童话的形式向小读者生动讲述了遵守交通规则的重要性。对于柯岩儿童诗的风格，蒋风的评价可谓切中肯綮："善于从平凡的、看似琐碎的小事中发掘出富有情趣的充满诗意的东西。"[2]

"题画诗"是柯岩诗歌创作的一种独特类型，其特征在于主题鲜明、观点清晰、诗趣盎然，又具有浓郁的时代色彩。柯岩创作"题画诗"起源于庐山儿童读物会议。在参加该会议时，柯岩看到了来自世界各国的儿童读

---

① 柯岩：《小红马的遭遇》，载《柯岩文集》第 5 卷，四川文艺出版社 2009 年版，第 6 页。

② 蒋风：《中国儿童文学发展史》，少年儿童出版社 2007 年版，第 279 页。

物，她希望日后能有机会出版介绍中国风土人情的儿童读物。后来，她接触了少年艺术家卜镝的绘画，便开始以他的画作为主题创作诗歌。之所以选择卜镝，她的理由是，"只有孩子的心灵才这样妙趣横生，只有孩子眼中的世界才这样奇异多彩"[①]。《海的女儿》取材于卜镝的一幅题为《听妈妈讲安徒生童话》的画。这幅画生动再现了海底世界的瑰丽多姿，无论是大大小小的鱼群，还是珊瑚贝壳搭建的房屋，都体现出一种秩序井然、其乐融融的状态。然而，细心的观看者会发现在这快乐的海底仍然会泛起一连串像泪珠一样的泡泡，而这些泡泡或许是小人鱼流下的眼泪。柯岩敏锐地捕捉到了卜镝画中的深意，以儿童的纯真与柔情创作出这首隽永别致的诗歌："我原来以为大海／全是碧蓝碧蓝的颜色，／可安徒生爷爷告诉我：／海的女儿那灰色的寂寞……／几千年了，海的女儿，／你还在岩石上哭么？／让我把人间的颜色都倒进海里，／带给你我们的歌和欢乐……"[②] 在这里，"灰色的寂寞"与"人间的颜色"构成一组具有强烈对比效果的意象。结合安徒生原著中的情节，它们一个象征着海底没有灵魂寄托的小人鱼，另一个则隐喻了可以用灵魂书写历史的人类。尽管柯岩的"题画诗"在篇幅上较之以往的诗歌要短小精悍，但却没有折损诗作的文学性与艺术性。

柯岩一直在从事与少年儿童息息相关的各项工作，这为其儿童文学创作奠定了坚实的基础。在思想内涵方面，柯岩的儿童诗紧扣时代的脉搏，塑造出一系列热爱祖国、尊崇英雄、向往未来的少年儿童形象。在艺术方面，她的诗"可以与那些传统童谣相媲美"[③]。既具有传统童谣的轻快活泼、朗朗上口等特性，又兼具现代诗歌的凝练与典雅，并体现出浓郁的儿童情趣。柯岩认为："文明程度越高的国家对儿童文学越重视。"[④] 有感于发达国家对儿童文学的重视以及儿童出版物的多样性，柯岩将其对儿童的爱熔铸于儿童诗等文体的创作中。除了创作儿童诗外，柯岩在儿童剧、报告文学

[①] 柯岩：《我为什么和怎样写题画诗》，载《柯岩文集》第 7 卷，四川文艺出版社 2009 年版，第 467 页。

[②] 柯岩：《海的女儿》，载《柯岩文集》第 5 卷，四川文艺出版社 2009 年版，第 427 页。

[③] 郭久麟：《柯岩传》，山西人民出版社 2012 年版，第 41 页。

[④] 柯岩：《任重道远》，载《柯岩文集》第 7 卷，四川文艺出版社 2009 年版，第 494 页。

及长篇小说等方面也颇有建树，其长篇小说《寻找回来的世界》直面工读学校中"失足"青少年的真实境遇，将教育的观照从普通青少年扩展至问题青少年。在新中国儿童文学的发展历程中，柯岩的文学创作始终持守"为儿童"的旨趣，为育化"新人"做出了不可忽视的贡献。

第四节　宗璞：以"童心"与"诗教"
建构童话世界

　　人们对于宗璞的印象，主要源自其在成人文学领域的散文与小说，可能很少会将其与儿童文学创作联系起来。事实上，宗璞在儿童文学方面颇有建树，创作了诸多儿童文学作品。不妨说，散文与小说创作使得宗璞在文坛独树一帜，其儿童文学创作拓展了其文学实践的宽度。在接受采访时，宗璞曾说："人生的道路是漫长的，旅途中难免尘沙满面。也许有时需要让想象的灵风吹一吹，在想象的泉水里浸一浸。那就让我们读一读童话吧！"[①]在宗璞看来，童话是想象的产物，是超脱现实束缚的途径。寻绎其儿童文学创作历程，宗璞最早的一部中篇童话《寻月记》创作于1956年，之后她又陆陆续续地创作了一些短篇童话。从整体而言，其童话创作深受中国古典文学的影响，带有明显的"散文化"与"诗化"的痕迹，"既有诗意的语言，也有诗意的生命状态"[②]，是其童话主要的特征。

　　在童话创作上，宗璞拥有其独特的理念，她认为："富于想象的童心是童话的核心。想象的世界飞出现实的藩篱，使读者变得纯真、清净。而童话又是成人创作的，在美好的想象中往往寓有人生深沉的经验和哲理。"[③]正是基于这样一种创作观，宗璞笔下的童话既富有童心，又饱含人生哲理。

---

① 舒晋瑜:《宗璞：童话就是放飞思想》,《中学时代》2021年第5期。

② 同上。

③ 宗璞:《〈宗璞儿童文学作品精选〉自序》,载《宗璞文学回忆录》,广东人民出版社2020年版,第340页。

从《寻月记》的题目看，该童话蕴含着中国古典美学的元素。被西王母盗去的月亮珠象征着善良、纯洁与美好的精神，而宁儿和小青的"寻月之旅"实际上也体现了他们对这种精神的追寻。回望宗璞创作的时代语境，不难发现，塑造"新人"及"新的精神"是儿童文学作家的使命。宗璞依循着新中国文学的整体精神，她所守望与追寻的正是一种积极进取的精神。关于中国文化理念的传承，宗璞曾说过："杜甫诗中忧国忧民的精神和东坡词中旷达阔大的气象传达了我国的儒、道两家思想，使我受益。而中国诗词那不言而喻的美，熏陶了我的创作。"① 这种浓郁的爱融汇于《寻月记》之中，呈现出一种恢宏的古典诗词的意境：

> 正开得热闹的榆叶梅，闪着丝绒的光；洁白的丁香，分外白得耀眼。一种淡淡的香气，沁满在这月夜里，仿佛月光和花香，本来就是一回事。柳树上有一只青颜色的小鸟，似乎刚刚被月光惊醒，轻轻扑动着翅膀，光洁的羽毛在柳荫里扇起一层银光。柳树下池塘里的小金鱼，停在水面上，被这温柔的月夜迷住了，尾巴轻轻地不经意地摆动着，使得涂满了月光的清水，漾起一圈圈发亮的波纹。②

从《寻月记》的整体故事情节来看，该作品基本遵循了"离家—找寻—回家"的情节结构。宁儿和小青是一对兄妹，哥哥宁儿富有行动力，但是不擅于思考和分析；妹妹小青喜欢思考，但是动手能力不足。通过塑造这两个人物形象，宗璞揭橥了儿童成长中动手能力与动脑能力的融合问题。在寻月之旅中，宁儿和小青还遇到了为他们指引方向的小精灵"想"和"做"。为了帮助兄妹二人弥补自身的不足，宗璞巧借小精灵之口告诉了他们真理："只想不做，是个做梦的人，只做不想，是个冒失鬼"③。此外，对

---

① 宗璞：《答〈中学生阅读〉编辑部问》，载《宗璞文集》第4卷，华艺出版社1996年版，第323页。

② 宗璞：《寻月记》，载《宗璞文集》第4卷，华艺出版社1996年版，第103页。

③ 宗璞：《寻月记》，载《宗璞文集》第4卷，华艺出版社1996年版，第118页。

古代神话的化用是该童话又一特色。在童话中,宗璞借鉴了"嫦娥奔月""西王母与青鸟""孽龙与宝珠"等神话传说,并赋予了这些神话人物全新的性格。比如,嫦娥不仅主管月宫,还照看人间孩子的美梦,她是一位美丽温柔的女神。西王母因主管刑罚和疾病,在童话中便充当了盗取月亮珠的反面角色。而孽龙虽误吞宝珠,被困深海,但他有情有义,对遇到困难的兄妹俩多次施以援手。改造后的童话肯定了人类追逐梦想、坚持不懈的现代精神。关于作家与读者的关系,朱自强认为,"在儿童文学世界里,故事是儿童文学作家和儿童读者共同的思维方式。作家凭借故事把思想变成感觉,儿童读者凭借故事去感觉作品中的思想"①。宗璞洞见儿童喜爱听故事的心理,在同一部作品中糅合了多个神话传说,既满足了儿童的心理预期,又没有沿袭古代神话的旧俗套,而是用现代精神对其进行了转换,从而营构出一篇全新的童话。

新中国成立以后,作家将提升儿童文学的"教育性"和"党性"置于一个很高的位置。宗璞的童话创作显然也深受这种思想观念的影响。然而,宗璞以"诗教"代替"说教",彰显出其独特的创作风格。"诗教"最早体现在以孔子为代表的儒家思想体系中,"孔子认为诗可以'观'并不是强调诗对于某一历史时代的社会生活的详尽描写,而是强调去'观'诗所表现出来的一定社会国家人们的道德感情和心理状态"②。宗璞的儿童文学创作没有完全超脱教化,不过,她的儿童文学观中增添了诗教外的其他质素。关于这一点,在宗璞的成人文学创作中也有所表现,"没有多数新文学作家笔下惯常的'恨'和'反抗',展现出另一种以'爱'与'和谐'为原则的伦理关系"③。在《寻月记》中,破除西王母的魔法并重获月亮珠的唯一方法是,找到三千瓣百合花瓣、三千粒晶莹的汗珠和三千声孩子的笑。尽管在寻找这三样"制胜法宝"的途中困难重重,但是宁儿和小青是在"爱"的"指引"中完成任务的。无论是小精灵"想"和"做",还是亮眼睛叔叔和长辫子阿姨,

---

① 朱自强:《儿童文学概论》,高等教育出版社 2009 年版,第 32 页。

② 李泽厚、刘纲纪:《中国美学史:先秦两汉编》,安徽文艺出版社 1999 年版,第 120 页。

③ 孙伟:《诗教传统的现代叙事——宗璞小说创作论》,《扬子江评论》2019 年第 5 期。

他们对于宁儿和小青的指引都是循序渐进、有条不紊的。当宁儿的思考能力被激发，小青开始动手种百合花时，他们的行为正好与长辫子阿姨的话形成了呼应：

> 她抚摸着宁儿和小青的头，说："找月亮珠可真是为大伙儿做好事。你们说我是神仙，可想错了，我不过是个普通的人。天空里的那座房子也不是神仙住的什么仙宫，那是我们的人工造河站。"她一面说着一面笑了，"你们看这些庄稼，这些花草长得太容易了是不是？这可不是容易得来的，你们不知道，有多少叔叔阿姨们经过多少试验，多少学习啊。就是你们看见的这些忽然出现的河流、树木、楼台、亭阁，也并不是随随便便就造成的，那里蕴藏着多么巨大的劳动，凝结着多么高度的科学的智慧！劳动，就是幸福。"①

在宗璞的笔下，嫦娥和月亮珠象征着纯洁美好，而西王母则象征着邪恶暴虐。作为祖国未来的希望，宁儿和小青的"寻月"行为则隐喻了年轻一代对美好理想的追寻。正义与邪恶对立的结构中，宗璞传达了自己的文学思想，而这种思想与其所在的语境是协调一致的。关于这一点，白亮进行了具体分析："这种在'十字路口'抉择的艰难，也是因为两种力量强大的冲突，一方面是主动靠近主流意识形态的愿望，行文时自觉删除了其中包含的个人主义成分；另一方面在实际创作过程中，又会'情不自禁'地去诉说现实生活中'个人'的悲欢和人生理想。"②当文学与政治相遇时，儿童文学中那种显隐的思想悸动也容易被描摹出来。因此，即便像《寻月记》这样富有古典诗情的童话，仍然被注入了诸如"劳动最光荣""争做少先队员"等具有时代特色的思想。

除了《寻月记》之外，宗璞还创作过一些短篇童话。《湖底山村》以小

---

① 宗璞：《寻月记》，载《宗璞文集》第4卷，华艺出版社1996年版，第148页。
② 白亮：《宗璞的身份意识与写作姿态》，《文艺争鸣》2017年第2期。

红鱼和春儿的友谊为引子，借小红鱼带春儿前往湖底观光为契机，叙述了老一辈人开拓进取、建设乡村的光荣事迹。对于湖底居住的虾公公来说，小红鱼和春儿都属于享受着幸福生活的晚辈。虾公公带领他们追溯历史，正是为了让下一代能忆苦思甜，珍惜当下来之不易的美好生活。在虾公公的讲述下，小红鱼和春儿也仿佛身临其境地感受到了历史变革的伟大与艰辛：

> 在这一片亮光中，春儿和小红鱼仿佛看见了东山口村，那东倒西歪的房屋、破烂的门窗，那棵苍老的大树，一起往湖面上升，亮光愈来愈强，东山口村渐渐变了，渐渐地，变成了春儿现在的家乡。在花树丛中掩映着一排排齐整的房屋，春儿还看见在自己的炕头上，贴着那张朱红的"学文化"剪纸。杏花村再升再升，看不见了。透过碧沉沉的水，仿佛在天上出现了一座大城，还有一个峥嵘壮丽的城楼，巍然而立。①

此外，富有寓言特性也是宗璞童话创作的特色之一。寓言的特性在于揭示一个道理，不过道理的传达却不是纯粹信条式的，它潜藏于整个寓言的叙述之中。在《花的话》中，百花都在纷纷诉说各自的美丽与不凡，只有二月兰默默绽放、不争不抢，而她却被小男孩选中作为赠予老师的礼物："忽然间，花园的角门开了，一个小男孩飞跑进来，他没有看那月光下的万紫千红，却一直跑到松树背后的一个不受人注意的墙角，在那如茵的绿草中间，采摘着野生的二月兰。……小男孩预备把这一束小花插在墨水瓶里，送给他敬爱的、终日辛勤劳碌的老师。老师一定会从那充满着幻想的颜色，看出他的心意的。"②《吊竹兰和蜡笔盒》揭示了生命与非生命的区别，吊竹兰渴望的是主人的灌溉与关心，而蜡笔却抱着"粉饰"的观念想为吊竹兰赢得主人的喜爱。二者的思维方式不同，生命的呈现方式也不相同。《露

---

① 宗璞：《湖底山村》，载《宗璞文集》第 4 卷，华艺出版社 1996 年版，第 6—7 页。
② 宗璞：《花的话》，载《宗璞文集》第 4 卷，华艺出版社 1996 年版，第 18 页。

珠儿和蔷薇花》借助一朵粉蔷薇的视角揭示了万事万物的相辅相成。尽管粉蔷薇很美，但它也离不开露珠儿的滋养，一旦失去水分，它立马会枯萎。宗璞赋予了日常生活中的微小事物以生命，并通过拟人化的手法来阐释道理，这使她笔下的童话颇富哲理意味。

整体而看，宗璞的童话虽数量不多，但却有其不同于他人的特色。一方面，她强调童话创作中"童心"的重要性，这为其童话更好地切近儿童提供了条件；另一方面，自幼深受中国传统文化影响的宗璞又秉承着"诗教"的传统，为育化儿童尽了一份自己的力量。可以说，"童心"与"诗教"是宗璞儿童文学创作中的两大核心要素。此外，其童话创作的语言也充满诗性，易于儿童母语的习得。同时，宗璞善于化用中国神话传说的丰富资源，将现代童话理念与传统神话资源融合在一起，为中国儿童文学民族化与现代化提供了宝贵的经验。

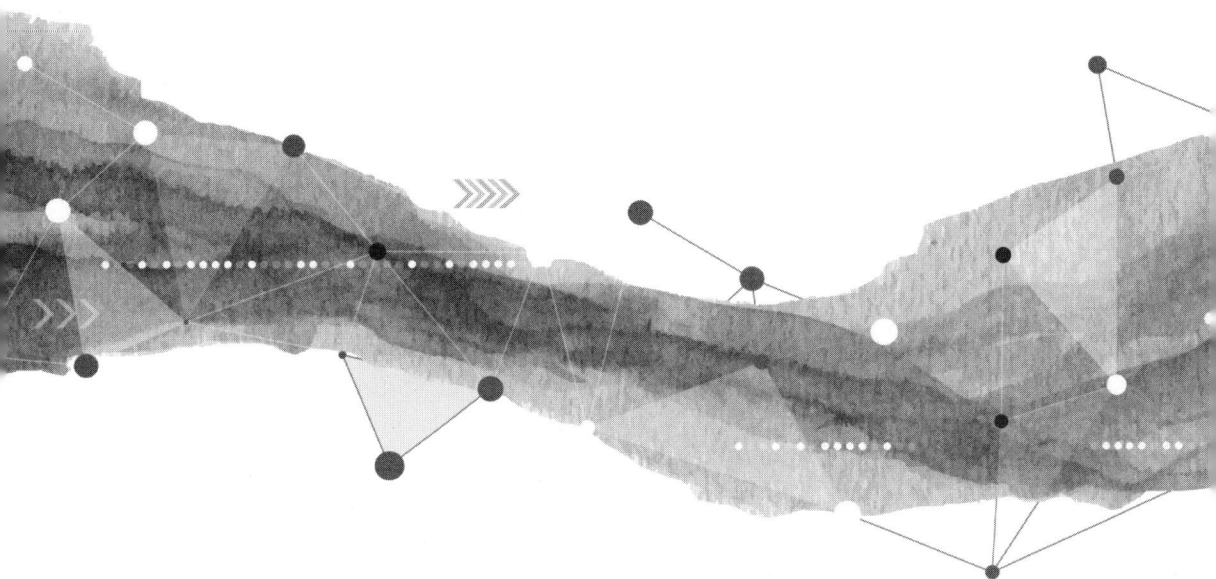

第五章

新时期文学视域中
女作家儿童文学创作的分层

中国现代文学史上的"新时期"是指，1978年中国进入改革开放的历史新时期。在这一历史新时期，儿童文学不再受制于政治与革命的话语，开始向多元化的创作趋势发展。儿童文学突破了"教育工具论"的禁锢，作家在创作过程中注重展现不同的价值取向与美学追求。此外，对文学的回归也是新时期儿童文学又一显著的特点。新时期的儿童文学女作家在创作过程中，既突破了"儿童文学是教育儿童"的传统窠臼，又体现出自身的创作特色与创作风格。这一阶段，校园小说与少女小说成为儿童文学创作的新方向。

第一节　返归"文学"与女作家儿童文学创作的多元形态

1980—1990 年文学政策的调整、文学秩序的转换是一个意识形态化的过程，文学会议在其中扮演了重要的角色。一般而论，1979 年 10 月召开的第四次全国文代会是"新时期文学"的标志性事件。邓小平到会发表《祝词》，这是继《讲话》后的又一篇关于党的文艺思想的文件。与《讲话》相比，《祝词》的变化体现在三方面：一是总任务发生变化，二是不再提文艺从属于政治，三是建设状态取代战时状态。[①] 周扬所作的报告《继往开来，繁荣社会主义新时期的文艺》第一次提出了"新时期文艺"的概念。在该报告中，"新时期文艺"内蕴着对"文艺从属于政治"的摒弃，其服务的对象从"政治"拓展至"人民"的范畴。

一

对于儿童文学而言，摒弃"文革"毒害，开创儿童文学新发展的会议早在 1978 年 5 月 9 日人民文学出版社主办的"少年儿童文学作家座谈会"就开始了。大会委托他人宣读了张天翼的发言稿《再为孩子们讲一句话》。张天翼认为粉碎"四人帮"后，我们有写作的条件，"让我们赶快把孩子们从饥荒中救出来吧！"[②] 丁玲、叶君健等作家也都踊跃发言，《人民日报》为人

---

① 周景雷：《新阶段、新时期、新时代与当代文学建构的再思考》，《文学评论》2020 年第 5 期。
② 张天翼：《再为孩子们讲一句话》，《人民日报》1978 年 6 月 1 日。

民文学出版社召开的儿童文学创作座谈会发表《为孩子们提供丰富的精神食粮》的专题报道。1978 年 10 月 11 日至 22 日"全国少年儿童读物出版工作座谈会"的召开无疑是新时期儿童文学发展的重要事件。"全国少年儿童读物出版工作座谈会"的重要功绩在于国家出版局联合教育部、文化部、共青团中央、全国妇联、全国文联、全国科协向国务院提交了《关于加强少年儿童读物出版工作的报告》。针对"文革"时期造成的少年儿童"书荒现象",《报告》提出了五条意见:一是必须为党在新时期的总任务服务;二是少年儿童读物应该具有少年儿童的特点;三是少年儿童读物应该富有知识性;四是少年儿童读物应该富有趣味性;五是要提倡题材、体裁多样化。难能可贵的是,《报告》没有囿于少儿出版这一狭小议题,提出要加强理论研究与评论工作,要提倡民主讨论的空气,"坚决废除'四人帮'搞的那一套乱抓辫子、乱扣帽子、乱打棍子的恶劣做法"①。在座谈会上,叶圣陶发表了《一定要慎重其事地出好孩子们的书》,冰心发表了《儿童读物出版工作的新长征开始了》,张天翼发表了《不能辜负孩子们的期望》,高士其发表了《我对繁荣少儿科学文艺读物的几点想法》,金近发表了《为"小儿科"辩护》,韩作黎发表了《组织好作家队伍 繁荣儿童文学创作》,吴凤岗发表了《少年儿童心理发展的特点》等。对于这次座谈会的召开,《人民日报》发表的社论《努力做好少年儿童读物的创作和出版工作》呼吁少儿工作者"必须'思想再解放一点,胆子更大一点'……提倡题材、体裁和风格多样化,才能做到'百花齐放'"②。这为新时期儿童文学创作与批评指明了方向。

然而,第四次全国文代会后举办的首次儿童文学创作座谈会,却较少得到学界的重视。1979 年 12 月 1 日至 10 日,少年儿童出版社在上海衡山宾馆举办了儿童文学创作座谈会。该会议紧挨第四次全国文代会,以解放思想、交流经验、繁荣创作为宗旨,是党的十一届三中全会后儿童文学

---

① 《尽快地把少儿读物出版工作促上去——国务院批转〈关于加强少年儿童读物出版工作的报告〉》,《出版工作》1979 年第 2 期。

② 《努力做好少年儿童读物的创作和出版工作》,《人民日报》1978 年 11 月 18 日。

界拨乱反正的先声。据当事人周晓回忆，该会议起因于少儿社编辑室 1979 年夏间讨论拨乱反正的话题，建议结合上少社三十年来儿童文学出版的曲折发展、成功与失败的具体事例（以中长篇儿童小说为主要例证），向社会作一汇报，并引发儿童文学界的讨论。① 在该会议上，茅盾、冰心、严文井都委托他人宣读了为座谈会撰写的文章。茅盾以《少儿文学的春天到来了！》为题呼吁儿童文学要总结经验、解放思想、开辟新路，"我觉得少儿文学的题材是广大无限的，只要能解放思想、博览广搜，坚持百花齐放、百家争鸣的方针，我国少儿文学的新时代必将到来"②。冰心对当时中青年作家刘宾雁、刘心武等人抱有热情的希望，认为"十年的压抑、混乱的生活环境，把他们锻炼得更成熟更智慧了。他们痛切地回顾过去，就不能不热烈地瞻望未来，他们一定能为现代新儿童写出我们所看不到和想不到的、有深度和广度的有益于现代祖国儿童健康成长的中长篇作品来！"③ 严文井认为儿童文学作家是在为未来写作，而只有理解了现在之后才能为未来写作。同时要敢于正视现实、要说孩子们听得懂的话。④ 大会所讨论的议题有儿童文学解放思想、关于文艺与政治的关系、关于写爱情、关于现实主义、艺术技巧和勤奋写作、关于"正面教育"等问题。

从整体上看，儿童文学是从成人文学那里接受了"伤痕文学"的思想资源与影响的。在关于"人"的思考的命题下，儿童文学与成人文学融合于思想解放的话语体系中，从而拓展和延伸了"伤痕文学"的广度与深度。在成人文学领域，"伤痕"的阴影不仅笼罩在成人身上，儿童也概莫能外。如王季明的《1973 年的小人书》、李晶的《长大》、郝伟的《荒诞的背景》、贺奕的《树未成年》、范小天的《儿童乐园》等小说沿袭了《班主任》关注"儿童

---

① 周晓：《我所知道的"文革"后首次儿童文学座谈会》（未刊稿），该未刊稿为笔者 2019 年 3 月 25 日采访周晓时的口述材料。

② 茅盾：《少儿文学的春天到来了！——为儿童文学创作座谈会作》，载《茅盾全集》第 27 卷，黄山书社 2012 年版，第 463 页。

③ 冰心：《我的热切的希望》，载《冰心全集》第 5 册，海峡文艺出版社 2012 年版，第 533 页。

④ 严文井：《心怀宝贵的未来》，《儿童文学创作座谈会简报》第 3 期，少年儿童出版社编，1979 年 12 月 1 日。

问题"而开启知识界精神复苏之旅的道路。尽管儿童不是此类"文革叙事"的主要书写对象，但他们精神上的创伤与成人一样发人深思。与成人文学一样，新时期儿童文学的精神资源主要包括"人学话语"及"人民话语"，两者合力推动了儿童文学向文学本体回归。葛翠琳的《翻跟斗的小木偶》、刘厚明的《小熊杜杜和它的主人》、孙幼军的《没有风的扇子》、方国荣的《失去旋律的琴声》、黄蓓佳的《阿兔》、程远的《弯弯的小河》、瞿航的《小薇薇》、张微的《请你永远忘记她》等儿童文学作品"记录"了"文革"于儿童身心所烙上的创伤与痛苦。具体而论，这种戕害、创伤主要体现在对儿童精神的禁锢、扭曲上，儿童的精神为外在的制度、规则、话语所缚，从而偏移了儿童的品格和本位。在具体的操作层面，此类儿童文学作品首先要确立一个造成儿童创伤的"历史的颠倒"之因，而结果则是要对"历史的颠倒"进行"再颠倒"。简言之，遵循的是一种否定之否定的逻辑。在叙述这些伤痕时，作家暂时搁置和省略了时代的大概念，以"完成态"的方式来写儿童的不幸和遭遇。如王路遥的《一个"刀枪不入"的孩子》中的唐不知，他被人认为是"教育不过来"的孩子。他对老师充满了敌意，正面教育根本解决不了问题。就是这样一个问题少年，内心中也藏着不为人知的精神创伤，而对他行为的反思即是对历史的批判。黄蓓佳《阿兔》的结构类似于鲁迅的《故乡》，小说采用回忆与现实照应的方式来写阿兔的变化，阿兔的现状与主人公"我"有关系，尽管"我"只是一个受裹挟和欺骗的施害者，但依然无法摆脱作为帮凶的创伤与内疚。丁玲在评价《阿兔》时说："作品没有怒斥，没有正面控诉，只是使人慢慢回味，好像罩在一重悲伤的雾霭中，不觉得在心上压了一块石头。"① 应该说，小说以这种"完成态"的方式来直观地记录问题少年内在的心灵阴影，尽管省去了创伤背景，但依然没有绕开"文革"这一前史，因而也不会出现创伤的表征泛化。由此看来，儿童文学与成人文学的创伤叙事并无差异，只不过儿童文学更聚焦儿童身心的伤痕及其表征，两者同构使得"两代人"创伤叙事控诉对象集中地定位于十年浩劫。这样一来，创伤叙事所制造出的"泛化"或"普遍化"的效应不仅拓

---

① 丁玲:《〈小船,小船〉序》,《少年文艺》1980 年第 4 期。

展至受难者的整体，而且也提升至"文革"罪行反思的高度上来。

王安忆的《谁是未来的中队长》以"设问"的方式来介入对创伤的讨论，选谁做中队长看似是学校生活中的习以为常的小事，但王安忆将学校生活与儿童教育融合起来，并辐射至学校所在的工厂和社会，"将儿童文学由描述'伤痕'直接拉入了'反思'"①。从故事的表层来看，小说并未直接抛出"问题"，也没有交代张莎莎和李铁锚谁当上了中队长。小说以儿童既定和完成态的精神病态来控诉和批评造成该现状的缘由。爱打报告的张莎莎，并不是纯粹的坏孩子，但大家都不喜欢她。这怪谁呢？难道怪她自己？在创作谈中，王安忆的话表明了她的态度："不，决不能怪他们自己，也不能怪老师。……成人受到影响，孩子们又怎能不受到影响。"②对于作品中插入"王华爸爸厂里那个人"，她认为确实有些生硬，"本是想说明张莎莎这样的孩子的存在，是有社会原因，是受社会影响的，但因笔触不够清晰、明确，客观效果使人感到这个人成了张莎莎的一个比喻，把他们等同起来了"③。这种泛化背景的策略指向了"伤痕"本身，其目的是"让孩子们在实践中检验自己的是非观念和工作方法"。此后，王安忆又发表了儿童小说《信任》，教师的不信任造成了孩子心灵上的创伤，为此作家在小说最后发出了控诉："同学们受'四人帮'的影响是极深的，那么老师呢，你们老师就没受影响？"④

二

自现代发生始，中国儿童文学的性别意识、观念长期受制于意识形态的抑制，无论是童心主义主导下的"低幼"倾向，还是革命语境下"小英雄""小战士"身上的去性别化，男女性别的分野是不明晰的。新时期以来，

---

① 王泉根：《中国儿童文学史》，新蕾出版社 2019 年版，第 360 页。
② 王安忆：《我的一点体会》，《儿童文学研究》第 4 辑，1980 年 5 月。
③ 出自王安忆给《少年文艺》杂志社的来信。参见《〈谁是未来的中队长〉读者反映强烈》（会议资料），1979 年上海举办的"儿童文学创作座谈会"材料之二。
④ 王安忆：《信任》，《少年文艺》1980 年 1 月号。

随着启蒙思想的回归，儿童文学与成人文学一样对于性别或性的认知也开始萌生，产生了一系列体现性别意识的作品。其中，陈丹燕的儿童散文《中国少女》（1985年）开启了"少女文学"的先声。此后其创作的《女中学生之死》则是一部以少女为中心的纪实性的少女小说。这种以少女深情回忆来"撕下"某些宏大叙事面纱的写法，体现了新时期人道主义精神的议题，对于少年文学主题的开拓无疑是有重大意义的。主人公宁歌之死抛出了令人深思的问题，同时，陈丹燕以纤细的笔触展示了青春期少女的痛苦挣扎及沉重的生命之痛。对于这种价值，班马认为此类少女"自恋式逃逸"①是一种指向女性性别本体的认知，潜在地构成了对男性社会的"抵御"。韦伶的《出门》与其说是讲述一个十五岁少女人生道路的开启与跋涉，不如说是韦伶与主人公一起认识自我（女性）的一次心灵旅行。在"作者的话"中，韦伶这样说道："我来陪你做第二次旅游好吗？穿好牛仔裤，把鞋带也系系紧，看见远远升起太阳的地方吗？走，我们出门去！"主人公凌子"照镜子"的场景是一个少女走出原初镜像的隐喻。凌子的自我怀疑（"镜子里的那个姑娘就是她吗"）昭示了其与过去告别的成长体认，而"出门"也成了凌子独立面对外部世界的一种"试探"。其中，"不是女娃娃"的心理暗示一直如影随形。与余华小说《十八岁出门远行》所描绘出的"异己"的"疼痛经验"②不同，《出门》中凌子对外部世界的感受则更多地体现在少女的触探、警惕、自审上。而这种细腻的少女心理的描摹是韦伶观照少女身体与心灵遇合的一次尝试，是少女成长路上的"自语声"③。对于这种逼近少女自我经验的书写，韦伶用"少女幻殿"来概括其特质。在这里，少女可以摆脱日常的拘谨，进入一种"互允"④的放纵状态。这种私语性的书写不可避免地编织了属于女性的话语，因而在一定的程度上也生成了女孩成长的封闭性天地。班马

① 班马：《中国儿童文学理论批评与构想》，湖北少年儿童出版社1996年版，第149页。
② 吴翔宇：《论余华小说的"疼痛"美学》，《中国现代文学研究丛刊》2017年第7期。
③ 吴其南：《韦伶访谈录》，载《从仪式到狂欢——20世纪少儿文学作家作品研究（下）》，人民文学出版社2014年版，第250页。
④ 韦伶：《那夜的幻殿——少女与舞蹈》，《少年儿童研究》1995年第1期。

称韦伶"紧缩在自我中心的自恋灵魂之中"①,即是对上述创作倾向的一种概括。在论析《女生贾梅》视角挪移至"少年期"的价值时,秦文君指出:"我期望《女生贾梅》能多元地体现人和世界的连接。"②这种强调儿童与世界的融合显然超越了主体"自我封闭"的限定,将儿童主体的畛域拓展至"人和世界"的关系网络,由此内在地提升了儿童文学的艺术境地。此外,程玮的《少女的红发卡》、丁阿虎的《今夜月儿明》、陈丹燕的《上锁的抽屉》、龙新华的《柳眉儿落了》、殷健灵的《纸人》、彭学军的《你是我的妹》、杨红樱的《女生日记》聚焦少女"青春年华"时期的内心悸动及性别经验。如前所述,少女文学因设置了诸多"不会向任何人开放的空间"③而自成一个系统。不过,这种"秘密地带"的设立在上述文本中多存在于代际之间,男女两性的分立却相对较少。这可能是儿童文学在"性别"议题上区别于成人文学的地方。在成人文学领域,陈染的《私人生活》和林白的《一个人的战争》极力展示男女性爱,宣扬着女性"私语"式的自由。但是在儿童文学领地,这种自由是有限制的。具体的方式是淡化两性关系,从代际的关系中呈现少女的精神特质。无论是秦文君的《十六岁少女》,还是陈丹燕的《上锁的抽屉》,母女两代人之间对于"秘密"的试探与保守构成了"拉锯式的战争"。少女希望被"看见""理解",与母亲的监督者身份难以达到平衡,在希望"被看见"与被成人"看透"④的失落中将少女文学的"秘密"书写推至纵深处。而且,在表达男女身体及两性问题时,少女文学也与成人文学有别,更多的是以诗意和美感的方法来描摹心灵感受,"是超越身

① 班马:《韦伶的幽——少女散文中的原生性神秘感和雌性文化气息》,《中国儿童文化》2007年第1辑。

② 秦文君、任志茜:《儿童文学不是小儿科,是百科全书》,《中国出版传媒商报》2020年4月21日。

③［加］马克斯·范梅南、［荷］巴斯·莱维林:《儿童的秘密——秘密、隐私和自我的重新认识》,陈慧黠、曹赛先译,教育科学出版社2004年版,第32页。

④ 同上书,第187页。

体之上的"①。关于这一点，殷健灵从成人文学与少年文学的区别来予以分析："正是因为少年时期性意识的萌动，其性的感觉和心理上的异性爱不是结合在一起的，所以，表现少年性意识的焦点应该是集中在心灵上的细微感受和爱的情感方面。我想，这也是少年文学和成人文学在切入视角上和表述方式上的本质区别。"② 显然，此类少女文学与萧育轩的《乱世少年》、常新港的《白山林》、刘健屏的《初涉人世》、梅子涵的《男子汉进行曲》等彰显少儿阳刚气质的少男文学拉开了距离，体现了少儿文学内部的"分野"。③

　　这显然与同时代成人文学领域此议题书写有一定的差异，而这种不同恰恰体现在两种文学的本体差异上。在成人文学领域，王安忆、铁凝、张洁、林白、张抗抗、张辛欣、宗璞等人对于人性、爱情、两性关系等方面的探索，延续了"五四"以来女性文学的传统。无论是张洁"做一个女人"，还是张辛欣的"站在同一地平线"，都集中于对女性身心受控、解绑的书写，着力建构全新的女性主体意识。在颠覆男性中心话语时，女性文学以"身体"为"武器"，通过身体主体性来剥离强加于女性身体之上的关系与权力机制。然而，这种建构过程本身又是充满着焦虑与紧张的探寻之旅，思想资源的外来性与新旧转换的复杂性都加重了女性主体性确立的难度。这份沉重感、使命感与儿童文学领域少女小说那种对于少女意识萌生、窥探、敞开有差异。或者说，成人文学承担了破除女性受蔽传统的主要使命，而儿童文学则轻轻"跳过"了这种反叛的议题，直接书写"反叛后"的少女的成长。简言之，少女文学并未预设阻碍少女主体意识的"传统负荷"，也没有过多纠缠于新旧话语场中少女意识的沉浮，而是在学校、社会相对狭窄的文化圈内呈示少女的际遇与危机。例如在涉及少女小说中"早恋"问题时，

---

① 陈莉：《蛹与蝶——解析中国当代女性儿童小说作家笔下的少女成长》，《广西社会科学》2006 年第 2 期。

② 殷健灵：《活在成长的年代——我为什么写〈纸人〉》，载《纸人》，少年儿童出版社 2004 年版，第 139 页。

③ 金燕玉：《少男小说与少女小说的分野》，载《文学风景》，凤凰出版社 2011 年版，第 392—393 页。

陈丹燕就曾提醒人们："我觉得早恋这个'早'字用得不对，这是一个人生的过程，没有早晚之分。"①既然恋爱没有早晚之分，那么少男少女的恋爱因去除了人为成见而具有了属己的合法性，而这对于儿童文学突破禁区有着重要的意义。当然，少女文学跨出直视其内心的一步就意味着走向全新天地的开始，其之于女性解放的总议题的价值不应忽视。不可讳言，在对女性私人生活和性心理的书写方面，成人文学要比少女文学更为直接、开放。不过，成人文学领域描写性心理、性经验依然是在人性的范畴内来审视的，是在女性主体性的框架内来反思身体作为女性自身所具有的意义，这种正视不是取其反，而是开启了认识"物质人"的文学路向。相对而言，少女小说则透露出更为青涩、纯粹的气息，少女所置身的场域较为狭窄，女性意识的展现和反思程度也有限度。正因如此，刘绪源在论析秦文君少女小说的预设读者时认为，少女会读出"自己的人生和心灵的现状"，成人则会"回味已经逝去的那部分生命"②。这种兼具儿童与成人读者的少女小说在融通前述两种文学上有着更多的便利性，也容易衍生"是儿童文学还是成人文学"的疑问。由此看来，少年文学以整体的"少年性"拉开了与幼儿文学、童年文学的距离，凸显了其独特的文学气象。在"青少年文学"的整体系统中，这类少女文学与成人文学中的青春文学较为接近，而成为儿童文学与成人文学界限上的模糊地带。

---

① 陈丹燕：《问问陈丹燕》，湖南少年儿童出版社 2012 年版，第 38 页。

② 刘绪源：《文学、人生与十六岁的感想》，载《秦文君臻美花香文集》，接力出版社 2019 年版，第 3 页。

第二节　秦文君：以校园小说召唤
新时期儿童文学的温情

　　秦文君是中国当代举足轻重的儿童文学作家。她的创作主要聚焦校园里的儿童。周晓曾这样概括秦文君的创作风格："以乐曲般扣人心弦的情感波流，使众多少年少女发生心灵的同平共振。"[1]秦文君的校园小说主要围绕着儿童成长展开，并穿插着发生在儿童身上的各种奇闻异事与悲欢离合。正如论者所言，"'让孩子们看到生活的真相'是秦文君的一贯主张，儿童的世界远非大人想象得那样单纯完美，常有伤心和不如意之处。秦文君把诸如此类的人世沧桑，悄悄地合乎逻辑地安排在故事中，让小读者在作品中能够听到'生活轻轻的叹息声'"[2]。简言之，不将儿童脱逸于现实是秦文君儿童文学创作的思路，从而确立了其现实主义底色与基调。

一

　　秦文君笔下的"男生贾里"和"女生贾梅"是读者熟知的儿童形象，双胞胎的身份给了我们进行互文性解读的条件。譬如，《男生贾里》和《女生贾梅》中都讲到了贾梅和好朋友林晓梅要去听左戈拉演唱会的事情，但不同叙述视角呈现出来的样态却有明显的差异。以贾梅的视角叙述，侧重表现的是关于少年儿童假期打工赚取零花钱的社会现象，而以贾里的视角叙

---

① 周晓：《周晓评论选》，少年儿童出版社 1992 年版，第 78 页。
② 桂杰：《秦文君：我主张让孩子看到生活真相》，《少年写作（小作家）》2011 年第 1 期。

述所产生的效果则更倾向于幽默精神的表露。尽管叙述视角不同，两人的关注点也不尽相同，然而都涉及了儿童"有偿劳动"的理念。有论者认为，"现代都市商业文化氛围在兄妹俩身上留下了鲜明的时代烙印"①。

在儿童文学界，一直存在着"写儿童"还是"为儿童"之争，除此之外，这里的儿童是"虚构"的，还是"真实"的，也存在争议。秦文君笔下的贾里和贾梅贴近于日常生活，类似于"身边"的儿童。为了呈现秦文君儿童书写的特质，列举如下片段，予以析之：

> 贾梅是学校艺术团的台柱之一，所以即使她成绩平平，在学校，大小还算一个知名人士。课间，她和林晓梅两个从操场里穿过，往练功房走去，一路谈笑风生，旁若无人，同学们就会以社会上人看影星那样的眼光看她们。林晓梅喜欢被同学们的目光包围，所以有时课间贾梅不愿出教室，她就一个人出去招摇过市，暗暗地计算回头率。②

> 贾里在班级里，名声不怎么好，女生们都传他善于恶作剧，是个当代徐文长式的人物。班里一出现什么怪模怪样的事，譬如黑板上涂了一幅漫画什么的，她们会不约而同地说："是不是贾里干的？"③

> 鲁智胜是O型血，常常自称是英雄好汉的料子。确实，他讲些义气，有些值得夸耀的地方，但这家伙好卖弄，譬如骑车时摇摇晃晃，半闭着眼睛，像个醉汉，其实，他很清醒，只是装潇洒，觉得这样美罢了。④

① 方卫平、赵霞：《儿童文学的中国想象：新世纪儿童文学艺术发展论》，安徽少年儿童出版社2018年版，第77页。
② 秦文君：《女生贾梅》，浙江少年儿童出版社2018年版，第94页。
③ 秦文君：《男生贾里》，浙江少年儿童出版社2018年版，第36页。
④ 同上书，第28页。

人物贴近现实生活是秦文君儿童书写的一大特色。在这里，贾梅不是传统意义上品学兼优的学生，她只是一个成绩平平但拥有艺术特长且善良纯真的女孩子。尽管她的好友林晓梅文采出众，更容易引起他人的关注，但是心思单纯的贾梅却并不在意这些，依旧与其保持着非常要好的关系。而贾里和鲁智胜之间的友谊建立在性情相投的基础之上。人物性格的生成离不开环境的塑造。在秦文君的笔下，新时期儿童的气息十分鲜明。贾梅曾在日记中写道："十个女生中至少有九个想上银幕当影星，像索菲亚·罗兰或是波姬·小丝那样名扬四海。特别是我们艺术团中的女孩，个个都觉得自己是这块材料。"[1] 无论是爱出风头的林晓梅还是乖巧懂事的贾梅，都怀揣着对未来的憧憬，对美的追求也非常突出。这在《女生贾梅》中有较为细致的书写，书中列举了诸如少女追星、积极参加商演以及渴望成为《上海少女》的主演等事件，可反映 20 世纪 90 年代少女的思想变迁。早在 20世纪 80 年代，秦文君在《少女罗微》等作品中就已经有意识地开始反叛传统女性形象了。罗微等少女一个显著的特征是她们"那种强烈的自我意识辐射开来，甚至成为对周围人的一种压迫"[2]。可以说，强烈的自我意识也成为新时期儿童文学着力表现的向度。

从秦文君对小说情节的把握来看，《男生贾里》和《女生贾梅》有着西方成长小说中的叙事结构。此外，在秦文君的儿童文学创作中铭刻了明晰的上海印记。比如《男生贾里》中出现的陈应达刻苦钻研英语的情节，表征了 20 世纪 90 年代初上海人对英语学习的热情。在西方成长小说中，"一个人的身份打上了地域烙印，地域因其负载的文化因素、精神因素和历史因素而变得格外重要"[3]。这在秦文君的儿童小说中都能找到例证。此外，"时代感"是秦文君儿童小说力图展现的又一要素。在"苦恼的作家"这一节中，秦文君以贾里的口吻向从事儿童文学创作的爸爸提出了"时代感"

---

① 秦文君:《女生贾梅》，浙江少年儿童出版社 2018 年版，第 93 页。

② 唐兵:《儿童文学中的女性主义声音》，湖北少年儿童出版社 2003 年版，第 74 页。

③ 芮渝萍、范谊:《成长的风景——当代美国成长小说研究》，商务印书馆 2012 年版，第 285 页。

的重要性：

> 贾里没有后顾之忧，又受到贵宾待遇，所以滔滔不绝地谈论起来。什么现在的情况不同，班里许多人都有名牌鞋子，光微型录音机就有六个人有，所以书里写那个骄傲的男生爱摆阔气，穿蓝色球鞋，人家都会笑的；还有，那个哥哥满心想让妹妹帮他，更是少有，妹妹再行，哥哥也不想依靠，这是真理；至于男女学生之间，才不会说句话就脸红，现在的女生都很大方……①

实际上，贾里对作家爸爸所说的也可视为秦文君的夫子自道，也是当代儿童文学创作保持活力的关键点。王安忆认为，中国儿童小说"很大程度上受到苏联的校园小说影响"，其中，"加入少年先锋队是我们的理想初级阶段，为更高理想——做共产主义接班人做准备，我们要留意品行、公德、操守，同学之间要有高尚的人际关系"②。进入新时期后，越来越多的作家意识到儿童文学创作要与时代保持良性的关系。这要求创作思想与艺术技法都要与时俱进。秦文君敏锐地捕捉到"时代感"，她对中国式童年的关注，强化了其儿童小说的时代性与现实性。

二

在秦文君众多的儿童小说中，《天棠街3号》是一部不容忽视的作品。就小说的叙事结构而言，她采用的并不是片段式串联的书写方式，而是"一环扣一环"的叙事模式，注重每一章节的因果联系。总体来看，《天棠街3号》是一部充满秘密且有待与小读者一起去探秘的小说。小说开篇以郎郎家清早一连串的门铃声引出了郎郎的同学解伟。由于解伟对住在附近的郎郎和郎思林家日常发生的事情一清二楚，因此这容易引起读者探索秘密的

---

① 秦文君：《男生贾里》，浙江少年儿童出版社2018年版，第72页。
② 王安忆：《创作儿童文学的阶段》，载《小说六讲》，上海人民出版社2021年版，第8页。

阅读兴趣。在小说中,解伟以一种童话般的思维来回应自己能窥破"秘密"的事实:"'第十七棵树是魔法树,'解伟说,'我在树下站过一夜,拜三拜。现在,别人所有的秘密都会被我看透,像照 X 光。'"① "秘密"书写是儿童文学的重要主题,"儿童文学对'秘密'的偏爱也正是因为'秘密'在儿童心灵成长以及建立自我的过程中具有重要的意义和价值"②。在《天棠街 3 号》中,无论是凭借着按门铃和望远镜来制造秘密的解伟,还是通过一枚蓝宝石戒指试图和远行的爸爸保持心灵契合的郎郎,抑或是偷拿家中名贵洋酒的郎思林,他们的关联均来自秘密。他们或暗揣着充满秘密的心独自激动,或分享着来自好友的秘密而默默战栗。可以说,秘密是推动儿童小说发展的动因,又是激活读者情感的机制。其中,所有秘密最终指向"天棠街 3 号",小说中是这样描写这个令郎郎心驰神往的地方的:

> 小邮箱里什么也没有,箱底是平的,就像一个人松开的空空的手掌。郎郎想了想,掏出裤袋里的字条和地址放进去。这邮箱不该一无所有啊,就像人心一样,怎么说也该装进些什么东西才行。
>
> 他做完这些又上了锁,然后拔出钥匙慢慢离开。
>
> 现在,他差不多已把这个"天堂街 3 号"完全当作自己的邮箱了,因为它装上了他的东西。那把小锁,也是他亲手锁上的。③

事实上,"天棠街 3 号"保存着两个少年的秘密。一是解伟一家分分合合的秘密,二是为了好朋友郎郎避免家庭变故,解伟提出的善意忠告的秘密。两者在天棠街 3 号这个看似平凡的地方交织在一起。借助这些秘密,郎郎终于明白了为何成绩优异的解伟性格如此软弱,也体悟出昔日他们欺负解伟是多么的错误;解伟也坦言自己因缺少父爱而对郎郎和郎思林拥有完整家庭充满羡慕之情。在这里,"天棠街 3 号"包含着成长中的少年渴望

---

① 秦文君:《天棠街 3 号》,浙江少年儿童出版社 2018 年版,第 9 页。

② 朱自强:《经典这样告诉我们》,明天出版社 2010 年版,第 143 页。

③ 秦文君:《天棠街 3 号》,浙江少年儿童出版社 2018 年版,第 246—247 页。

拥有精神独立空间的意涵。当郎郎认为自己已经拥有了"天棠街 3 号"邮箱时，他所做的第一件事就是给这个地址寄信，信的内容并不重要，他内心深处真正在乎的是他拥有了一个不为人知的"情感树洞"，而这个"情感树洞"是一个可以承载他喜怒哀乐情绪的地方。有论者认为，"青少年小说聚焦于十几岁的男孩和他们为实现身份与独立而进行的奋斗"①。按此逻辑，上述青少年将这些秘密想象成为"事业"。在处理少年儿童渴望获取身份和人格独立这一主题时，秦文君采取了巧妙的象征主义手法，即通过"天棠街 3 号"的邮箱来展现郎郎对独立空间的向往。关于这种创作手法，秦文君在接受采访时说："这个领域没进去的时候，你觉得儿童文学非常简单，就是小狗、小猫嘛，但是你进去了以后，它是非常难的，把人生难言的奥秘和一些情感，融合在一个非常神秘的、非常单纯有趣的形式里面，浅的背后要有东西。"② 可以说，《天棠街 3 号》正是通过深与浅的辩证法让我们了解到青少年成长的规律。

就中国儿童文学的创作而言，上海无疑是重镇。新时期以来，陈丹燕、秦文君和殷健灵三位女作家的儿童文学创作非常引人注目。陈丹燕的文字于绚烂中见人世沧桑与历史厚重，殷健灵善于用美好诗意的文字来建构少女丰富细腻的心灵世界，而秦文君则长于以清新纯真的描摹来勾勒儿童的生命情态和成长的奥秘。对于秦文君的创作特质，李学斌将其概括为"温婉、澄澈、隽永、深邃、醇厚、绵长"③。除了《男生贾里》《女生贾梅》《天棠街 3 号》等以校园题材为主的小说外，秦文君还创作了以回忆童年生活为主的儿童小说，其中以《我的石头心爸爸》与《会跳舞的向日葵》最具代表性。

---

① [英]金伯利·雷诺兹:《激进的儿童文学:少年小说的未来展望和审美转变》,徐文丽译,中国少年儿童出版社 2021 年版,第 88 页。

② 秦文君:《秦文君:我想当个旅行家》,《中华读书报》2002 年 12 月 18 日。

③ 李学斌:《爱与美的合奏——由儿童故事〈珍珠小妈妈〉〈我的石头心爸爸〉看秦文君的儿童文学创作》,《中国图书评论》2015 年第 5 期。

三

"童年"始终是儿童文学作家创作的重心。例如林海音的《城南旧事》以儿童的视角折射了北京城南成人社会的人情世故。此类回忆性书写俯拾即是。秦文君的《我的石头心爸爸》《会跳舞的向日葵》基本采用这种笔法,对于影响儿童成长的教育观予以反思。正如论者所言,"早在《一个女孩的心灵史》中,秦文君就表达过对功利教育剥蚀儿童心灵的忧虑,也嵌入了家庭教育如何为儿童成长助力的深入思考"[①]。到了《我的石头心爸爸》和《会跳舞的向日葵》这里,有关教育问题的探索和思考得到了进一步的深化。"石头心爸爸"是故事中的"我"对于爸爸的别称,之所以这样称呼,源于幼时的"我"忽然发现爸爸最喜欢的小孩不是"我",而是朋友家一个叫作紫藤的小女孩。"我"深感爸爸的"不近人情",于是觉得爸爸长了一颗"石头心"。然而随着时间的推移,渐渐长大的"我"终于认识到了"石头心爸爸"并非不近人情,而是满蕴着温情与爱。爸爸喜爱像紫藤那样的小女孩,并不是不爱自己的孩子,而是希望紫藤的高雅与娴静能对"我"起到榜样的作用:

> 后来,我慢慢长大,领悟到一个女孩能保持雅致、美丽,和浑身是汗的男孩子不一样,是值得欣赏和看重的,而紫藤天生就是那样的女孩。[②]

在"我"的成长过程中,爸爸所给予孩子的教育是充满智慧的。这主要体现在:当孩子在成长阶段遇到某些难以克服的困难时,爸爸并未用世俗的价值观来给孩子施压。小时候去幼儿园时,"我"总是习惯性地东看看西瞧瞧,这是独属于儿童的一种"浪费时间"的方式。与其说这是在"浪费时

---

① 李学斌:《爱与美的合奏——由儿童故事〈珍珠小妈妈〉〈我的石头心爸爸〉看秦文君的儿童文学创作》,《中国图书评论》2015 年第 5 期。

② 秦文君:《我的石头心爸爸》,浙江少年儿童出版社 2018 年版,第 8 页。

间"，不如说这是儿童体验新鲜事物的独特方式。但是这样一来，幼儿园或学校所规定的"守时"便无法实现，儿童会因此受到批评。在《我的石头心爸爸》中，爸爸深知幼儿园的规定和女儿的爱好都没有错，于是想出了一个主意。他将闹钟调早了十分钟，于是，既满足了孩子在上学的路上发现新乐趣的心愿，又不违反学校的规定。通过这个一举两得的好办法，"我"不仅充分享受到了上学路上的乐趣，也懂得了遵守纪律和爱惜时间的重要性。

除此之外，以诗意来滋养童年是秦文君儿童文学创作又一重要主题。在《我的石头心爸爸》中，爸爸和孩子的诗意体现在经营自家小花园上。总体而言，种花和养花是培育劳动与爱的事情。他们是这样理解这件有意义的事的：

> 爸爸说过，花开的声音是美妙的，是天籁之音。受爸爸的影响，我很喜欢花，会悄悄地去花园，守在一株即将开放的花边上，静静地等着看花苞开出花来。
>
> ……
>
> 我常常想：大概只有蝴蝶和蜜蜂才能听见开花的声音。可是爸爸却能亲眼看着花开，说："有的花在夜间幽幽地开，有的花在清晨开，花不受干扰，总是静静地开，你要看花开，就要有一份静心。"①

在这里，爸爸将养花的爱好与岁月静好相结合，在希冀孩子能收获内心宁静的同时，也以身作则，为孩子树立了好的榜样。可以说，以"养花"与"养心"互训是一种充满诗意的教育方式。刘晓东认为："儿童的艺术是童年生命的律动，是儿童内在精神生活生动的外部表达。"② 从这种意义上说，文中爸爸的教育方式是通达儿童内心的，其教育效果不言而喻。当"我"开始留意并且喜爱爸爸的小花园时，"我"的生命也发生着微妙的变化。这

---

① 秦文君：《我的石头心爸爸》，浙江少年儿童出版社 2018 年版，第 10 页。

② 刘晓东：《解放儿童》，新华出版社 2002 年版，第 56 页。

是一种有意识地将童年生命与诗意精神相融合的美好情结，儿童在观察花开花落的过程中感知自然万物的细微变化，从而获得了一颗柔软细腻的心灵。而这种与大自然"心有灵犀"的联结于儿童至关重要。无论是伯内特笔下疗愈人心的"秘密花园"，还是秦文君笔下带给儿童明媚心情的"小花园"，都是例证。

在另一作品《会跳舞的向日葵》中，秦文君以小女孩香草种的一株"会跳舞的向日葵"为切入点，全方位地展现出香草、香晏等儿童丰富多彩的童年生活。香草不是一个"乖乖女"，她富有个性、真诚勇敢，敢于和同桌小牛"据理力争"。也基于此，班主任陈老师对香草怀有"偏见"。在遭遇童年的困惑与迷茫时，香草将自家窗户底下用鹅卵石围成的一小片园地想象成她的"小花园国"，并在那里尽情地享受着独属于自己的美好时光。秦文君在此传递的生命观及教育理念是，"无论命运的砥砺多么残酷，只要在童年真正体验过生命的乐趣与人间的温情，'憧憬'就永不会泯灭，'追求'就永不会放弃"①。在小说中，因为陈老师的误解以及和小牛的矛盾，香草曾一度打算退学，这是其童年生活中的低谷。在家人与朋友的悉心照料与深切关爱下，香草才得以重返幸福温暖的童年时光。此后，她遇见了人生第一位知音——颜老师。和陈老师不同，颜老师擅于发现每个孩子身上的禀赋，她发现了香草身上的文学天赋，甚至还"预言"香草会成为未来的文学家。这是香草童年重启的起点，并深刻地影响了其以后的人生。

在接受采访时，秦文君曾言："我创作的《会跳舞的向日葵》是我童年的自传体小说，讲述了一个小女孩温暖的童年，其实就是我的童年。"②无论是以20世纪80年代少男少女校园生活为题材的"贾里贾梅"系列，还是以自己童年生活为基础的自叙体小说，都折射了作家独特的儿童观与教育观，用唐池子的话说即是："每个孩子是不可替代的奇迹。成长非易事。尊重童年生命的尊严。相信儿童成长的力量。"③当儿童文学作家俯身与儿

---

① 谈凤霞：《边缘的诗性追寻——中国现代童年书写现象研究》，人民出版社2013年版，第71页。

② 谢玲：《人生最美丽的事业——访著名儿童文学作家秦文君》，《阅读》2015年第1期。

③ 唐池子：《童年小世界，文学大情怀——秦文君儿童文学创作论》，《南方文坛》2020年第1期。

童对话时，就会发现儿童作为"全人"的价值。香草之所以与陈老师产生矛盾，与陈老师倨傲的姿态有关。秦文君的儿童小说，一方面揭露教育中的弊病，另一方面也以此彰显儿童的纯真至善。而后者内化为一种不染尘埃的良知，"这份内在的良知，是孩子们生命中最独特最珍贵的东西，是孩子最初的生命底色，是那种与生俱来的永真向善的天性"①。儿童文学所要书写的正是这种"永真向善的天性"，优秀的儿童文学不能一味地迎合世俗的价值观，将童年生命中那些美好纯真改造为成人世界所期待的模样。可以说，秦文君在创作中摒除了成人世界的功利主义教育，取而代之的是以儿童为本位的理解与尊重。

值得一提的是，秦文君的"贾里贾梅"系列还开创了儿童校园系列小说的先河。在"贾里贾梅"系列作品中，秦文君的初衷是为了呈现20世纪90年代初少男少女的校园生活面貌，但是她后续的创作却将时间往前推进，以满足不同时期儿童的阅读需要。此外，秦文君力图做到"深入浅出"，"孩子们能够从中读到'浅'的故事和道理，成人也能从中读到'深'的感悟"②。事实上，"浅"是儿童文学的表象，"深"是儿童文学的内质。秦文君的儿童文学创作将深浅辩证法运用得非常得心应手，因而也深受读者和批评家的好评。

可以说，在"校园轻喜剧小说风行一时"③的文化语境中，秦文君的创作无疑是不随大流的创新之举。无论是以其童年经历为蓝本创作而成的自叙体小说，还是借由贾里、贾梅、鲁智胜、林晓梅等儿童所编织而成的校园故事，作家皆以真实鲜活的童年生命为底色，将不同时代少男少女内心的真实诉求融入其中，取得了引人注目的成就。此外，贾里和贾梅兄妹俩的故事还在延续并推陈出新，而这正是读者所期待的。

---

① 唐池子：《童年小世界，文学大情怀——秦文君儿童文学创作论》，《南方文坛》2020年第1期。

② 樊文：《秦文君：中国原创幻想类儿童文学作品还需加强》，《国际出版周报》2018年3月19日。

③ 方卫平、赵霞：《儿童文学的中国想象：新世纪儿童文学艺术发展论》，安徽少年儿童出版社2018年版，第146页。

第三节　程玮：文化精英理念下儿童小说向少女小说嬗变

　　进入 20 世纪 80 年代以来，随着市场经济的发展与中西方文化交流的推进，儿童文学在中国的发展也日益呈现多元化的样态。在思想层面，从"儿童文学是教育儿童的文学"演变为"儿童文学作家是未来民族性格的塑造者"。这一观念的转换将儿童文学从属于教育的局囿中解放出来，并赋予其全新的思想高度和人文内涵。在新时期的语境中，儿童文学回归于儿童文学本身，写实主义是主导的创作风格。此时，除了儿童校园小说获得充分发展之外，少女小说也开始进入读者的视野并获得广泛关注。程玮初登文坛以儿童短篇小说为主，作品散见于 20 世纪 70 年代末 80 年代初的《少年文艺》《东方少年》《儿童文学》等杂志。20 世纪 80 年代中期和 90 年代之后，程玮的儿童文学创作开始向中长篇小说发展，少女小说遂成为她的主要创作方向。和同时期的其他作家的不同之处在于，程玮前往德国留学与定居的经历使其作品充溢着异域色彩。与这种异域色彩相辅相成的是文化精英意识，"她的作品一出手就较为成功地塑造了 20 世纪 80 年代中国儿童里有活力、有格调的一个群体"①。她笔下的儿童或青少年往往来自大学教授或艺术氛围浓郁的家庭，中西文化的比照更增添了文化的底蕴与品格。

---

　　① 姚苏平：《对话与儿童主体性的建构——论程玮的儿童文学创作》，《教育研究与评论》2019年第 3 期。

一

概论之，程玮的儿童文学创作大致可分为三个阶段：初步探索期（1976—1980）、黄金爆发期（1981—1991）和思想碰撞期（1989—2011）。谈凤霞从程玮的三个书系出发洞见了其创作的阶段，可谓切中肯綮："相比于'少女红'系列的更多成长抒情，婉曲细腻，'周末聊天'系列文化解说，纷繁厚重，'海龟老师'系列的则更多童趣叙述，天真轻盈。'海龟老师'作为校园题材，着意于表现属于作者独有的'一派天真'，它所表现的浑厚'底气'具有多个来源。"[①] 值得注意的是，程玮自 1989 年赴德留学与定居之后，曾留下很长一段时间的创作空白。在德国电视台工作时，她从儿童文学创作转向了中国传统文化推介。这一"封笔"主要源于其对创作灵感枯竭的担忧："我不知道，以我的经历和阅历，在写作十几年后，是否还会有新鲜的东西给读者。当我偶然读到我所喜爱的作家的平庸、重复之作时，我很悲哀，也很害怕。我怕我有一天也会重复自己。所以在我没有确信自己有新鲜的东西提供给读者之前，我不敢轻易去写。"[②] 由此可见，程玮对儿童文学创作始终秉持着严谨认真的态度，她对儿童文学有着独属于自己的"经典性"标准。

1976 年 4 月，程玮的处女作《候补演员》在《上海少年》发表，这标志着她开启了儿童文学的创作生涯。之后的几年间她一直笔耕不辍，先后创作了《我和足球》《注意，从这里起飞》《日记三则和补充说明》《邮票事件》《交朋友》等一系列反映少年儿童学习与生活的短篇小说。在创作的初始阶段，程玮还未形成独属于自己的风格，甚至一些作品还带有某种说教色彩。在《我和足球》中，程玮着力书写了"我"和同学小灵通对足球的痴迷。爸爸担心"我"玩物丧志，将足球锁进了衣柜，并允诺等学习成绩有所提升之后再把足球还给"我"。令孩子们感到高兴的是，新来的罗老师并不反

---

① 谈凤霞：《凝华的谐谑：程玮"海龟老师"校园系列的新质》，《教育研究与评论》2017 年第 3 期。

② 程玮：《后记：我梦中的书》，载《白色的贝壳》，江苏少年儿童出版社 2008 年版，第 300 页。

对孩子们踢球，他给予孩子们的建议是："认真学习是好事，踢球同样是好事。正确处理好它们的关系，需要有毅力。在学习的时候，就是球在你们脚下转，你们的脚也决不动一动！在活动的时候，你们就应该像个铁脚头，像个把门铁将军！只有从小培养这种毅力，将来才能真正成为一个有用的人。"① 除了借助小说中的人物来对儿童进行教育之外，程玮还善于以"画外音"的方式对小说的主题进行点评，以此来深化主题。譬如，其中一段文字是这样写的：

> 亲爱的同学们，要是你们的爸爸妈妈为了你们的学习，也像我爸爸一样，把你们心爱的小足球啦、小篮球啦、乒乓板啦，还有各种各样正当的活动用具没收时，你们赶快把罗老师的话讲给他们听，甚至也可以讲到我和小灵通。我想，他们也一定会学着罗老师的样儿来帮助你们的。②

程玮早期的儿童文学作品多以揭示儿童日常生活中的问题为主，对文化精英和知识分子的崇敬也是其所要传达的旨趣。对此，姚苏平指出："程玮的作品在20世纪八九十年代获得高度认可，与这一阶段知识崇拜的价值观、主流话语的同一性有很大的关系。"③ 无论是《交朋友》中"我"和小嘉对新搬来的数学家的好奇，还是《注意，从这里起飞》中科学家唐老爷爷对孩子们制作飞机模型的指导及教诲，都体现了程玮的上述价值观念。有别于文学与政治一体化的观念，新时期儿童文学在"写什么人"的问题上追求"能够创造出有新时期特点的先进少年儿童形象"④。在程玮的笔下，随着时代观念的变迁，儿童人物性格单一化、脸谱化的倾向逐渐得以修正，注重儿童在成长中所锤炼出的品格，也成了这一时期儿童文学创作的重心。

---

① 程玮：《我和足球》，载《白色的贝壳》，江苏少年儿童出版社2008年版，第72页。

② 同上书，第73页。

③ 姚苏平：《对话与儿童主体性的建构——论程玮的儿童文学创作》，《教育研究与评论》2019年第3期。

④ 周晓：《儿童小说创作探索录》，广东人民出版社1983年版，第56页。

此外，随着"伤痕文学""反思文学"等思潮的出现，儿童文学创作更侧重直面儿童的成长困境及未来沉思。对于这一主题的转换，方卫平将其概括为，"从充溢着肤浅的热情、天真、乐观转为蕴含着内在的冷隽、深沉和严峻，从理想主义的热烈颂歌转为现实主义的全景式的立体观照"[1]。

程玮没有将儿童世界孤立化，而是将其与成人世界有机结合。在《白色的贝壳》和《浅的绿，深的绿》中，成人世界的问题已逐渐向儿童世界渗透，进而打破了儿童世界的原初镜像。"白色的贝壳"是孩子们第一次在海滩邂逅朱伯伯时拾到的，因为它拥有奇异的花纹，所以孩子们决定在朱伯伯离开时把它当作离别礼物赠予他。在这里，"白色的贝壳"象征着儿童纯洁无瑕的心灵与自然至善的真情。然而，成人世界与儿童世界并不是天然接洽的，作家朱伯伯不仅忘记了临走时相聚的约定，而且也并没有发自内心地将孩子们视作朋友，甚至还用成人之间惯用的"借口"敷衍了孩子们的心意。在《浅的绿，深的绿》中，小珊眷恋的葡萄架是因病去世的妈妈留给她唯一的念想，然而爸爸的再婚和搬家彻底隔断了其与妈妈最后的念想。小说中，程玮将成人对待逝者的麻木与冷漠进行了入木三分的描摹。儿童的纯真与善良不仅体现在小珊身上，还体现在设身处地地为小珊着想的小男孩身上，他同情小珊的处境并大方地让她品尝自家葡萄架上的葡萄。自20世纪80年代中期以来，程玮的创作逐渐摆脱了早期的理想主义，开始正视成人与儿童"两代人"不容忽视的矛盾与隔阂。在其作品中，成人与儿童之间的沟通与对话被程玮以哲理化的方式写出，发人深省。在《白色的塔》中，耸立于山峦间的"白塔"成为人们心中遥远的牵挂和寄托。然而，当人们大费周折地来到白塔面前时，却发现真实与想象有着明显的差异：

　　两旁的树越来越稀了。接着，又出现一个个黄帆布的房子。不一会儿，那座白色的塔无遮无拦地出现在我们面前。
　　啊，这原来是一座蒙着帆布的铁架子。有许多人戴着奇怪的铁帽子在围着它忙碌着。它是因为这个人死去了，才安然地留存

---

[1] 方卫平：《1978—2018儿童文学发展史论》，少年儿童出版社2020年版，第28页。

下来的。

它到底是什么？

哦，钻井。哪里地下有宝物，哪里就有它。

它也不是白色的。它上面有很多泥，还有很多油渍。不如我们想象的洁白，也不如我们想象的神秘。它不是塔，不是白色的塔。①

除了正视儿童成长过程中面临和存在的问题，程玮在创作中还有意识地加入了关于中西文化交流与碰撞的思考，"see you"和《来自异国的孩子》是代表性的作品。针对这一类作品的创作，程玮曾提到："人的本性是开放的，是向往与别人交流的，而人却也在有意无意地建立各种各样的墙。"②基于20世纪80年代外国专家学者来华开展学术交流的背景，程玮将关注点放在中外儿童的比照上，揭示了成人对待外来文化的谨小慎微及不同文化背景下儿童之间的纯真友谊。在"see you"中，佳佳本是个学习落后的孩子，当结识了来自美国的汤姆后，其学习的热情才被激发出来。《来自异国的孩子》中，安小夏与菲力浦在成人眼中常常发生矛盾和冲突，然而两个孩子最终却以男孩特有的"不打不相识"的方式成了好朋友。从《候补演员》到《来自异国的孩子》，程玮的儿童文学创作风格逐渐趋于成型。其创作风格用朱自强的话说即是："她的童年记忆和儿童式感受生活的能力，使她有取之不尽的生动情节和呼之欲出的儿童人物形象。"③这也为她此后的少女小说创作奠定了良好的基础。

二

程玮的少女小说创作最早可以追溯至20世纪80年代初的《淡绿色的小草》《彩色的光环》《小溪从心中流过》《今年流行黄裙子》等作品。她以

---

① 程玮：《白色的塔》，载《白色的贝壳》，江苏少年儿童出版社2008年版，第8页。
② 程玮：《后记：我梦中的书》，载《白色的贝壳》，江苏少年儿童出版社2008年版，第295页。
③ 朱自强：《附录：程玮少儿小说创作论》，载《白色的贝壳》，江苏少年儿童出版社2008年版，第308页。

一种高雅简洁的格调书写了少女们微妙的心事与成长过程中面临的种种问题。在这些少女小说中，程玮的目光主要聚焦于少女对美的朦胧感知、家庭的困境及对爱情的追索等方面。少女对"美"的探微是程玮少女小说中常见的主题。从心理学的角度看，进入青春期后，"女孩们对于自己形象的期待和焦虑就使得她们较早开始了自我审视和自我观照"[①]。在《今年流行黄裙子》中，"黄裙子"不仅象征着少女成熟与美丽的觉醒，也象征着获得美与感知美的生活能力。在应试教育的重压下，少女们压抑着自己追求美的天性，然而一条黄裙子却让"我"大放异彩："我发现自己突然变了，变得又开朗又自信。我常常大声地笑，大声地唱歌。罗婵总是用研究的目光看着我。我再也不怕她的目光了。我整个心地是干干净净的，干净得如同冬天第一场雪下过以后的田野。"[②]在程玮的笔下，少女对美的追求并不仅仅体现在对身体外观的关注上，还体现在追求心灵的契合与共鸣上。无论是《小溪从心中流过》中主人公对邻家小提琴演奏的魂牵梦绕，还是《清晨下着小雨》中秧秧对徐凯的暗恋，都不是追索简单的物欲，而是一种身心合一的理想探寻。然而，程玮善于在作品的高潮部分留下"转折"。比如，当"我"正享受着身着黄裙子的画像的幸福时，作家笔锋一转，美术老师违背了承诺并将画像卖给了富商，留下了"美丽的遗憾"。对此，程玮想要表明："成人对孩子的一个小小的谎言或失信，一只小鸟的死亡或一只小猫的走失，对成人来说或许无足轻重，而对于儿童世界来说，或许是一场深重的灾难，或许是一个孩子儿童时代的终止和结束。"[③]

　　除了对少女心理活动细致入微的描摹外，程玮在小说叙事方面也有自己的专长。在短篇小说领域有所斩获之后，程玮开始将目光投向中长篇小说创作，《来自异国的孩子》和《彩色的光环》就是其创新尝试之作。值得注意的是，其中篇小说均采用多人称的视角展开叙述，从而深化和扩充了小说的内涵。关于这一点，张悦然解释道："叙事视角这一概念在现代小说

① 韦伶:《少女文学与文学少女》，海燕出版社 2020 年版，第 104 页。

② 程玮:《今年流行黄裙子》，载《蓝五角星》，江苏少年儿童出版社 2009 年版，第 8—9 页。

③ 程玮:《后记:我梦中的书》，载《白色的贝壳》，江苏少年儿童出版社 2008 年版，第 294 页。

里的强调，正是出于一种承认世界之纷繁复杂，我们无法认识其全貌的谦逊。"①《彩色的光环》围绕着沙露、羽羽和金老师三人的内心独白展开叙述，展现出少女沙露成为童星后，其内心的矛盾与挣扎。对于沙露而言，小小年纪能够被殷导演选中并成为电影《昨日的梦》中的主演，这无疑是幸运的。但是面对众人艳羡与嫉妒的眼光以及流言蜚语，十三岁的她却深感无助与痛苦。羽羽是沙露的同桌与好友，起初她认为沙露会因成为童星而骄傲自满，后来却发现沙露并未改变初心。班主任金老师希望沙露的返校学习一切顺利，同学之间团结友爱。三人的内心独白构成全篇的主体结构，由此展开叙述。这不仅彰显了人物的性格，而且小说的其他人物也随着她们的独白先后出场，进入人物关系之中。

进入 20 世纪 90 年代后，程玮的儿童文学创作风格日臻成熟。由于其长期在德国定居，其作品中关于中西文化的交流与思辨的主题逐渐明晰。长篇小说《少女的红发卡》是这一时期最具代表性的作品。如果说，程玮 20 世纪 80 年代创作的少女小说是以片段或场景的方式来展现少女生活中面临的问题的话，那么《少女的红发卡》则是以全景式的手法展现了 20 世纪 90 年代中产阶级家庭少女的生存境遇。并且，程玮的文化精英意识在这部小说中得到了充分的展现，而这种理念一直延续至此后的创作中。程玮笔下的中产阶级家庭一般都有这些特征：父亲通常是儒商或大学教授，母亲气质优雅且贤良淑德，家中的独生女儿常常被要求学钢琴和外语。然而，处于青春期的女儿虽外表乖巧但内心颇有主见。不同于以往的少女小说书写，《少女的红发卡》拥有多条叙事线索。尽管每一条叙事线索都可以单独形成一个故事，但是这些线索之间彼此互有联系，最终构成一条完整的叙事主线。小说中，叶叶原本有一个幸福的家庭，但是父亲因财务问题锒铛入狱。为了照顾叶叶敏感脆弱的心灵，母亲只得请求四合院里的邻居帮她隐瞒此事，毫不知情的叶叶以为爸爸去了美国进修。小说围绕着叶叶父亲入狱一事展开叙述，其中涉及多个人物关系、多条情节发展线索。

在《少女的红发卡》中，刘莎是与叶叶完全不同的少女。相较之叶叶

---

① 张悦然：《顿悟的时刻》，北京联合出版公司 2020 年版，第 65 页。

的敏感脆弱,刘莎则显得乐观自信:"刘莎相信自己很漂亮。不是大眼睛、红脸蛋的那种规范化的漂亮。她穿得很朴素,身上的色彩从不超过3种以上。"①程玮有意识地描摹了刘莎面对叶叶和唐伟时那种矛盾而复杂的心理,一方面她不理解心仪对象唐伟对叶叶的殷勤,另一方面她又需要对叶叶父亲一事守口如瓶。作家善于通过一些诸如圣诞晚会等事件来制造人物之间的情感冲突,并对人物心理进行细致入微的描摹。此外,小说的另一条线索是围绕刘莎的钢琴家庭教师李佳同展开的。通过描写李佳同的初恋女友濛远嫁美国这一事件,程玮展示了中美之间的文化差异。值得注意的是,尽管濛当初选择远嫁美国,是因为她"一直希望从家庭的牢笼中挣脱出来"②,但是濛嫁给美国教授麦克尔后并未选择外出工作,而是成了一位全职家庭主妇。爱情与婚姻的落差使得她常向国内的李佳同写信倾诉。程玮的这种书写模式一直延续至她新世纪以后的创作,在《少女的红衬衣》中也出现了中国女性远嫁德国的相似场景。可以说,程玮在作品中为女性安排的"思想启蒙",常源于一段与异国有关的浪漫爱情,它"接受西方以开拓和竞争为核心的、由资本主义经济关系带来的现代性理念,其中还夹杂着欧洲贵族古典式的审美观"③。换言之,程玮笔下这些远赴异国的女性并没有在摆脱家庭的束缚后完成自我成长,相反她们仍希望通过邂逅白马王子的方式获得生存权与话语权。这种将希望寄托于依靠"他者启蒙"来实现"自主启蒙"的做法,也预示了少女曲折漫长的成长之途。

总而言之,20世纪80年代少女小说的出现离不开新时期思想启蒙的文化语境,也离不开当时作家极力推崇少儿小说创新的推动。正如唐兵所说:"少年期的独立乃是社会全面发展和精细化的产物。它的出现根源于现代社会文化环境中的青少年性早熟,以及青少年期的延长后发生的新异行为和思想观念。"④基于这种内外综合性力量的推动,少女小说才有了其发

---

① 程玮:《少女的红发卡》,江苏少年儿童出版社2008年版,第23页。

② 同上书,第52页。

③ 王帅乃:《当代儿童小说话语层的后殖民女性主义话语分析——以程玮作品为例》,《昆明学院学报》2014年第2期。

④ 唐兵:《儿童文学中的女性主义声音》,湖北少年儿童出版社2003年版,第70页。

展的空间。程玮自 20 世纪 70 年代末进入儿童文学文坛后，其创作方向主要集中于儿童小说，之后在创作经验的不断累积下，又逐渐从儿童小说向少女小说的创作转向。不同于传统意义上的校园小说书写，程玮在创作中有意识地加入了中西方文化的对照与碰撞，从而强化了其作品的民族性和世界性的底色，也为当代儿童文学的创新提供了启示。

第四节　韦伶：穿过"幽密花园"的
少女精神成长

　　进入新时期以来，少女小说在女作家不断探索与书写下获得了长足发展。女作家将"少女"时期视作女性成长过程中至关重要的生命阶段，而少女时代也在不同作家的观照下显示出不同的状态。无论是秦文君等以校园为题材的"少女罗微""女生贾梅"等小说，还是程玮的侧重于展现青少年心路历程的少女成长书写，都聚焦少女的青春成长。在少女小说创作的大潮下，韦伶选择了一条不同于秦文君、程玮等人的书写方式，她以诗意细腻的笔触将少女引领至脱离世俗的"幽密花园"，让少女在大自然中独自探秘并建立起其与外部世界的主体间性。韦伶认为："社会角色的遗传，使男孩倾向一种活泼的动物性。他们如南迁北往不断寻找和扩充、改变空间，争夺更好生存条件的飞禽小兽。而女孩更倾向一种安稳的植物性质。她们善于在时间的长廊里护理、装饰、壮大和维持着生命。"① 因此，在韦伶的笔下，发现少女的植物性思维成为其创作的重要倾向。对于少女的植物性思维建构，韦伶不仅在创作中有意识地为少女营造远离世俗的自然环境，在现实生活中她也身体力行地创建了少女作家班，而"月亮"和"植物"正是其创作的主题。

　　20世纪90年代末，二十一世纪出版社曾召开了"跨世纪中国少年小说创作研讨会"。该会议的一大收获是提出了"幻想文学"的概念，此后一套名为"大幻想文学"的系列丛书便在众多儿童文学作家和出版社的努力下应

---

① 韦伶：《凉夜之梦》，载《女孩的神秘信物》，浙江少年儿童出版社2021年版，第49页。

运而生,这其中就包括韦伶的《幽密花园》。作为中国幻想小说的尝试之作,《幽密花园》在故事情节设置与人物命运安排等方面呈现出娴熟的样态。小说以第一人称的方式叙述了韦三妹童年时代的一场奇遇,而促成这场"奇遇"的直接原因是特定语境下的精神贫瘠与艺术失落。关于这一点,韦三妹的话可见一斑:"我过得真没意思。我的爸爸妈妈成天开会,姐姐她们也上山下乡去农村了。我的班上要划分男女界线,根本没有男孩和我玩。"① 正是因为如此,韦三妹才鼓足勇气借送信的名义前往对面山上的白婆婆家。白婆婆家是一个远离世俗的地方,尽管众人与白婆婆仅一山之隔,但他们所拥有的却是截然不同的生活。白婆婆与白老头早已不问世事,过着与世隔绝的隐居生活。而对于韦三妹而言,她十分向往这种生活,因此白婆婆家的石头房子及屋后的花园便成为其远离世俗的"第二世界"。关于"第二世界",彭懿是这样理解的:"幻想文学构筑的第二世界,哪怕是丝毫也寻找不到现实生活的影子,它也与我们这个世界有着千丝万缕的接点。"② 尽管韦三妹在幽密花园中寻找到了远离尘喧的乐趣,但是这座花园依然不是化外之境,它隐藏着的许多秘密仍影射着现实。与其说该花园是少女内心深处的"伊甸园",不如说透过它的深层空间少女获得了精神成长。

从小说的空间结构来看,《幽密花园》中有四个典型的空间:现实世界、白婆婆的石头房子、屋后的花园和神秘的江滩。这四重空间都有其各自的象征意义,"现实世界"隐喻着规则林立的文化秩序,儿童难以在此空间境遇下获得快乐。"石头房子"象征着久违的艺术世界,其主人白老头姜蜀轩是一位颇负盛名的画家,家中的墙壁和门窗上都保留着姜蜀轩的画。"屋后花园"是属于白婆婆和韦三妹的场域,它是大自然的恩赐,是女性与植物建立起自然关系的场域。"神秘的江滩"是韦三妹单独发现的,她在此邂逅了另一个时空的瑰瑰和朋朋,而瑰瑰和朋朋正是童年时代的白婆婆和白老头。这样说来,"江滩"是存在于过去的时空。这四重空间有着一种递进的关系,韦三妹先从现实世界前往石头房子,再穿过石头房子来到屋后花园,最后

---

① 韦伶:《幽密花园》,浙江少年儿童出版社 2021 年版,第 111 页。

② 彭懿:《幻想文学:阅读与经典》,二十一世纪出版社 2017 年版,第 41 页。

发现了石墙后面的江滩。在韦伶看来，儿童对于未知世界的探索精神是充满着自然魔力的：

> 现在长大了的人们已经忘记了，当一个十来岁的小孩独自去一处从来没有去过的陌生所在，包括他走在那条未知的新鲜路上时，他是怀着怎样一种探索新大陆的探险家般的心情。在我十二岁那年的一天中午，当我捏着一个牛皮纸信封走向我家对面画儿一样的山坡时，我真有点儿宇航员迈向月球的感觉。①

由于代际的差异，成人遗忘的世界恰是儿童的乐园。于是遗忘—寻找贯穿于《幽密花园》的始终。韦伶对韦三妹前往白婆婆家的这段路程用童话的语言写就，她将密林形容为"林中女巫的领地"，并借由韦三妹的心理活动，想象出林中宝物、女巫饲养宠物等一系列符合少女幻想的意象。"森林"在幻想文学中占有举重若轻的地位，它不仅象征着人类对自然的回归，也象征着人对自我潜意识的探索。在这段林中路的探索中，被贫乏现实所困的韦三妹收获了少女自由想象的快乐。这种描述符合幻想文学叙事的逻辑，"追寻生命完整的动力，经常始于一种特定的匮乏或困境，亦即生命自性化的历程，常是被一个需要解决的苦痛催逼出来的，而那个生命议题最终会推动她走上发展之路"②。

如果说，石头房子内部的画带给了韦三妹艺术方面的熏陶，那么屋后的花园则唤醒了她的植物性思维。在韦三妹眼中，"白婆婆是这园子里的树王，当她站在那里，你感到她就像园中一棵年长日久结着白果子的老树那样"③。将女性与植物对等，旨在凸显出女性与植物之间的"通灵"。对此，班马认为，"韦伶以空灵的文字去盛装一个神秘的实体，这实体又是暗语性

---

① 韦伶：《幽密花园》，浙江少年儿童出版社 2021 年版，第 14 页。

② 吕旭亚：《公主走进黑森林：用荣格的观点探索童话世界》，北京联合出版公司 2018 年版，第 36 页。

③ 韦伶：《幽密花园》，浙江少年儿童出版社 2021 年版，第 31 页。

质的自然性和文化性"①。当白婆婆用颜料将韦三妹装扮成"莲藕小人"后，少女内心深处对美的诉求得以充分彰显。此外，关于少女对他者身份的追寻，韦伶曾给予这样的解释："这是我一生中把自己扮演成另一个神奇形象的首次体验，它发展成我后来曾一度痴迷于演戏，希望在戏剧中体验奇异的不曾经历的生命感受。"②实际上，少女角色扮演可以被视为"通过梦想逃避这种狭窄而平庸的生活"③的有效方式。通过扮莲藕小人得到启发后，韦三妹开始在身上画花朵和树叶，以此来进一步获取与大自然的精神往来之径："我在手背和手臂上画上些叶片和花苞，然后一动不动地站在花园的树丛里，就像一株真正的树那样站着。奇怪的是，我这样把自己画成树站在树丛中，好像突然之间听到了一些林子里过去我从不注意的声音，我觉得它们是叶子生长的声音和花儿结果的声音。"④在人与自然的关系中，人的主体性使其无法真正介入自然的神秘之中，而韦三妹这种寻求人与自然"通灵"的做法也体现了少年心智的独特性。

韦伶十分擅长书写少女与树的故事，延续了前述人与自然相契合的文学思想。在韦伶的笔下，"树"不仅代表大自然生生不息的力量，还是少女内心深处的"秘密基地"。波伏瓦曾指出："少女对她的本子说话，就像以前对她的布娃娃说话一样，这是一个朋友，一个知己，就像它是一个人那样称呼它。"⑤这种独属于女性心性的特质赋予了女性文学作品独特的魅力。在《树的屋子》中，女孩曾将记录心事的本子藏在叶子花树的密枝间，并在树干上刻下"我的树屋。我的密室"字样，而这正是女孩与叶子花树建立主体间性的重要通道。在另一篇《叶子花树》中，小三与陪陪相识于一棵叶子花树，她们约定每天到叶子花树下画画。对于缺乏活动场所的儿童来说，叶子花树带给她们自由想象的空间："坐在这伞一样的树下，就像草地

---

① 班马：《前艺术思想——中国当代少年文学艺术论》，福建少年儿童出版社 1996 年版，第 175 页。

② 韦伶：《幽密花园》，浙江少年儿童出版社 2021 年版，第 54 页。

③［法］西蒙娜·德·波伏瓦：《第二性 Ⅱ》，郑克鲁译，上海译文出版社 2011 年版，第 94 页。

④ 韦伶：《幽密花园》，浙江少年儿童出版社 2021 年版，第 55—56 页。

⑤［法］西蒙娜·德·波伏瓦：《第二性 Ⅱ》，郑克鲁译，上海译文出版社 2011 年版，第 93 页。

上开出的一朵花儿，是有人脸的童话书里那种花儿。小三不知自己为什么要这样想，反正一钻进这棵树里她就有了好些奇怪的念头，她觉得就连自己都变了，变成了童话书里那种做梦时到了另一个世界的幸运娃娃。"① 韦伶认为，"作为人的远亲近邻，植物与人类应该是一种共生与合作的关系"②。正是秉承着这样的创作理念，韦伶试图借助女性的力量来实现植物与人类的共生与合作。能独享人与自然亲密关系的为什么是女孩？这是一个值得思考的问题。

除了描写少女与植物之间的微妙关联之外，音乐与舞蹈也是韦伶连通人与自然的重要途径。在《香香的声音》中，韦伶将桃花的香气与桃花精灵的歌声融为一体，以声音感知的方式描绘出桃花盛开时的情景。韦伶认为这种歌声是"生命的成长和轮回的歌"③。通过榴上山写生并偶遇桃花精灵这一情节，作家揭示出桃树开花结果这一自然规律，为久居都市的人们带来了生命成长的感动。"舞蹈"是少女向大自然表露内心情感的又一重要方式。陈莉指出："与青春期生命律动相契合的便是音乐与舞蹈，让体内滋长的欲望、苦闷和紧张在肢体的舒展中得到宣泄。"④ 在人与自然的通感中，舞蹈是属于夜晚、月亮、女性和自由的，韦伶用诗意的笔触描写女性的舞蹈之美：

> 她舞着，不知疲倦。跳舞多好呀，舞蹈可以把你变作各种东西，各种最好最好的东西。舞蹈比做梦还好，它不是假的，它是真的，你从身上的疼痛就能感觉到那舞蹈中的形象就是真正的你，是现在正在疼着的美丽的你。⑤
>
> 海风吹着她的长头发，那头发如同绿色的羽毛在风中飘动。她的舞姿很缓慢，像瑜伽和太极的某些动作；她穿着和周围的植物

① 韦伶：《叶子花树》，载《女孩的神秘信物》，浙江少年儿童出版社 2021 年版，第 4 页。
② 韦伶：《少女文学与文学少女》，海燕出版社 2020 年版，第 17 页。
③ 韦伶：《香香的声音》，载《女孩的神秘信物》，浙江少年儿童出版社 2021 年版，第 37 页。
④ 陈莉：《中国儿童文学中的女性主体意识》，海燕出版社 2012 年版，第 86 页。
⑤ 韦伶：《那个夜》，载《女孩的神秘信物》，浙江少年儿童出版社 2021 年版，第 112—113 页。

差不多的绿长裙，这使她像个影子似的在风中起舞。她的样子有些像西方古典油画中的舞蹈着的女人，像舞蹈的春神，好特别好漂亮。①

无论是少女月夜下的独舞，还是椰子树精在晚风中的翩翩起舞，都是人与自然契合的表征。通过这种方式，韦伶借女性与精灵的舞蹈传递出追求自由的人生观。在《幽密花园》中，韦伶通过舞蹈来抒发女性的独特声音："告诉你，我十来岁时就常在无人的时候，一个人躲在我家院子里跳舞。跳舞就像我对着树、天空和风儿说话一样，非常美妙。那是我在七十年代寂寞的童年，自己给自己找到的娱乐。这个习惯救了我，使我后来在竹笋一样悄悄儿生长的少女时期，身体和精神能够得到应有的舒展，并且使我的思维能够以飞翔的姿势，带我冲出当时教育对我们的残酷禁锢。"②

实际上，教育问题也是韦伶在创作中时常思考的问题之一。在《教室里的走神女孩》中，韦伶以第一人称的叙述视角叙述了"我"曾在数学课上走神的经历。通过"我"学数学的经历，韦伶得出这样的结论："就像孔雀没有天鹅的美颈、天鹅没有孔雀的华羽，但它们都不绝望，都保持各自的美好那样，我们就把造物主给我们每一个人的特质做到最好就对了。"③此外，在面对当代少年儿童沉重的课业负担时，韦伶希望能通过童话的形式带给孩子慰藉：

"我带来了月光作业机，让它清理掉我们白天怎么也做不完的多余的作业，不让它们塞满了夜里的脑子，好让其他的梦可以挤进来。"橙黄裙的月子宁，拿出一个奇异的盒子，"我要把它送给我的黑眼圈哥哥，以及他们全体六年级同学。"④

---

① 韦伶:《树的舞蹈》,载《女孩的神秘信物》,浙江少年儿童出版社 2021 年版,第 119—120 页。
② 韦伶:《幽密花园》,浙江少年儿童出版社 2021 年版,第 101 页。
③ 韦伶:《教室里的走神女孩》,载《童年的探寻》,新世纪出版社 2020 年版,第 134 页。
④ 韦伶:《月亮花园》,载《女孩的神秘信物》,浙江少年儿童出版社 2021 年版,第 146 页。

　　这是一种指向儿童自由状态的想象，没有受缚的身心就难有追索自由的热望。朱自强指出："在儿童本位的儿童文学中，作家与儿童是结成'同谋'的'团伙'，他站在儿童利益的根本立场上，引领着儿童去谋取生命的健全成长和发展。"①韦伶正是在"儿童本位"观的引领下，切近当代儿童的实际问题，从而为儿童的成长提供方略。值得一提的是，韦伶不仅从事儿童文学创作，她还有意识地将少女文学与实际生活相结合。在创立少女作家班时，她曾带领少女作家前往女书村采风，以现代的方式传承女书的精髓。韦伶提出："'猜字'和'读心'是女孩喜欢做的游戏。它来源于女孩对亲密知音的寻找和测验，来源于女孩对'友情'和'相知'的看重，是女孩间甜蜜的交友游戏，也是女孩间相互支持、相互看守的涉及'连心''忠诚''知己'等情话式的闺蜜语言行为。它的细腻、天真、痴迷和炽烈带有浓重的女性情感特点和审美倾向，尤其容易在少女之间出现。"②在《白女孩》中，韦伶就以"绘画传情"的方式描绘了两位女孩之间"灵魂共鸣"般的友谊。这可视作其对古老女书文化的一种现代演绎。

　　韦伶的少女小说是孤独的，但也是独异的。在文本中楔入哲思也是其少女小说创作的特色，她的文本中从不拒斥深沉的思考和社会宏大命题的渗入。只不过，对于这种深邃的哲思，她巧妙地运用女性私语的文学语言来表达。对于韦伶"私语"式的表达，陈莉指出，"韦伶执着于少女状态的守望，她的作品在抒写少女间的私语或心灵独语时，常常弥漫着虚幻神秘的气息"③。这种风格的形成，固然与韦伶的文学思想息息相关，但也离不开传统资源与域外资源的影响。当然，在中西两种资源影响下韦伶并未迷失自己，在探寻人与自然这一原点关系时，其少女小说的探索获致了源源不断的动力。

---

① 朱自强：《儿童文学概论》，高等教育出版社 2009 年版，第 26 页。

② 韦伶：《少女文学与文学少女》，海燕出版社 2020 年版，第 83 页。

③ 陈莉：《中国儿童文学中的女性主体意识》，海燕出版社 2012 年版，第 85 页。

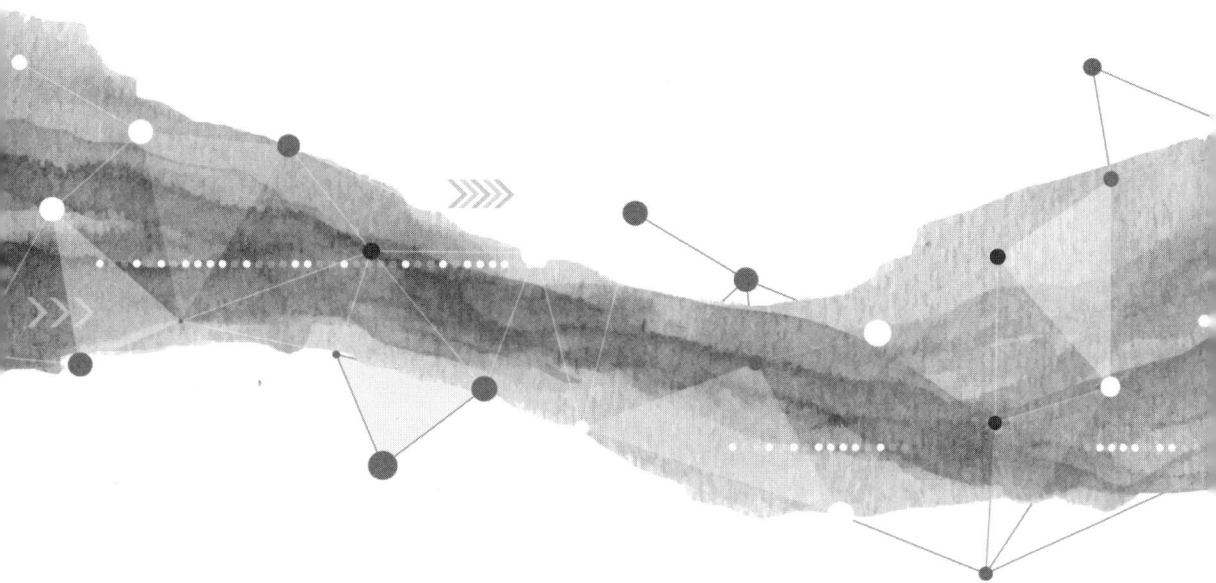

第六章

新世纪文学视域下
女作家儿童文学创作的分化

　　进入新世纪以来，儿童文学的内外都发生了重大的变化。这种"变化"既来源于外部环境，又是其自身发展的产物。具体来说，这种变化主要体现在如下方面：首先，随着互联网等新媒体的不断发展，儿童文学创作不再局限于纸质等传媒形式，文本的创作与传播方式更加多样化。其次，在全球一体化的语境下，中外儿童文学的交流更加活跃，"走出去"与"引进来"双向推动了中国儿童文学的发展。再次，儿童文学领域跨界创作现象成为学界关注的重点，尤其是成人文学作家介入儿童文学领域，扩大了儿童文学的影响力。

第一节　"中国式童年"与新世纪女作家
儿童文学创作的新变

　　20 世纪 90 年代中国文学界出现的"失语症"到了新世纪并未实质性地得到解决。关于"中与西"资源取径的讨论依然是新世纪文坛的热点议题。如何摆脱照着西方文学或西方话语模式发展的道路在很大程度上激活了学界重新思考民族化与现代性关系的意识。不过，这种关系的讨论和反思总体上没有逾越自五四中国新文学以来的思想格局。民族性与世界性原本并非截然对立的概念，两者之间存在着可融通之处，但在 20 世纪 90 年代以来的中国文坛两者之间的矛盾不断地激化，重视"中国经验"，却忧虑于"带入全球化"成了困扰中国文学界的两难问题。当全球化、同质化去除了文学外部压力后，文学内部的创新却并未停歇。一种不依靠"身份政治"的优势，而是依靠本土经验的书写，成为新世纪中国文学释放自信力的手段。[1]即以民族性的阐释来融会世界性的折射，从内而外地走向世界。

一

　　面对国外动漫、幻想类文学（如《哈利·波特》）的冲击，面对新媒介时代创作与批评失序的严峻考验，中国儿童文学从两个层面开启了新的探索：一方面呼吁立足中国本土现实情境来书写"中国式童年"，讲述"中国

---

　　① 张清华：《在世界性与本土经验之间——关于中国当代文学的走向及评价纷争问题》，《文艺研究》2011 年第 10 期。

故事"，这是百年中国儿童文学发展经验的总结，也是从文化传承与精神认同的层面得到的认知。这种精神认同是儿童自我身份认同的核心，它通过文学的方式隐喻地言说作为一个中国人应该是怎样的，即为儿童打好"精神的底子"。另一方面提升童年的文化含量，站在人类命运共同体的视野，去探究更为阔远的未来文化图景及精神家园。换言之，这种探索深植的依然是中国民族化的土壤，但主题却是世界性的，精神则是人类性的。世界性与民族性并不是决然对立的，对于"中国式"和"本土化"的追索离不开全球化、世界性的参照，更离不开历史运动的维度，即南帆所说的"本土必须存在于历史的运动之中"①。这里的"历史的运动"主要是指中国社会的历史，当然也复指整个世界历史的演变发展。抛开了这种特定的语境，民族化、本土性就成了抽象而形而上的概念了。

　　20 世纪黏合中国儿童文学和现当代文学的主导因素有启蒙、革命、救亡、教育等，当这些不再作为主导儿童文学创作的要素时，儿童文学的探索就缺少了成人文学的牵引，伴随其独立性扩张而来的是自律性不足，儿童文学也逐渐失重。"青春文学"所引起的"低龄化写作"风潮即是这种"失重"现象的具体体现。青春文学对于少年文学的挤压所带来的问题是成人作家的退场或失语，这显然颠覆了儿童文学的生产机制。在此情境下，书写"中国式童年"的议题再次提上日程。儿童文学如何书写"中国式童年"原本并非新世纪特有的议题。自创生以来，中国儿童文学一直关注"童年"问题，只不过这种关注多集中于以教育为内质的现代童年观的建构及民族国家想象等宏大上层建筑上。在经历了"童年消逝"等焦虑后，越来越多的学人意识到，儿童文学危机是一种"可能性而非必然性"②，突围之途必须夯实在中国民族文化的情境里，而对于童年的书写及反思也应该是"中国式"的。尤其是由于新世纪以来中国经济腾飞所带来的中国巨变，中国儿童的童年生活已与其父辈有较大的差异，当然更迥异于外国儿童。中国国家软

① 南帆：《文学理论：全球化时代的民族性》，《文艺理论研究》2017 年第 3 期。
② 吴其南：《大众传媒和儿童文学存在论上的危机》，《淮阴师范学院学报（哲学社会科学版）》2011 年第 4 期。

实力的提升及中国儿童文学"走出去"形成一种"驱动力",使得关注"中国式童年"的紧迫性进一步强化。①

对于儿童文学如何书写"中国式童年"的问题,崔昕平认为,这是一个"被出版热倒逼的'伪'问题"②。确如崔昕平所言,中国作家书写的儿童、童年必定是"中国式"的。然而,如果聚焦新世纪中国儿童文学所处的境遇,不难发现,这种"中国式童年"及"中国式书写"已不是显而易见、约定俗成的事情了。尤其是西方幻想文学的引入,及新媒体的出现,儿童的阅读视线开始疏离于中国现实的情境,儿童文学"世界性"的模仿开始撕裂着"民族性"的标尺。在此情境下,重申"中国式童年""中国式童年精神"有着重要的理论价值。这种对于民族性的注意,显然有对全球化语境下文学文化"一体化"的警惕,但更多的是从儿童文学自身发展历程中得出的经验,是在"后革命"时代、童年消费大背景下的中国式的发声。换言之,"中国式童年"问题的提出是学界对社会环境变化而衍生"新话题"的一种回应,从而分解为"写什么"与"怎么写"两个紧密关联的创作环节——何为"中国式童年"、怎样书写"中国式童年"。在"童年"之前加上修饰性的限定语"中国式"是颇有意味的,倡导者指向的是中国的、中国人的童年议题,而不是普适性的人类的童年问题。这种明确的指向性反映了儿童文学学界对于自我与他者关系问题上的自觉,是基于自身童年文化、童年母题的当代省思。而这种加入了中国式的限定后的童年谛视无疑是我们认识自我、反思自我的重要途径。

在讨论童年的问题时,方卫平有创见性地提出要区分"现实"童年与"真实"童年。从概念看,"中国式童年"书写必须要呈现"现实"童年。因为只有对"现实"童年有洞察才能采用合适的艺术形式和方法去建构和书写它。这样看来,"现实"童年是"中国式童年"的基础。确实,由于社会阶层的分化、城乡文化的分立,"现实"童年的生态也纷繁复杂。不过,儿童文学对于"中国式童年"的书写不仅要根植中国现实童年的土壤,而且要从中发

---

① 李东华:《儿童文学呼唤现实主义精神》,《人民日报》2016 年 5 月 31 日。

② 崔昕平:《书写中国式童年的思考》,《博览群书》2015 年第 11 期。

现其最"应该"是的模样①。从"现实"童年到"真实"童年，反映了儿童文学界基于新世纪中国社会与童年的双重思考。两者缺一不可，没有"现实"童年的多维样貌，就难以开掘"真实"童年的深层结构，无法折射和揭示童年精神。同理，如果只停留在"现实"童年的层次上，我们也无法更进一步探究其背后更为真切、更有价值的童年精神。

"中国式童年"的提出，与全球化的"童年消逝"的焦虑有着内在的联系。众所周知，美国学者尼尔·波兹曼所提出的"童年的消逝"并不是耸人听闻的言论，而是基于商业文化、电视文化、娱乐文化的发展所引发的关于童年的忧虑。作为儿童阅读的对象，儿童文学的出现及儿童读物有序的分类，实际上生产了"童年"这一概念。然而，在电视文化等媒介主宰的文化场中，成人与儿童的差异模糊，"童年"也随之消逝。这即是波兹曼警示的：人们在"发明童年"的同时也在"消费童年"②。于是，一系列的捍卫"童年"的讨论也在学界中逐渐展开。刘绪源曾质疑波兹曼"发明童年"的说法，认为其混淆了"童年"的概念，将"发现童年"误称为"发明童年"。他的依据是，"如果在成人们不承认不明白不理解儿童与成人间的区别时，这些区别仍然是存在的！如果童年确是被人发明的，那么现代商业文化也的确可能转而消灭它；但如果本来就是一种强大的客观存在，那波兹曼就完全不必如此担心"③。在这里，刘绪源质疑波兹曼的基点是"童年"客观存在的，成人对于童年而言不存在重新创造，而在于发现。顺着刘绪源的逻辑来看，既然不存在"发明"也就无所谓"消逝"。反之，如果成人只是发现了童年的存在，那么就不必担忧其消逝的结果，毕竟客观存在的事物无法避免有此过程。表面上看，在廓清了"发明"还是"发现"的问题后，关于"童年消逝"的问题可以理性面对了。但事实上，由于"发现"和"发明"都是成人主观实践的产物，因而要绝对化地区隔两者是不切实际的。"发现"本身就意味

---

① 方卫平：《中国式童年的艺术表现及其超越——关于当代儿童文学写作"新现实"的思考》，《南方文坛》2015 年第 1 期。

② ［美］尼尔·波兹曼：《童年的消逝》，吴燕莛译，广西师范大学出版社 2004 年版，第 20 页。

③ 刘绪源：《"发现童年"还是"发明童年"——波兹曼的失误与中国式的误读》，《文汇报》2005 年 1 月 30 日。

着"发明"，而"发明"也离不开"发现"。关键的问题是"童年"的内涵到底是什么，只有弄清楚这一本体问题，上述争议才能迎刃而解。落实到"中国式童年"这一概念，我们的关注点应集中于其内涵及结构关系等本体问题上，在此基础上考察其"应该"的样态的内外生成及结构问题。

具体而论，"中国式童年"首要的关键词是"中国式"。于是问题就产生了，进入新世纪，随着国外大量幻想性文学作品的涌入，中国儿童文学作家该如何立足民族文化的传统来创作适应时代发展需要的文学作品呢？质言之，这种问题的关键在于内外两种思想资源如何结合、化用并走向中国化与现代化的过程。经历了 20 世纪艰难的探索，中国儿童文学已经积累了民族化与现代化融合的经验，这些经验经过长时段的沉积已能为构建"中国式童年"提供理论支援了。或者可以说，"中国式童年"的提出不仅体现了中国儿童文学的理论自觉，而且反映了其直面过去、现在和未来的整体观与当代性。这种整体观与当代性不仅横向地展开了童年形态的多维性，而且纵向地扩充了童年介入社会结构的深层性。这样一来，那些标榜"童年"或"儿童"本质主义的话语就在上述系统性、复合性的结构中不攻自破，而那种单向度的儿童／成人的结构关系也被超越，童年的多样性、复杂性与新世纪中国之间的同构关系也由此生成。这正是"童年建构论"与"新童年社会学"合力衍生的结果。[①]

二

纵观新世纪以来女性作家的儿童文学创作，女作家逐渐形成了自我的创作风格。秦文君、殷健灵、杨红樱等人长于描绘都市儿童生活，湘女、王勇英等人擅长书写乡土题材，汤素兰、汤汤等人的童话创作也颇为引人关注。难能可贵的是，她们又不局限于特定的领域，在艺术方面不断拓新。以书写都市儿童小说见长的殷健灵也曾创作过反映农村留守儿童生活

---

① 李学斌:《从"中国式童年"到"中国童年精神"——论新世纪原创儿童文学审美价值取向》，《文艺报》2018 年 3 月 12 日。

的《蜻蜓，蜻蜓》，还创作了儿童历史小说《1937·少年夏之秋》《野芒坡》等。唐兵认为，"相对于 20 世纪 80 年代经历过'文革'的作家，张洁、萧萍、殷健灵她们成长在相对安稳的岁月，她们大都出生在'文革'的尾巴，然后小学、中学、大学一路走过去，有着保护得很好的艺术感觉，这使她们起点很高，但也显出了一种琐屑的小家碧玉相"①。这里的"小家碧玉相"是指她们的创作并未脱离较为狭窄的论域，其思想与艺术都有待进一步提升。不过，殷健灵等女作家没有停滞不前，而是力图在儿童文学文体及艺术技法方面开拓创新，并取得了较为突出的成果。

除了此前大放异彩的女作家外，一批年轻的女作家也开始崭露头角。秦萤亮就是其中一位。尽管秦萤亮在儿童文学领域曾斩获过一些重要奖项，但学界对其关注度却不是太高。关于这一点，秦萤亮在个人创作谈中写道："我是多么想写出宏大、热烈、像暴风雨一样撼动人心的作品啊，可是，不论心中有多么澎湃的感触，我写出的每个字，仍然是那样静，那样没有声响。"②她秉持着洗净铅华并且忠于自己内心的文学书写方式，她渴望创作"鲛绡一般轻的故事，像雾一样温柔地笼罩在海上的故事"③。这种追求也不断确立了其创作个性及风格，丰富了新世纪儿童文学创作的色彩。

李秋沅认为，"萤亮笔下的幻想世界，唯美而轻灵，有着水晶的剔透与星空的清澈，美得诗意，美得宁静，美得令人心痛。她是中国的安房直子"④。尽管秦萤亮并未曾明确表示其受到过安房直子的影响，但却容易找到两者的相似之处。《秋弦》写了阿薰和纺织娘少年因音乐结缘而产生了深厚友谊的故事。从故事内容来看，它可算作是人类与精灵感情的童话，这类题材的故事在安房直子那里颇为常见。譬如《狐狸的窗户》《黄昏海的故事》《夫人的耳环》等。从语言上来看，秦萤亮的文笔在清丽脱俗之余又蕴藉着淡淡的忧伤：

---

① 唐兵：《儿童文学中的女性主义声音》，湖北少年儿童出版社 2003 年版，第 95 页。
② 秦萤亮：《时光的鲛绡》，《少年文艺（中旬版）》，2014 年第 3 期。
③ 同上。
④ 李秋沅：《梦枕熊与梦见熊》，江苏少年儿童出版社 2013 年版，封底书评。

在窗台上，阿薰发现了一只死去的秋虫，那是一只玉绿色的纺织娘。

它那纤长的身体，匍匐在窗沿，淋湿过的绿纱翅膀紧紧地贴在身上。丝穗般的触须已经完全松弛开来了。

阿薰轻轻地拿起它，合拢了掌心，在耳边倾听了很久很久。

再也没有一丝琴声了。纺织娘静静地长眠着。

小园里，从夏到秋满架盛放的南瓜花，在一夜之间都已经凋谢了。苍绿的藤上，挂着一朵朵枯萎了的黄花。

今后，再也不会有在花藤上打来的，黄金圆号一般的电话了吧。

阿薰把纺织娘埋在了南瓜架下。

在心中，她久久地为少年演奏着一曲秋天的歌。①

由此可见，秦萤亮的文字在洗净铅华之余还深蕴着世事无常与人事变迁的哀愁。与女作家周静相比，尽管二者都受到了"中国古典美学与一部分日本现当代儿童文学作品的影响"②，但是周静笔下的童话世界与童话人物更具天真烂漫的亮色。如果说秦萤亮试图以清丽脱俗的文字来展现生命的无奈与情感的易逝的话，那么周静的文字则是通过孤独的人群来展现生活中不经意间的明媚与温暖，其童话《纽扣》和《第三只眼睛》都是适例。无论是《纽扣》中孤独的"我"路遇花猫后的相知相惜，还是《第三只眼睛》中被部落放逐的母女俩在大自然中寻觅到久违的欢乐，周静的童话总是会流露出一种疏漠的温情与诗意：

那天我和妈妈去山顶上帮她采集一种芟芟草。回家的时候，正好赶上太阳下山，我们看到层层叠叠的云堆积在西边的天空，

---

① 秦萤亮：《秋弦》，载《梦枕熊与梦见熊》，江苏少年儿童出版社 2013 年版，第 111 页。

② 方卫平、赵霞：《儿童文学的中国想象：新世纪儿童文学艺术发展论》，安徽少年儿童出版社 2018 年版，第 199 页。

夕阳照在上面，它有着异常丰富的颜色。那是晚霞的颜色，没有太阳米那么绚丽，但更温暖。

我和妈妈坐在路边看着太阳落下去，才回家。

当时，妈妈抱着我，叹了口气，说："我小的时候，曾想用魔法把这些颜色挪到我的裙子上，可是首领却严厉地训斥我，说这是没用的东西。他真蠢！"

妈妈很少批评谁。这是我听她说过的最严重的批评了。[1]

从秦萤亮和周静身上可以清晰地洞见到，尽管两人的创作都试图"将人类个体放置在带有神秘意味的自然或宇宙的背景上，以此来表现一种融入自然的朴素诗意"[2]，但是其呈现方式与行文风格依然有差异。对于一位日趋成熟的作家而言，在葆有原初风格的基础上还需要努力实现创新。这在秦萤亮等人身上均有表现。在《百万个明天》中，可以看到秦萤亮正尝试从日式童话向科幻小说转型。实际上，从《野草莓》《秋弦》《天国烟花》开始，其作品的主旋律是爱与孤独，但到了《百万个明天》那里，其艺术表现形式更具现代社会的隐喻性，即通过人工智能尽管解决了人类社会的大部分问题，但后果是无法维持人与人之间的永恒之爱。

新世纪以来，随着人们对"儿童观""童年观"认知的不断深化，童书市场较之以往任何一个时期都更具活力，作家们也逐渐意识到为儿童写书不仅可以拓展写作领域、挖掘崭新的创作资源，而且是对童书市场积极的回应，不同领域的作家跨界创作儿童文学的现象不在少数。王安忆曾说："我赋予我不愉快的童年经验一个新的价值判断，就是我们要给孩子一个什么样的个性，一个什么样的社会生活。"[3]《谁是未来的中队长》就是王安忆跨界创作的产物，不过，她的创作主战场依旧是成人文学领域。此外，迟子

---

① 周静：《第三只眼睛》，载《栀子花开了一朵又一朵》，江苏少年儿童出版社 2013 年版，第 65 页。

② 方卫平、赵霞：《儿童文学的中国想象：新世纪儿童文学艺术发展论》，安徽少年儿童出版社 2018 年版，第 199 页。

③ 王安忆：《创作儿童文学阶段》，载《小说六讲》，上海人民出版社 2021 年版，第 10 页。

建、严歌苓、虹影等女作家也有跨界创作的实践。迟子建的《北极村童话》，以她少年时代最熟悉最亲切的生活场景为线索，"一个人的少年时代为何令人难以忘怀，像琥珀一样散发着永恒的光华？因为那是我们认识世界的开始，那是我们的想象力最为活跃的时期，那是一段尽管有不平，但童眸依然清水一样透明的岁月"①。这道出了许多女作家童年书写的心声。严歌苓的新作《穗子的动物园》也是以其童年生活中出现的各类小动物为素材的儿童小说。本着给自己的孩子讲故事而创作也是女作家跨界的动因。如虹影的《奥当女孩》《里娅传奇》等即是显例。这种现象在世界儿童文学史上并不少见，譬如格雷厄姆的《柳林风声》、林格伦的《长袜子皮皮》等儿童文学作品都诞生于作家和孩子的亲子时光。

佩里·诺德曼曾用《百科全书布朗》为例证来阐明一个道理：成人作家希冀儿童看到"一个有固定形状、有从不改变或不可置疑的牢固价值观的世界"②。换言之，他们希望儿童看到善良和纯真，即便小说中的世界暂时出现黑暗，也一定会有某种正义的力量战胜邪恶。然而，这仅是一种理想化的预设，现实与理想的冲突从未停歇。儿童文学从不拒斥现实的折射，也从未停止过对童年问题的思考。朱自强指出，儿童文学作家"艺术地为我们呈现出儿童内心的痛苦和心灵成长的艰难"③。无论是校园事件，还是精神危机，儿童文学以"少年儿童"的成长为主题，以此烛照人们关切的社会问题。如能将儿童文学与青春文学的此类议题联结于一体，对于青少年、儿童的关注及思考也将跃上一个层级，以弥补因禁忌而衍生的儿童文学受阻的困境。

在《纸人》中，殷健灵"大胆地将笔触伸入那'更隐秘的、几乎不可告人的变化'——性生理的成熟"④。她向年轻的读者诠释了身体成长与精神成长相交织的复杂关系。如果说《纸人》宣告了少男少女性意识觉醒的话，

---

① 迟子建：《琥珀年华》，载《北极村童话》，浙江少年儿童出版社 2018 年版，第 3—4 页。

②［加］佩里·诺德曼：《隐藏的成人：定义儿童文学》，徐文丽译，中国社会科学出版社 2014 年版，第 132 页。

③ 朱自强：《经典这样告诉我们》，明天出版社 2010 年版，第 131 页。

④ 唐兵：《儿童文学中的女性主义声音》，湖北少年儿童出版社 2003 年版，第 97 页。

那么其另一部作品《橘子鱼》则更为大胆地剖开了少女危机背后残酷的真相，直指成人社会"未婚先孕""少女妈妈"等现象，并在此提出了"精神引渡人"之于未成年人的重要性。殷健灵之后，王璐琪的《十四岁很美》关注了少女遭受性侵的社会问题，"与那些'捧腹大笑'的儿童文学作品不同，王璐琪的小说关注的一直都是那些'隐痛'，关乎孩子，亦关乎成人与社会"①。王璐琪的《十四岁很美》与台湾女作家林奕含的《房思琪的初恋乐园》有诸多相似之处，两部作品都冷静而客观地向读者叙述了事件的始末。不过，中国儿童文学界对此议题的书写并不多见，尚未出现类似于艾登·钱伯斯的《在我坟上起舞》、格·雅可布森的《佩塔的婴儿》等作品。正如陈莉所说，女性的成长不仅意味着身体层面的变化，还需要"从父权文化的规约中突围，成长为具有选择权和行动力的女性主体"②。女性作家对于少年儿童"身心"的观照，将更有助于站在他者的角度来反观父权文化的得失，从而获得"人学"系统上的自我成长与精神升华。

纵观新世纪以来的中国儿童文学创作，在取得成就和获得发展的同时，也面临着一系列的挑战与困境。除了对儿童主体的关注与深度发掘不够外，艺术探索也面临乏力的状况，文体创作的不平衡尤为严重。"对于一些传统边缘文体的发展而言，最重要的不是呼唤他人的关注重视，而是提升自我的艺术品质"③。新世纪以来女作家的儿童文学实践"通过打破固化的性别能力背景设置"从而进一步凸显了女性的主体价值。④这在不同的文体中均有表征，闪烁着人本主义思想的光芒。

---

① 陈曦：《呐喊，在沉默之海》，载《十四岁很美》，浙江少年儿童出版社 2021 年版，第 2 页。

② 陈莉：《中国儿童文学中的女性主体意识》，海燕出版社 2012 年版，第 100 页。

③ 陈香：《对话方卫平：如何评价新世纪中国儿童文学？》，《中华读书报》2018 年 10 月 10 日。

④ 王帅乃：《"双性同体"理念与当代儿童文学的新探索》，《湘潭大学学报（哲学社会科学版）》2020 年第 6 期。

第二节　殷健灵：儿童小说中女性 话语表达的维度与限度

　　整体来说，殷健灵在儿童文学创作方面体现出与同时代作家相融又疏离的一面。她的创作承继了 20 世纪 80 年代以来的创作思路，从内外两面关注儿童的身心成长。但与此同时，殷健灵更倾向于借助女性的话语力量来塑造人物形象。新民晚报社的工作为殷健灵的儿童文学创作积累了许多素材，编辑和作家的身份切换拓展了其儿童文学创作的畛域。值得注意的是，殷健灵较早地关注到"少女"这一群体，并致力于青春期少女的身心发展与人格成长。纵观其儿童文学作品，在"人被童年所塑造"[①] 的理念影响下，她一直试图为少女发声，使其拥有表露自我真实感想的话语权。在凸显女性话语权方面，殷健灵主要是从现实、幻想和心理等三个维度展开书写，并通过这三个维度展现出新时期以来少女成长的觉醒过程和整体趋势。

一、承继与对接：女性话语在现实层面的体现

　　一般而论，中国女性文学诞生于"五四"。作为一场伟大的思想革命，五四新文化运动力图发现被遮蔽的"人"，儿童与妇女就是希冀被发现的对象。由于长期处于被忽视与压抑的状态，他们无法言说自己，失语是其必然的结果。借助新文化运动的推动，女性文学和儿童文学都获得了

---

① 李敬泽：《序〈访问童年〉：再过一遍，让此生明白》，《中华读书报》2019 年 1 月 2 日。

新生，妇女和儿童"在历史上终于获得了言说的权利和空间"①。然而，女性文学与儿童文学并不是一回事，二者的差异性在于儿童无法言说自己，毕竟创作者是成人。在这百年的女性书写历程中，"如何说"与"说什么"一直是绕不开的话题。"言说"本身就涉及话语的传达，要用语言来传达"个性解放的思想文化内涵"②。殷健灵的儿童文学并非具有开创性的特质，程玮、秦文君、陈丹燕等人已在女性的主体领域深耕细作，但这成了殷健灵开拓创新的起点。

在殷健灵构造的儿童文学世界中，现实题材的作品占据了相当大的比例，这与她长期从事编辑工作及观察少年儿童热点话题密不可分。关注儿童，"成长"是与之相关的话题。《纸人》曾被批评家视作是"中国第一部 Young Adult Literature"③。它不是一部严格意义上的现实主义小说，幻想性质素占有较大比重。慰藉苏了了的"纸人"丹妮是其想象的产物，丹妮所生活的那幢废弃的灰楼以及只有苏了了才能找到丹妮的情节设置，都表明存在着两个空间，一个属于现实生活，另一个则属于想象世界。两重空间并非决然分立，而是相互关联。丹妮的出现并非与苏了了的现实生活相对立，相反，丹妮似乎是为青春期迷茫困惑的苏了了而存在的。当苏了了遭遇的问题无法有效解决时，她第一个想到的求助对象总是温柔细心的丹妮。可以说，《纸人》是殷健灵少女成长小说系列的一个引子，是其"有意识地介入成长小说的发端"④。之后无论是都市题材的《橘子鱼》《千万个明天》，还是历史题材的《1937·少年夏之秋》和《野芒坡》，都浸润着殷健灵的女性主义色彩，女性形象被塑造得非常丰满，而借助这些女性来发声的策略也得到了较好的传达。

延续了《纸人》的女性意识，《橘子鱼》将隐秘且敏感的少女问题引领至一个新的高度。殷健灵将"我"的少女往事与小书迷艾未未的少女经历

① 曹新伟、顾玮、张宗蓝：《20 世纪中国女性文学史》，北京大学出版社 2012 年版，第 42 页。

② 王佳琴：《文学语言变革与中国文学文体的现代转型》，中国社会科学出版社 2018 年版，第 116 页。

③ 唐兵：《儿童文学中的女性主义声音》，湖北少年儿童出版社 2003 年版，第 94 页。

④ 殷健灵：《批评家对作家意味着什么》，《文艺报》2012 年 5 月 4 日。

交织在一起，宛若一盒磁带的 A 面和 B 面。关于《橘子鱼》书名的隐喻，殷健灵说："很多人对'橘子鱼'的书名感到好奇。其实，确实有一种观赏鱼叫橘子鱼，它的体色不稳定，常随水温和饲养条件而变化，只有在适宜的环境中，才会显露其漂亮的'橘子'本色。拿'橘子鱼'作为小说的书名，可谓传神，与我想表达的主题特别吻合。"[1]艾未未不是一个被动地等待别人去发现的少女，她喜欢女作家夏荷的文字，所以在夏荷的新书发布会上主动向她提出自己的困惑，此后试图和夏荷保持联系，直到成为无话不谈的好朋友。同样，夏荷也是一个敢于走出阴霾的女性，她不仅勇敢追寻个人理想，而且愿意帮助其他的女性。在这里，"主动言说"成了夏荷和艾未未的共识。殷健灵在这两个人物形象塑造上赋予了符合其年龄的真实与鲜活，艾未未起初的直率活泼充分体现在其话语表述中："我读过你的《纸人》，今天特意赶过来见你，尽管这本新书我不怎么喜欢。"[2]简短、率真的话语呈现出一个十六七岁的不羁少女形象。不仅文学语言来源于现实，文学本身也来源于现实，文学"不只是现实问题的提出或解决，它要透过现实以感悟更为旷远幽深的人性"[3]。殷健灵从现实生活中取材，将新闻报道中关于"少女妈妈"不幸的命运加以艺术化处理，借助成年女性的温暖与智慧使承受苦痛的少女走出阴霾，这是一种"了解生命和人生的种种美好以及无奈"[4]的勇敢与磊落。

殷健灵笔下的女性多以少女为主，她们既诉说着自身青春期的迷惘与痛楚，也言说着成人世界的无奈与压抑。在《千万个明天》中，十三岁的少女海瑟薇原本过着波澜不惊的生活，直到全家去泰国南部的攀牙海湾度假才打破这种美好，海瑟薇的爸爸不幸被海浪冲走下落不明。当昔日的宁静顷刻间化为乌有后，世俗生活的矛盾与无奈就显现出来了。妈妈告诉海瑟薇自己并不爱爸爸："过了这么多年，我渐渐认清了婚姻的本质，就是相守，

---

① 殷健灵：《让"橘子鱼"显露本色》，《中国教育报》2007 年 4 月 5 日。

② 殷健灵：《橘子鱼》，新蕾出版社 2017 年版，第 4 页。

③ 刘绪源：《殷健灵：给问题少女"精神摆渡"》，《中华读书报》2007 年 4 月 4 日。

④ 殷健灵：《张望与遐想——我心目中的儿童文学》，载《橘子鱼》，新蕾出版社 2017 年版，第 6 页。

是过日子，是亲情，是陪伴，是一起变老。不管怎么说，你爸爸是个善良的人，他也在努力地改变自己来适应我。我们俩需要彼此适应。"① 海瑟薇母亲的言说耐人寻味，是一种独特的自我表达。对于年幼的海瑟薇而言，母亲的表态使其陷入困顿。她一方面要忍受着可能永远失去父亲的痛苦，另一方面还要重新审视父母的婚姻。随后，同班同学崔明亮和旅途中邂逅的朋友柯芮的相继出现，才将海瑟薇从困境中"救赎"了出来。殷健灵将这种"救赎"理解为爱和关怀的力量，她认为，"爱的反哺是融化冷酷现实坚冰的暖流"②。走出人生逆境的方法，除了自我救赎之外，还有他人的关爱与温暖。

在创作《1937·少年夏之秋》时，殷健灵这样说道："我一直觉得当下的儿童少年小说应该有一些新鲜的面目，不仅仅是校园内外、家长里短、幽默调侃、温情朦胧、忧郁缠绵，她还可以更宽广一些、厚重一些、旷达一些。"③ 相较之《野芒坡》中的幼安，《1937·少年夏之秋》中的夏之秋的人生经历更具传奇色彩。女性在其中扮演了重要角色，她们介入了故事内核，言说着动荡时期的社会人生。小说的使命在于塑造人，而这一"个人"是"永恒人性在某一历史阶段的最真实的体现"④。对于在战火中失去双亲的夏之秋而言，能遇见年轻的苏尔瑞老师是他的幸运。毕业于金陵女大的苏尔瑞是那个时代女性自立自强的代表，她待人接物温文尔雅，其教学方法更贴近学生、贴近生活。她让学生在习作中抒发真情实感，还组织学生排演《雷雨》，深受学生的喜爱。时逢抗战时期，苏尔瑞和弟弟相继加入地下抗日组织，当苏尔瑞即将被特务分子带走时，她的从容不迫感染了学生："孩子们，我恐怕要就此和你们告别，对不起，没有能够和你们事先打招呼。感谢你们给过我的快乐和感动。也许我们以后很难见面，但是请你们相信，我会永远祝福你们每个人，也请你们记住，无论何时何地，都要做一个真

---

① 殷健灵:《千万个明天》,新蕾出版社 2017 年版,第 23 页。

② 殷健灵:《回忆的沙漏——殷健灵谈〈外婆变成了老娃娃〉》,《连环画报》2019 年第 2 期。

③ 殷健灵:《后记》,载《1937·少年夏之秋》,贵州人民出版社 2009 年版,第 166—167 页。

④ 刘绪源:《殷健灵写〈野芒坡〉:旧城新史与永恒人性》,《中华读书报》2016 年 3 月 16 日。

正的人，大写的人，善良的人。"① 尽管苏尔瑞与孩子们最后的告别只有短短的几句话，但其高洁的风骨却表露无遗。即如唐兵所说："无论时代和环境变得如何乖戾，我们仍然可以从夏之秋的眼睛里看见这个世界的温存和美好。"②

在殷健灵的笔下，除了苏尔瑞这样能对夏之秋产生强烈影响的女性之外，善良质朴的女用人阿香、在百乐门跳舞的莲芝和蔓芝姐妹俩都潜移默化地影响了夏之秋，尽管她们都处于社会中下层，但是她们在夏之秋需要帮助时出谋划策，帮助他渡过难关。殷健灵笔下的阿香、莲芝、蔓芝等小人物看似弱小，但也是具有现代意识的主体。类似于特瑞兹所说，"她们学会了依赖自己使用语言的内在能力去帮助她们确定自身的主体性。一旦她们学会了依赖自己内在的声音，她们就能发声了"③。在《野芒坡》中，对于幼安来说，小孤女卓米豆可以称之为其苦痛童年时代的一盏明灯。尽管卓米豆从小在孤儿院长大，但她从来不自怨自艾；生性活泼的她是幼安的幼时玩伴，长大后也常会帮助幼安排解烦忧，每次给幼安的回信虽然只有短短数字，但却意义不凡。纵观殷健灵写实题材的儿童小说，无论是都市少女题材，还是革命历史题材，女性都占据着不可或缺的重要地位。如果说新时期以来儿童小说的语言实践或多或少地存在着"历史的合理性取代了美学的感动"④ 的问题，那么殷健灵则借助女性自身的言说自塑了现代女性形象。关于这一点，在其幻想性的文学作品中也有体现。

二、碰撞与重塑：女性话语在幻想层面的展露

和现实题材的儿童小说相比，殷健灵的幻想小说在数量上要远远少于前者，但是这并不意味着她在幻想类题材创作上的乏力。相反，在为数不

---

① 殷健灵：《1937·少年夏之秋》，贵州人民出版社 2009 年版，第 73 页。

② 唐兵：《属于少年夏之秋的故事》，《中国儿童文学》2010 年秋季号，2010 年 10 月 15 日。

③ ［美］罗伯塔·塞林格·特瑞兹：《唤醒睡美人：儿童小说中的女性主义声音》，李丽译，安徽少年儿童出版社 2010 年版，第 52 页。

④ 郜元宝：《汉语别史》，复旦大学出版社 2018 年版，第 423 页。

多的几部幻想小说的创作中，殷健灵充盈的想象力、诗意的情怀以及驾驭幻想与现实的融通能力都得到了充分的展现。不同于那种带有金属质感的天马行空的想象，殷健灵的想象"并不表现在狂放与离奇上，而是表现在诗性方面"①。从童话创作到幻想小说，殷健灵都是探索的先引者。其价值在于："幻想文学把惊异引入了现实，'第二世界'不再与日常世界隔绝了。"② 在《纸人》和《哭泣精灵》中，苏了了和米粒儿都是现实世界的女孩，而她们与幻想世界产生交集源于现实困境。因为在现实世界难以言说，所以她们只得求助于纸人丹妮或小精灵丁冬。殷健灵借苏了了和米粒儿脱逸现实的言说，"巧妙地以儿童视角来表现繁复人生"③。

殷健灵的《纸人》是一部大胆描写少女性意识觉醒的儿童小说。相较之于20世纪80年代的女性作家而言，殷健灵"更钟情于向着女性自身隐秘而复杂的内心世界开掘，寻找仅仅属于女性的身体和情感的语言"④。在文本中，殷健灵通过苏了了的眼睛折射了少女生命中"灿烂夺目又美丽忧伤的姿态"⑤。而这些独属于青春期的状况在苏了了和纸人丹妮的交谈中逐渐得以消解。从这一意义来说，纸人丹妮的"生命"是苏了了赋予的。苏了了和久儿在遭受班主任Y老师的不公正待遇后，便以制作纸人表演"过家家"的方式来排解心中的压抑。在众多的纸人当中，苏了了最爱性格成熟且纯情的丹妮。后来丹妮在同学们的争抢中被毁，但是她却奇迹般地在一幢废弃的灰楼中存活了下来。这幢灰楼从此便成为现实世界与幻想世界的分界线，及苏了了和丹妮交流心事的场域。丹妮的出现本身便富有丰富的隐喻色彩："了了，是你赋予了我名字和形体，而且是以那样一种充满了想象力的有趣方式。从此，我成了你的丹妮，明白吗？是只属于你一个人的丹

① 曹文轩：《〈风中之樱〉和殷健灵的诗性想象》，《文学报》2005年8月4日。

② 彭懿：《幻想文学：阅读与经典》，二十一世纪出版社2017年版，第78页。

③ 殷健灵：《儿童文学创作还需进一步朝向童真》，《国际出版周报》2017年6月12日。

④ 唐兵：《儿童文学中的女性主义声音》，湖北少年儿童出版社2003年版，第94页。

⑤ 陈莉：《蛹与蝶——解析中国当代女性儿童小说作家笔下少女的成长》，《广西社会科学》2006年第2期。

妮,是你的梦,关于成长的梦。"① 丹妮将自己形容为一个"关于成长的梦",
而灰楼只有苏了了能够看到其雅致脱俗的装饰。在这里,丹妮充满诗意的
自我陈述及幻想世界的神秘拓宽了语言的意蕴,"语言有它反逻辑的诗性
本源,它在时间的延展中,表现出意义增生的无限可能性"②。苏了了坚信
丹妮会一直陪在她的身边,那座灰楼也将一直成为她安放心事的"秘密花
园"。然而,实际上,别离从她和丹妮的初始相遇便已注定,丹妮是她成长
过程中"成熟的自我"与"幼稚的自我"碰撞后的产物,当苏了了完成了重
塑自我的使命并且成功地度过了青春期后,丹妮便自然而然地离开了她,
成为她心中永远挥之不去的旧梦。丹妮类似于《橘子鱼》中热心帮助艾未未
的女作家夏荷,她们皆以成熟且智慧的方式"帮助青少年顺利泅渡'青春之
河'"③。

　　在殷健灵的《哭泣精灵》中,米粒儿的精神引渡者变为了一个彼得·潘
式的小精灵丁冬。相较之温婉成熟的丹妮,丁冬的顽皮和灵动更为突出。
该小说在人物设置、情节安排以及故事走向等方面都有向《彼得·潘》致
敬的痕迹。丁冬与彼得·潘,米粒儿与温蒂,比尔与胡克都有类似之处。
此外,《哭泣精灵》发生的背景在上海和时空隧道之间,而《彼得·潘》
则是在伦敦和永无岛,殷健灵在书中甚至还有意提到了《彼得·潘》中的
某些故事情节。《哭泣精灵》的语言灵动,富有童话文体的特征,尽管文
本的基调充盈着淡淡的忧伤,但是作家却用轻松活泼的语言来描写事物。
例如其中一段这样写道:"这是个模样可爱的小人儿,大概只有半尺高,
他正用深蓝色的透明的眼睛瞧着米粒儿,那是和大海一样的颜色。他的
脖子上挂着一串泪珠形的项链,每一粒珠子都泛着不一样的光泽。他没
有穿衣服,只在肚子前面围了一个蓝色的兜兜,露出胖嘟嘟的透明的小
胳膊小腿,手里还挥舞着一根星星棒。"④ 殷健灵的语言具有一种诗意的

---

① 殷健灵:《纸人》,新蕾出版社 2017 年版,第 62 页。

② 赵奎英:《语言、空间与艺术》,北京大学出版社 2018 年版,第 27 页。

③ 殷健灵:《让"橘子鱼"显露本色》,《中国教育报》2007 年 4 月 5 日。

④ 殷健灵:《哭泣精灵》,天天出版社 2015 年版,第 19 页。

美质,她试图让自己笔下的故事"在最浅白的语言里,却能看到色彩的层次,生活的趣味与提炼,诗意的想象"①。这在她的《哭泣精灵》中有着较为充分的展现。

在女性自主言说方面,《哭泣精灵》也充分体现出殷健灵的巧思。当米粒儿面对父母婚姻的危机束手无策时,精灵丁冬带她来到了古老海关钟楼背后的时空隧道。在时空隧道中,米粒儿不仅见识到了"纪念墓地"和收集着小孩子破碎的心的大树,还发现了另一个次元的自己米粒儿2以及爸爸妈妈。时空隧道中的米粒儿2一家生活得幸福美满,和现实生活中即将破裂的米粒儿一家形成了鲜明的对比,两者也建立了一种"空间反应"的互文关系。米粒儿在现实世界中渴望探寻但是找不到答案的秘密,在时空隧道中得到了合理的解答。实际上,儿童文学世界本身就是由一个又一个的秘密构成的,儿童天生拥有强烈探秘的好奇心,因此儿童文学作品中有着大量关于秘密的书写。殷健灵熟谙儿童的心理,对儿童探秘的倾向更是了如指掌。究其因,殷健灵对"儿童化"丧失保持着警惕:"随着现代媒介越来越多地影响日常生活,儿童世界里的秘密越来越少,他们几乎知道成人所知道的一切,换句话说,成人和儿童之间最根本的一个不同被逐渐淡化了。"②有论者指出,"人物性格都是作家审美的产物"③。殷健灵笔下的少年儿童多是充满好奇心和探索欲的,米粒儿来到了时空隧道,终于明白了为什么另一个米粒儿生活得那么愉快:"我们每个人都有两个自己,一个生活在现实的世界里,另一个生活在'秘密花园'里,无所谓真假,他们都是真的你。……有一些天真烂漫的孩子还记得这些,他们因此而觉得世界的奇妙。可是随着年龄的增长,这种奇妙感便消失了。成年人的世界是死气沉沉枯燥乏味的,只有那些孩子,是这个世界里唯一真正'活着'的人。"④换言之,米粒儿之所以能在时空隧道里遇见另一个自己,是因为她还是一个

① 殷健灵:《儿童散文需要真生命》,《文艺报》2006年10月17日。

② 殷健灵:《正在消失的儿童》,《文汇报》2004年10月6日。

③ 韩立群:《现代女性的精神历程:从冰心到张爱玲》,中国人民大学出版社2013年版,第174页。

④ 殷健灵:《哭泣精灵》,天天出版社2015年版,第53页。

小孩子，她还尚存那种奇妙的感觉。哭泣精灵能带米粒儿来到时空隧道找寻那种失落的欢乐，也是由于她是小孩子，而这场追寻的过程恰好是一个人"身份确认的过程"①。通过这场别开生面的时空隧道之旅，米粒儿渐渐懂得自己是一个独立的个体，过分依赖他人之爱只是一种奢望，而这恰在米粒儿长大后的婚姻生活中得到了验证。

幻想小说往往通过某种神奇的手段连接了此岸与彼岸，使现实世界和幻想世界产生了关联，而主人公可以通过两重世界的缝隙到达另一个空间，如刘易斯的《狮子，女巫和魔衣柜》中通向神秘大森林的魔衣柜，《汤姆的午夜花园》中那个介于午夜12点和1点的神秘钟声及在此时间点出现的屋后花园等，都是幻想世界向现实世界裂开的缝隙，它指引着主人公探寻未知的奥秘。这一点，殷健灵的《纸人》和《哭泣精灵》也是这样。当主人公在现实生活中遭遇了无法解决的困境时，她们在现实和幻想的碰撞中体悟人生的真理并完成了自我的重塑。在殷健灵看来，幻想文学是以"艺术与柔和的方式告诉我们世界的真相"②。应该说，幻想小说从某种程度而言也应是成长小说。上述两部作品也可以看作是女孩苏了了和米粒儿的精神成长史，她们凭借着儿童独特的身份在现实世界和幻想世界自由地穿梭，并且获得精神引渡者丹妮和丁冬的悉心帮助，最终完成了真正意义上的自我成长。在殷健灵的儿童文学创作中，现实和幻想可谓是其文学世界的一体两面，既影射着青少年成长的现实困境，又寄托着作家本人的美好理想。

三、体验与共鸣：女性话语在心理层面的书写

文学是语言的艺术，儿童文学语言要贴近儿童及文学的本体。殷健灵的儿童小说践行着"文学是以形象表现情感的艺术活动"③的理念，深入青

---

① [美]凯伦·科茨：《镜子与永无岛：拉康，欲望及儿童文学中的主体》，赵萍译，安徽少年儿童出版社2010年版，第53页。

② 殷健灵：《儿童文学创作还需进一步朝向童真》，《国际出版周报》2017年6月12日。

③ 朱自强：《从动物问题到人生问题——论沈石溪动物小说的艺术模式与思想，载《儿童文学的"思想革命"》，青岛出版社2017年版，第108页。

少年尤其是少女的思想深处，描摹其细腻的心理活动，探究其微妙的心理动因，并用优美诗意的文辞呈现给读者，真正做到了"清浅而深刻；快乐不浅薄；伤感却温暖；真实不残忍"①的创作境界。

在描写少女心事时，殷健灵惯用的笔法是通过"通感"来呈现艺术效果。在《橘子鱼》中，同样是少女初恋般的心旌摇曳，夏荷与艾未未的心理描写就有很大的不同，夏荷是"春天式"的："少女的心如春天的水草漫无目的又充满触觉地四处生长着，捕捉着"②，而艾未未则是"秋天式"的："路边的梧桐叶倏然飘零，有一片飘到了她的心上，无声的，瑟瑟悸动着"③。之所以用不同的季节来映衬少女的心境，其缘由在于夏荷的性格温柔和煦如春，而艾未未的性格沉静执拗如秋，通过季节的不同来展现少女面对感情的心理变化既生动形象又不落窠臼。对于青春期的少女而言，除了微妙的感情能牵动她们的心灵，她们所珍惜的心爱之物也能使其内心产生微妙变化。《纸人》中的苏了了和久儿利用课余时间制作的纸人是青春期少女排遣内心孤独的器物。殷健灵对少女的孤独感同身受："真正的孤独不是一人独处时的寂寞和惆怅，而是身处人群中，或者面对熟悉的人，却无法倾听与表达。"④"纸人"类似于具有移情功能的器物，"这类物品不但为故事带来超自然的元素……还显示出儿童渴望受到关爱的自然欲望"⑤。当苏了了和久儿珍爱的纸人被老师和同学们无情地嘲笑甚至毁坏时，"我们的心底都发出了长长的心痛的叹息。这是我们童年时代的最后一次游戏，纸人，它们的消失仿佛正预示着我们随风而逝的童年"⑥。对于处于青春期且面临繁重学业压力的少女而言，纸人就是她们当下生活的情感寄托。然而，当这份情感寄托被成人世界无情地剥夺后，她们的精神危机也日趋加剧。如果套用

---

① 殷健灵:《儿童文学创作还需进一步朝向童真》,《国际出版周报》2017 年 6 月 12 日。

② 殷健灵:《橘子鱼》,新蕾出版社 2017 年版,第 27 页。

③ 同上书,第 42 页。

④ 殷健灵:《孤独是什么东西》,《东方少年》2004 年第 2 期。

⑤ [美]谢尔登·卡什丹:《女巫一定得死:童话如何塑造性格》,李淑珺译,机械工业出版社 2014 年版,第 115 页。

⑥ 殷健灵:《纸人》,新蕾出版社 2017 年版,第 30 页。

波兹曼的话来理解，则是苏了了们"失落的远不止童年的'纯真'"①，还有理想的失落。

　　除了长篇小说外，殷健灵的短篇小说中有关少女的心理书写也值得关注。在《出逃》中，离家出走的少女米籽正处于青春叛逆期，她与学校、家庭的矛盾难以调和，"米籽并不明了自己究竟要什么，她只感觉自己的心、自己的身体都和这个闭塞的墨守成规的地方格格不入。米籽看见，在酗酒的爸爸通红的眼睛里，在妈妈逆来顺受的疲惫的叹息里，他们的生命正在一点一点地耗尽。想到这个，米籽就忍不住想哭。"②这一段心理独白式的描写既没有《橘子鱼》中少女心理变化的诗意感受，也没有《纸人》中失去珍爱之物的深切思索，它以朴素单纯的语言表述了米籽的青春之痛。关注现实是殷健灵儿童文学创作的主要方面，她认为"成长是一生的事"。本着思考青春少女的成长，她创作了多篇儿童小说。在《世界美如斯》中，沈若雯无意间用小雪的手机发短信而引起了好友的不满，班主任方老师也认为她是败坏班风的"坏学生"。面对着同桌的不信任、好友千秋的"背叛"以及方老师的责难，沈若雯在万念俱灰中选择了跳楼自尽。心理学家认为："在伤痛记忆的反复侵扰下，受创经验阻碍了人生的正常发展。"③小说以多个人称的叙述视角展现了"花季之殇"的悲剧。在沈若雯的独白中，她这样说道："我憎恶语言，语言可以是蜜，也可以是杀人的利器。"④然而，她的死让其失去了为自己辩解的机会，这场悲剧留给人很多关于成长的思考。

　　在殷健灵这里，她对于少女的心理把握是一种有意识的书写，这种书写也不像以往少女文学中那种脱离现实生活的唯美写作，而是"重新返回当代社会的公共言说空间"⑤，聚焦少女所面临的青春期问题，如"少女妈妈"现象、轻生问题、父母离异、早恋等等。这样一来，殷健灵的少年文学写作的思想性与艺术性都不会耽溺于狭小视域，其笔下少女的生命"宽

---

① [美] 尼尔·波兹曼：《童年的消逝》，吴燕莛译，中信出版社 2015 年版，第 116 页。

② 殷健灵：《出逃》，载《薄荷糖》，新蕾出版社 2019 年版，第 21 页。

③ [美] 朱迪思·赫尔曼：《创伤与复原》，施宏达等译，机械工业出版社 2015 年版，第 33 页。

④ 殷健灵：《世界美如斯》，载《薄荷糖》，新蕾出版社 2019 年版，第 81 页。

⑤ 李云：《新时代女性写作应有的意识》，《文艺报》2018 年 3 月 7 日。

广无限,变化多端"①。除此以外,殷健灵还试图让文本中的少女自主发声,勇敢地说出自己的所思所想。在这过程中,她体悟着少女的困境与喜悦,从而使读者与其产生共情。

女性文学的特质是让女性言说,这在儿童文学的女性书写上也颇为相似。殷健灵长期以来关注社会、关注女性,她将青春期少女面临的困境与上一辈女性的曲折经历交织在一起,呈现特定历史语境下的女性人物命运。殷健灵在观照现实的同时还开辟出了幻想花园。她借鉴了西方幻想小说中的各种元素,并将其移植于中国的情境,其立场是中国本土的、民族性的。儿童文学的女性书写和成人文学的有共同性,两者都"直接间接地关联着民族历史和文化传统,折映着女性群体的生活命运和精神世界"②,共构了女性书写的完整形态。

---

① [英]E.M.福斯特:《小说面面观》,冯涛译,上海译文出版社 2016 年版,第 72 页。

② 乔以钢:《回顾与思考:文学领域的性别研究》,《山西师大学报(社会科学版)》2020 年第 6 期。

第三节　陈丹燕：集结儿童文学
与成人文学经验的"上海记忆"

　　长期以来，儿童文学界对陈丹燕的关注主要集中在她引领少女文学的书写上，从而忽略了陈丹燕的"地缘"写作。纵观陈丹燕的文学创作生涯，她最初是以儿童文学作家身份进入文坛，此后也兼有成人文学创作。陈丹燕是一位从儿童文学自由地转换到成人文学领域的作家。于她而言，"儿童文学也许是一条坦途，但写作方向的转变，却也是自然来临的"①。陈丹燕遵循着内心的诉求来从事文学创作，在儿童文学与成人文学领域都取得了令人瞩目的成就。在讨论陈丹燕的成就时，周晓认为："她第一个从审美角度提出少年人朦胧的情愫可以写得很美的意见。"②无论是其早期的少女文学探索，还是当前专注于纪实文学，"上海"都为其创作提供了源源不断的资源。除了专门讲述上海的"上海三部曲"和"外滩三部曲"之外，《女中学生之死》《青春的谜底》和《我的妈妈是精灵》等也铭刻着浓郁的上海印迹。和上海籍作家秦文君、殷健灵等人不同，陈丹燕有意识地将上海文化在作品中呈现给读者。在《我的妈妈是精灵》中，作家专门绘制了上海的手绘地图和街景图片，她将幻想小说中的超自然现象与上海的生活场景相互融合，营造出了一种"虚实相映"的艺术境界。

① 张滢莹：《陈丹燕：在行走中追寻自我》，《文学报》2010年2月11日。
② 周晓：《周晓评论选》，少年儿童出版社1992年版，第77—78页。

一

陈丹燕笔下的上海生活，无论是其儿童文学书写还是其非虚构纪实作品，大多流露出城市中产阶级的审美品位与理想追求，这在其"上海三部曲"和"外滩三部曲"中都有体现。在论及上海书写时，董丽敏认为："在'中产阶级'的世界中，时局的跌宕起伏与个人的现世安稳仿佛可以构成一种极具张力的效果。"① 这种"效果"的背后是对上海这座城市记忆的追溯和精神的探寻。作为中国最早的通商口岸之一，上海与世界的接轨也最早，国际化程度也较高。都市与文明是二律背反的关系，都市人性及精神的异化也是作家关注的重点。为此，陈丹燕所追寻的那种"失落的精神"也基于都市对人性的异化。陈丹燕说过："一个人的品质是在童年生活中就确立了的，而且很可能，富裕的明亮的生活，才是一个人纯净坚韧品质的最好营养，而不是苦难贫穷的生活。"② 看似矛盾的话语，表明了陈丹燕的文学思想。她心目中的"上海精神"既不是都市里的虚伪，也不是破落的旧都市余绪。她希冀"旧上海借助于新上海的身体而获得重生，新上海借助于旧上海的灵魂而获得历史"③ 的平衡。

陈丹燕在接受访谈时曾说："我想做的事就是通过自己商业的怀旧，来找到真正意义上的上海气质。这当然是理想主义的角度。"④ 陈丹燕所说的这种"理想主义"在《上海的金枝玉叶》中有集中的显现。全书从多方面揭示了"上海内在的灵魂——这个城市内在地渴望艺术、渴望美、渴望尊严、渴望自由，即使是在那么严酷的岁月"⑤。郭婉莹从小在澳大利亚长大，8 岁那年因父亲回上海开办永安百货而回国定居。陈丹燕叙述了郭婉莹的人生经历，并将"上海式"大家闺秀的教育、美德与品质充分地加以展现，充盈

① 董丽敏：《"上海想象"："中产阶级"加"怀旧"政治？——对 1990 年代以来文学"上海"的一种反思》，《南方文坛》2009 年第 6 期。

② 陈丹燕：《上海的金枝玉叶》，上海文艺出版社 2015 年版，第 22—23 页。

③ 张鸿声：《"上海怀旧"与新的全球化想象》，《文艺争鸣》2007 年第 10 期。

④《陈丹燕印象记》，《南洋商报》2002 年 4 月 27 日。

⑤ 张莉：《陈丹燕：如何讲述上海故事》，《北京日报》2012 年 8 月 30 日。

着理想主义的光辉。她曾坦言说："审美上的唯美倾向，也许更多与我的性格相关联。"① 陈丹燕将其真挚而充沛的情感融入至郭婉莹这一艺术形象身上，塑造了一个集城市底蕴与自我修养于一身的上海女性形象。

实际上，《上海的金枝玉叶》所承载的文化内涵不仅包括了中产阶级生活品位，还传达着女性意识觉醒、生命苦难美学等价值元素。纵观郭婉莹的一生，"戴西（郭婉莹英文名）在她的回忆录里写着，那时她是个觉得长大起来会有一路的歌剧院、一路的巧克力等着她的小姑娘"②。此后，她的人生看似顺利，但也经历了婚姻危机及当时的社会动乱。她的生命就像书中所形容的"核桃"那样，被命运之锤砸开后渐渐散发出苦涩的芬芳。然而，也正是在经历苦难中她逐渐成长，她坚信"独立"是对女性命运最好的馈赠，知识文化使其一生受用，直至晚年她最引以为自豪的仍是社会对她职业女性身份的认同。陈丹燕曾在接受采访时说："真实对于我来说是一种镣铐，我必须戴着它跳舞，并且以它作为我作品中的力量。"③ 正是这种"真实的力量"，使得陈丹燕的小说被赋予了坚实的"基质"。

如果说《上海的金枝玉叶》是主人公将生命中的苦难转化为获取人生的希望的话，那么《上海的红颜遗事》则是通过采访和情景再现的方式展现了母女两代人不幸的命运。从某种程度而言，《上海的红颜遗事》带有成长小说的色彩。小说以一位在上海生活了一辈子的老人魏绍昌为切入点，将姚姚的人生贯穿整部作品始终。"红颜遗事"不仅带有老上海怀旧的色彩，而且还具有"张爱玲式"的风格。作为旧上海电影明星上官云珠的女儿，姚姚从小接受的是传统的大家闺秀式的教育。这种教育一方面可以培养女孩良好的修养和高雅的情操，使之出落成落落大方的淑女；另一方面也容易扼杀少女天性、剥夺其童年欢乐。在阿扎尔看来，儿童的生命中本该"有一种奇异的不知疲倦的充盈与丰富"④。然而淑女教育却过早地剥夺了这份天

---

① 张滢莹：《陈丹燕：在行走中追寻自我》，《文学报》2010年2月11日。
② 陈丹燕：《上海的金枝玉叶》，上海文艺出版社2015年版，第13页。
③ 张滢莹：《陈丹燕：在行走中追寻自我》，《文学报》2010年2月11日。
④ ［法］保罗·阿扎尔：《书，儿童与成人》，梅思繁译，湖南少年儿童出版社2014年版，第4页。

真的快乐。此外淑女教育还弱化了上官云珠与姚姚之间的母女亲情，使得二者无论在何种情境下都显得"礼貌大于亲密"。关于这一点，陈丹燕如实地记录出上官云珠对姚姚近乎严苛的教育方式：

> 像上海有钱有教养的人家那样，她也在母亲的安排下开始学钢琴。每个星期由保姆陪着，去老师家上课。上官在家里立下很重的规矩，要让宝贝从小成为教养严格的淑女，她有空在家的时候，就查姚姚的钢琴，如果琴弹得不好，她就用用人做针线的竹尺打手，到她真正生气了，就会伸手狠狠打姚姚的耳光。①

可以说，上官云珠将自己童年时未接受过良好教育的遗憾全部投诸姚姚身上，但这种教育却未能考虑姚姚的喜好。这类似于波伏瓦所说："当一个女孩被托付给女人时，女人会以狂妄与怨恨相交织的热情，努力把她改变成一个像她们一样的女人。甚至一个真诚地为孩子谋取幸福的宽容的女人，一般也会想，把她变成一个'真正的女人'是更为谨慎的，因为这样社会更容易接受她。"②换言之，上官云珠用严苛的教育来培养姚姚，其出发点是社会的接纳，而不是个人幸福。当然，这种以牺牲童年欢乐为代价的"关爱"，最终致使姚姚对母亲感情上的疏离。上官云珠和姚姚之间的情感关系很复杂，一方面姚姚是上官云珠唯一的女儿，她曾在姚姚身上寄予了厚望；另一方面姚姚对母亲"爱恨交加"，她既想脱离母亲的管束，成就更好的自我，又深切渴望着母女间的其乐融融。在创作姚姚这个人物形象时，陈丹燕始终秉持着复杂的情感，在母女的"代际伦理"与男女的"性别伦理"上表现得尤为突出。

---

① 陈丹燕：《上海的红颜遗事》，上海文艺出版社 2015 年版，第 17 页。
② [法]西蒙娜·德·波伏瓦：《第二性Ⅱ》，郑克鲁译，上海译文出版社 2011 年版，第 24 页。

二

在陈丹燕的笔下，无论是历经艰难险阻仍散发出人格芬芳的郭婉莹，还是在乱世浮沉中最终走向凋零的姚姚，她们的命运都与上海这座城市有着千丝万缕的联系。值得注意的是，陈丹燕在书写郭婉莹和姚姚时都有意识地提及了其童年经历，童年体验也成了折射其人生的参照系，这一点尤其体现在《上海的金枝玉叶》中有关"波丽安娜"的叙述中。《波丽安娜》是美国童书作家埃莉诺·霍奇曼·波特的代表作，小孤女波丽安娜因其积极向上的乐观精神而被读者熟知，即使遇到困难，她也朝事物积极的一面去考虑。在英语语境中波丽安娜是乐观主义精神的象征。小说这样引出《波丽安娜》："到了漫长磨难开始以后，静姝因为家庭关系，整个中央芭蕾舞团出国演出了，就留下她和几个家庭背景不好的演员不能去。中正好不容易在政策松动的那一年上了同济大学，却成为反动学生被关押。这时，他们才常常想起妈妈在床前读过的《波丽安娜》，那个美国的快乐女孩子，成了他们的精神榜样。"[1] 如果将郭婉莹和上官云珠培养子女的方式进行对照，不难发现前者实行的是童年乐观教育，后者则实行的是严苛淑女教育，教育子女方式的差异也造就了其不同的人生。

当然，阐释《上海的红颜遗事》不能停留在上官云珠对姚姚教育失误的层面上。实际上，在姚姚短暂的 31 年生命历程中，她对爱情的真挚向往以及苦难中的坚守都体现出其难能可贵的品质，而这种品质与其家庭教育及社会的磨砺密切相关。对于一个女性而言，要想获取稳定的生活，婚姻是重要保障，然而现实的破碎依旧未能完全泯灭姚姚"少女式"的梦想：

> 爱这种感情，在姚姚的生活里，伤得她那么厉害，从小时候开始，爱情就像一把长长的大锯子一样，在她细如柳枝的生活里，一个锯齿，一个锯齿地拖过去，无穷的伤害，就像无穷的锯齿一样，总是排好了队，一个一个密密地、紧接着向她锯过去。可是她，

---

[1] 陈丹燕：《上海的金枝玉叶》，上海文艺出版社 2015 年版，第 99 页。

仍旧把爱与不爱，当成了取舍男友的理由。爱情这个东西，在姚姚的心里，还像一个纯洁而诗意的女孩子那样，被放在一个至高无上的位置上。如果不是出于爱情，还是不能忍受。①

应该说，陈丹燕写下上述文字时是带着赞许的眼光重新打量姚姚的人生的，她这样评价道："经历了1966年对人性的凌辱长大的孩子，爱情是在日常生活中完全消失了的字眼，男女的关系，被演化成同志加生殖的关系，与爱情无关。"②在这里，陈丹燕渴望透过历史的迷雾去深入挖掘一座城市甚至一个时代失落的精神，她在姚姚的"坚守"中洞见了这种合乎人类本心的夙愿未曾失落。即便在世俗的眼光中，姚姚是一个不值一提的"失败者"与"落魄者"，然而陈丹燕却重估其价值，这也是陈丹燕"上海记忆"书写的意义所在。

在陈丹燕的"上海三部曲"中，除了前述的《上海的金枝玉叶》和《上海的红颜遗事》外，还有一部以宏观视角全面展示上海气质与上海精神的《上海的风花雪月》。从书名和章节来看，它似乎是一部随笔类散文集，但它属于一种上海书写，"以散文化的方式钩沉历史，重塑'中产阶级'文化的前世今生，其写作潜藏的价值指向很接近于1990年代的社会对于张爱玲的阅读期待"③。值得一提的是，书中许多有关上海的城市规划建设与历史文化名人都是陈丹燕亲自考证的结果，因此这是一部具有浓厚的历史与时代气息的纪实文学。儿童文学作家出身的陈丹燕尤为擅长用"年轻的一代"来映衬老上海"过去的一代"，即从两者生活习惯与思维方式的碰撞中反观上海的变迁。她将一座城与个人心路有效关联，认为"一个人对年少时光的眷恋，和一个市民对自己城市过去的怀想，是富有意味的，并饱含着价值判断的感情。在通商口岸城市的文化背景下，这种感情如同历史真

---

① 陈丹燕：《上海的红颜遗事》，上海文艺出版社2015年版，第199页。

② 同上。

③ 董丽敏：《"上海想象"："中产阶级"＋"怀旧"政治？——对1990年代以来文学"上海"的一种反思》，《南方文坛》2009年第6期。

实和丰富的细节一样。探索这种感情，不光可以因此而探索这个城市，同时也是探索自己的途径"①。此外，陈丹燕还特别指出，由于上海近些年来物质文化发展过剩，她担忧价值判断中的文化意义会被物质主义所取代，因此她努力挖掘这座城市隐藏的历史以及散落在历史长河中的文化内蕴。于是，陈丹燕将目光从上海街头流行的"咖啡馆文化"一直延伸至张爱玲、颜文梁等文化名人的故居，力图以文学的方式来保存上海文化，努力完成"以地名为主要书写对象，将人事与景致进行尽可能贴合的地理学意义上的书写"②。不得不说，陈丹燕这种新型城市地理文学的书写为全方位认识"城"与"人"的关系打开了全新的视窗。

回到陈丹燕的儿童文学书写场域，尽管城市记忆书写所占的比重没有其非虚构类作品那么多，但是"上海式"的人文情怀在其儿童文学作品中仍有不同程度的体现。纵观陈丹燕的儿童文学创作实践，大体可以分为少女小说和幻想小说两大类。《我的妈妈是精灵》和《我的妈妈是精灵2》是完全脱胎于上海的幻想故事，而她的"女中学生三部曲"以上海作为故事的背景。对于追溯城市历史记忆而言，儿童文学所面临的困境在于，"无论是对历史和现实的深刻思考与艺术再现，还是对人类心灵世界的探赜索隐，抑或是对文学自身作为一个审美系统的创造性的构筑方面，成人文学所进行的尝试和所显示的活力都是令人惊叹的"③。相对而言，儿童文学却相对乏力，尤其是记忆的纵深度远不及成人文学。陈丹燕将儿童文学创作视为一门具有挑战性的艺术，她认为："儿童文学作家需要有很强的文字能力，让一个深刻的故事呈现它最本质的也许是最纯粹的面貌。这是很高的要求。"④这种创作理念与美国童书作家玛琼丽·威廉斯的想法有异曲同工之妙，后者也曾指出"为小孩写故事很容易，要写出小孩真正喜欢的故事却很难"⑤。

① 陈丹燕:《上海的风花雪月》,上海文艺出版社2015年版,第37页。
② 张莉:《陈丹燕:如何讲述上海故事》,《北京日报》2012年8月30日。
③ 方卫平:《1978—2018儿童文学发展史论》,少年儿童出版社2020年版,第55页。
④ 张滢莹:《陈丹燕:作家的进步以否定自己为前提》,《文学报》2012年10月11日。
⑤ [美]玛琼丽·威廉斯:《绒布兔子》,漪然译,浙江少年儿童出版社2007年版,第32页。

三

从书写"上海记忆"的角度来看,《我的妈妈是精灵》系列是以上海这座城市为背景的,它深受各类经典幻想小说的影响,"这个故事里,有着许多童话故事的影子:会飞走的妈妈来自《羽衣》,对生活的失望与报复来自于《美人鱼与红蜡烛》,从一个寻常的窗子里飞出去的一队人马来自《彼得·潘》;而幻想故事与上海真实街景和小说化的人物形象的交融来自《小老鼠斯图亚特》和《时代广场的蟋蟀》中对纽约的生动描写,黄酒的禁忌来自《白蛇传》……妈妈最后的消失,来自《女巫》。而壁柜里面的秘密,则来自《狮子,女巫与衣橱》。"[1] 陈丹燕曾提及她的学士论文关注的是西方童话的小说化,由此可见她对于西方童话并不陌生。可以说,《我的妈妈是精灵》也是在众多经典童话"影响"下的文本。尽管每一位作家都无法摆脱前辈作家及作品的影响,但是"他的语词,他的想象力的同一性,他的整个存在——所有这一切却必须为他所独有,而且永远为他独有"[2]。这对于陈丹燕的创作来说同样适用。在文本中,陈丹燕注入了"上海书写"的笔法。对此,朱自强这样评价道:"她在幻想故事中,以现实生活和时代为背景,表现人与精灵的感情交流,以此来探求生活的真义和人性的本质,于现实主义小说和童话都鞭长莫及的地方,开拓了一片崭新的艺术领地。"[3] 换言之,正是由于作家在这部幻想小说中注入了上海的真实元素,使得幻想与现实有了融通的可能。

除了现实与幻想的结合外,《我的妈妈是精灵》的另一价值在于对青少年成长的启示。小说的主人公陈淼淼原本过着普通而平静的生活,直到有一天这份平静被一个骇人听闻的秘密所打破,原来她的妈妈是一个精灵!陈丹燕巧妙地将上海市区 49 路电车终点站旁边的大树设立为精灵藏身之

---

[1] 陈丹燕:《序》,载《我的妈妈是精灵》,福建少年儿童出版社 2014 年版,第 3—4 页。

[2] [美]哈罗德·布鲁姆:《影响的焦虑:一种诗歌理论》,徐文博译,中国人民大学出版社 2019 年版,第 55 页。

[3] 朱自强:《相信精灵相信爱——评陈丹燕的〈我的妈妈是精灵〉》,载《我的妈妈是精灵》,福建少年儿童出版社 2014 年版,第 197 页。

处，她将日常生活中的电车、大树等事物与幻想世界中的精灵相联系，营造出了一个亦真亦幻的文学世界。在精灵世界中，精灵们的感情世界一片空白，直到妈妈邂逅了年轻时的爸爸，情感的闸门才被打开，然而这也意味着作为精灵的妈妈从此有了羁绊。在小说中陈淼淼有意识地将妈妈与安徒生笔下的人鱼公主作了对比：

> 妈妈的这些话，让我想起安徒生的人鱼公主，在故事里，她也很想当一个人。妈妈说她从前漂到大海深处去的时候，看到过人鱼公主，她现在也没有朋友，因为她最后还是没能得到一个人的感情，没有人爱上她。人鱼公主现在生活得不那么快乐，比起来，妈妈比她要快乐多了。①

在这里，"情感"是维系人类与精灵的纽带。正如小说中所表述的那样："感情是世界上最黏的胶水。""文学是人学，关心和探讨的都是人的问题，而人的问题的发现则需要回到人类自身。"②离开了"人"，文学将无法提升其境界。人类与精灵的共存是陈丹燕幻想小说的基本结构，也贯穿于小说情节发展的始终。如果用童话的方式来处理妈妈是精灵又不得不回归精灵世界的话，童话故事一般会安排法力更强大的神仙来帮助妈妈，从而使整个故事趋于圆满；而幻想小说却打破了童话的窠臼，它要依据小说的技法谋篇布局。在《我的妈妈是精灵》的结局中并未出现某种"奇迹"，爸爸因与精灵妈妈的生活方式不同还是选择了分手。这部小说将儿童面临的现实困境融入幻想故事中，于幻想小说中增添了"成长"的元素。朱自强赞誉该小说是"在艺术文体形式上有重大突破的作品"③，即是从这方面来说的。

2020 年，陈丹燕为《我的妈妈是精灵》写了续集《我的妈妈是精灵 2》，

---

① 陈丹燕：《我的妈妈是精灵》，福建少年儿童出版社 2014 年版，第 34—35 页。

② 聂爱萍：《儿童幻想小说叙事研究》，少年儿童出版社 2020 年版，第 55—56 页。

③ 朱自强：《相信精灵相信爱——评陈丹燕的〈我的妈妈是精灵〉》，载《我的妈妈是精灵》，福建少年儿童出版社 2014 年版，第 190 页。

进一步扩充了陈淼淼的成长。和之前以上海为小说背景不同,《我的妈妈是精灵 2》将陈淼淼与精灵妈妈的再度邂逅安排在大洋彼岸的美国路易城。这时的陈淼淼已经是一个读高中的大姑娘了,她有幸获得了前往美国路易城西北高中交换的资格。在做兼职时,她认识了家住神秘林另一端的艾比。在神秘林中,陈淼淼不仅感受到了大自然与诗歌的力量,还意外发现了一只美丽而神秘的驯鹿。经过心灵感应和确认后,她终于得知驯鹿正是她朝思暮想的精灵妈妈,而成了驯鹿的妈妈也用自己独特的方式告诉女儿成长的真谛。"成长"在《我的妈妈是精灵 2》中得以充分的诠释,借助于"离开是为了归来"的叙事模式来呈现。这种模式用芮渝萍的话说即是,"即主人公离开限制个人发展的社区,走进历史,走进更加广阔的世界,汲取养分,以便将来回归自己的社区,为它的发展做出贡献"①。在与艾比的交流中,陈淼淼不仅意外得知了"艾比的妈妈曾是一只大鸟"的秘密,而且获得了终身热爱的绘画和设计技能。为了使妈妈每日不再担惊受怕,她还为妈妈设计了一件羽衣:

> 陈淼淼不知道,自己是否从一开始就不是为罗德岛设计学院的入学考试准备这件作品的。但是,当这件羽衣完工,在桌上平铺开,羽毛在灯下闪烁着洁白的微光时,她明明白白地意识到,这不是一件给罗德岛设计学院入学考试用的艺术作品,而是给妈妈的礼物。就像妈妈给自己做冬衣时,总是密密地缝,密密地缝,陈淼淼也密密地缝,密密地缝,祝福妈妈能用它高高地飞过路易城的上空,高过所有来复枪的射程。②

相较于《我的妈妈是精灵》,《我的妈妈是精灵 2》的儿童文学色彩明显减弱,取而代之的是青春文学的诗情。陈淼淼因为要给艾比读诗,所以她必须要接触诗歌,然而少女细腻的情思与诗歌的情感相碰撞后发生了情感

---

① 芮渝萍、范谊:《成长的风景——当代美国成长小说研究》,商务印书馆 2012 年版,第 95 页。
② 陈丹燕:《我的妈妈是精灵 2》,福建少年儿童出版社 2020 年版,第 147 页。

的"化学反应"。在这方面，女作家陈丹燕将这种细腻的情思描摹得入木三分：

> 然后，朗读诗歌的时间就到了，排在嘴巴里的甜蜜后面的，就是诗歌带来的多愁善感。
>
> 这种多愁善感像一双温暖的手那样，先轻轻剥掉了陈淼淼心上包裹着的纸盒子，又轻轻剥掉了包得挺严实的泡沫塑料，再轻轻剥掉了缠得密不透风的保鲜膜，陈淼淼的一颗心，眼看就要被这诗歌带来的多愁善感碰到，她吓得将它一把推开："做撒啦？"①

在这里，童年时期的无忧无虑逐渐被青春期的敏感所取代。尽管陈淼淼是一个乐观坚强的女孩子，但是依然葆有这份少女的情思。可以说，《我的妈妈是精灵2》带有青春小说的痕迹，它一洗陈丹燕儿童小说的活泼轻快，铭刻了明媚而忧伤的青春烙印。实际上，"明媚"与"忧伤"并存一直是其创作的典型风格，这一点在她的"女中学生三部曲"中便初见端倪。在"三部曲"的第一部《女中学生之死》中，敏感而聪慧的宁歌在新学期伊始便有了与以往极为不同的心理状态："这学期突然变得这样多思又这样浑浊，这样愤怒又这样伤感，自己也不明白。有时我觉得，自己静静坐在凳子上的时候，很像一颗嘀嘀嗒嗒走着的，就要爆炸的大炸弹。"②《女中学生之死》是一部带有纪实色彩的少女小说，它反映了女中学生所要面对的学业压力及早恋等一系列问题。然而可悲的是，当少女在成长中面对现实困境之时，学校和家庭更关注的是她们的成绩，而非成长的艰辛与心灵的痛苦。对此，陈丹燕曾说："青春与社会化是有距离的，在某些方面甚至是尖锐地冲突着的，青春期一方面是个性的花朵、关于人生的梦想灿烂地盛开，另一方面便是一个孩子的社会化，社会把孩子修剪成能在社会中生存下来

---

① 陈丹燕：《我的妈妈是精灵2》，福建少年儿童出版社2020年版，第41页。

② 陈丹燕：《女中学生之死》，载《女中学生三部曲》，福建少年儿童出版社2014年版，第3页。

的一棵树。这是一个近乎残酷的过程。"①小说中的少女宁歌正是在这一"近乎残酷的过程"中绝望的生命个体,印证了维维安娜·泽利泽所说:"人世间最大的痛苦,莫过于粗暴地摧毁一个强健的生命,一个甚至尚未感受到其作为主体而存在的生命。"②

和"上海三部曲"相似,"女中学生三部曲"的空间主要设定在上海。上海的文化底蕴深隐于人物的想象之中。家庭不幸使宁歌与母亲、邻居的关系并不融洽,他们之间无法真正意义上沟通。而陆海明的生活状态是典型的上海人的生存境况,宁歌非常认同这一生存状态:

> 如果能和陆海明在凉风习习的街上漫步,谈地球外生命,谈窗前公主向往大自然的那段很有哲理意味的话该有多好。他家那干干净净的大弄堂使我感到亲切,那高大结实的淡黄房子,安静、温馨,连树叶的摇动都很彬彬有礼,有一种说不出的亲切和熟悉。在那儿可以闻到书本和文明的气息,我渴望的气息。③

同样,在"女中学生三部曲"第二部《青春的谜底》中,女中是上海空间的隐喻。这类学校在民国时期的上海尤为常见并广受欢迎,它们大多有着教会的背景,如上海著名的中西女塾,这所贵族女中的知名校友就有宋庆龄、宋美龄等。《青春的谜底》延续了《女中学生之死》的相关情节,宁歌昔日的好友庄庆来到了女中,围绕师生之间的情节就此衍生。关于这座女中,陈丹燕依旧赋予其浓郁的上海特色:"女中原来是个教会的女子进修学校,大而整齐的草坪,剪得很精致的灌木丛,百分之百的升学率,教堂狭长的窗上垂挂着永远是干净硬挺的窗帘,大礼堂褐色的硬木护壁板,所有这些,只要静静地放在你眼前,就是一种优越,气质上的,学历上的,

---

① 唐兵:《化蛹为蝶的少女们——重读陈丹燕〈女中学生三部曲〉》,《文学报》2018 年 3 月 22 日。

② [美]维维安娜·泽利泽:《给无价的孩子定价:变迁中的儿童社会价值》,王水雄等译,华东师范大学出版社 2018 年版,第 28 页。

③ 陈丹燕:《女中学生之死》,载《女中学生三部曲》,福建少年儿童出版社 2014 年版,第 34 页。

暗暗照出来前景又远又明亮。"① 如果说宁歌是以死的方式来揭露应试教育的弊端的话，那么庄庆则选择反抗。陈丹燕笔下的少女具备"挣脱严厉的监督而向往独立"② 的精神。少女们在充溢着强烈道德感的女中秘密组建的"金剑党"，就显示了其反抗的意愿：

> 庄庆伏在椅背上遥望着明亮的走廊里，有同学向老师招呼，彬彬有礼地微微鞠躬。她感到全学校都是那么彬彬有礼温文尔雅，只有她们一小撮出去和男孩打架，她是一个不名誉的学生了，学校和金剑党绝不相容的，她心里沉沉地想。③

富有传统美德的女中所给予少女们的是一种精神层面的陶冶，"金剑"则是高贵品质的象征，这是一种对弱者的人道主义关怀。在小说的结尾，"卧底"的曾惠一举揭露了"金剑党"的秘密，但女中"金剑党"的精神却没有被扼杀。

在"女中学生三部曲"最后一部《青春的翅膀能飞多远》中，陈丹燕将目光聚焦在三个女性人物身上，她们分别是丁丁（宁歌曾经寝室的同学）、丁丁的姑姑抗美以及程峥嵘。丁丁是众人心目中完美的好学生代表，她一路从重点初中直升入本校的重点高中部。宁歌的死对丁丁并未产生太大的影响，她依旧怀揣着"万般皆下品，唯有读书高"的人生信念。"寒假对丁丁来说，从来是寒冷、油腻无聊的春节，以及做完大量演算和大量听力练习却不为人知。"④ 丁丁对应试教育的质疑来源于同学陆海明的启示。进入大学后，没有了升学压力的陆海明陷入了某种迷茫，他认为中学时代的自

---

① 陈丹燕:《青春的谜底》,载《女中学生三部曲》,福建少年儿童出版社 2014 年版,第 94 页。

② 金燕玉:《少男小说与少女小说的分野——少年小说发展趋向》,载《文学独奏》,青岛出版社 2017 年版,第 74 页。

③ 陈丹燕:《青春的谜底》,载《女中学生三部曲》,福建少年儿童出版社 2014 年版,第 148 页。

④ 陈丹燕:《青春的翅膀能飞多远》,载《女中学生三部曲》,福建少年儿童出版社 2014 年版,第 156—157 页。

己是"被分数驱赶的羔羊"①。丁丁不认同陆海明读大学的状态,认为他既伤感又造作。

在创作"女中学生三部曲"及"上海三部曲"时,陈丹燕对于城市文化与女性成长都有着深入的洞察和客观冷静的分析。对于"上海文化"的追溯与探寻,陈丹燕的立足点在于文化反思,其中包括了政治、文化、思想的多重思考。她如数家珍地捕捉着散落在上海历史中的各类人物,充满温情地回忆与描述着上海故事。陈丹燕曾说:"从我的少年时代至今,我一直喜欢在这些街道上漫游。后来写作城市面貌,这种漫游就从少年时代的消磨时光,变成了经久不息的田野观察。在富有历史感的街区里,总有一些往事坠入睡美人式充满希望的沉睡,当它可以说话的时刻到来,它自然就会醒来,携带它的故事回到人们面前。"②陈丹燕以一种带有温度的笔触书写着独属于上海的悲欢离合,此外她又以一种明媚中夹杂着忧伤的笔调书写着青春的欢聚与离散。陈丹燕笔下的"青春"是纯粹的青春,她认为,"青春是这样残酷,就因为它求完美,不妥协"③。因此其少女文学作品中常常浸染着唯美主义的气息。在幻想小说创作中,她将少女的成长与奇妙的故事相融合,将"幻想"的力量投射在主人公的成长历程中,以此来观照处于现实困境下青少年的身心发展。

整体而言,陈丹燕是一位集儿童文学与成人文学创作于一身的"两栖性"作家,她致力于两类文学中的城市记忆书写,以富有历史感的笔触勾勒出上海的"前世今生"。《我的妈妈是精灵》彻底打破了现实与幻想的界限,它既具有"现实主义的艺术质感",又"把我们从僵固的现实的束缚中解放出来"④。其创作实践具有引领性,对于儿童文学的新变有着重要的启示意义。

---

① 陈丹燕:《青春的翅膀能飞多远》,载《女中学生三部曲》,福建少年儿童出版社 2014 年版,第 189 页。

② 陈丹燕:《陈丹燕的上海》,上海文艺出版社 2020 年版,第 356 页。

③ 陈丹燕:《一百根蜡烛——〈女中学生三部曲〉出版二十四年记》,载《女中学生三部曲》,福建少年儿童出版社 2014 年版,第 249 页。

④ 朱自强、何卫青:《中国幻想小说论》,少年儿童出版社 2006 年版,第 121 页。

第四节 黄蓓佳:"童眸"凝视下 中国历史文化的发展变迁

在历史小说创作领域,男性作家似乎在创作数量和创作深度上要占明显优势。寻绎文学史,不难发现:男性作家较为关注历史并善于捕捉历史进程中有价值的讯息。就儿童文学的创作而言,女性作家惯用一种"家庭叙事"传统,即以家庭生活为切入点来书写周边的人事变迁,如奥尔科特的《小妇人》和蒙哥马利的《绿山墙的安妮》可作如是观。而男性作家却常用一种"历史叙事"的传统,以"史诗"的笔法来重现历史的发展变迁。如司各特的《艾凡赫》《罗伯·罗伊》《中洛辛郡的心脏》等即是按此逻辑来构思之作。当然,司各特的历史小说创作不同于儿童历史小说,他更加"偏爱古代的那种绚丽多彩和激动人心的生活,而不喜欢现代生活一切按常理办事的单调乏味"[1]。新世纪以来,越来越多的作家意识到了儿童文学的"失重"现象,强化历史感是化解"失重"的有效之途。在此情境下,黄蓓佳以构思巧妙的"5个8岁"系列儿童历史小说脱颖而出。

一

在论及文学与历史的关系时,朱自强认为:"文学把历史学所忽视的个

---

① [丹麦]勃兰兑斯:《英国的自然主义》,载《十九世纪文学主流》第四分册,徐式谷等译,人民文学出版社 1997 年版,第 140 页。

体生命拉到自己的舞台的中心，用强光将其照射并放大。"① 文学脱离了历史无异于无本之木，历史是烛照文学的重要视点。类似于蕾秋·费尔德的《木头娃娃奇遇记》"透过一个洋娃娃的眼睛呈现美国的历史全景"②，黄蓓佳力图通过 5 个 8 岁孩子的"童眸"，折射出古老中国从 1924 年至 2009 年的发展变迁。文本以一座南方小城青阳县为故事发生地，分别叙述了 1924 年、1944 年、1967 年、1982 年以及 2009 年五个历史阶段的故事，以 5 个 8 岁孩子的视角呈现出生动形象的历史面貌。黄蓓佳曾说："截取 5 个不同时代的历史断面，被截到的那个 8 岁的孩子，就是我的叙述对象，他（她）的日常生活，他（她）童年的眼眸中见到的一切，将依次在我的 5 部作品中呈现。"③ 正是秉持这样一种创作理念，黄蓓佳笔下的儿童才得以成为各个特殊历史时期的重要见证者，他们与时代命运紧密相连，充分体现出作家对历史细致入微的观察力和反思历史的精神。

"5 个 8 岁"系列的第一部作品《草镯子》，黄蓓佳为其设定的历史时段是 1924 年。黄蓓佳敏锐而细腻地捕捉到这一时期女性的显著特征，譬如 8 岁小女孩梅香的母亲、曾祖母和乳母余妈都被缠过足，行动起来很不方便。而梅香这一代不仅免去了缠足的痛苦，而且还进一步享受到进新式学堂读书的快乐。《草镯子》主要围绕梅香和秀秀跨越阶级的深厚友谊展开书写。身为富家小姐的梅香对租户裁缝家年龄相仿的童养媳秀秀一见如故，不久二人成了非常要好的朋友。"跨越阶级"的友谊在中国儿童文学作品中较为常见，这与儿童文学内蕴的"儿童性"密切相关。关于这一点，朱自强曾这样解释："儿童的天真时时质疑着成人社会的拜金思想和等级观念。"④并且，这种儿童性在女性作家笔下被书写得更为细腻。当"儿童性"与"社会性"碰撞时，儿童文学的批判性更容易被彰显。张爱玲在《小艾》中就曾借女主人公小艾之口来控诉旧社会丫鬟的不幸与悲哀：

---

① 朱自强：《儿童文学概论》，高等教育出版社 2009 年版，第 257 页。

②［英］约翰·洛威·汤森：《英语儿童文学史纲》，谢瑶玲译，台湾天卫文化图书股份有限公司 2011 年版，第 152 页。

③ 黄蓓佳：《〈草镯子〉前言》，载《草镯子》，江苏凤凰少年儿童出版社 2012 年版，第 1 页。

④ 朱自强：《儿童文学概论》，高等教育出版社 2009 年版，第 17 页。

她从小就卖到席家，家里的事情一点也记不起了，只晓得她父母也是种田的。她真怨她的父母，无论穷到什么田地，也不该卖了她。六七岁的孩子，就给她生活在一个敌意的环境里，人人都把她当作一种低级动物看待，无论谁生起气来，总是拿她当一个出气筒、受气包。这种痛苦她一时也说不清，她只是说："我常常想着，只要能够像别人一样，也有个父亲有个母亲，有一个家，也有亲戚朋友，自己觉得自己是一个人，那就无论怎样吃苦挨饿，穷死了也是甘心的。"说着，不由得眼圈一红。[①]

在黄蓓佳笔下，童养媳秀秀的境遇和张爱玲笔下的小艾几乎如出一辙，她们都是挣扎在旧社会生存边缘的弱者，努力在社会夹缝中获取微不足道的希望。在小说中，"草镯子"既是秀秀个体生命的象征，也是梅香和秀秀珍贵友谊的见证。秀秀为梅香编织草镯子体现出她的心灵手巧与知恩图报，而草镯子也为梅香在学堂里赢得了同学的关注。黄蓓佳没有耽溺于这种温情的书写，而是一步步地将残酷现实推至读者面前。雷诺兹认为，儿童之死"是对允许死亡发生的那些社会的控诉"[②]。实际上，黄蓓佳"控诉"旧社会对女性的戕害不只体现在秀秀身上，还体现在沦为生育机器的梅香母亲、为传宗接代迎娶进门的麻子姑娘，及为了生计而当乳母的余妈女儿等身上。这有力地证明了波伏瓦之言："女人从来不构成一个与男性在平等基础上进行交换和订立契约的等级。"[③]可以说，黄蓓佳以冷静而敏锐的目光审视着女性的凋零与新生，以此折射其对历史的反思。

在创作"5个8岁"系列作品时，黄蓓佳格外注重作品中的人物多样性，并力图使其笔下的人物丰富生动。她坦言："无论是可爱的富家小姐梅香，

---

① 张爱玲：《小艾》，载《怨女》，北京十月文艺出版社 2012 年版，第 46 页。

② ［英］金伯利·雷诺兹：《激进的儿童文学：少年小说的未来展望和审美转变》，徐文丽译，中国少年儿童出版社 2021 年版，第 111 页。

③ ［法］西蒙娜·德·波伏瓦：《第二性Ⅱ》，郑克鲁译，上海译文出版社 2011 年版，第 200 页。

忠厚的乡村少年克俭，还是懂事得让人心疼的小米，他们都是久远到叫人惆怅的人物，在历史的底片上，泛出微微的黄色，带着古旧的气味。"① 在《白棉花》和《星星索》中，黄蓓佳聚焦于两个 8 岁的男孩克俭和小米。无论是身处抗战语境的克俭还是十年动乱中的小米，他们身上都铭刻了独特的时代印记。吴其南认为，儿童小说担负着弥补"失落的时间"②的话语功能。借助儿童来反映时代是儿童小说的重要叙述手法。"白棉花"是克俭第一次看见伞兵使用降落伞时对降落伞的形容，"星星索"则是特定语境中一曲来自异国他乡的精神抚慰。有论者指出，"透过童年生活的帘幕，历史的硬度被消解了，一种更贴近坊间普通人的命运、贴近童年生命感觉的历史体验，在文字中慢慢沉淀下来"③。以童年视角的方式言说富有生命温度的历史，是黄蓓佳儿童小说的主要线索。

如果说黄蓓佳的"5 个 8 岁"系列作品的主旋律是以儿童小说来建构"中国式童年"的话，那么《黑眼睛》反思的是恢复高考之后的国民教育问题。小说中"黑眼睛"的意象颇耐人寻味，这双静静地注视着周遭变化的"黑眼睛"特指 8 岁儿童艾晚。艾家一共有过四个孩子，大姐艾早活泼伶俐，二哥艾好充满科研探索精神，第三个孩子艾多不幸夭折，小妹艾晚资质尚显平庸，她除了乖巧懂事之外似乎并没有什么值得称道的长处。黄蓓佳在故事中特意营造了艾晚这一"局外人"的生存处境。一方面源于她的"资质平平"，另一方面作家有意拉大艾晚与哥哥姐姐们的年龄差，使得她能以小孩子的身份与视角来反观处于青春期青少年的际遇。进入新时期，解放思想带来了重新认识教育的良机。黄蓓佳借卞老师之口说出了当时的教育理念：

卞老师在总结考试情况的时候说，凡是算术 95 分以下、语文 90 分以下者，都应该视为不及格。为什么这么说呢？你们现在才

① 黄蓓佳：《〈黑眼睛〉前言》，载《黑眼睛》，江苏少年儿童出版社 2012 年版，第 1 页。
② 吴其南：《时间失落：当前儿童文学的一种隐忧》，《文艺报》2007 年 5 月 29 日。
③ 方卫平、赵霞：《儿童文学的中国想象：新世纪儿童文学艺术发展论》，安徽少年儿童出版社 2018 年版，第 150 页。

上二年级，一个人的学习成绩是会随着年级增高而递减的，二年级95分，六年级就只有80分，上了初中勉强能到70分，高中剩多少分？算得出来吧。现在全国上下都在搞"四个现代化"，工人农民不吃香了，大学生才吃香，考不上大学，你们统统都是报废品。^①

听到卞老师的这番话，艾晚下意识感到不亲切。在创作谈中，黄蓓佳这样说道："8岁的女孩艾晚，是我最偏爱、也最心疼的一个孩子，以至于当我写完这本书的最后一个字，我对她的牵挂依旧无法终止。"^②黄蓓佳还以艾晚为第一人称的视角创作了《艾晚的水仙球》。借助第一人称叙事，艾晚细致入微的心理活动得到最大程度的呈现，比如当卞老师发表上述言论时，艾晚内心的真实想法是："我心里感觉卞老师的这些话说得不完全对，她对考试分数的层层推理肯定是错误的，至少也是片面的。不是有些人小时候顽皮，长大了懂事了，成绩就'一鸣惊人'了吗？可我不敢当面对卞老师说。米爽的分数比我差好多，她都不开口，我干吗要跳出来做冤大头，等着挨卞老师一顿骂呢？"^③黄蓓佳对艾晚的"偏爱"源于其对应试教育的反思。相较之于艾早和艾好，尽管艾晚的学习成绩并不突出，但是其共情能力和包容隐忍的心胸则明显优于艾早与艾好。艾好被中科大少年班录取的喜讯迅速掩盖了妈妈此前因艾早高考落榜而产生的失落，为此，她将全部家务分配给艾早一人承担。在她看来，从事服装小生意的艾早"没有出息"。成绩的优劣将孩子分为三六九等，忽略了其各自精神、性格的培养。在小说的结尾，缺乏基本生存能力且做数学题做得"走火入魔"的艾好差一点被劝退，为保全颜面，妈妈只能恳求校方让其休学一年。

① 黄蓓佳:《黑眼睛》，江苏少年儿童出版社2012年版，第56页。
② 黄蓓佳:《〈黑眼睛〉后记》，载《黑眼睛》，江苏少年儿童出版社2012年版，第238—239页。
③ 黄蓓佳:《艾晚的水仙球》，江苏凤凰少年儿童出版社2010年版，第46页。

二

在《黑眼睛》与《艾晚的水仙球》中，黄蓓佳揭露了中国教育存在的弊端，即忽视童年的生命教育及精神成长，然而，正如刘晓东所说："童年是人生的根本。一方面，童年是成人生命之树最核心处的那一圈圈年轮，童年作为时间段虽已成为历史，但童年的生命却留存在成人的生命中，依然是成人生命的核心。"[1] 在艾家的三个孩子中，艾晚是最具自然性的生命个体。当爸爸从福建带回当地特产水仙球时，妈妈和哥哥姐姐都对养水仙这件事没有太大兴趣，为了不让爸爸失望，艾晚自告奋勇地养起了水仙球。文本中有这样一段描写艾晚与水仙花之间的话，值得深思：

> 他把三个伤痕累累的球茎泡在水盆里。我伸出一根手指，碰了一下水仙球的伤口。我认为它们也会感到疼，那些黏乎乎的东西就是它们疼出来的眼泪，只不过它们没有嘴巴，不会哭，也不会喊。[2]

"共情"是人类与自然界建立紧密联系的有效纽带，这种能力在儿童身上表现得特别突出。在文本中，艾晚是整个家庭中最具有共情能力的人。在夹缝中间成长的经历，使其更关注同情作为弱者的动植物。在卞老师口中，艾早和艾好都是学习成绩优秀的好学生。但是他们的"优秀"又有明显的区别，艾早凭借聪明而学习起来毫不费力，而艾好则沉浸在知识的海洋中并从不参与其他任何事情。在学习的终极目标是为了获得身份认同的情境下，"我有什么可以在这个社会上安身立命"[3]，占据了教育的制高点。应试教育那种简单而粗暴的"唯分数论"限制了儿童身心的发展。

---

① 刘晓东：《发现伟大儿童：从童年哲学到儿童主义》，生活·读书·新知三联书店 2021 年版，第 94 页。

② 黄蓓佳：《艾晚的水仙球》，江苏凤凰少年儿童出版社 2010 年版，第 15 页。

③ 芮渝萍、范谊：《成长的风景——当代美国成长小说研究》，商务印书馆 2012 年版，第 96 页。

"5 个 8 岁"系列小说的最后一部是《平安夜》，黄蓓佳设定的时间点是 2009 年。她在该小说的前言部分中说："怎么描述这个年代呢？经历了悲痛的 2008 年的汶川地震，和狂欢的 2008 年的北京奥运，接着到来的 2009 年，中国的大地上稍稍显出了沉寂和黯淡。时代变革迫切地需要进入另外一个阶段，所有的中国人都在等待和期盼中。"[1] 在这里，作家敏感地捕捉到了瞬息万变的历史讯息，也感知到了人们价值观的变化。如文本中提及的独生子女问题、未婚先孕问题、重组家庭所面临的复杂性等都发人深省。小说中 8 岁的任小小是一个在单亲家庭中长大的孩子，他的爷爷奶奶和外公外婆家都处于重组或离异的状态。有论者指出："城市中的儿童既面对着又处于扩大化的经济、政治和社会的空间结构之中。"[2] 任小小的童年际遇是现实的写照，他面临的压力可想而知。

此外，青少年犯罪也是《平安夜》着力表现的主要内容之一。经老同学引荐，任意来到青阳城少管所担任文学教师，他意外发现了文笔很好的少年犯张成。张成的才华让任意叹服，但其杀人未遂的行为更让任意陷入深思。有论者认为，"儿童及其童年生活受自身社会和文化的影响"[3]。黄蓓佳立足于现实生活，借少管所教师任意的行为来观照误入歧途的童年。由于贴近现实与童年，黄蓓佳的儿童文学创作才能震撼人心。在文本中，16 岁的张成最终在平安夜向任意敞开了心扉，任意也为他指明了前方的道路。这一切正如任意所说："想想张成这样的孩子，就觉得不能够放弃他们，本来他们就那么边缘，心灵脆弱得像玻璃一样，如果放弃，如果没有人去给予关心温暖和教育，他们的世界是非常糟糕的。"[4]

三

在创作历史题材的儿童小说时，黄蓓佳尤为注意向儿童言说的方式。

① 黄蓓佳：《〈平安夜〉前言》，载《平安夜》，江苏凤凰少年儿童出版社 2012 年版，第 1 页。

② ［英］艾莉森·詹姆斯：《童年论》，何芳译，上海社会科学院出版社 2014 年版，第 42 页。

③ ［美］威廉·A. 科萨罗：《童年社会学》，张蓝予译，黑龙江教育出版社 2016 年版，第 15 页。

④ 黄蓓佳：《平安夜》，江苏凤凰少年儿童出版社 2012 年版，第 152 页。

她有意识地将历史感介入儿童日常生活中。这样一来，小读者在阅读此类儿童历史小说时便不会有隔阂感。在这方面，《太平洋，大西洋》将儿童历史小说引向了一个新的高度。与曹文轩的《蜻蜓眼》和殷健灵的《野芒坡》类似，黄蓓佳在漫漫历史长河中选取一个支点，用来展开两位主人公的悲欢离合。小说采取了"双线"的叙述方式，将爱尔兰爷爷的故事和甘小田等三个小学生的故事平行交织在一起。20世纪40年代抗战胜利的景象通过爱尔兰爷爷的8封电子邮件展现于三个小学生面前。通过走访问询和求助等方式，他们帮助爱尔兰爷爷找到失散了七十余年的好友多来米。黄蓓佳说："它以复调的形式，在两种时间、两个空间之间来回切换，以一个'侦探小说'的外壳，通过猎犬三人组中三个孩子的寻寻觅觅，加上网名为'福尔摩斯我师傅'这个神秘女性的意外插手，打捞起了一段令人泪目的'音乐神童'的成长片段。"[1]

将远在大洋彼岸的老人和南京的三个小学生连接在一起的是浓郁的中华民族情结，及跨越时空的伟大音乐。由此，"浪漫主义的元素始终贯穿在黄蓓佳所有的作品之中"[2]。当南京荆棘鸟童声合唱团来到都柏林图书馆演唱《长城谣》时，在场的一位华裔老人的表现令人好奇与动容：

> 那位拄拐杖的老爷爷，白胡子白眉毛的老爷爷，他在流眼泪呢！他的眼睛微微闭着，那么大滴的两颗泪珠，欲滴不滴地挂在皱巴巴的眼眶里，被天窗彩色玻璃的光亮映得时红时绿，莹莹闪烁，可是他自己一点儿都没有察觉。他肃穆直立的姿态，闭目凝神的模样，像是陶醉，又像是哀悼，像是被另外一个神秘时空迷惑、拉扯、搅动，而深陷于一种无法言说的满足。[3]

---

① 黄蓓佳：《后记 那些遥远时空中的故事胶囊》，载《太平洋，大西洋》，江苏凤凰少年儿童出版社2021年版，第252页。

② 丁帆：《黄蓓佳在跨龄写作中的浪漫坚守》，《文学报》2022年3月12日。

③ 黄蓓佳：《太平洋，大西洋》，江苏凤凰少年儿童出版社2021年版，第7页。

　　历史的记忆跨越时空，留存于几代人的心里。小说中的老爷爷曾与一个绰号为"多来米"的小男孩建立过深厚的友谊。"多来米"原名为师念东，离散的家庭环境使得幼小的他性格内敛且自卑。这期间，幼童音乐学校的岑校长、厨子老张、调音师傅以及师傅的儿子（即这位爱尔兰爷爷）对他关怀备至。就这样，两个年龄相仿的小孩子结下了深情厚谊。童年时期的爱尔兰爷爷被多来米坚守音乐梦想的精神所打动。分别时，爱尔兰爷爷曾许诺在挣到钱后一定给多来米的小号配置一个号嘴，以成全他的音乐梦想。分别后，爱尔兰爷爷经历过"太平轮"的生离死别，又一路从澳大利亚辗转至爱尔兰。七十余年的岁月如白驹过隙，两位跨世纪的老友又在这三个南京小学生和其他好心人的帮助下取得了联系。尽管一位年事已高且在异国他乡，另一位遭际坎坷终身未婚，并患有老年痴呆症，然而他们通过这种"隔空"的联系，获得了内心的宽慰。

　　一般而论，"时间"和"空间"是历史小说的关键词。《太平洋，大西洋》有着广阔的时空感，大洋彼岸爱尔兰爷爷的第一封电子邮件将时间带入了七十年前。当甘小田、丰子悦和林栋三个小学生打算帮助爱尔兰老爷爷寻找多来米时，时光又切换到当下。在此，黄蓓佳采用了"复调"式叙述，一方面是现代化的"猎狗三人组"，另一方面则是来自遥远年代的召唤与渴求。小说的空间场域共有三个：爱尔兰的都柏林市、中国的南京市以及书信中所讲述的丹阳幼童音乐学校。时空转换为该小说提供了场域及视角，尤其是跨越中西的遇合更为小说增添了历史的纵深感。文中"带点阴郁气质的都柏林"[1]暗合了那种于惊喜和感动中仍带有无限怅惘的基调，那是一种因距离遥远和历史的世事变迁而生发的怅惘。

　　方卫平指出："童年构成了一切儿童文学艺术活动的逻辑起点与美学内核。"[2]《太平洋，大西洋》不仅在叙事上构成了"复调"结构，而且"童年"主题也形成了交相辉映的"复调"形式。小说以甘小田、丰子悦和林栋等城市儿童丰富多彩的物质文化与精神文化为主线，充分展示出这一代少年儿

---

[1] 黄蓓佳：《太平洋，大西洋》，江苏凤凰少年儿童出版社 2021 年版，第 242 页。

[2] 方卫平：《1978—2018 儿童文学发展史论》，少年儿童出版社 2020 年版，第 239 页。

童参加合唱团、出国参加比赛、拥有网络通信工具的现代化生活方式；另一方面它也通过爱尔兰爷爷的邮件叙述展示了 20 世纪 40 年代儿童生活的艰辛。譬如丹阳幼童音乐学校从不招收女学生，即使是家境优渥的富家小姐也不例外。原因是，"当时的女生出了校门容易把音乐丢一边，嫁人生孩子，浪费了学校有限的资源"①。而在当下，这种情况大大改观，女生同样可以受很好的教育。

应该说，黄蓓佳擅于借助个性化的生命个体来反映历史的变迁。她以钩沉历史的严谨兼之小说家的温情来创作儿童历史小说。她在创作谈中曾言："我喜欢时不时地在心里'养'一篇小说：将一个突然而至的念头沉在心里，五年，十年，直至蚌病成珠。"② 在时间判官的检视下，黄蓓佳的儿童历史小说反映了童年变迁及儿童的身心发展，重塑了儿童新形象。

---

① 黄蓓佳：《太平洋，大西洋》，江苏凤凰少年儿童出版社 2021 年版，第 61 页。
② 黄蓓佳：《后记 那些遥远时空中的故事胶囊》，载《太平洋，大西洋》，江苏凤凰少年儿童出版社 2021 年版，第 249 页。

第五节　汤素兰：长篇童话中的 生态隐喻与生命沉思

在童话创作领域，汤素兰无疑是一个有较大影响力的女作家，其作品五次获得全国优秀儿童文学奖就很能说明这一点。创作于1994年的《笨狼的故事》是汤素兰的成名之作，此后该童话的系列续集不断出现，深受儿童的喜爱。在童话创作中，汤素兰根植于中国文化的母体，不断地从本土资源中获取营养。同时，她还吸纳了大量域外的技法，从而创作了大量流传甚广的儿童文学作品。在汤素兰的笔下，无论是魔法师、女巫、精灵等颇具西方色彩的幻想人物，还是原创的"笨狼"等形象，都兼具民族性与世界性的特质，为中国童话走向世界做出了贡献。

一

汤素兰曾说："童年的坐标，会成为一个作家一生的坐标；童年的价值和意义，也变成她不懈追求的价值和意义。"[①] 正是基于在乡村度过的童年时光，汤素兰对乡村景致与乡土人情有着天然的亲近感，这也成了她创作的灵感来源。在汤素兰的笔下，"阁楼"是一个常用的文化空间。在《阁楼精灵》《笨狼和他的爸爸妈妈》中，"阁楼"不仅是一个物理空间，也是一个文化空间，承担着收藏童年秘密与连接大自然的话语功能。《阁楼精灵》的

---

① 谢玲：《梦想是生命里的光——访著名儿童文学作家汤素兰》，《阅读》2019年第7、8期合刊。

空间形式较为奇特，"阁楼"的文化寓意和话语功能得到了充分的表述。长期生活在乡村阁楼中的精灵，一方面其存在价值依托于人类的爱与关怀，另一方面他们也是人类童年时期的精神向导：

> 当大人们不在家的时候，阁楼精灵们就从自己藏身的阁楼里跑出来，和小孩子一起玩。他们带领小孩子到草丛中去，让花仙子教孩子们跳舞。他们领着孩子穿过月光下的原野，到长满翠竹的山坡上听精灵们吹笛子。他们把画眉、百灵和云雀请到屋檐下，教孩子们唱歌。这就是为什么在一些偏僻的乡村里的孩子们从来没有学过唱歌、跳舞，却能成为天才的艺术家。他们的本领都是精灵们请老师教的。只是为了保守古老的秘密，精灵们将本领教给他们以后，对他们施了一种遗忘的法术，让他们完全忘记了自己的本领是从哪儿学来的。①

人类与阁楼精灵和谐状态的打破源于城市化建设，当自然村落整体拆迁并改建成现代化城镇后，传统的青砖瓦房也会改建成钢筋水泥的楼房，而阁楼精灵的栖身之所将不复存在。从生态学的角度看，现代化与自然构成了二律背反的关系，城市化建设象征着"工业和科技文明对自然的征服和破坏"②。阁楼精灵的全族迁徙象征着人类传统生活方式的衰落。在阁楼精灵的迁徙前夕，他们从老阁楼中带走了记载精灵历史文化的书籍，此外还有承载着精灵与人类共同记忆的文具盒、捕蝴蝶网和彩色积木房子。作为凭借着人类的关怀与爱繁衍生息的阁楼精灵，他们的迁徙实际上是一种无奈之举。当他们历经千辛万苦来到精灵谷定居后，邪恶幽灵对他们生存的威胁更使得其惶惶不可终日。尽管阁楼精灵的迁徙为其获得了暂时的庇护所，但是他们舍弃了与人类相互依存的生活方式，其结果正如精灵奶奶感受的那样："虽然按理说，三百多岁的精灵并不是特别老，但这个峡谷中

---

① 汤素兰:《阁楼精灵》,湖北少年儿童出版社 2006 年版,第 5 页。
② 王诺:《欧美生态文学》,北京大学出版社 2011 年版,第 229 页。

的阁楼精灵们，正在一天比一天老，一天比一天衰弱，因为他们的生命中，缺乏一种东西。"① 在这种人与精灵二分的情景下，阁楼精灵感觉缺乏"一种东西"，这种缺失也进而返归于人类的内心。论者所谓"在机械中央的人们，难免要带着'机械化的心灵'"②，并非耸人听闻。汤素兰童话中所提及的这种缺失，正是工业社会中爱与诗意精神的缺失。

在叙事艺术层面，《阁楼精灵》也有其与众不同的特色，即采用全知叙事视角来"统摄复杂关系和表达书写意图"③。在童话中，汤素兰利用全知视角来把握故事发展的整体脉络，而阁楼精灵、乌鸦格里格、邪恶幽灵和城市男孩木里又有着各自的叙事视角，这就构成了全知视角与限知视角的交叉融合。正因为全知和限知叙事视角的结合，童话的情节脉络更为明晰，人物关系也更为凸显。汤素兰并没有简化童话人物的复杂性，其笔下的人物有着多样化、繁复性及成长性等特征，格里格就是一个典型代表。格里格虽出身古老的巫婆家族，但是她却是家族的失败者，因此她被魔法界驱逐，并意外与精灵奶奶相识。虽然她因违背诺言变成了乌鸦，但是她心中不灭的爱与善良却使她成了精灵。该人物显然有汤素兰对人性、生命及世界的深刻思考。此外，在描写邪恶幽灵时，汤素兰也摒弃了对反面人物的类型化书写，在聚焦"占上风"和"钻牛角"这两个幽灵的内部矛盾时，生动再现了反面人物复杂的心理状态。

在童话故事的讲述中，汤素兰始终将阁楼精灵与人类的命运联系在一起。小精灵阿三和小西在格里格的帮助下前往人类世界寻找新的栖居地。在都市化的情境下，阁楼已成为记忆。所幸，居住在城市的木里一家却有阁楼，这是外公精心为木里准备的。外公之所以如此看重阁楼，原因在于，"阁楼就是小孩子闯了祸之后藏身的地方，是小孩子偷吃东西的地方，是小孩子逃学时躲藏的地方，是小孩子放秘密的地方"④。在这里，"阁楼"是

---

① 汤素兰：《阁楼精灵》，湖北少年儿童出版社 2006 年版，第 134 页。

② 隋丽：《现代性与生态审美》，学林出版社 2009 年版，第 46 页。

③ 张玉莲：《论汤素兰〈阁楼精灵〉的叙事策略》，《当代文坛》2013 年第 3 期。

④ 汤素兰：《阁楼精灵》，湖北少年儿童出版社 2006 年版，第 163—164 页。

童年的象征，也是精灵重返人类世界的场域。借助"阁楼"这一场域，精灵与人类失落已久的情感连接得以重现：

> 阿三和小西从窗口轻轻爬进来，站在木里床前的床头柜上，久久地看着木里。不知为什么，一看到木里，闻到木里身上的气味，他们小小的心里，就升起了一层温柔的烟雾，将他们团团围住了。一根友善和关爱的纽带，就在他们第一眼看到木里时，将他们系在了一起。从出生到现在，他们仿佛就是在等待着这一天，这一个时刻，等待着遇见这样一个人类的孩子，和他建立一种心灵的关联。[1]

现实世界与幻想世界需要"联结"，汤素兰选取"阁楼"作为通道可谓别具一格。在摒弃人类中心主义的观念下，《阁楼精灵》的主线是精灵们从迁徙到定居再到回归，进而将人类在城市化进程中遭遇的困境以童话的方式予以言说。对于这种讲述方式，有论者认为，"精灵的世界与人类的情感世界有着某种对应性，本来要靠人类的爱才能够永生的精灵们向精灵谷的迁徙是人类在理性占据绝对优势的时代的悲哀"[2]。需要补充的是，年轻一代精灵的觉醒与回归则体现出人类与自然不容分割的客观事实。汤素兰善于将野生动物或象征着农耕文明的动物置于现代都市人的日常生活中，以此来呈现出一种张力效果。譬如，格里格赠予木里一只豹子的举动就很好地说明了这一点。对于这种在现实与幻想中切换的技法，朱自强认为可在后现代主义的视野中来考察："现代性理论也好，后现代理论也好，都不是理论的凭空虚构，而是对其面临的现实问题的真实、深切的反映。在儿童文学创作中，如果一个作家是有良知和思想力的，其创作也必然会在一定程度上，触摸到身处时代的脉搏。我读汤素兰的幻想小说《阁楼精灵》，就感觉到这是一部耐人寻味的思想性的作品。《阁楼精灵》以其对人类在现代

---

① 汤素兰：《阁楼精灵》，湖北少年儿童出版社 2006 年版，第 185 页。

② 朱自强、何卫青：《中国幻想小说论》，少年儿童出版社 2006 年版，第 152—153 页。

社会面临的重大问题的表现，在汤素兰的儿童文学创作中，占据一个特殊的重要的位置。我认为，评论这部作品的思想性，有必要将其置于现代性与后现代性的交集语境之中。"①

二

在《犇向绿心》中，汤素兰延续了上述反思城市化建设的议题，古老农耕文明的象征——耕牛成为贯穿全书的文化意象。对于这一主题的表达，汤素兰开篇显志："我们的城市越来越大了。报纸上刚刚宣布，五环线已经全部拉通了。城市规划设计院又开始向公众征求六环和七环的设计方案了。"② 对于四年级小学生田犇而言，城市化扩张最直观的影响在于，田犇一家从承载着童年欢乐的平房搬进了千篇一律的高层公寓。此类公寓不仅隔绝了住户与大自然亲近的可能，而且也疏离了人与人之间的密切关系。在童话中，"田犇"这个名字寄寓了作家对农耕文明的深切怀念，"犇"不仅体现了一家三口属牛的巧合性，更体现了新时代儿童对农耕文明的一种文化追寻。概而论之，《犇向绿心》存在两重叙述声音：一是田犇的话语声音，二是幻化为耕牛的骨雕黄牛工艺品的叙述声音。二者相互补充，构成了繁复多元的叙事话语。

寻绎儿童文学的发展史，不难发现：关注自然生态一直是其书写的主题。有论者认为，"童话表现自然生态意识的优势在于，它的泛灵思维特征使作家的叙述得以自然地走入他者生命的意识和立场上，从而较为自如地完成相应的艺术表现"③。事实上，除了童话外，儿童文学的其他文体也能很好地营构现实与幻想的关系。与《阁楼精灵》有所不同，《犇向绿心》并不仅限于人类与自然和睦相处这一主题，它还旨在唤起人们对"农业文化

---

① 朱自强：《挽救"附魅的自然"——汤素兰〈阁楼精灵〉的后现代思想》，《南方文坛》2013年第4期。

② 汤素兰：《犇向绿心》，天天出版社2019年版，第5页。

③ 方卫平、赵霞：《儿童文学的中国想象：新世纪儿童文学艺术发展论》，安徽少年儿童出版社2018年版，第199页。

遗产"的重视。妈妈书桌上的骨雕黄牛之所以会在"惊蛰"夜的雷鸣中被唤醒，是因为黄牛灵魂深处对故乡云岭的怀念以及其始终存在的耕田记忆。汤素兰借黄牛之口将人们的视线从城市转移至云岭，为当代都市人生活提供了一种"借镜"。当田犇一家来到云岭的外婆家时，城市文明似乎没有烛照到那里，那里通行的是农耕文明的生活方式。譬如，外婆是通过节气来判断动植物生长的，"要是以往，春分时节，这满坡梯田里尽是金黄的油菜花和粉红的紫云英，燕子呀、蜜蜂呀、蝴蝶呀全都飞来了，云岭上的春天热闹极了"①。在这里，黄牛的使命在于唤起人们对云岭梯田的重视。正是因为黄牛不知疲惫地耕田，外婆和舅舅才下定决心不再让梯田荒芜。他们不仅让更多的耕牛加入耕田的计划，而且还请来专家为云岭梯田申报"中国重要农业文化遗产"。除了对农业文化遗产具有保护意识之外，汤素兰还通过田犇认领"脚板丘"和舅舅赠予其山雀一事，来将生态保护意识从乡村扩展至城市。从某种程度而言，"脚板丘"充当了田犇学校中的绿化园地，而山雀的到来则让都市人领略到了大自然的治愈功效：

> 因为已经被荒废了一段时间，"百草园"无人打理，园里的草木都无精打采。脚板丘的到来，给它们带来了生机和希望。我们看见垂头丧气的月季花昂起头打开了花苞，倒伏在地的鸢尾花坐直了身子，其他被太阳晒得蔫蔫的花花草草都变得水灵灵了……②

> 其他的人都侧着耳朵仔细听——他们听到了，听到了山雀的歌声，那么欢快，又那么宁静，仿佛清澈的山溪流过人们的心头，仿佛田野里温暖的春风拂过面颊，仿佛挂在窗台上的水晶风铃在耳畔清脆作响……

> 汽车喇叭停止了鸣叫。孩子停止了哭闹。夫妻不再吵架。老人不再抱怨絮叨。连音像店的音乐都停止了播放……

---

① 汤素兰：《犇向绿心》，天天出版社 2019 年版，第 85 页。
② 同上书，第 193 页。

整条大街上，整个星城，都只有山雀的歌声。

我穿过大街，走过小巷，走到哪儿，哪儿的嘈杂声就立刻消失了，空气中只剩下山雀美丽的歌声。[①]

在都市与乡野的对照下，身处都市的人们在内心深处也十分渴望亲近自然，只是迫于生活压力与城市规则无法完全融入自然。当妈妈种在阳台的爬山虎生长到邻居陶阳家时，引起了陶阳一家的赞叹甚至小区中大部分住户的好奇。从云岭带回来的"山雀合唱团"不仅使人们感到愉悦和惬意，还给儿童医院的孩子们送去了欢乐和希望。治愈人心一直是汤素兰童话经久不衰的主题。作为中国本土的儿童文学作家，"讲好中国故事"也是汤素兰创作中不懈的追求。"中国故事"的阐释与本土文化意识的觉醒密不可分，而本土文化意识的现代化也是汤素兰着力探求的方向。在论析传统资源之于儿童文学影响的议题时，金燕玉指出，"如果作家们能够进入那种与中国传统文化'心有灵犀一点通'的境界，往往就会产生奇妙的构思，创作出具有中国文化色彩的优秀作品"[②]。应该说，汤素兰将本土化的议题置于童话的叙述中，呈现出其关注中国社会问题的人文情怀。在《犇向绿心》中，"绿心"本指丘陵地区自然形成的绿色小山包，然而，"现在城市发展，城中心的地不够用，那些小山包就被挖掘机、推土机一口一口吞掉，变成平地，挺立起一座座大楼"[③]。在田犇等人的努力下，城市生态文明的建设被提上日程。"绿心"成为城市的生态之心，也成为城市居民繁衍生息的福祉。

三

在"笨狼的故事"系列童话的创作中，汤素兰也表现出了这种生态文明的反思意识。尽管笨狼一家居住的"森林镇"是一座现代化的城镇，但是

---

①　汤素兰:《犇向绿心》，天天出版社 2019 年版，第 144—145 页。

②　金燕玉:《跨世纪儿童文学构想》，《作家报》1996 年 6 月 1 日。

③　汤素兰:《犇向绿心》，天天出版社 2019 年版，第 9 页。

在打算组建家庭时，笨狼爸爸和笨狼妈妈对于房屋的概念是"建造"，而不是"购买"。他们遵循的是一种传统的生存方式，计划在森林镇建造出宜居的狼寓和树屋。然而，狼寓并非一座完美的房屋，在现代文明的审视下，它甚至有着重大的缺陷：

> 他们就把那四根歪脖子树做成四根大木桩，竖在房子的四个角上，把房子抬起来一点。木桩虽然很粗，但是有一根向东边歪了一点儿，有一根向西边歪了一点，有一根朝南边倒，有一根朝北边倒，所以，他家的房子现在看上去跟小镇上其他人家的房子有点儿不同。房子大概是因为不知道该向哪个方向倒，所以也就没有倒。①

在以人类中心主义为核心的思维体系中，人类的意志高于自然。然而，诚如论者所言，"当我们从以人为尺度转向以生态整体为尺度，审美标准也必然随之发生改变"②。可以说，汤素兰将世俗认为"不美"的歪脖子树作为狼寓的"地基"，反而彰显了歪脖子树的价值，也肯定了人与自然的命运共同体中每一种自然物的价值。《移民月球》也有类似的立意。胖棕熊新成立的"月球移民公司"吸引了笨狼一家的目光。踊跃报名后，笨狼一家开始寻找出发时需要用到的登天梯和月光靴。在寻找的过程中，正是森林镇的湖光山色使他们放弃了前往月球的想法。在这里，尽管遥远的月球吸引着笨狼一家，但是森林镇依旧是其难以割舍的精神家园。在《想念一棵树》中，汤素兰以富有哲思的笔触描绘了笨狼从梦见树到思念树，再到寻找树的经历。"树"作为大自然的象征，连接着森林镇的动物居民与生态系统，笨狼对"树"的执着追寻体现出人类对自然的向往。除了对生态的隐喻外，《想念一棵树》还体现出家长对儿童梦想的重视。当笨狼未能寻找到梦中树屋之时，笨狼爸爸和笨狼妈妈便动手为孩子建造了美好的树屋。他们充

---

① 汤素兰：《笨狼和他的爸爸妈妈》，浙江少年儿童出版社 2020 年版，第 14 页。
② 王诺：《欧美生态文学》，北京大学出版社 2011 年版，第 58 页。

分理解笨狼的梦想，并帮助他实现了梦想。这种两代人的理解与沟通扩充了儿童文学的本体意涵，这也难怪陈恩黎会认为："《笨狼的故事》标志着汤素兰童话创作的一个转折。它以自觉的艺术认同、自然的艺术表达显示了作者对童话文体外在形式与精神内核的领悟，同时也显示了作者的日渐成熟。"①

汤素兰的童话在温情诗意之余又不乏风趣幽默，而这种艺术效果是借助童话角色的塑造及情节的巧妙安排来实现的。"狼"在儿童文学作品中是一种独特的存在。"笨狼"被汤素兰塑造成善良天真、憨态可掬的形象。"笨"的表象中被赋予了天真善良的特质。在《珍珠》中，为了给妈妈买一颗珍珠，笨狼情愿将自己卖掉：

> 他们托胖棕熊先生打电话到城里的大商店里去打听。城里的商店里倒是有货，只是价钱贵得吓人：笨狼爸爸算了一笔账——把家里的积蓄都拿出来，再把房子卖掉，钱还不够。
>
> "再把我卖掉吧。"笨狼说，"这样就差不多了。"
>
> "没有人会要一只笨狼。"胖棕熊先生说。胖棕熊先生就这么个毛病，喜欢听别人说话，不管这话归不归他听。而且胖棕熊先生还特别不顾人家的自尊心。②

笨狼的这种性格显然与以往儿童文学作品中的"狼"的形象有较大的差异。汤素兰的童话并非一成不变的，这种嬗变与作家的儿童文学观密不可分。就嬗变的形态而论，陈恩黎认为，"汤素兰的童话创作正经历着一场嬗变，她与传统童话之间的关系已经由进入渐渐过渡到出走"③。不难看出，从《阁楼精灵》到《犇向绿心》，其创作中传统童话色彩在逐渐减少，幻想色彩得到了强化。类似于玛丽·诺顿笔下依靠人类资源生存的地板下小人

---

① 陈恩黎：《羽化后的展翅——汤素兰儿童文学创作论》，《文学界》2007年第6期。

② 汤素兰：《笨狼和他的爸爸妈妈》，浙江少年儿童出版社2020年版，第33页。

③ 陈恩黎：《羽化后的展翅——汤素兰儿童文学创作论》，《文学界》2007年第6期。

一样，阁楼精灵只能生活在乡村有阁楼的人家。然而城市化进程终结了精灵依靠人类而生的生活方式，他们被迫迁徙，直到来到木里家的阁楼上才重新与人类世界产生交集。《犇向绿心》中的骨雕黄牛在完成耕田使命后，又重新变为工艺品。在这里，无论是阁楼精灵的"入住"，还是骨雕黄牛的"隐退"，它们都留下了来过现实世界的"凭证"。尽管具备了幻想小说的质素，但是汤素兰还是认为自己从事的是童话创作。从童话所表呈的氛围来看，作家在创作童话时，"周围的一切都浸润在他的感觉里，反射着他的感觉的光辉，整个氛围都是拟人化、童话化的"①。整体来看，幽默与诗意的融合是汤素兰主导的美学风格，她善于通过日常生活中的事物来体现童话的巧思，这归功于她对安徒生等异邦儿童文学资源的化用。汤素兰曾说："在安徒生的笔下，一根绣花针就真是一根绣花针，一棵草就真是一棵草，一个壶盖就真是一个壶盖，一个陀螺就真是一个陀螺，衣领就是衣领，但同时那根针就真是一个虚荣的小姐，那个衣领就真是一个虚荣的绅士。"② 立足于现实，又超脱于现实，这种融通现实与幻想的辩证赋予了汤素兰童话独特的魅力。在《小巫婆真美丽之飞向彩虹谷》的开篇，汤素兰就将现实与幻想进行了有机的融合：

在离你一天路程的地方，有一个彩虹谷。

不管你住在哪里，彩虹谷永远离你只有一天的路程。这一天的路程你需要步行。早上你要迎着东方的第一缕曙光出发。出发之前，你要用鼻子亲吻你的枕头、玩具、书本；亲吻你家的墙壁、门和窗，亲吻你最喜欢的饮水杯。当然，最最重要的，是要亲吻你的亲人。因为你不知道这一去还会不会回家。③

① 吴其南：《童话的诗学》，中国文联出版社2001年版，第51页。
② 汤素兰、陈晖、李红叶、谭群：《儿童文学三人谈——关于汤素兰的创作及其他》，《创作与评论》2014年第5期。
③ 汤素兰：《小巫婆真美丽之飞向彩虹谷》，湖南少年儿童出版社2010年版，第1页。

任何作家的创作都有"常"与"变"，汤素兰的童话创作因时而变，但仍有其一以贯之的思想内质与艺术技法。在"笨狼的故事"系列童话中，笨狼妈妈是作为女性而存在的角色，她是一位传统的家庭主妇形象。这类形象在沈石溪的《狼王梦》等作品中均有表征，在沈石溪笔下，母狼紫岚倾尽全力地培养下一代，并使其成为狼王。与沈石溪不同，汤素兰弱化了笨狼妈妈身上的"狼性"，而赋予了其作为一位普通母亲的性情。在《珍珠》中，当红狐狸小姐不给笨狼妈妈看她的珍珠项坠时，汤素兰这样写道："笨狼妈妈听了这话，半天没有回过神来。她站在原地发呆。发了一会儿呆之后，笨狼妈妈回家了。回到家里以后，笨狼妈妈坐在家里发呆，还掉眼泪。"① 可以说，笨狼妈妈这一形象符合传统价值观对女性的期许，即温顺、憨厚、柔弱，能激发男性的保护欲等。笨狼一家成员有三个，笨狼爸爸和笨狼妈妈几乎可以视为一体。这从人物称谓上就可以看出，二者都没有自己的名字，他们是基于主人公"笨狼"而存在的角色。

在传统民间童话中，人物性格的生成依循一定的程式，"故事主角因为缺乏母亲或保护者，而必须借助内心的力量；相反地，如果母亲仍在身边，这些力量可能都不会被发掘"②。与传统民间童话的主人公有所不同，笨狼天真憨厚品质的形成与原生家庭的完满密不可分。因此，笨狼不用形成对外保护机制，只需在父母和森林镇居民为其构筑的"象牙塔"中愉快地成长。这也可视为汤素兰有意识地建构"乌托邦式"童年家园的创作意图。在"小巫婆真美丽"系列童话中，彩虹谷不仅是巫师和巫婆们生活的场域，也是远离世俗的世外桃源："彩虹谷里有四个村庄，分别叫作鲜花村、香果村、时蔬村和大树村。正如你猜到的那样，鲜花村里开满了鲜花；香果村到处都是果园，一年四季，瓜果不断；时蔬村里随处可见的是绿茸茸的菜园，家家都种着鲜嫩的菜蔬；一到大树村，你就会看到古木参天，遮天蔽

---

① 汤素兰：《笨狼和他的爸爸妈妈》，浙江少年儿童出版社 2020 年版，第 32 页。

② ［美］谢尔登·卡什丹：《女巫一定得死：童话如何塑造性格》，李淑珺译，机械工业出版社 2014 年版，第 45 页。

日。"①

　　可以说，森林镇和彩虹谷都是汤素兰理想的"童年家园"的投射，二者都保留了农业文明社会的生活方式。一方面，这里的居民们都以农耕生活为主；另一方面，他们都葆有天真淳朴的本性。她的童话摒弃了人类中心主义的偏见，对城市化进程中人类生命及发展进行了反思。在汤素兰的笔下，自然的回归与童年的回归常常交织在一起。这种结合体现了刘绪源所谓自然心性的辩证统一，"既要保护被人类无情地破坏了的大自然的完整性，又要保护因大自然的被破坏而同时受损的儿童心灵的完整性"②。这种自然生态和童年生态的融合，无疑拓展了汤素兰童话创作的深层结构，其之于中国儿童文学的发展有着重要的启示价值。

---

① 汤素兰：《小巫婆真美丽之飞向彩虹谷》，湖南少年儿童出版社 2010 年版，第 4 页。
② 刘绪源：《儿童文学的三大母题》，复旦大学出版社 2015 年版，第 268 页。

第六节　韩青辰：报告文学中童年问题的描摹与反思

在中国儿童文学作家中，韩青辰始终秉持着一种高贵的文学精神为少年儿童创作。不同于一般性的学院派作家或儿童文学职业作家，韩青辰的身份是双重的，她既是一名公安民警，又是一位优秀的儿童文学作家。因此，韩青辰创作的儿童文学作品葆有一种直面人生、关注现实的精神，这在其以现实为题材的小说和报告文学中尤为突出。韩青辰坦言："在我激情澎湃不能自已的时候，我把它们写成报告文学。等冷却之后，我还要把它们写进小说。报告文学更急于揭露和解决实际问题，像制药。而小说更经久更艺术，像酿酒。"[1] 正是持守着这样的创作观念，韩青辰将其积累的关涉青少年事件的素材进一步凝练，运用报告文学和儿童小说等文体为少年儿童创作。

韩青辰于 20 世纪 90 年代初开始从事儿童文学创作，并延续至今，期间斩获了全国优秀儿童文学奖、冰心儿童文学奖、陈伯吹国际儿童文学奖及蒋风儿童文学奖（青年作家奖）等。纵观韩青辰的儿童文学创作生涯，报告文学在其中占据了格外重要的地位。报告文学更强调纪实性与文学性的融合，尤其是要反映社会问题并试图解决问题。儿童文学领域的报告文学则更要关注儿童成长道路上所遭遇的问题，"以未成年人的成长危机与挫折乃至扭曲人生为题材，满蕴着作家对这些未成年人'特殊群体'的深深关爱

---

[1] 董宏猷、韩青辰、刘东、刘秀娟：《少年报告文学：向文学和人性的深广处掘进》，《文艺报》2007 年 8 月 4 日。

与期待"①。这对于从事警察职业的作家韩青辰来说是相对便利的。她关注青少年的童年际遇，不回避其成长过程中的身心困境，其作品能触及青少年的"痛点"，发人深思。

一

在论析童年议题时，波兹曼指出："童年的概念是文艺复兴的伟大发明之一，也许是最具人性的一个发明。"②童年的发明有助于"儿童的发现"。在"儿童"并未真正浮出历史地表时，"童年"是成人追溯历史的一个概念，从而拉开了儿童与成人的距离。而这种析离为"儿童本位"观的出场及儿童成为独立主体准备了条件。新时期以来，中国儿童文学的创作流派和创作风格更具多元化。随着物质生活的不断发展，儿童的阅读期待也更趋于多样化。童书市场的火爆也在很大程度上加剧了儿童选择儿童文学作品的困难。儿童有认识社会的需要，儿童文学亦有帮助儿童认知社会的功能。从这一点看，韩青辰的儿童文学作品是具备上述功能的，其切入社会之深为读者留下了诸多关乎青少年成长的沉思。

韩青辰最具代表性的报告文学集是《飞翔，哪怕翅膀断了心》，该集共收录了七篇报告文学，虽然主人公都来自不同的家庭，但他们都曾遭遇成长困境，而其面对困境所做出的选择也不尽相同。在《蓝月亮 红太阳》《苏醒》和《风与风筝》中，读者可以洞见"幸福的家庭大体相似，而不幸的家庭各有各的不幸"的真相。无论是《蓝月亮 红太阳》中涛涛在无爱的家庭深渊中痛苦挣扎直至自杀，还是《苏醒》中陶力碗和紫伊为逃避现实生活而陷入的无可自拔的网恋，抑或是《风与风筝》中的阿东为赚一笔钱而计划的绑架，都切入社会的阴暗面并直抵人心。《飞翔，哪怕翅膀断了心》《单肢女孩的"野蛮"童年》《我的忧郁漂洋过海》和《伊丽莎白街上的那扇窗》和前三篇却有很大的差异，韩青辰在其中增添了更多坚忍、反抗的力量，而

---

① 王泉根：《新世纪中国儿童文学创作症候分析》，《当代文坛》2008 年第 5 期。

② [美] 尼尔·波兹曼：《童年的消逝》，吴燕莚译，中信出版社 2015 年版，第 2 页。

不是一味地沉沦。无论是反映女孩在遭受歹徒重创后的顽强重生，还是先天残疾的少女勇敢追寻新生活，都体现了韩青辰作品直面现实人生、开启人生新征程的主旨。

可以说，《飞翔，哪怕翅膀断了心》包含了希望与绝望的辩证法，而这种复杂的纠葛置于青少年的个体生命时更显现出了一种严肃而深邃的基调。韩青辰的报告文学以其特有的写实性、即时性和文学性向读者展现了当代青少年的生存状态，这在当代儿童文学界是较为稀缺的。尤其是在追逐幻想的儿童文学场域里，这种"直面"与"反思"更显得难能可贵。童年的生存状态与整个社会的风尚、语境息息相关，因而韩青辰的此类作品是对"中国式童年"的书写，它反映的问题不仅是"童年问题"，也是"中国问题"。在《蓝月亮 红太阳》中，涛涛的父母离婚，母亲改嫁后涛涛就完全交由姥姥姥爷抚养。对于涛涛来说，最重要的东西并不是外在的物质条件，而是亲人的关爱与陪伴。失去父母之爱的涛涛郁郁寡欢，郊游时发生的意外更使其和老师同学疏离，最终充满绝望和痛苦的涛涛选择了一条不归路。韩青辰的报告文学看似仅是对事件的描写，但她对事件本身的反思却是深刻的。可以说，涛涛的悲剧性命运是家庭、校园与其自身的脆弱三者合力造成的。在这里，"童年"在这些遭遇精神危机的青少年身上并没有被赋义，反而成为这些青少年群体的噩梦。从社会性质上来看，儿童属于"经济上无用而情感上无价"①的特殊群体。他们在童年期本该享受着来自学校的关爱和家人的呵护，但是一旦失去这种爱的护佑，青少年的成长将遭遇困境。换言之，基于良好成长环境的预设，青少年的成长将更为积极向上。《飞翔，哪怕翅膀断了心》中的李野在遭遇歹徒袭击后凭借着顽强的毅力逐渐康复，而且还获得了第五届"宋庆龄奖学金"。尽管李野在成长过程中遭遇了极其不幸的事件，但是社会各界和原生家庭的关爱使其从不幸中勇敢地走了出来。

当儿童作为报告文学书写的对象时，儿童的"成长"与"反成长"就成

---

① ［美］维维安娜·泽利泽:《给无价的孩子定价：变迁中的儿童社会价值》，王水雄等译，华东师范大学出版社 2018 年版，第 62 页。

了作家重点关注的议题。无论是顺境还是逆境，都是成长的应有之义。借助此类文学作品，青少年读者能更了解社会和自我，从而以更为稳健的姿态融入社会。除此之外，人是各种社会关系的总和，青少年成长过程中所集结的各类因素也能在这种童年书写中得到检视。在儿童文学领域里，远离现实人生的现象时有存在，耽溺于儿童的幻想世界使其境界难以提升。韩青辰的报告文学有效地弥补了这一缺失，强化了儿童文学的现实性与社会性。

二

关于"童年"的场域书写，中国当代原创儿童文学多集中于学校和家庭两个空间。譬如，秦文君、杨红樱等作家对中产阶级儿童家庭生活和学校生活的书写，曹文轩对苏北乡村地区儿童的苦难书写，都是较为明晰的例证。但是，值得注意的是，童年场域绝非仅局限于家庭和学校这两个空间，韩青辰的报告文学为读者提供了有别于上述空间的童年场域。警察的身份，使得韩青辰能有机会前往少管所、看守所和收容站等地近距离地接触问题儿童，在与他们的接触和交流中渐渐懂得并不是每一个孩子都拥有无忧无虑的童年。对于这些问题儿童而言，他们的生命意识中或许就不存在"童年"这个概念，社会就是他们的学堂，他们在社会上摸爬滚打，争取自己的生存权。这些儿童的童年场域主要集中在某座大城市的边缘或偏僻落后的乡村，他们的身份多是流浪儿、职业扒手、艾滋孤儿等。这些儿童大多徘徊在整个社会的边缘，独自面对社会的重压甚至歧视，但在韩青辰的笔下他们成为被关注的对象。疗治问题儿童也是韩青辰儿童文学作品的主题之一。

在韩青辰的笔下，上海是一座现代化的大都市，但是在这里依旧存在着翠翠、小淮阴、大魁等依靠城市铁轨谋生的流浪儿童，这正是其报告文学《碎锦》中所展现的文学图景。纵观韩青辰的各类报告文学作品，几乎每部作品的标题都带有一定的隐喻色彩，"碎锦"既象征着翠翠母亲破碎的一生，也为翠翠成为孤儿后的悲剧命运埋下了伏笔。在这里，这块破碎而名贵的锦缎经由母亲之手交付给年幼的女儿，隐喻了母女二人"命运同悲"的人生。同时，母女二人"复制"的悲痛人生也表征了"碎锦"的文化意涵。《碎锦》为读者呈现的是来自五湖四海的流浪儿聚集在上海、南京火车站一带艰难求生的童年场域。童年不再是美好的代名词，而是需要用苦痛来回应的现实。这个场域是由流浪儿童共同缔造的"小江湖"，他们拥有一套专属于流浪儿的话语体系和形式规则。该场域充斥着形形色色的儿童，其中既有翠翠、小淮阴这样踏实本分的流浪儿，也有大魁那样凭借武力扩充势力甚至从事非法交易的流浪儿。这些被忽略或遮蔽的童年图景一旦进入读者的视野，就会重构人们对"中国式童年"的印象，从而深化对其意涵的理解。在另外一篇描写流浪儿的报告文学《错位》中，韩青辰也表述了"中国式童年"苦痛的症候。因为主人公李野的父亲是服刑人员，导致李野在学校常被人嘲弄。父亲入狱后，李野不得不承担起赡养爷爷和照顾小妹妹的重任。起初，他在同伴老粗的带领下在火车站附近以收废品为生，后来不幸误入歧途成了职业扒手。应该说，李野所处的童年场域是一个由流浪儿、铁轨和废品构筑而成的边缘性社会，并充斥着犯罪与欺骗。除了书写城市边缘儿童的童年场域外，韩青辰甚至还将目光触及更为敏感的特殊群体，譬如"艾滋孤儿"等群体。在《渴望阳光——对艾滋孤儿的一份关注》中，韩青辰聚焦一对从艾滋村走出来的姐弟俩冬米和冬青，从"丧""孤""苦""怒""醒"五个维度描写了冬米艰难生存和艰苦求学的生活，并穿插了阿伟、遥遥等人的故事。从韩青辰的字里行间可以看出，这些受歧视的艾滋孤儿被抛掷于一个无爱的世界，与整个社会体系处于隔绝的状态。所幸，一些拥有大爱的志愿者，如高奶奶等人用类似于亲情的博大来关怀他们，帮助这些艾滋孤儿打开心扉，将温暖和希望注入他们的生活之中，真正地接纳了他们，并使其重获新生。

事实上，对于当代儿童文学的发展而言，类似于韩青辰这种书写处于社会边缘或困境的儿童的文学作品是非常有必要的。受西方幻想小说的影响，重幻想轻现实的观念阻滞了中国当代儿童文学的发展。韩青辰的创作超脱了以往"童年"书写中相对固定的场域，在对社会的深刻哲思中观照特殊儿童的童年生态，从而以一种"谛视"的姿态走进社会、走向儿童。在韩青辰的笔下，无论是流浪儿童，还是艾滋孤儿，抑或少年犯，他们首先是"儿童"，是一个"人"，然后才是作家观察与反思社会问题的对象。应该说，这种写法在儿童文学领域是不讨喜的，但她对儿童与社会关系的深入观照还是开拓了新时代儿童文学发展的新思路。警察的身份带给韩青辰很多便利，也给予了其文学书写新的启迪。韩青辰曾说："跟别人不同的是，我总是格外关注案中的孩子——哪怕他们不是主角，我知道，在他们平静的外表下面，一定挣扎着一颗破碎的心。我相信我比任何人都懂他们。"①正是本着这样一种态度，韩青辰用真诚的眼光观察案件中每一个儿童的生命个体，书写了独属于他们的真实童年场域，为当代儿童文学现实主义思潮的发展做出了努力。此外，还有一点也值得关注，在书写不同儿童生命个体及相应童年场域的同时，韩青辰也在青少年"童年"经历中抉发出一种坚守信念和追寻理想的生命诗学。

三

对于成长中的儿童或青少年而言，家庭与校园是他们现有生活中的主要场域，也是展现其生命与精神状态的空间视域。在韩青辰所构筑的文学世界中，尽管其"中国式童年"的书写在横向和纵向的时空中展开，但是空间的时间化还是其主导的叙述逻辑。不同于一般意义的家庭或学校中的儿童，韩青辰的笔墨很少停留于理想型的儿童身上，而是聚焦于因家庭变故、疾病困扰而衍生的问题学生。对于这些问题儿童，韩青辰予以了母亲般的关爱，其笔触所流露的温情，无不给这些问题儿童带来温暖与慰藉。对于报告文学来说，这种温情的留注体现为一种生命的诗学，这也为其报告文学增添了更为鲜明的文学性色彩。

具体来说，韩青辰报告文学所彰显的上述"生命诗学"更多地体现在她

---

① 韩青辰：《后记 飞翔：向着美好与明亮那方》，载《遥远的小白船》，江苏凤凰少年儿童出版社 2018 年版，第 154 页。

笔下与少女相关的作品中。韩青辰特别关注处于"身体和灵魂的觉醒期"①的少女，她们来自不同的家庭，有着各不相同的人生境遇，她们有的选择在逆境中重生，为争取自己的幸福人生而付出千百倍的努力；有的却因为原生家庭的残缺而导致心灵的失衡，最终上演了一场场悲剧人生。以《瓷花瓶的尖叫》和《为谁飞》为例。两篇报告文学反映的都是因少女的心理危机而引发的人生悲剧，不论是《瓷花瓶的尖叫》中的顾梦影，还是《为谁飞》中的婕儿，她们都出生在物质条件良好的中产阶级家庭，监护人不是教师就是作家，但是她们的结局无一例外都是"为情而亡"。在《瓷花瓶的尖叫》中，"瓷花瓶"象征着少女身体与心灵的脆弱。母亲顾梅影曾对顾梦影说："知道妈妈为什么贪恋瓷花瓶吗？它是少女的象征！你处于易碎期知不知道？！"②因为自己的不幸婚姻，顾梅影将其对男性的怀疑与恐惧灌输至顾梦影幼小的心灵中，所带来的结果是，顾梦影在落单中只得把所有情感和注意力放到体育委员贺健康身上。然而，青春期的爱情聚少离多，顾梦影病态畸形的爱最终使贺健康无法忍受，悲剧也就此形成。同样，在《为谁飞》中，婕儿的作家父亲在教育女儿上一直本着自由开放的原则，和女儿就像朋友一样相处，但是，婕儿对爱情强烈的占有欲和天生浪漫的性情却使其与周水子的恋爱濒临崩溃。可以说，以上这两位少女的经历都是在理想与现实的失衡状态下所引发的爱情悲剧，她们所追求的某种"生命价值"在无望的青春期中渐渐坠落。尽管青春是美好而甘甜的时段，但是它也是布满重重荆棘的艰难之旅，如果想要顺利度过，就需要明白："幸福是没法给予和嫁接的东西，要让孩子幸福，首先该让孩子拥有一颗坚实阳光的心灵，唯有那样，她才能去领悟和感受无处不在的幸福。"③

　　除了前述"少女之殇"外，韩青辰还创作了另一类自强不息的少女形象。

①　姚苏平：《性别话语与身份意识——论韩青辰儿童文学作品的叙事策略》，《江苏第二师范学院学报（社会科学版）》2016 年第 3 期。

②　韩青辰：《瓷花瓶的尖叫》，载《遥远的小白船》，江苏凤凰少年儿童出版社 2018 年版，第 86 页。

③　韩青辰：《〈为谁飞〉作者的话》，载《遥远的小白船》，江苏凤凰少年儿童出版社 2018 年版，第 114 页。

她们虽身处逆境或处于命运的低谷，但是其在追寻"生命价值"时却彰显了"生命精神"。她们并没有试图用爱情来唤起生命的存在感，而是通过爱情之外的其他方式来证明自身的价值，这在《单肢女孩的"野蛮"童年》《像蝉一样疯狂——失聪才女张悉妮的成长历程》和《永不放弃——无锡周明珠从掌上姑娘到杰出青年》中皆有所体现。这三部报告文学中的主人公王雪花、张悉妮和周明珠都属于身残志坚的"励志型"少女，在她们身上可以看到"海伦·凯勒式"不屈不挠的奋斗精神。她们的成长伴随着先天身体残疾、失聪或某种顽疾，但是这些并没有阻挠她们的斗志。巴什拉认为，"孩子通过成年人认识到苦难"[1]。但在韩青辰这里，儿童可以通过自己来认识困难，有时他们对于初心的执念还要超过许多成年人，这也许是韩青辰书写这几位"励志型"少女的真实意图。

韩青辰的《小证人》不是报告文学，但却沿袭了其一贯的关注现实的文学思想。该小说围绕一场校园命案而展开，文老师在批评王筛子时，后者癫痫病发作不治身亡。冬青是当时唯一的目击证人。"小证人"的身份让冬青深陷他人与自我的双重重压。韩青辰细腻地描摹了老师和同学的误解及陈述证词的自我否定后冬青的精神煎熬。这种逼近儿童灵魂的考问是严肃而博大的，用"火焰"般的情思将整部作品锻造成一个透明的"晶体"，映现出多面的世界，也折射出多棱的华彩[2]。这种厚重的"童年之问"对于矫正当代儿童文学"失重"现象无疑是有意义的，因为它返归了儿童文学的本义，即用心去体悟"儿童是什么"的元问题。

据韩青辰的各种创作谈，她的儿童文学创作素材均来源于其接触过的真实案例，是有案可循的："我也一直喜欢写日记。工作后无论怎样辛劳、忙碌，每天都会写几页，把小说也写在日记里面。"[3]依托于这些真实的第

---

① [法]加斯东·巴什拉：《梦想的诗学》，刘自强译，生活·读书·新知三联书店2017年版，第127页。

② 谈凤霞：《韩青辰长篇小说〈小证人〉：直逼童年灵魂的厚重之作》，《文艺报》2015年4月24日。

③ 谢玲、李慧：《读书让我们美好安详——访著名儿童文学作家韩青辰》，《阅读》2020年第7、8期合刊。

一手素材，韩青辰的儿童文学创作才起到用事感人的效果。此外，将儿童置身于社会的熔炉中去考问童年的状况与走向也是其主导的创作方向。无论是青春期孤注一掷的滚烫爱恋还是备受不幸的成长历程，都在其笔下表现为一种别具一格的生命诗学，从而彰显其洞察童年生命的深度与力度。

第七节　饶雪漫：童年与青春夹缝间的疼痛书写

　　有着"文字女巫"之称的饶雪漫在文坛上以创作青春小说而著称。"青春疼痛系列"是其代表性的作品。在论及创作初衷时，饶雪漫这样写道："我要写一些真实的东西，还原青春一些真实的面目，用我的小说去帮他们说一些他们认为'不能告诉大人的事'，我想让他们知道，其实说出来，或许会有不一样的结果。如果还有一些什么，注定不能拿到阳光下来晒，那么至少，我可以送进去一点温暖，让他们感觉没那么冷。"应该说，饶雪漫内心拒斥读者将其作品视作通俗言情小说，她认为"它们是真正意义上的青春成长小说"①。正如论者所言，在成长小说的概念中，"没有青少年对社会、自然、自我等方面的认知发展，就不可能有真正意义上的成长"②。在饶雪漫的笔下，儿童及青少年的这种"认知发展"往往来自于成长过程中的"疼痛事件"，而这些"疼痛事件"常常发生在主人公的童年阶段。可以说，饶雪漫笔下的主人公几乎无一例外地带着童年的"疼痛感"进入了绵密的青春期。具体来说，这种"痛感"大致可分为两类："身体疼痛"与"精神疼痛"。这两种痛感交织在一起构成了独属于饶雪漫的"青春疼痛系列"。

---

① 饶雪漫：《我想和你们的青春谈谈》，载《那些不能告诉大人的事》，山东文艺出版社 2019 年版，第 6 页。

② 芮渝萍、范谊：《成长的风景——当代美国成长小说研究》，商务印书馆 2012 年版，第 233 页。

一

　　在饶雪漫精心构筑的文字世界里，无论是因为家庭破碎、父母缺乏责任心导致的虐待儿童，还是因为个人纠纷造成的打架斗殴，抑或是因为先天疾病造成的某种心理病态，都构成了青春疼痛的前因或后果。在她的笔下，人与人的情感关联也多源于疼痛的记忆。"疼痛"包括自我之痛与他者之痛，前者能"言说"，后者则难以"言说"。在饶雪漫早期的青春小说创作中，《校服的裙摆》是一部不得不提及的作品。从作家为女主人公安排的三个名字以及所对应的三段经历不难看出，女主人公的"苦难"与"痛感"均来自于童年。在每一段故事开始之前，饶雪漫均用"引子"来简单交代这个阶段女主人公的身份与状态。比如当她被叫作"小三儿"时，也是她整个生命的低谷，她所面临的是母亲病危、父亲再娶的人生困境。

　　在《校服的裙摆》中，女主人公命运的转折源于一位导演来到青木河拍电影。她在众多女学生中脱颖而出，成功饰演了患有自闭症的"小女儿"角色。然而，好景不长，一场大火烧毁了她的家，小三儿不幸成了孤儿。至此，饶雪漫才告知读者小三儿的真实名字，并开始讲述关于她的第二段故事。这是一个关于林小花在孤儿院生活并被新家庭领养的故事。在这里，小三儿和林小花的故事为少女伊蓝的出场埋下了伏笔。女主人公三次改变命运的机会均源于她出众的外表和精湛的才艺。在成长历程中，改名为伊蓝的林小花并不缺乏爱与关心，邻家男孩童小乐、秦老师、罗宁子、养母章阿姨等人都曾给予过她帮助。但男性长辈的关爱是稀缺的。当伊蓝面临爱情选择时，她果断放弃了青梅竹马的童小乐和英俊帅气的实习生卜果，而选择了年长的单立伟。尽管少女伊蓝获得了世俗意义上的"成功"，即她顺利进入了演艺圈并即将与房地产大亨单立伟开始新生活，但她的内心是孤寂空虚的。有论者指出："对于现代女性来说，'成长'有着深刻的寓意：她们要从父权文化的规约中突围，成长为具有选择权和行动力的女性主体。"[①]由于精神层面的缺失，伊蓝将终身的幸福与希望系于他人，依然无法实现

---

① 陈莉：《中国儿童文学中的女性主体意识》，海燕出版社 2012 年版，第 100 页。

自我救赎。

然而，究竟是什么样的痛苦令伊蓝渴望逃离呢？在饶雪漫的笔下，童年的伊蓝对"疼痛"是没有感知的。在脾气暴躁且经常酗酒的父亲的阴霾下，"暴力"成了司空见惯的事：

> 我不记得他打了我多久，反正肯定是打累了，才住了手。他继续坐到桌边去喝酒，我从地上爬起来，看到桌上只有一盘孤孤单单的花生米。我觉得脸上很腻很脏，于是走到水龙头前面洗脸，有红色的东西和着自来水慢慢地流到白色的搪瓷盆里。我知道我的鼻子又出血了，血流了很久都没有要停的意思，可是我真的不觉得痛。[1]

在这里，"我真的不觉得痛"实际上并不是她的肉体丧失了痛觉，而是鉴于极度的恐惧、委屈、伤心和愤懑交织后的疼痛"失敏"。质言之，在这种得不到父爱又被至亲虐待的情境下，肉体之痛在精神之痛面前早已不值一提。此后，父亲在别人的介绍下和继母"大嗓门"结婚，对伊蓝来说，表面上"大嗓门"似乎也可勉强代替去世的母亲。但真实的情况却是父亲和继母都属于唯利是图的人，他们把老屋改造成了一家杂货店，斤斤计较着收入与支出的一分一毫，并将伊蓝当作免费的童工来使唤。在这样一个重组家庭中，如果说父亲扮演着权力的角色的话，那么继母则充当了伪善的角色。这可以通过两件事来说明：第一件是他们外出进货把生病的伊蓝独自留在家中阁楼，这并不是出于放手让伊蓝成长的考虑；第二件是当伊蓝被选作小演员去拍电影时，他们却又表现出谄媚的态度。在饶雪漫的青春文学世界里，成年人或成人世界是作家审视和批判的对象。在撤去了成人或成人世界的庇佑后，饶雪漫笔下的青少年只能"反求诸己"来面对各类困境。这在饶雪漫的《左耳》中有着明晰而深刻的体现。

在《左耳》中，少年恋情在其中所占的比重远远高于饶雪漫早期作品《校

---

[1] 饶雪漫：《校服的裙摆》，译林出版社2014年版，第11页。

服的裙摆》。苏有朋导演的电影《左耳》片尾曲的歌词这样写道："别怪身体 / 偶尔会伤害你的灵魂 / 很痛忍一忍 / 回忆留给会痛的人 / 爱免不了悔恨 / 放下质问 / 就懂慰问。"由此可见，爱与痛是该小说和电影共有的主题。饶雪漫将校园与爱情、青春与成长、真诚与欺骗等元素糅合在一起，由此产生了独特的艺术效果。该小说之所以能让很多读者动容，宋平的理解是，"这种惆怅和疼痛是引起一代又一代人共鸣的来源，也是在久远而清晰的少年时代，苦涩爱情的基本轮廓"①。事实上，疼痛是与青春、爱恋连接在一起的，而这种混杂的联系强化了此类情感的力度。小说的叙述视角颇为独特，主要采用数位主人公的内心独白来叙述。第一位出场的是李珥，她的自我介绍方式也间接映衬出她是一位乖巧文静、性格内敛的少女：

> 上帝作证，我是一个好姑娘。
>
> 我成绩优秀，助人为乐，吃苦耐劳，尊敬长辈。我心甘情愿地过着日复一日的日子，每天晚上十点准时睡觉，第二天早上六点按时起床。我起床后的第一件事就是拉开窗帘看天，那个时候，天总是蒙蒙亮的，就算是夏天，太阳光也只是稍稍有些露头。然后，我会坐在窗前读英语，声音大而甜美。我的妈妈会走过来，递给我一杯浓浓的牛奶。我把牛奶呼啦啦喝掉，继续读我的英语。②

青春似乎注定是苦涩而充满痛感的，李珥的这种自我叙述看似大胆直白，而实质上却隐含着青春之恸。李珥是个乖乖女，17 岁时毫无征兆地爱上了同校男生许弋，但这只是一场还未来得及绽放就已经凋敝的花事。她目睹了品学兼优的许弋如何被一个来自技校的女生黎吧啦追求，两人上演了一段"惊世骇俗"的"爱恋"。之后黎吧啦又迅速抽身，将深陷情网的许弋抛弃，从此风光无限的许弋一蹶不振。而这一切似乎都与李珥无关，即便她渴望为许弋做点什么，她似乎都没有什么资格。可以说，饶

---

① 宋平：《青春小说缘何长生不老——纯爱特质让人心悸》，《中华读书报》2013 年 11 月 6 日。
② 饶雪漫：《左耳》，山东文艺出版社 2019 年版，第 3 页。

雪漫将青春少女那种夹杂着暗恋与爱而不得的情绪拿捏得非常到位。当我们站在成人的角度去反观以李珥为代表的女中学生爱情时，难免会流露出"青涩""稚嫩""不切实际"等看法。然而，对于怀揣着炙热爱情理想的青春少女而言，这份"爱情理想"实际上与"学业理想"和"人生理想"一样弥足珍贵。关于这一点，有论者是这样论析饶雪漫的青春书写的，"理想之于青春，是其精神成长的影像记录和与外界矛盾冲突的综合表现"①。李珥的"矛盾冲突"看似源自外部世界，家长、老师更多关注于她身外的物质或学业，而忽略了她作为一个生命个体的情感需求。这也就是为什么当李珥与黎吧啦产生瓜葛后，李珥妈妈会说，"李珥，你让我很失望"。她的"失望"并不是来源于李珥的改变，而在于女儿没有按照自己的预期去发展。从成人的角度看，孩子的青春成长要符合其所规定或期待的法则，"作为青春成长过程中精神成长的重要方面，体现了一个民族、一种文化或一种社会集团对青年人精神成长的时代要求"②。殊不知这种"要求"往往并不是青少年自身的诉求，只是成人的一厢情愿。这是成人与孩子"两代人"挥之不去的代际隔膜与差异。

作为叛逆少女的代表，黎吧啦是饶雪漫笔下极富鲜明个性的人物形象。她不似寻常同龄女生那样腼腆胆怯，性格大胆泼辣且敢爱敢恨。她之所以主动追求许弋是受另一位男生张漾所托。这也是整篇小说最富有戏剧性的情节。张漾的父亲同许弋的母亲年轻时曾有过一段短暂的婚姻，因此张漾一直以为许弋的妈妈是自己多年未见的生母。后来两人都考入了天一中学，张漾发现许弋的妈妈对自己视而不见、毫不关心。因此自小缺失母爱的他不禁怀恨在心，他利用了黎吧啦对自己的喜欢，唆使其"败坏"许弋的名声。如果说饶雪漫早期作品《校服的裙摆》还保留有落难少女被男性救赎的童话想象的话，那么《左耳》则摒弃了一切童话想象，并将成人社会的残酷毫无保留地介入了这些高中生之中。这何尝不是一种另类的"残酷青春"呢？

<hr>

① 徐建华：《打造阅读新流行——论饶雪漫小说"青春主题"的构建》，《甘肃社会科学》2011年第 4 期。

② 刘广涛：《百年青春档案》，中国社会科学出版社 2005 年版，第 63 页。

和《校服的裙摆》一样,《左耳》也有许多篇幅涉及青少年成长的"阵痛"。然而有一点与前者不同,前者所涉及的更多是因家庭变故给伊蓝带来的成长之痛,而《左耳》却是以爱情为主题来表呈青少年的青春之恸。显然,小说中关于青春期爱情的失意所带给少女的伤痛既体现在身体层面,也体现在精神层面:

> 吧啦很快出来了,洗过澡的她和平常非常的不一样,她穿着白色的睡裙,脚步缓慢地走到我的面前。她走近了,缓缓撩起她的衣服,在清冷的月光下,我看到她肚子上的红肿和淤青,丑陋,让人胆战心惊。①

> 我忘不掉许弋,不管他对我是什么样的态度,我都无法忘掉他在我年轻的心里留下的爱和伤痛。这一切,就如同我无论如何也忘不掉吧啦,忘不掉吧啦那绿色的眼影和她忽然一下咧开嘴笑起来的样子。②

尽管青春成长充满了疼痛与苦涩,但饶雪漫并未拒斥对于青少年童年余绪的书写,两者的融合共构了其青春书写的意涵。在《左耳》中,当李珥知道自己暗恋的许弋最终喜欢上了黎吧啦时,她的思绪忽然翩跹至遥远的童年时代,脑海中一个接一个的童年场景浮现出来。如妈妈为自己买过的小褂子、老家堂屋里曾经发生的童年旧事等,纷至沓来、历历在目。李珥在回忆时认为,"现在的我想起那个头脑深处的童年,才发现那时候真的是很快乐的。那时候我还不认识许弋,也不认识吧啦。那时的我,还没有什么秘密"③。这种"闪回"的记忆因现实情境而起,借用论者的话说即是,"这是一种与时间有关的感伤——当我们隔着岁月的距离遥想童年时,那段充

---

① 饶雪漫:《左耳》,山东文艺出版社 2019 年版,第 15 页。
② 同上书,第 35 页。
③ 同上书,第 7 页。

满新鲜感却一去不复返的时光影像，总是伴随着那种'美好而又失落的心情'"①。在饶雪漫这里，她以"同代人"的笔法摒弃了成人世界那种居高临下的姿态，并以意识流的叙述方式遥望童年的美好纯真，又借助这种反差来言说主体青春成长所面临的精神困境。

二

在"青春疼痛"系列作品中，饶雪漫对"疼痛"的文化意涵做了很好阐释的另一篇作品是《离歌》。如果说《校服的裙摆》和《左耳》等作品中青少年之痛尚来自于家庭变故与青春恋情的话，那么《离歌》中马卓、夏泽、夏花等青少年的"疼痛"则超出了校园青春小说的范围，进而走向更加复杂与多变的社会体系。饶雪漫将《离歌》的背景安排在四川的雅安和成都，少女马卓在雅安出生，随后跟随养父阿南和奶奶在成都上学读书。小说一开始就洋溢着浓郁的四川边地的氛围和特质：

> 我叫马卓，是个川妹子。
>
> 我出生的小城，有个很好听的名字，叫雅安，也有人叫它"雨城"。雨城的雨名不虚传，一下起来就没完没了。奶奶说，之所以会这样，是因为我们这里的天漏了一小块的缘故。我的奶奶是个藏族人，她其实并不算老，但她的脸上有很多皱纹，还有一双看上去很神秘的眼睛，她说的话我差不多都会相信，因为如果不信，兴许就会遭殃。我的爸爸就是一个活生生的例子，他在我两岁那年的一个晚上不顾奶奶的坚决反对非要跑出去见一个什么人，结果被一把牛耳尖刀插入心脏，当场死亡。
>
> 当时我的妈妈只有二十岁，还没有跟我爸爸领结婚证。爸爸死后她丢下我独自去了成都，于是我跟着奶奶长大。雨下个不停

① 方卫平、赵霞：《儿童文学的中国想象：新世纪儿童文学艺术发展论》，安徽少年儿童出版社2018年版，第162页。

的时候，奶奶会给我唱歌，用藏语。那些与众不同的调子，飘飘忽忽，像是天外飘来，直至把我唱入梦乡。①

　　对于马卓来说，自幼的成长环境与其在成都读书的生活环境多是残酷和艰难的。马卓的爸爸马飙和妈妈林果果都属于没有稳定职业和固定收入的人，在当时复杂的社会关系里，他们经常会"得罪"一些人，轻则引发皮肉之苦，重则甚至会有性命之忧。譬如，马飙的意外身亡和林果果的手臂受伤等都能说明这一点。马卓在这样一个环境下艰难地度过了其童年时光，带给她希望的仅有优异的成绩和母亲追求者阿南父亲般的关怀。马卓的童年似乎总是伴随着"失去"，她先后失去了三位至亲：爸爸、妈妈还有奶奶。性情暴躁且无能的小叔常常将她当作出气筒，并且视她为"不祥之物"。当小叔将神婆给他的药混合着烈酒给马卓灌下后，饶雪漫将弱者的疼痛直白地描摹出来了：

　　　　孤儿马卓，是一个心里住着魔鬼的女孩子。我挠着自己的胸口，希望魔鬼听到我的话。我只想求他从我的身体里走掉，消失，去惩罚别的孩子吧。孤儿马卓受够了这一切。②

　　在小说中，"离歌"这一标题也是有其独特寓意的，它象征着少女马卓童年时期一场又一场突如其来的别离。正是因为她是一个在"离别"中长大的孩子，所以当她有幸被阿南收养并且获得父亲般的关爱时，她格外珍惜这来之不易的读书机会，最终以优异的成绩考入了天一中学，开始了崭新的学习生活。饶雪漫笔下的主人公类似于麦考伦所谓的另类儿童，他们被"排斥在家庭或过去之外，或者脱离了熟悉的社会、文化或时间环境"③。

---

① 饶雪漫：《离歌》，译林出版社 2014 年版，第 7 页。

② 同上书，第 74 页。

③ ［澳］罗宾·麦考伦：《青少年小说中的身份认同观念：对话主义构建主体性》，李英译，安徽少年儿童出版社 2010 年版，第 92 页。

一个个体被群体驱赶,成为另一种文化的代表时,也就意味着他们只能依靠自己去面对世界给予他们的痛。饶雪漫一方面让这些青少年独自去面对世界,另一方面却又安排恰当的人来拯救他们。如给予伊蓝慰藉的单立伟、提醒张漾不要忘记过去的李珥、无私爱护马卓的阿南,都是残酷情境下的善良之光。饶雪漫所塑造的这些"解救者"的形象,其功能类似于殷健灵所谓的"精神摆渡者"。在青春文学的世界中,"解救者"早已不局限于青少年身边的老师、家长和同学,而是扩展至更加宽阔的领域。但在"他救"和"自救"的关系中,饶雪漫更认可后者。

三

在语言风格方面,被誉为"文字女巫"的饶雪漫自然有其独树一帜的特点。首先,她的文字在通俗流畅之余又带有浓郁甘美的青春气息,仅凭这一点便可以深深打动青春期少男少女的心。她通常会在每一个情节之前书写一段记录心情的文字,这种书写体例便于青少年读者迅速进入下一段的故事情境中。例如《校服的裙摆》在进入伊蓝的故事之前有这样一段文字:

> 后来很多次,少女伊蓝回头细想,才发现当时每到黄昏便显得落寞的斜阳和浮云,竟然是她未来穿越的或短或长的人生雨季里面单薄脆弱,然而光华异常美丽的亮色,好比雨帘中樱花初绽枝头的短暂花蕾,青春的痛楚和甘美始终清晰如昨。很多的故事都发生在夏天,那悲喜交集的漫长夏天里,倏忽而过的并非时间,而是永不再来的成长季节里茂密苗壮的青春感受。[①]

在这段文字中,饶雪漫将青春期遭遇的困境比作黄昏时"落寞的斜阳和浮云",当时光飞逝回首往事时,人们不禁发现,原来当初被年少的我们视为阴霾的落寞与失意竟是成长过程中最为宝贵的收获。一方面我们在

---

① 饶雪漫:《校服的裙摆》,译林出版社 2014 年版,第 67 页。

逆境中磨砺了自身的心智，使自己更加果敢和坚毅；另一方面当初那些"茂密茁壮的青春感受"也是我们人生历程中不可多得的精神财富。在这里，饶雪漫将"苦难是人生的财富"这句话用诗意清新的语言进行表述，取得了极佳的艺术效果。其次，为了缓和这种青春成长的压抑和苦痛，饶雪漫常以一种充满幽默的方式来言说。比如在描写学霸肖哲时，饶雪漫这样写道："我坐下来两分钟后，他也跟着进来了。他仍然是低着头，保持他惯有的妄想数清地面细菌的眼神。"[1] 就这样寥寥数笔，一个刻苦认真但少年老成的学霸形象就生动地展现出来。这正是饶雪漫所独有的在书写疼痛时又保持冷峻幽默的技法。值得一提的是，饶雪漫善于以第一人称的叙述方式来推进小说情节的发展。《校服的裙摆》《小妖的金色城堡》《离歌》《秘果》等作品都采用第一人称的叙述方式，由此可见一斑。一般而言，第一人称叙述的优势在于，它在描述人和事时基于主体情感的抒发容易唤起读者的共鸣。然而，它的弊端在于叙述视角的受限，无法全方位地展现小说发生发展的全景。因此，在《左耳》等小说的叙事中，饶雪漫别出心裁地将数位主人公的第一人称叙事串联在一起，这样既满足了第一人称叙事易于同读者共情的需要，又可以相互补充故事情节。这种"互现"情节和人物关系的叙述方式有助于情节结构的铺展。

"疼痛"是生命机体存在的表征。盲视青春文学内在的疼痛显然无法切近该类文学的内核。在谈及自己创作"青春疼痛"小说的初衷时，饶雪漫曾言希望告诉她的小读者们尤其是少女读者们："这个世界上，并不是只有她一个人在和自己并不漫长的青春期，做着无休无止的对抗。"[2] 由此看来，与其说"对抗"的是青春，毋宁说"对抗"的是青春的疼痛。饶雪漫始终坚持青春成长小说的书写，在围绕校园青春成长开启生命沉思时又夹杂着对童年岁月的缅怀。这样看来，青春文学在很大程度上弥补了儿童文学渴望言说却又无法言说的部分，它将儿童由童年过渡到成年的"裂隙"进行了有

---

① 饶雪漫：《离歌》，译林出版社 2014 年版，第 175 页。

② 饶雪漫：《我想和你们的青春谈谈》，载《那些不能告诉大人的事》，山东文艺出版社 2019 年版，第 6 页。

效的填补，青春文学与儿童文学的连接构成了成长文学的完整序列。可以这样理解，青春文学上承充满自然精神的儿童文学，下接已然社会化的成人文学，是青少年精神世界中不可或缺的"秘密花园"，也是反观儿童文学中有关青少年成长命题的镜像，是连接儿童文学与成人文学的重要关节点。

第八节　汤汤：在"鬼精灵"童话与幻想小说间构筑通道

　　吴其南认为，童话"以非生活本身形式塑造艺术形象并由此形成一个假定性的艺术世界"①。童话对作家的要求不亚于成人文学创作，甚至可以说，在现实与幻想的描摹中，童话这一儿童文学文体书写的难度被凸显出来。汤汤的童话创作颇有特色，在学界较为引人瞩目。从她早期成名作《守着 18 个鸡蛋等你》就可以看出其创作风格以温情明朗、朴实动人为主。该童话的主人公是"我"与买来的母鸡"二给"，因为"我"身体虚弱，所以要二给下蛋给"我"补身体。作为一只有个性的母鸡，二给不愿沦为给主人补身体的机器。然而，"在斗嘴打闹怄气威胁的背后，却隐藏着两个孤单的生命相依为命、相互理解，直至互为对方做出牺牲的爱意"②。该童话基本奠定了汤汤童话创作的基调，即以一种"敏感的诗心，深挚的同情，在童话中对一系列严峻尖锐的现实问题，做出艺术回应"③。

一

　　纵观汤汤的童话创作经历，真正奠定其儿童文学界地位的是"鬼童话"系列。汤汤曾说："那一定是老天送给我的礼物，让我在写'鬼'的童话里，

---

① 吴其南:《童话的诗学》,中国文联出版社 2001 年版,第 119 页。

② 李蓉梅:《此情可待》,《儿童文学》2007 年第 5 期。

③ 黄江苏:《论汤汤童话中的现实关怀精神及其历史意义》,《文艺争鸣》2016 年第 9 期。

写人性，写人情，写人世间，写生命的孤独和悲喜，写我对活着和对世界的感悟，专注又痴迷。"①汤汤将民间故事中的"鬼怪"和"精怪"楔入现实世界，有意识地打破了两者泾渭分明的界限，以实现"'写实'大量介入'幻想'，'写实'与'幻想'彼此融合"②。中国儿童文学界将"鬼"介入童话的女作家还有张雅姈（笔名鬼丫头），短篇小说集《鬼丫头沸腾聊斋》和长篇小说《紫禁聊斋》是其代表作。相较之汤汤的"鬼童话"，张雅姈的现代版"聊斋"是一种更接近于通俗文学的儿童幻想故事。不同于张雅姈现代版"聊斋"故事的"惊悚"式奇幻，汤汤笔下的"鬼童话"更具诗意与温情，"她所要着力的，并不在于奇幻文学中炫目的魔法，或者是像《子不语》中辑录的奇闻、'鬼'闻，而在于角色之间以心换心、实实在在的交往"③。两者的不同可以通过具体的文本来说明：

　　把落落带来此处的，正是这位穿花风衣的鬼。

　　一袭瘦瘦的绿色风衣，风衣上开满白色的茉莉花，不知道长得什么样，因为戴着白色的面具。落落没有觉得害怕，她伸出手，想去摸一摸风衣上的茉莉花。

　　"啪！"落落的脑袋被敲了一下，"大胆！"穿花风衣的鬼凶凶地说。

　　……

　　落落大声哭起来，穿花风衣的鬼就在一边看着。落落哭着哭着，突然想起自己好久没有这样哭了。这样带着撒娇和任性的哭，是在爸爸面前才有的啊。于是她越哭越响。鬼就很耐心地在一边站着。④

　　凡终于明白了。

① 汤汤：《自序》，载《到你心里躲一躲》，中国少年儿童出版社 2017 年版，第 2 页。
② 孙建江：《创新意识与童话艺术发展》，《文艺报》2019 年 11 月 11 日。
③ 齐童巍：《论汤汤的童话创作》，《温州大学学报（社会科学版）》2012 年第 3 期。
④ 汤汤：《穿茉莉花风衣的鬼来了》，载《到你心里躲一躲》，中国少年儿童出版社 2017 年版，第 95 页。

明白了父亲和他的祖辈之所以能做出灵动木偶的诀窍，也明白了父亲为什么坚决不让他继续从事这个行当。每一个活灵活现的木偶身体里，都流着一个生命的鲜血，禁锢着一个灵魂。祭献上一个生灵，才能做活一个木偶，让它成为被提线操纵的驯良的奴仆。

至于父亲和他的祖辈为什么那么短命，那一定是木偶魂灵的诅咒。①

显然，汤汤更具灵气与温情，细节处理细腻明了，少了一些病态与惊悚。《穿茉莉花风衣的鬼来了》洋溢着一种贴近儿童心灵世界的脉脉温情。穿茉莉花风衣的鬼与其说是"鬼"，倒不如说是守护落落平安成长的精灵，是他一次又一次地将落落从川流不息的马路上救下并带回到安全地带，他还语重心长地告诉落落，想念爸爸也要顾及自身安危。相对而言，张雅峥的《偶之魂》想表现的并非人间的温情，她通过古老的木偶制作手艺展示出一种类似于"移情物品"的"不可替代性"②。从儿童文学读者接受的角度来看，"儿童文学的隐含读者都是儿童"③。儿童和成人对儿童文学作品都存在某种心理预设，对温情的需求往往要大于对神秘可怖力量的探求。汤汤借助"鬼"来探讨人与人之间的情感脉络，而张雅峥的作品则旨在探寻成人世界的悲哀与无奈，"与成人叙事中的'爱'以'欲'为根不同，童话故事里的'爱'以'情'为本"④。由此看来，汤汤的"鬼童话"系列在艺术性与思想性方面更适合儿童的阅读与接受。

汤汤的"鬼童话"之所以能独树一帜，除了其精妙的构思和充沛的想

① 鬼丫头：《偶之魂》，载《鬼丫头沸腾聊斋》，山东文艺出版社2011年版，第28页。

② ［美］谢尔登·卡什丹：《女巫一定得死：童话如何塑造性格》，李淑珺译，机械工业出版社2014年版，第117页。

③ ［加］佩里·诺德曼、梅维丝·雷默：《儿童文学的乐趣》，陈中美译，少年儿童出版社2008年版，第28页。

④ 徐岱：《诗性与童话：关于艺术精神的一种理解》，《杭州师范大学学报（社会科学版）》2006年第4期。

象力之外，至关重要的一点在于汤汤借助鬼怪和精灵来诉说人类的离合悲欢。孙建江指出："能不能将'实'的现实生活转化为'虚'的童话想象，或者说，能不能让读者在'虚'的童话想象中感受到'实'的现实生活的力量，这是对童话作者的极大考验。"① 在汤汤的《到你心里躲一躲》和《木疙瘩山的岩》中，人类与鬼的情感连接除了真诚还有利用甚至是背叛。无论是大人嘱咐木零去傻路路那里取宝珠，还是小男孩满的父母偷偷地给小鬼岩拍照片以换取丰厚的报酬，都体现了世俗之气在儿童与鬼的世界中弥散，成人世界中的生存法则依然在两重世界中通行。《镯子，娉娉婷婷》和《袖·绿》想象了人类与精灵之间关系的另一种可能，即一种建立在平等尊重、真诚友爱基础之上的新型关系。作为妖精的镯子分别用唐诗、宋词和元曲换取了葛巾的蓝印花布头巾、小袄和裙子。值得注意的是，镯子和葛巾之间以物易物的方式是一种非物质的交换。从表面来看是诗歌与工艺品的交换，然而从深层次而言亦是真诚的交换。在这里，友谊破除了人类与妖精之间的禁忌，使彼此敞开了心扉，从而收获了美好情谊。《袖·绿》较之于《镯子，娉娉婷婷》的情感更为炽热，女孩袖和青蛙精绿的情感是一种无私之爱。绿深谙人类和青蛙精无法永久在一起的真相，因此选择了默默守候在袖的身边直至冬眠死去。这种不离不弃的爱不限于人类之间，在人与精灵的世界中仍在传递。对此，聂爱萍这样评价："汤汤在她那奇谲诡异的想象与意象世界里尽情地播撒着真诚与善良的种子，以润物细无声的境界传达温煦的爱意"。②

在汤汤丰富多彩的童话世界中，"树精"贯穿其童话创作的全过程。从《老树精婆婆的七彩头发》到《绿珍珠》，汤汤对"树精"情有独钟。在《老树精婆婆的七彩头发》中，"七彩头发"具有浓郁的象征意味，它象征着维系树精存活的命脉，树精一旦失去她们美丽的七彩头发，似乎也很难活下去：

老树精婆婆自己也不知道会怎样。她只记得，她的妈妈也有

---

① 孙建江：《创新意识与童话艺术发展》，《文艺报》2019 年 11 月 11 日。
② 聂爱萍：《儿童幻想小说叙事研究》，少年儿童出版社 2020 年版，第 257 页。

这样的七彩头发，在深夜的梦乡里，被人剪了。后来，妈妈就病了，每天都说自己"好丑"，临死前，她说："现在，你是世界上唯一长着七彩头发的树精了，要保护好你的每一根头发，记住，是每一根，一根都不能丢，一根都不能丢……"

那时候的老树精婆婆还很小很小，她爱妈妈，她一辈子都记住了妈妈的话。她爱每一根头发，就好像是爱她的妈妈似的。[1]

在这里，汤汤巧妙地将树精的生命与她们的七彩头发紧密相连。故事中夹杂着两条行文线索：其一是生活困窘的理发师大风接到一个神秘的任务，要偷偷地剪去老树精婆婆的七彩头发；其二是神秘女人的祖辈与树精家族的恩怨纠葛。在文本中，汤汤有意识地将人与自然的主题融入其中。"树精"是汤汤童话创作的重要意象，它有效地介入了作家创作的转型。

二

《绿珍珠》是汤汤的转型之作，它所承载的思想内涵较之其以往的童话要更趋丰盈与深刻。绿珍珠树林中的绿嘀哩原本过着自给自足的幽静生活，蓬蓬正在等待着小妹妹的降生。然而这种生活却隐藏着巨大的危机：人类看中了这片树林并要将它改造成绿珍珠城，绿嘀哩将不再是树林的守护者，而成为被驱逐的对象。《绿珍珠》将人类与自然的矛盾具象化为城市开拓者与生态保护者的矛盾。于是，人类与自然、功利与童心之间形成了一种张力，两者的碰撞共构出汤汤心目中"有难度的爱"[2]的艺术境界。

《绿珍珠》的主题很简单：人类破坏了自然生态，必然要遭受自然的报复。汤汤沿用了其惯用的"树精"意象，将"绿滴哩"世界与人类世界的爱恨情仇清晰地揭露出来。"疼痛"是文学发生的重要机制，《绿珍珠》没有

---

[1] 汤汤：《老树精婆婆的七彩头发》，载《到你心里躲一躲》，中国少年儿童出版社 2017 年版，第 163 页。

[2] 黄江苏：《有难度的爱——论汤汤童话兼及儿童文学与成人文学的交流》，《学术月刊》2015 年第 12 期。

回避这种裹挟于人类世界与自然世界整体体系之中的"痛"。托尔金认为，童话中"包括对于人类本初愿望的满足。这些愿望之中，其一是去探索时间和空间的深度；其二是与别种生命体存在的沟通交流。一个故事只有是在完成着对这些愿望的满足——不管它有没有使用魔法或者类似手段——相应地它也就越能靠近童话的真正味道，具备童话的真正质素"①。童话从"失去妹妹"开篇，以"痛"作为推动情节发展及两种世界相互关联的逻辑起点，从而为我们观照自然生态问题提供了贴合的切入点。从世界运转的体系看，树精的世界和人的世界分属不同的话语体系：情感、语言、思维、价值各不相同，没有交集，但也自成体系。如果没有蓬蓬（念念）的"失妹之痛"，可能难以将上述两个世界黏合起来。当我们审视自然时，不难发现这些存在于森林之中的绿滴哩就是自然之精灵：她们寿数很高，却身量如孩，内心温和纯净，宛如水源之初。因而在找寻报复人类时，蓬蓬选择了儿童（木木）作为对象。尽管怀着仇恨，但在其交往的过程中却夹杂着复杂的情感，远非成人世界里的战争与仇恨所能囊括。蓬蓬介入人类世界情有可原，但是当这种儿童般的深情加入了世俗的"欺骗"和误解时，就会在人性的真实面前呈现出超越一般意义的创伤。于是，这种创伤以受害者和施害者的相互反转来呈现世界的残酷，最终考验的却是最为单纯的情感。而这种考问最终指向了人与自然、人与社会以及人与自我的多维体系。

幻想小说建构世界的方式一般可分为以下三种：其一是创造一个完全意义上的幻想世界，该幻想世界拥有自身约定俗成的生存法则，以此拉开与现实世界的距离。譬如 C.S. 刘易斯笔下的纳尼亚王国、J.K. 罗琳笔下的霍格沃兹等；其二是将现实世界与幻想世界交织在一起。如刘易斯·卡罗尔的《爱丽丝漫游奇境记》等；其三是现实世界与幻想世界平行存在。E.B. 怀特的《夏洛的网》最具有代表性，小女孩弗恩一家的日常生活遵循的是"现实"这条线，而谷仓中小猪威尔伯等动物们则遵循着"幻想"的线索。不过，

---

① J.R.R.Tolkien, *On Fairy-Stories*, *Tree and Leaf*, *The Tolkien Reader*, New York：The Random House, 1966, p.41.

人类和动物们是无法交流的，两者存在于平行的时空。汤汤的《绿珍珠》兼具第一种和第二种存在方式。在没有人类的干预时，绿嘀哩生活在绿珍珠树林，她们有独属于自己的生存方式，对人类敬而远之。然而人类一旦要将这片树林改造为城市后，绿嘀哩就不得不与人类世界发生关系。有论者认为，童话或幻想小说的"泛灵思维特征使作家的叙述得以自然地走入他者生命的意识和立场上，从而较为自如地完成相应的艺术表现"[1]。汤汤以一种富有人文情怀的笔调书写着绿嘀哩族群与人类的悲欢离合，进而给童话世界注入了宏大的人类命题。

英国小说家 E.M. 福斯特将小说中的人物"分为扁平人物和圆形人物两种"[2]。所谓扁平人物即类型人物，其人物性格相对固定，而圆形人物则在小说中更趋于"变化"与"成长"。在《绿珍珠》中，守护着妹妹啾啾的绿嘀哩蓬蓬就是一个圆形人物，从失去妹妹后，汤汤将蓬蓬改名为念念可窥见一斑。绿嘀哩经历的所有变故与人和自然的关系息息相关：

> 婆婆让我牵着她的手走在月光树林里，这片虚幻的树林似乎没有边际。天亮时，树林一如既往地消失了。我们一起捡拾地上的种子，每一颗种子都那么饱满、坚硬。捡完种子，我立在屋顶上久久不动。婆婆走过来，把苍老的手放在我的胸口，说："你心里生长着一种东西，那本是绿嘀哩不该有的。"
>
> 我说："是恨，我恨人们毁灭了啾啾和树林。"[3]

"疼痛"是拉近人与精灵世界的关节点。让精灵走出自我视界的正是啾啾的夭亡，此后人与树精的相爱相杀也就开启了。《绿珍珠》有意拉近人与精灵的距离，将现实与幻想融为一体，提出如何处理人与自然关系的宏大命题。应该说，这是一种"在单纯中寄寓着无限，于稚拙里透露出深刻，

---

① 方卫平、赵霞：《儿童文学的中国想象：新世纪儿童文学艺术发展论》，安徽少年儿童出版社 2018 年版，第 199 页。

② ［英］E.M. 福斯特：《小说面面观》，苏炳文译，上海译文出版社 2016 年版，第 61 页。

③ 汤汤：《绿珍珠》，浙江少年儿童出版社 2020 年版，第 49—50 页。

在质朴平易中就带出了真理"①的书写方式。对于木木而言，念念的出现第一次让她品尝了等待的滋味，她也第一次懂得友情的弥足珍贵。同样，尽管念念最初带着强烈的目的性与木木成为朋友，但久而久之，却无法割舍这份真诚的情谊：

> 如果不去想绿珍珠树林和啾啾，不去回忆木木爷爷伐倒老樟树的场景，我会把木木当作一个可爱的妹妹吧。我忘不了她抓住我脚踝的那个夜晚，她的手那么温暖，她的眼神那么欢喜和明亮。她像啾啾一样喜欢我，信任我。被信任和喜欢的滋味，就像洁白的奶糖那么甜蜜。②

从有功利性地"介入"到真诚地"和解"，《绿珍珠》辩证地述说了情与理的复杂关联，而这种关联深刻地阐发了人与自然和谐相处的主题。汤汤的童话之所以引人入胜，一个重要的原因是"她对儿童文学'文学性'要义的良好把握"③。无论是其"鬼童话"系列，还是关于女孩土豆的奇幻童年故事，抑或是《绿珍珠》均显示出作家不凡的文学水平和艺术表现能力。目前中国童书市场及儿童文学创作中的商业化现象不容小觑，文学性弱化是应警惕的现象，作家将目光聚焦于"儿童生活笑料巨细靡遗的搜集以及对于童年恶作剧的无所选择的呈现"④，销蚀了其对童年精神和生命本质的洞悉与反思。汤汤没有堕入这种创作的窠臼中。在《绿珍珠》的结尾，尽管念念和其他绿嘀哩回到了绿珍珠树林的怀抱，但是绿婆婆还是用绿珍珠泉水消除了爷爷、木木和童安关于绿嘀哩的记忆。走进生命本真，又不离析宏大的人类命题，是《绿珍珠》思想价值高远之所在。

---

① 方卫平：《思想的边界》，明天出版社 2006 年版，第 57 页。

② 汤汤：《绿珍珠》，浙江少年儿童出版社 2020 年版，第 70 页。

③ 李利芳：《经验与认知：〈雪精来过〉的可读性及其深度隐喻》，《中国图书评论》2019 年第 10 期。

④ 方卫平、赵霞：《商业文化深处的"杨红樱现象"——当代儿童小说的童年美学及其反思》，《当代作家评论》2012 年第 5 期。

三

童话是不能脱离现实观照的，用莫言的说法是："不了解现实，幻想的翅膀就无法展开。"[①] 汤汤的童话创作也不例外。在《哪怕是只丑丑猪》中，女孩成果和妈妈苏小棉相依为命，失去丈夫的苏小棉却异常好强，她格外在意女儿的学习成绩和各项表现，稍有不满意就骂女儿为"笨猪"。然而，"当一个人被别人叫了 11111 次笨猪的时候，就会变成一只猪"[②] 的魔法发生后，成果真的变成了一只小黑猪。汤汤揭示的正是浸透着功利主义的应试教育对儿童及成人心灵的戕害。一方面家长希望子女能出人头地，但又丝毫不在意孩子的承受能力，另一方面儿童在承受源自学校教育的重压时还要忍受父母的求全责备。类似于卡夫卡的《变形记》，《哪怕是只丑丑猪》用夸张的笔法揭露了人性异化的事实。托多罗夫认为，尽管"在奇幻中，怪异的或者超自然的事件与通常认为的正常和自然的背景相左"，但是"对自然法则的违背使我们加倍意识到自然法则的存在"[③]。汤汤的《睡尘湖》即是著例。陶醉和蓝朵朵是非常要好的朋友，但是二人的性格却有着极大的差别。陶醉平凡却平易近人，蓝朵朵优秀但性格骄纵。在应试教育的大背景下，蓝朵朵更受老师和家长的欢迎。汤汤将儿童日常生活中普遍存在的经历与陶陶镇古时候有关少女献祭烧窑的传说相结合，这一书写方式"回到文化根脉与历史深处"，"从'人类学想象'维度丰富中国儿童文学的艺术想象力"。[④]

汤汤的童话具有中国本土性的特质，她注目于中国的文化土壤，讲述"中国故事"。同时，又借鉴了西方幻想文学的技法，做到了中西交融。其"鬼精灵"童话系列和幻野故事簿系列即是适例。《绿珍珠》中宏大叙事的介入

---

① 莫言：《幻想与现实》，《文艺报》2015 年 6 月 3 日。

② 汤汤：《哪怕是只丑丑猪》，载《到你心里躲一躲》，中国少年儿童出版社 2017 年版，第 188 页。

③ [法] 兹维坦·托多罗夫：《奇幻文学导论》，方芳译，四川大学出版社 2015 年版，第 129 页。

④ 李利芳：《艺术人类学视域下的中国儿童文学研究》，《浙江师范大学学报（社会科学版）》2020 年第 2 期。

是其大胆的尝试,"避开绝对化的道德判断,以平和的姿态呈现各自的立场,绿嘀哩的无奈抗争与执着坚守,人类的征服欲望与自我反思,彼此间交错缠绕着,将人与自然'不可调和又相依相存'的复杂关系展现得淋漓尽致"[1]。汤汤的童话创作不拘格套,有极大的可塑性,在当前童话创作中,必定有着重要的文学史意义。

---

[1] 钱淑英:《念念不忘,必有回响》,载《绿珍珠》,浙江少年儿童出版社 2020 年版,第 211 页。

结　语

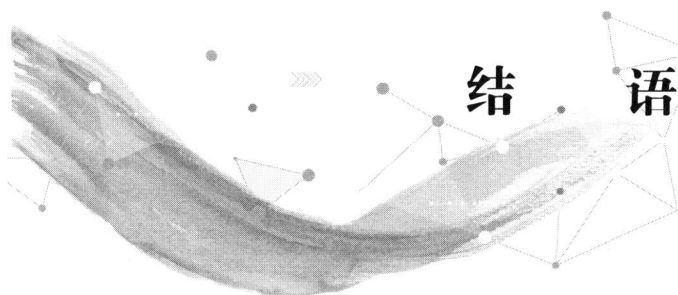

　　探讨女作家与百年中国儿童文学的关系，当然离不开"性别"这一具有显在标识度的符号。在百年中国的转型过程中，女性作家的出场与女性解放运动关系密切。女性作家这一身份的获致源于"女性"作为主体被认定，这个过程是艰难的。其中，女性主体身份确立一个重要的图景是借助女性的文本表达来呈现的。在中国新文学初期，女性的文学活动尽管不及男性的文学实践那么声势浩大，但也以其独特的女性观念、视角、语言等实践开启了女性独立创作的文学道路。这种突破呼应了"人的发现"及"人的文学"主潮，现代中国文学观念在女性作家的文学表达中能找到印记。更为关键的是，全新的"女性"形象也出现在中国文学的画廊之中，成为一种独特的风景。尤其是在启蒙思潮的推动下，作为现代概念的"女性""女学生"等概念成为中国新文学构架中的重要组成部分。

　　性别是一个既抽象又具体的概念。所谓抽象是从思想观念来说的，而具体则可以通过"身体"维度来表呈。由此看来，身体也内在地包含了"灵""肉"两个方面。如果不能从两面来整体透视，"身体的性别"或"性别的身体"都是说不清楚的。在中国儿童文学的"身体"研究方面，韩雄飞的研究是非常有特色的。韩雄飞的身体研究不是针对"性别"这一话题的专论，她的研究聚焦中国儿童文学"身体"的凸显及遮蔽，集中体现为一种"儿童文学身体学"的建构。由于过于倚重身体的整体体系，在韩的研究中，身体并不是其介入性别议题的主要着力点，借助于身体来勾连两性话语的相关论述还较为欠缺。这不禁让我们陷入深思：是儿童文学性别意识匮乏还是研究者疏于对性别的关注呢？在笔者看来，两者兼而有之。如前所述，在幼儿文学中，性别是较为隐匿的，作家以一种模糊化、笼统化的技巧绕开了这一话题。在特定的历史语境的儿童文学创作中，为了凸显"小大人"与成人的共性，强化两者的思想同向性而相对忽视身体、性别的细微差别。或者说，思想的同一性压抑了性别意识，宏大的政治、革命主题也影响了性别话语的生发。尽管如此，身体楔入性别还是非常切合文学研究的。身体是具体时空的身体，身体集结了话语的博弈，身体的移位、控制、解绑都密切地关联着时代发展的思想讯息。这种既抽象又具体的身体形象、面貌也是历史文化塑造的产物。

　　问题是，借由身体的书写，儿童文学究竟要表达什么？显然，其旨归不是生理学上的身体景观的展演，更为隐匿的是身体牵连着"人"（包括儿童）的生命、精神等形而上的内涵。儿童文学的性别研究不是为了区别男性和女性的"性征"，而是为了深究人的生存、命运、时代、历史所蕴含的核心议题。尽管如此，身体依然是可感知的存在物，身体形象的样貌隐伏着性别话语的操控。以身体为原点，可以敞开中国儿童文学性别议题的广阔天地。中国女作家的儿童文学最为突出的显征就是性别视角的介入，以及在此基础上围绕"身体"而展开的权力、精神、欲望等多维向度。近年来当代儿童文学出现的"易装"书写可作为一个适例予以分析。所谓"易装"不是一种简单的服饰穿着的错位，而是一种关乎着身体的文化现象，背后隐伏着性别的观念及意指。"易装"与"异装"有着内在的相通性，它们挑战了既定的性别刻板印象。[①] 这种"易装"不是作家基于男女性别的一种平衡或补偿，而是本源于对二元对立或本质论的性别观的反叛。如果说刘健屏的《假如我是男生》的"易装"还停留在"假想"的层面的话，那么到了杨红樱的《假小子戴安》那里这种"易装"则从"假想"的层面生发至现实生活场景。除了女孩假想或易装为男孩外，男孩也有类似性别他者化的做法。黄蓓佳的《我飞了》和伍美珍的《爱穿裙子的男生》即是适例。从生理学角

---

① Flanagan and Victoria, *Into the Closet: Cross-Dressing and the Gendered Body in Children's Literature and Film*, New York: Routledge, 2007, p.8.

度看，性别是天生的，即事先被设定的，也是本质化的。但在文化和心理学的角度看来，性别则是流动的，是可僭越的。作为戏仿艺术的一种样式，"易装"质疑的是固化的性别政治，它是被设定身份者的"弱者抵抗"[1]，是一种指向自我内心的成长之道。不过，对于这种具有消解意义的"易装"，我们在肯定其突破性别枷锁的同时也要警惕其绝对的"去性别化"的误区，即一味地重构而无实质性的建构，甚至在无序的性别操演中导向一种报复性、游戏性的虚无境地。性别意识的凸显是建构在男女性别分野的基础上的，在此基础上，少女小说或少男小说中的性别具备修辞性特征。具体而论，这种全新的性别美学是对此前"母爱"统领下"无性别"及革命政治意识形态主导下"去性别"的纠偏，从而唤醒了被压抑的主体意识。当然，尽管此类少女小说的性别书写有"野出去"后的自由释放，但依然有其作为少年文学的限度与尺度：对于身体经验的体认更集中在自恋等少女情怀上，对于两性欲望则较为内隐，在幻想中充满着自审的精神。

历史是人创造的，历史经验的传达没有性别的绝对分殊。女性通过文学叙事进入历史，构建出有别于男性传统的"女性历史"。[2]尽管如此，"女性"主体意识的确立并不是以生成男性与女性"二分"为代价的。男女性别话语的较量不可避免，但如果为了凸显女性解放的成果而生硬地割裂男女之间的个性，那么最终会折损"人"及"人学"的整体性、结构性。这种逻辑机理实质上与"儿童本位"观念的生成有诸多相似之处。为了发现"儿童"，树立其本位的价值，就必须开掘出区别于成人的特殊性，然而，如果一味地强化儿童的特性而忽略儿童与成人的共性，也容易制造儿童与成人绝对"二分"的后果。其原因是，儿童的主体性看似在划定界限时能得以确立，但最终因缺乏勾连其与成人的关系而斩断了两者的共性，这实质上是一种自我本质主义的缺憾，应予以摒弃。

毋庸置疑，女作家主体的确立对于中国新文学的发展是有益的，这也助益于中国儿童文学的发展。女作家介入中国儿童文学有其得天独厚的条

---

[1] 徐贲：《扮装政治、弱者抵抗和"敢曝（Camp）美学"》，《文艺理论研究》2010年第5期。
[2] 张京媛：《新历史主义与文学批评》，北京大学出版社1993年版，第221页。

件，最为显在的因素是女性与儿童生理上的亲近感，在母子关系上，女性创作的口语文学非常类似于儿童文学。甚至可以说，"儿童文学的种子是在脉脉母爱的温床中萌生的"①。进一步思考，女性与儿童都是亟待发现的现代概念，因而在现代性的框架里容易找到契合点和触发点。或者说，儿童文学创作是彰明女性作家思想观念的载体及表征，即借助儿童文学实践来言说女性作家的"声音"与"主张"。关于这一点，男性作家的儿童文学创作也有上述的考虑与功能。不过，由于女性是现代的产物，其挣脱男性中心主义的诉求更为迫切，因而更有表述自我的诉求。但是，女性主体诉求并不代表着女性作家一定会是儿童文学创作的最佳主体。西方儿童文学批评诟病女性作家的主要原因是，她们从事口语性、家庭性的创作活动，包裹其中的是"爱""友谊"等主题，这与强调权力、冒险、成功、荣誉的社会议题有很大的偏差，这是造成女作家儿童文学创作"丢失了，忘记了"的主要缘由。②这种现象在中国也存在，其背后隐伏的依然是阻滞女性主体"浮出地表"的各类文化机制。囿于男权和父权的影响，中国古代女性的阅读与创作都是受限的，她们擅长的是诗、词、曲，"对于散文的小说几乎绝对无缘"③。这又回到了"弱者能发声吗"的疑问上，对中国文化体制的考察依然是十分必要的。作为弱者的女性如果不表述，那么其话语无法传达。表达至少表征了其存在，其反抗的对象自然指向了男性。由是，基于女性主体的表达，女作家的儿童文学创作迥异于男性作家，具体的区别主要体现在创作的出发点及行文观念上。然而，在不同的历史语境下，男女作家的儿童文学创作也呈现出"分立"与"融通"的状貌。

事实上，女性与儿童文学之间是一种"互为方法"的关系。这里所谓的"互为方法"特指在现代性语境下相互指认、相互阐释、互为表里的深层关系。同为"现代"概念，女性话语可借助其儿童文学所营构的女性形象及

① 平静：《温柔情缘缤纷梦：试论女性与中国儿童文学》，《文艺评论》1997年第3期。

② 张颖：《从性别角色模式化到主观化——管窥西方女性主义文学批评对英美儿童文学的影响》，《清华大学学报（哲学社会科学版）》2002年第5期。

③ 谭正璧：《中国女性的文学生活》，光明书局1930年版，第31页。

文学思想来表达。同样，儿童文学的现代化也因女性作家现代身份的介入而得以呈现。两者深微关系的维系得益于现代性"文学"制度的推力作用。①当然，文学制度与学科化让"文学"日趋细化，文类与文体的分殊更加科学化，儿童文学正是基于这种制度的现代性而发生的。性别视野介入儿童文学不是错位的叠加，而是要良性互动，要避免将"女性"锁闭于"儿童文学"，尝试以两者的"互通"来找寻通向整个中国文学现代化的路径。当然，这种互为方法又是有限度的，女性主体性的伸张不能盲视儿童文学的特性，而儿童文学主体性的阐发也要考虑女性的特定性及有限性。现代性的核心议题是主体问题。女性与儿童文学都需要为其主体性正名，但这种主体性却不是不证自明的，它需要在特定的历史化进程中阐述与找寻。

　　但问题的复杂性在于，百年中国的文化语境是动态的，各类思潮风云际会，这为我们探究女作家儿童文学创作带来诸多的困境与难题。文学与时代语境的相遇从来都不是简单的顺应或悖反，因而会有共同语境下的女性作家儿童文学创作的分殊，也存在不同语境下女性作家儿童文学的趋同。不仅不同女作家的儿童文学实践是这样，而且同一女作家的儿童文学实践也如此。为了更好地把握女作家与儿童文学的关系，最好的方法是返归"百年中国"的文化语境，洞见时代的复杂性与女作家的多元性及嬗变性。这个过程体现了"历史化性别"与"性别化历史"的辩证。②同时，还要返归"儿童文学"这一元概念，本着"儿童文学是什么"的基本问题来探究女作家如何理解"儿童"及与之对应的"儿童文学"。非此，先入为主地从性别角度来考察，容易陷入性别的先验结构中，由此得出的判断难以真切洞见问题本体。颇有意味的是，在启蒙与救亡的语境下，儿童文学的性别意识是相对模糊的。其中，革命与政治主题对于性别话语的压抑服膺于思想显效的目的。性别的隐匿容易滋生同一化、模式化的后果，进而销蚀了儿童文学的复杂性。盲视或遗忘"性别"，便难以深入地呈现儿童文学内

---

① 马勤勤:《作为方法的"女性小说"——关于近代中国女性小说研究的反思与进路》,《文艺研究》2020 年第 3 期。

② 乔以钢:《语境与文学的性别研究》,《中国女性文化》2020 年第 1 期。

在结构的肌理,"两代人"的对话沟通缺失了性别议题是不完整的。

回首历史不难发现,百年中国文学始终参与了中国社会的现代化进程,女性的文学书写自然也参与了这一宏大的议题。现代化进程塑造了女性,女性也反过来重塑了现代化进程,用周蕾的话说即是:"'女性'不仅仅等同于文学内容的新形态,而且更是成为新的能动性。"[1] 中国儿童文学之所以不拒斥宏大命题,除了外在语境的作用外,还与其概念"质的规定性"密切相关。儿童文学的创作者是成人,成人是社会中的成人,不可避免要思考人与世界的关系,并在这种社会关系中确证主体性。即使是女作家,其身份的独异性也难超逸出社会关系的整体性、有机性。所以,女性的儿童文学创作不仅是一种"女性文学",而且是一种要"走出女性的文学"。所谓"走出女性的文学"不是指"躲进小楼成一统"的真空文学,而是指涉那些介入整个中国儿童文学的体系的重要文类。正因为如此,探讨女作家的儿童文学创作不要将其过于特殊化,甚至割裂和区隔出百年中国儿童文学现代化的整体格局之外。当走出了性别界限的迷雾及限制后,女性创作的儿童文学才能走向超越身份认同外的更为广阔的空间。即从女性的身份找寻和表述推导至多维度交织的社会层面,这是超逸男女二元对立模式走向民族国家主体认知的起点。女性主体与民族国家主体的耦合,不仅提升了儿童文学的精神质地,而且也能更好地彰显其"在地性"。

女性文学与儿童文学之间有相似之处,这主要体现在两者曾是作为一种"弱者"或"边缘"的文学而存在的。具体来说,女性文学之所以产生,有一个前摄的他者——男性中心主义。在这种中心霸权的宰制下,女性、女性文学的出场都是伴随着思想解放运动而来的,其使命在于言说女性主体的声音和价值,使曾经被遮蔽和压抑的主体重新获得认可。儿童文学的产生也有女性文学那种"压抑现代性"的诱因,在成人本位的语境下,儿童文学无法获取合法性的条件。由此看来,两者都是现代性的产物,同属于"现代"概念。所不同的是,女性文学的作者是女性,女性话语的言说比较直接,

---

① 周蕾:《妇女与中国现代性:西方与东方的阅读政治》,蔡青松译,上海三联书店 2008 年版,第 261 页。

即"吾手写吾口"。而儿童文学就不一样了。儿童文学的创作者是成人，而不是儿童。儿童话语只能借助成人而非儿童直接来传达。这样一来，尽管成人也曾经历过童年阶段，但因传达主体的转变，儿童话语传达的效果受到折损。

　　探讨现代女作家与儿童文学的关系时，要充分考虑该议题中的两个"现代"主体。除了要探究"为什么是女性"，还要考察"为什么是儿童"，更要统筹两者之间的复杂关系。在西方儿童文学理论批评体系中，"可知"的儿童是儿童文学发生的条件。换言之，如果"儿童"是无法把握的概念，那么以这个不可知概念为内核的文学形式同样是不可知的。因而，围绕"儿童"的知识论也与儿童文学理论批评扭结在一起。[①]问题的复杂性在于，即便"儿童"是可知的，但是关于"儿童是什么"的知识也有诸多难题。譬如，"谁的儿童""哪个儿童"就是抽象复杂的问题。解决了"儿童是什么"的问题后，就要进一步追索"儿童文学是什么"了。儿童文学概念可以分为描述性概念和结构性概念。从描述性的表象看，儿童文学就是"儿童"的"文学"。循此逻辑，在确立了儿童的主体价值后，一种适合儿童阅读的文学体式就创生了，这种文学门类就是儿童文学。这样说来，儿童性是第一位的，文学性是第二位的。但事实上，儿童文学概念的内核并非这么简单，"儿童的"和"文学的"叠加并不等于儿童文学。如果把儿童文学视为一个结构性概念，那么儿童性与文学性就不是一种先后或主从关系，而是一种结构与系统的关系。它不仅涉及思想性与艺术性的结构，而且要系统考察儿童与成人"代际"的结构。而这种结构与系统的关系加入了"现代女作家"的前缀后，问题将更加复杂。现代女作家所处的语境不同，创作的出发点、过程、策略也就不同。在聚焦"儿童"来创作儿童文学时，现代女作家自身的多样性、变异性使其与百年中国儿童文学的关系呈现出更为多元化的样貌，从而加剧了该议题的难度。

　　总而言之，现代女作家与百年中国儿童文学是一个全新的话题。说它

---

　　① 赵霞：《从"可知的儿童"到"难解的童年"——论儿童问题与当代西方儿童文学理论批评的演进》，《文艺理论研究》2022 年第 2 期。

新，主要在于它融合两个变量，在两个变量的关系中开拓了研究的长度、宽度和深度。本书的研究基于不同时期女作家的儿童文学实践，以性别的视角切入中国儿童文学的内核，以期打开一扇研究的视窗。当然，以单个作家来反观中国儿童文学的整体创作还是有局限的。最突出的问题在于，在以史的框架来统摄女作家的儿童文学实践时，女作家的创作并不完全集中于某一个时段，有时横跨多个时段，因而在论述时难免有隔离其他时段的情况。为了解决这一问题，本书的书写采用了前联后承的方法，重视"前史"和"后史"的联系，以实现历史与逻辑的统一。当然，当代女作家不断涌现，新作也不断产生，一些女作家和作品并未进入本书的视野。而这些"空白"恰是学术再出发的起点。

参考文献

专著类：

曹新伟、顾玮、张宗蓝：《20世纪中国女性文学史》，北京大学出版社2012年版。

谈凤霞：《边缘的诗性追寻——中国现代童年书写现象研究》，人民出版社2013年版。

陈莉：《中国儿童文学中的女性主体意识》，海燕出版社2012年版。

唐兵：《儿童文学中的女性主义声音》，湖北少年儿童出版社2003年版。

吴翔宇：《五四儿童文学的中国想象研究》，北京师范大学出版社2014年版。

吴翔宇、卫栋：《百年中国儿童文学的整体观研究》，南京大学出版社2021年版。

王泉根：《儿童文学的审美指令》，湖北少年儿童出版社1991年版。

王泉根：《现代中国儿童文学主潮》，重庆出版社2000年版。

王泉根：《中国儿童文学概论》，湖南少年儿童出版社2015年版。

王泉根：《中国儿童文学史》，新蕾出版社2019年版。

朱自强：《儿童文学概论》，高等教育出版社2009年版。

朱自强：《经典这样告诉我们》，明天出版社2010年版。

朱自强：《儿童文学的"思想革命"》，青岛出版社2017年版。

朱自强，何卫青：《中国幻想小说论》，少年儿童出版社2006年版。

周作人：《周作人论儿童文学》，海豚出版社2012年版。

周作人：《儿童文学小论》，岳麓书社2019年版。

夏志清:《中国现代小说史》,浙江人民出版社 2016 年版。

韦伶:《少女文学与文学少女》,海燕出版社 2020 年版。

吴其南:《童话的诗学》,中国文联出版社 2001 年版。

吴其南:《中国古代童话文学研究》,海燕出版社 2020 年版。

金燕玉:《文学独奏》,青岛出版社 2017 年版。

金燕玉:《茅盾的童心》,南京出版社 1990 年版。

班马:《中国儿童文学理论批评与构想》,湖北少年儿童出版社 1996 年版。

班马:《前艺术思想——中国当代少年文学艺术论》,福建少年儿童出版社 1996 年版。

班马:《游戏精神与儿童中国》,青岛出版社 2017 年版。

周晓:《儿童小说创作探索录》,广东人民出版社 1983 年版。

王安忆:《小说六讲》,上海人民出版社 2021 年版。

费孝通:《乡土中国》,中华书局 2013 年版。

刘绪源:《儿童文学的三大母题》,复旦大学出版社 2015 年版。

刘绪源:《中国儿童文学史略:一九一六——一九七七》,少年儿童出版社 2013 年版。

孟悦、戴锦华:《浮出历史地表:现代妇女文学研究》,北京大学出版社 2018 年版。

方卫平、赵霞:《儿童文学的中国想象:新世纪儿童文学艺术发展论》,安徽少年儿童出版社 2018 年版。

方卫平:《1978—2018 儿童文学发展史论》,少年儿童出版社 2020 年版。

方卫平:《思想的边界》,明天出版社 2006 年版。

彭懿:《幻想文学:阅读与经典》,二十一世纪出版社 2017 年版。

林良:《浅语的艺术》,福建少年儿童出版社 2017 年版。

林良:《陌生的引力》,福建少年儿童出版社 2019 年版。

林良:《纯真的境界》,福建少年儿童出版社 2017 年版。

吕旭亚:《公主走进黑森林:用荣格的观点探索童话世界》,北京联合出版公司 2018 年版。

乔以钢:《多彩的旋律——中国女性文学主题研究》,南开大学出版社 2006 年版。

周蕾:《妇女与中国现代性:西方与东方的阅读政治》,蔡青松译,上海三联书店 2008 年版。

张莉:《中国现代女性写作的发生:1898—1925》,北京十月文艺出版社 2020 年版。

韩立群:《现代女性的精神历程:从冰心到张爱玲》,中国人民大学出版社 2013 年版。

张京媛:《新历史主义与文学批评》,北京大学出版社 1993 年版。

张锦贻:《冰心评传》,希望出版社 2009 年版。

齐芳:《冰心传:以爱之名,人间有味》,华中科技大学出版社 2019 年版。

陈学勇:《高门巨族的兰花:凌叔华的一生》,人民文学出版社 2010 年版。

郜元宝:《汉语别史》,复旦大学出版社 2018 年版。

童庆炳:《文学审美特征论》,华中师范大学出版社 2000 年版。

朱晓进、李玮、何平、丁晓原、陈留生:《作为语言艺术的中国现代文学发展史:文学语言变迁与中国现代文学形式的演进》,人民出版社 2015 年版。

张艳华:《新文学发生期的语言选择与文体流变》,山东大学出版社 2009 年版。

张卫中:《中国现代文学语言的发生与流变》,中国社会科学出版社 2016 年版。

王佳琴:《文学语言变革与中国文学文体的现代转型》,中国社会科学出版社 2018 年版。

赵奎英:《语言、空间与艺术》,北京大学出版社 2018 年版。

肖莉:《小说叙述语言变异研究》,中国社会科学出版社 2011 年版。

隋丽:《现代性与生态审美》,学林出版社 2009 年版。

王诺:《欧美生态文学》,北京大学出版社 2011 年版。

刘思谦:《"娜拉"言说:中国现代女作家心路纪程》,河南大学出版社 2007 年版。

陈惇、陈景尧、谢天振:《比较文学》,高等教育出版社 2014 年版。

严吴婵霞:《鲁迅与中国儿童文学的发展》,华东师范大学出版社 2021 年版。

赵景深:《童话论集》,开明书店 1927 年版。

叶圣陶等:《我和儿童文学》,少年儿童出版社 1990 年版。

张天翼:《张天翼文学评论集》,人民文学出版社 1984 年版。

锡金编:《儿童文学论文选(1949—1979)》,中国少年儿童出版社 1981 年版。

陈伯吹:《儿童文学简论》,长江文艺出版社 1956 年版。

陈伯吹:《在学习苏联儿童文学的道路上》,少年儿童出版社 1958 年版。

陈伯吹:《作家与儿童文学》,天津人民出版社 1957 年版。

茅盾:《茅盾和儿童文学》,少年儿童出版社 1999 年版。

金近:《童话创作及其它》,少年儿童出版社 1957 年版。

王泉根:《中国现代儿童文学文论选》,广西人民出版社 1989 年版。

方仁工:《儿童文学作家作品论》,中国少年儿童出版社 1981 年版。

樊发稼:《儿童文学的春天》,河南少年儿童出版社 1986 年版。

阎纯德:《20 世纪中国著名女作家传·谢冰莹》,中国文联出版公司 1995 年版。

蒋风:《中国儿童文学发展史》,少年儿童出版社 2007 年版。

蒋风、杨宁:《儿歌论:中国儿歌理论研究》,浙江工商大学出版社 2020 年版。

杜传坤:《中国现代儿童文学史论》,中国社会科学出版社 2009 年版。

聂爱萍:《儿童幻想小说叙事研究》,少年儿童出版社 2020 年版。

舒伟:《走进童话奇境:中西童话文学新论》,外语教学与研究出版社 2011 年版。

刘晓东:《解放儿童》,新华出版社 2002 年版。

刘晓东:《发现伟大儿童:从童年哲学到儿童主义》,生活·读书·新知三联书店 2021 年版。

芮渝萍、范谊:《成长的风景——当代美国成长小说研究》,商务印书馆 2012 年版。

季红真：《萧红全传》，现代出版社 2012 年版。

谭正璧：《中国女性的文学生活》，光明书局 1930 年版。

草野：《现代中国女作家》，书林书局，2015 年版。

徐兰君：《儿童与战争：国族、教育及大众文化》，北京大学出版社 2015 年版。

周海波：《穿越盲区：九位现代中国女作家论略》，九州出版社 2017 年版。

蓝蓝：《花神的梯子》，广西师范大学出版社 2019 年版。

郭久麟：《柯岩传》，山西人民出版社 2012 年版。

张悦然：《顿悟的时刻》，北京联合出版公司 2020 年版。

刘广涛：《百年青春档案》，中国社会科学出版社 2005 年版。

[法] 菲力浦·阿利埃斯：《儿童的世纪：旧制度下的儿童和家庭生活》，沈坚等译，北京大学出版社 2013 年版。

[法] 西蒙娜·德·波伏瓦：《第二性 II》，郑克鲁译，上海译文出版社 2011 年版。

[美] 谢尔登·卡什丹：《女巫一定得死：童话如何塑造性格》，李淑珺译，机械工业出版社 2014 年版。

[美] 尼尔·波兹曼：《童年的消逝》，吴燕莛译，中信出版社 2015 年版。

[意] 蒙台梭利：《童年的秘密》，刘莹译，浙江工商大学出版社 2018 年版。

[美] 桑德拉·吉尔伯特、苏珊·古芭：《阁楼上的疯女人：女性作家与 19 世纪文学想象》，杨莉馨译，上海人民出版社 2014 年版。

[美] 塞思·勒若：《儿童文学史：从〈伊索寓言〉到〈哈利·波特〉》，启蒙编译所译，华东师范大学出版社 2019 年版。

[加] 佩里·诺德曼、梅维丝·雷默：《儿童文学的乐趣》，陈中美译，少年儿童出版社 2008 年版。

[美] 罗伯塔·塞林格·特瑞兹：《唤醒睡美人：儿童小说中的女性主义声音》，李丽译，安徽少年儿童出版社 2010 年版。

[美] 凯伦·科茨：《镜子与永无岛：拉康，欲望及儿童文学中的主体》，

赵萍译，安徽少年儿童出版社 2010 年版。

［加］佩里·诺德曼:《隐藏的成人:定义儿童文学》，徐文丽译，中国社会科学出版社 2014 年版。

［美］维维安娜·泽利泽:《给无价的孩子定价:变迁中的儿童社会价值》，王水雄等译，华东师范大学出版社 2018 年版。

［德］海德格尔:《荷尔德林诗的阐释》,孙周兴译,商务印书馆 2000 年版。

［法］加斯东·巴什拉:《空间的诗学》，张逸婧译，上海译文出版社 2013 年版。

［苏联］格列奇什尼科娃:《苏联儿童文学》，张翠英等译，中国青年出版社 1956 年版。

［意］伊塔洛·卡尔维诺:《论童话》,黄丽媛译,译林出版社 2018 年版。

［法］保罗·阿扎尔:《书，儿童与成人》，梅思繁译，湖南少年儿童出版社 2014 年版。

［瑞典］玛丽亚·尼古拉耶娃:《儿童文学的美学研究》，何卫青译，中国少年儿童出版社 2021 年版。

［英］金伯利·雷诺兹:《激进的儿童文学:少年小说的未来展望和审美转变》，徐文丽译，中国少年儿童出版社 2021 年版。

［美］朱迪思·赫尔曼:《创伤与复原》，施宏达等译，机械工业出版社 2015 年版。

［英］E.M.福斯特:《小说面面观》，苏炳文译，上海译文出版社 2016 年版。

［美］哈罗德·布鲁姆:《影响的焦虑:一种诗歌理论》，徐文博译，中国人民大学出版社 2019 年版。

［法］兹维坦·托多罗夫:《奇幻文学导论》，方芳译，四川大学出版社 2015 年版。

［英］约翰·洛威·汤森:《英语儿童文学史纲》，谢瑶玲译，台湾天卫文化图书股份有限公司 2011 年版。

［英］艾莉森·詹姆斯:《童年论》，何芳译，上海社会科学院出版社 2014 年版。

［美］威廉·A.科萨罗：《童年社会学》，张蓝予译，黑龙江教育出版社2016年版。

［法］加斯东·巴什拉：《梦想的诗学》，刘自强译，生活·读书·新知三联书店2017年版。

［澳］罗宾·麦考伦：《青少年小说中的身份认同观念：对话主义构建主体性》，李英译，安徽少年儿童出版社2010年版。

［美］乔安娜·拉斯：《如何抑止女性写作》，章艳译，南京大学出版社2020年版。

［日］上野千鹤子：《厌女：日本的女性嫌恶》，王兰译，上海三联书店2015年版。

Jacqueline Rose，*The Case of Peter Pan*，*or*，*The Impossibility of Children's Fiction*，Basingstoke：The Macmillan Press Ltd.，1984.

Flanagan and Victoria. *Into the Closet*：*Cross-Dressing and the Gendered Body in Children's Literature and Film*. New York：Routledge，2007.

期刊类：

乔以钢、王帅乃：《中国儿童文学的性别研究实践及其反思》，《中国现代文学研究丛刊》2017年第5期。

乔以钢：《回顾与思考：文学领域的性别研究》，《山西师大学报（社会科学版）》2020年第6期。

乔以钢：《语境与文学的性别研究》，《中国女性文化》2020年第1期。

杜传坤：《转变立场还是思维方式？——再论儿童文学中的"儿童本位论"》，《山东师范大学学报（人文社会科学版）》2018年第1期。

陈国恩：《新文化运动百年纷争中的新旧矛盾与中西冲突》，《广东社会科学》2020年第6期。

陈国恩：《革命现代性与中国左翼文学》，《广东社会科学》2019年第5期。

王帅乃：《当代儿童文学中的长幼关系书写》，《南开学报（哲学社会科学版）》2021年第6期。

王帅乃：《当代儿童小说话语层的后殖民女性主义话语分析——以程玮作品为例》，《昆明学院学报》2014 年第 2 期。

王帅乃：《"双性同体"理念与当代儿童文学的新探索》，《湘潭大学学报（哲学社会科学版）》2020 年第 6 期。

吴翔宇：《代际话语与性别话语的混杂及融通——〈彼得·潘〉的性别政治兼论儿童文学"不可能性"的理论难题》，《贵州社会科学》2020 年第 9 期。

吴翔宇：《论余华小说的"疼痛"美学》，《中国现代文学研究丛刊》2017 年第 7 期。

［英］凯伦·寇茨：《"看不见的蜜蜂"：一种儿童诗歌理论》，谈凤霞译，《南京师范大学文学院学报》2019 年第 3 期。

徐贲：《扮装政治、弱者抵抗和"敢曝（Camp）美学"》，《文艺理论研究》2010 年第 5 期。

张梅：《从"儿童的发现"到"童年的消逝"——关于"儿童"的概念及其相关问题的考察》，《文艺争鸣》2016 年第 3 期。

朱晓进、何平：《论文学语言的变迁与中国现代文学形式的发展》，《南京师范大学学报（社会科学版）》2008 年第 5 期。

朱晓进、李玮：《语言变革对中国现代文学形式发展的深度影响》，《中国社会科学》2015 年第 1 期。

吕晓菲：《从〈夜莺与玫瑰〉两个中译本透视译者的创造性叛逆》，《外国语言文学》2013 年第 2 期。

余小梅：《〈夜莺与玫瑰〉：林译本与巴译本的比较研究》，《山东理工大学学报（社会科学版）》2013 年第 3 期。

汤汤：《"黑暗"童话也能直抵人心：生活如此艰难，每个人却都兴高采烈活着》，《文学报》2019 年 9 月 3 日。

姚丹：《"民族"书写中的性别身份——以女性人物的互文性与成长史看〈生死场〉》，《文艺争鸣》2021 年第 7 期。

刘东：《跨越·"越轨"·诠释——重读〈生死场〉》，《文学评论》2020 年第 3 期。

刘国伟：《精神的寄居与灵魂的返乡——论萧红创作中的"后花园"情

结》，《文艺争鸣》2020 年第 2 期。

张莉：《重读〈呼兰河传〉：讲故事者和她的"难以忘却"》，《小说评论》2021 年第 4 期。

张莉：《刹那萧红，永在人间》，《人民文学》2011 年第 5 期。

陈漱渝：《一枝永恒美丽的花朵——试谈萧红研究的四个"死角"》，《济南大学学报（社会科学版）》2020 年第 6 期。

魏巍、李静：《情感结构与时代症候：重审 1920 年代丁玲北京时期的情爱书写》，《西华师范大学学报（哲学社会科学版）》2022 年第 4 期。

丁帆：《关于当代文学经典化过程的几点思考》，《文艺争鸣》2021 年第 2 期。

杨洪承：《现代中国革命文学发展期的价值调适——以作家丁玲为例》，《齐鲁学刊》2021 年第 2 期。

刘相美：《潜在的"男权"——对丁玲创作中妇女解放问题的讨论》，《河北大学学报（哲学社会科学版）》2022 年第 1 期。

周港庆：《"失贞"以后怎样——论丁玲的"创伤书写"（1936-1941年）》，《文学评论》2022 年第 2 期。

吴晓佳：《民族战争与女性身体的隐喻——以东北作家群为主要考察对象》，《中国现代文学研究丛刊》2014 年第 5 期。

李杨、洪子诚：《当代文学史写作及相关问题的通信》，《文学评论》2002 年第 3 期。

王泉根：《新世纪中国儿童文学创作症候分析》，《当代文坛》2008 年第 5 期。

王泉根：《"十七年"儿童文学演进的整体考察》，《中国现代文学研究丛刊》2019 年第 4 期。

王泉根：《新世纪近 20 年原创儿童文学现场观察》，《中国当代文学研究》2020 年第 3 期。

张雨童：《共和国初期对"苏联红色儿童文学"的改写》，《中国现代文学研究丛刊》2016 年第 12 期。

李琦、谈凤霞：《中国新世纪儿童战争小说的创伤叙事》，《中国图书评论》2020 年第 11 期。

　　毛巧晖:《现代民族国家话语与民间文学的理论自觉（1949—1966）》，《江汉论坛》2014 年第 9 期。

　　毛巧晖:《神话资源现代转换的话语实践——以葛翠琳 1949—1966 年的儿童文学创作为中心的讨论》，《文化遗产》2021 年第 2 期。

　　陈莉:《蛹与蝶——解析中国当代女性儿童小说作家笔下的少女成长》，《广西社会科学》2006 年第 2 期。

　　李学斌:《爱与美的合奏:——由儿童故事〈珍珠小妈妈〉〈我的石头心爸爸〉看秦文君的儿童文学创作》，《中国图书评论》2015 年第 5 期。

　　唐池子:《童年小世界，文学大情怀——秦文君儿童文学创作论》，《南方文坛》2020 年第 1 期。

　　姚苏平:《对话与儿童主体性的建构——论程玮的儿童文学创作》，《教育研究与评论》2019 年第 3 期。

　　姚苏平:《性别话语与身份意识——论韩青辰儿童文学作品的叙事策略》，《江苏第二师范学院学报（社会科学版）》2016 年第 3 期。

　　方卫平:《中国式童年的艺术表现及其超越——关于当代儿童文学写作"新现实"的思考》，《南方文坛》2015 年第 1 期。

　　董丽敏:《"上海想象":"中产阶级"加"怀旧"政治？——对 1990 年代以来文学"上海"的一种反思》，《南方文坛》2009 年第 6 期。

　　张鸿声:《"上海怀旧"与新的全球化想象》，《文艺争鸣》2007 年第 10 期。

　　黄江苏:《论汤汤童话中的现实关怀精神及其历史意义》，《文艺争鸣》2016 年第 9 期。

　　黄江苏:《有难度的爱——论汤汤童话兼及儿童文学与成人文学的交流》，《学术月刊》2015 年第 12 期。

　　齐童巍:《论汤汤的童话创作》，《温州大学学报（社会科学版）》2012 年第 3 期。

　　徐岱:《诗性与童话:关于艺术精神的一种理解》，《杭州师范大学学报（社会科学版）》2006 年第 4 期。

　　李利芳:《经验与认知:〈雪精来过〉的可读性及其深度隐喻》，《中国图书评论》2019 年第 10 期。

李利芳：《艺术人类学视域下的中国儿童文学研究》，《浙江师范大学学报》2020 年第 2 期。

方卫平、赵霞：《商业文化深处的"杨红樱现象"——当代儿童小说的童年美学及其反思》，《当代作家评论》2012 年第 5 期。

徐建华：《打造阅读新流行——论饶雪漫小说"青春主题"的构建》，《甘肃社会科学》2011 年第 4 期。

朱自强：《挽救"附魅的自然"——汤素兰〈阁楼精灵〉的后现代思想》，《南方文坛》2013 年第 4 期。

张玉莲：《论汤素兰〈阁楼精灵〉的叙事策略》，《当代文坛》2013 年第 3 期。

孙伟：《诗教传统的现代叙事——宗璞小说创作论》，《扬子江评论》2019 年第 5 期。

白亮：《宗璞的身份意识与写作姿态》，《文艺争鸣》2017 年第 2 期。

平静：《温柔情缘缤纷梦：试论女性与中国儿童文学》，《文艺评论》1997 年第 3 期。

张颖：《从性别角色模式化到主观化——管窥西方女性主义文学批评对英美儿童文学的影响》，《清华大学学报（哲学社会科学版）》2002 年第 5 期。

马勤勤：《作为方法的"女性小说"——关于近代中国女性小说研究的反思与进路》，《文艺研究》2020 年第 3 期。

Lisa Chu Shen, *Transcending the Nationalist Conception of Modernity : Poetic Children's Literature in Early Twentieth Century China*. Children's Literature in Education（2018）49.

Peter Hunt, "Confronting the Snark: The Non-Theory of Children's Poetry," *Poetry and Childhood*, 2010.

后　记

　　20 世纪 80 年代，学界曾提出"重写文学史"的想法，重写不是简单简略的修改，而是基于文学史观的重构。这一思想不久也波及儿童文学领域，有关中国儿童文学史的史料搜集、历史考据、作家作品鉴赏等各项工作遂逐一展开。时至今日，在中国儿童文学的研究中，现代女作家与百年中国儿童文学的关系尚未被充分地发掘。在中国儿童文学的领地里，从创作群的性别比例来看，女作家的数量并不算少。乔安娜·拉斯在《如何抑止女性写作》一书中提到："和男性的经历相比，女性的经历不仅仅经常被认为不够丰富、不具代表性、微不足道，而且人们在对作者性别进行判断后，还可能对其作品的实际内容进行歪曲。"在中国，伴随着"人的发现"的现代大潮，女作家身份的出场开启了用文字来言说自我的新征途，女作家的儿童文学创作的独特性不仅体现在言说主体的"女性"性别上，还体现在表征"儿童"主体的现代价值上。

　　在撰写本书的过程中，我们没有把它写成一部史著，而是以作家为纲，散点透析百年中国儿童文学的发展。最终我们筛选出了 21 位女作家，她们在百年中国儿童文学的不同阶段都有创作实践。在本书的结构安排上，我们基本遵循了史的逻辑，将各个历史阶段最具有代表性的女作家的文学活动逐一呈现。其中，既包括了横跨成人文学与儿童文学两域的女作家，也包括专业专职的女作家。除了大众熟知的冰心、凌叔华等儿童文学作家外，还收录了像黄衣青、梅志等"小众"的作家作品，对林徽因译介《夜莺与玫瑰》、饶雪漫的"青春疼痛小说"等文学现象也有所关注。"小众"作家作品发掘的真正意义在于，正视其在文学史上的应有地位，客观评价其文学价值。夏志清曾言："身为文学史家，我的首要工作是'优美作品之发现和评审'。"正是基于这种观点，夏志清充分肯定了张爱玲等人的文学史地位，使其笔下的文学史不再有"遗珠之憾"。应该说，夏志清这种撰史思路给予了我们启发，在再现一些儿童文学史上常见的女作家外，还有意识打捞不太受关注的女作家。借助这些女作家的"相遇""组合"，来探讨一种基于"性别"与"创作"的理论探索。与男性作家不同之处在于，女作家往往以"内省"来深思社会人生，她们笔下的历史背景较为模糊，其更多地将目光投注于女性主体本身，用细腻柔情的笔触书写女性个体命运的悲欢离合。当然，这也并非定于一尊，女作家的儿童文学创作呈现出多样化的状貌。

进入新世纪以后，女作家开始渐渐与"内省"式的写作模式脱离，也开始尝试创作具有宏观历史背景的作品，其中包括殷健灵的儿童历史小说和陈丹燕探寻城市历史的儿童小说等。在艺术探索方面，女作家的跨文体、跨媒介的探索也颇引人注目。在儿童文学研究中，要叩问"为什么是儿童"的问题。但在讨论女作家与中国儿童文学的论题时，则要在此基础上进一步追问"为什么是女性"等问题。

文学是反映社会生活的一面镜子，儿童文学不是超历史、超现实的真空文学。在阅读现代女作家的儿童文学作品时，我们可以洞见其对于儿童纯真炽热的爱、对于美好人性执着的守望以及对于失落的可贵精神的追寻。探寻现代女作家与百年中国儿童文学的议题，犹如小王子跟随候鸟的迁徙，踏上远方未知的征程，这一路他既在缅怀昔日B612星球的童年时光，又在不断地发现与寻找中收获与失落。阿尔贝特·施韦泽曾说，当今时代的物质发展过分地超过了它的精神发展，它们之间的平衡被破坏了。在此情境下，儿童文学或许就像一盏指路的明灯将我们从物质主义和消费主义的陷阱中解救出来。通过阅读优秀的文学作品，我们再次发现了人性的光辉，也重温了童年美好又难忘的岁月。譬如，阅读汤素兰的《阁楼精灵》时，那扇关于童年的回忆之门倏然打开。在汤素兰的笔下，"阁楼"是孩子捉迷藏的地方，是安放秘密的地方，也是心灵的庇护所。儿童文学就像一个"秘密花园"，一个独属于儿童的心灵世界，而这个世界里始终有成人的观照。

哲人认为，童年正是因为有了文学的守护，才从个体的经验转换成了集体的记忆。此言不假。女作家以其细腻的笔触书写了有别于男作家的童年，对于儿童成长也投以别样的关注。不论是《少女的红衬衣》中孪生姐妹游戏般的"身份互换"，还是《幽密花园》中韦三妹对于远离尘喧的白婆婆的好奇与探寻，都体现了女作家借助外部形式来完成自我精神成长的方略。如果说，"身份互换"收获的是他者的人生经历的话，那么"幽密花园"则给予了韦三妹艺术的滋养和成长的力量。这其中，女作家所关注和欣赏的"精神成长"往往表现为非功利性的，但这何尝又不是一种有明确价值旨趣的诉求呢？透过女作家"为儿童"与"为自我"的两栖性，其儿童文学创作实质上是一种包含自身内在的精神跋涉。

在撰写过程中，我们从女性的角度来观照儿童文学，将女性主义与儿童文学作了融通。在此之前，关涉这个选题的专著主要有唐兵的《儿童文学中的女性主义声音》和陈莉的《中国儿童文学中的女性主体意识》两部。这两部专著的价值毋庸置疑，但也留下了许多可以进一步研讨的空间，如从百年中国文学视域中观照女作家创作的现代性较为薄弱，对于为什么是女性，何以是女作家，女作家与儿童文学生产等问题还缺乏系统的探究。基于此，我们把"现代女作家"不仅视为一种现代知识，而且作为一种"方法"，以女作家的身份探寻并和百年中国儿童文学发展有机结合。同时，系统考察女作家在成人文学与儿童文学行走的轨迹和历程，以此折射百年中国儿童文学的发展演进。

本书的出版得到了很多人的支持和帮助，首先要感谢的是蒋风先生。蒋风先生是中国儿童文学研究的奠基人之一，他的成就不仅体现在其研究成果上，而且还体现在其提携后学的博大胸襟上。当我们把书稿交给蒋先生时，先生不假思索地给我们写序。蒋老师对于儿童文学的现状和发展了然于胸，其所作之序高屋建瓴，给本书增色不少。同时还要感谢长江少年儿童出版社，感谢编辑老师们前前后后的辛劳。

吴翔宇　郑逸群

2022 年 7 月 22 日